JULIA LONDON

UN PRETENDIENTE PARA UNA *Reina*

Editado por Harlequin Ibérica.
Una división de HarperCollins Ibérica, S. A.
Avenida de Burgos, 8B - Planta 18
28036 Madrid

© 2022, Dinah Dinwiddie
© 2024 Harlequin Ibérica, una división de HarperCollins Ibérica, S. A.
Un pretendiente para una reina, n.º 288 - 24.1.24
Título original: Last Duke Standing
Publicado originalmente por Harlequin Enterprises, Ltd.

I.S.B.N.: 978-84-1180-708-1
Depósito legal: M-32729-2023
Impreso en España por: BLACK PRINT
Fecha impresión Argentina: 22.7.24
Distribuidor exclusivo para España: LOGISTA
Distribuidor para México: Distibuidora Intermex, S.A. de C.V.
Distribuidores para Argentina: Interior, DGP, S.A. Alvarado 2118.
Cap. Fed./Buenos Aires y Gran Buenos Aires, VACCARO HNOS.

MIXTO
Papel procedente de fuentes responsables
FSC
www.fsc.org
FSC® C159065

Prólogo

1844

Cuando Justine tenía catorce años, su padre la llevó al norte de Wesloria, la zona más montañosa del país. Le explicó que debía reunirse con los barones del carbón porque estaban inquietos y era necesario apaciguarlos. Ella le preguntó por qué.

—Porque los barones del carbón siempre están inquietos y siempre es necesario apaciguarlos, cariño —le dijo su padre, como si todo el mundo lo supiera.

Ella se había imaginado unos hombres grandes, envueltos en pesadas capas y con la cara sucia de hollín, que se paseaban por su hogar murmurando las injusticias que sufrían. Sin embargo, los barones del carbón, como los demás caballeros weslorianos, iban bien vestidos y llevaban la cara limpia.

La miraron con expresiones que iban desde el disgusto a la indiferencia, pasando por la curiosidad.

—No les hagas caso —le dijo su padre—. No son hombres modernos.

Su padre y ella iban a alojarse en el Castillo de Astasia, una fortaleza que se erguía amenazadoramente sobre un pico rocoso, tan alto, que a los caballos les costó mucho tirar del carruaje por el camino empinado. Se suponía que era el mejor alojamiento de la zona, y estaba a su disposición debido a que su padre era el rey de Wesloria y ella era la princesa heredera.

Justine dijo que el castillo le parecía aterrador. Su padre explicó que los castillos se construían así para que los soldados pudieran ver a los merodeadores a kilómetros a la redonda y divisar a las novias fugitivas.

—¿Novias fugitivas? —preguntó Justine. Se había quedado fascinada ante la idea de que algo tan romántico pudiera salir tan mal.

—Petr el Loco vio fugarse a su novia con uno de sus mejores caballeros y, después, vio a sus hombres perseguirlos muchos kilómetros antes de que consiguieran escapar. Estaba tan furioso que quemó la mitad del pueblo.

Su padre no dio más detalles, ya que las puertas de la muralla se abrieron y el castellano apareció corriendo, impaciente por mostrarle al rey y a su heredera el antiguo castillo real que mantenía con orgullo.

Sir Corin llevaba un chaleco azul polvoriento que le colgaba hasta los muslos, con los cuatro últimos botones desabrochados para darle espacio a su barriga. Tenía el pelo ralo y encanecido y lo llevaba recogido en una coleta pegada a la nuca. Portaba un anillo de llaves atado a la cintura, y los metales tintineaban a cada paso que daba.

Según dijo, era un estudioso de la Historia, y podía responder cualquier pregunta que le hicieran sobre el Castillo de Astasia. Procedió a exhibir sus extensos conocimientos sobre aquel lugar húmedo, lleno de corrientes de aire, de pasillos estrechos y techos bajos. Un joven príncipe ruso había muerto en aquella habitación. Una reina había muerto al dar a luz a su décimo hijo en aquella otra.

Sir Corin los condujo al salón del trono.

—Aquí se han celebrado muchas cortes reales.

Justine estaba acostumbrada a la opulencia del palacio en el que vivía la familia real, en la capital de Wesloria, St. Edys. Aquello le parecía, más bien, la sala pública de una taberna: era un salón pequeño y oscuro que acogía los tronos de madera del rey y de la reina, adornado con tapices descoloridos por el humo y el paso del tiempo.

Sir Corin señaló otra de las habitaciones y explicó que, en ella, el rey Maksim había aceptado la rendición del rey feudal Igor, uniendo así a todos los weslorianos bajo un mismo estado después de la lucha de varias generaciones.

—Mi tocayo —dijo su padre con orgullo, olvidando, quizá, que el rey Maksim había masacrado a las fuerzas del rey Igor para unirlos a todos.

Llegaron a un pequeño patio interior adosado a la muralla y con los otros tres lados cerrados con muros de piedra. Sir Corin señaló una puerta que había en un extremo de las almenas, que se abría a un torreón con ventanas estrechas.

—Ahora lo usamos como almacén, pero en otros tiempos era una mazmorra, la peor que jamás hayan visto sus jóvenes ojos, Alteza Real.

Justine nunca había visto una mazmorra.

—¿No es aquí donde decapitaron a lord Rabat? —preguntó su padre, despreocupadamente, y le dijo a Justine—: Me refiero a tu tío tatarabuelo Rabat.

—*Je*, Su Majestad, el tajo del verdugo todavía está aquí —respondió sir Corin, y señaló un gran bloque de madera cuadrado, de unos sesenta centímetros de alto. Estaba muy desgastado, seguramente, por haber pasado un largo periodo bajo las inclemencias del tiempo.

—Oh, qué terrible —dijo Justine, arrugando la nariz.

—Bastante —afirmó su padre, asintiendo. Después, explicó, quizá con demasiado entusiasmo, cómo obligaban a arrodillarse al condenado ante el tajo y apoyar el cuello en él—. Un buen verdugo podría hacer el trabajo limpiamente, de un solo golpe. ¡Zas! y la cabeza caería en una cesta.

—Si se me permite, Su Majestad, era difícil encontrar un buen verdugo. Por estos lares hay más mineros que hombres buenos con la espada. Lo cierto es que fueron necesarios tres golpes para cortarle la cabeza a Rabat por completo —dijo sir Corin, y consideró necesario hacer una demostración de los tres golpes con su propio brazo.

—Ah... —suspiró Justine, que tuvo que tragar saliva para contener las náuseas.

—¿Tres golpes? —repitió su padre, embelesado—. ¿No pudo hacerlo en uno?

Sir Corin negó con la cabeza.

—Eso demuestra cuán importante es mantener la espada bien afilada.

—Y tener cerca a alguien que sepa manejarla —añadió el rey.

Los dos hombres se echaron a reír. Justine buscó con la mirada un lugar donde sentarse para poder meter la cabeza entre las piernas y tomar aire. Por desgracia, el único asiento posible era el tajo.

—Tranquila, mi niña. No te he contado quién ordenó la decapitación —le dijo su padre.

Sir Corin se agarró las manos con impaciencia. Claramente, estaba tratando de contener su entusiasmo.

—¡Tu tatarabuela, la reina Elena!

¿La reina Elena había decapitado a lord Rabat?

—Pero... ¿no era su marido?

—Peor aún. Su hermano.

A ella se le escapó un jadeo.

—Pero ¿por qué?

—Porque Rabat tenía la intención de decapitarla a ella. Quien sobreviviera a la batalla sería coronado rey.

—Oh, y esa sí que fue una batalla sangrienta —dijo sir Corin con entusiasmo—. Cuatro mil almas perdidas, muchas de ellas, cayendo desde las almenas.

Justine retrocedió un paso. Se echó a temblar por dentro y perdió el aliento. Tuvo la sensación de que se le iban a doblar las rodillas, y se le puso la carne de gallina al imaginarse la pérdida de tantos hombres.

—¿Y no podía haberlo desterrado?

—¿Y permitir que volviera deslizándose como una serpiente? —le preguntó su padre, mientras le rodeaba los hombros con un brazo antes de que ella pudiera retroceder y salir corriendo hasta llegar hasta St. Edys—. Hizo lo que tenía que hacer, porque, minutos antes, era ella misma la que estaba en el tajo.

—Dios mío —susurró Justine.

—Pero, en el último momento, la gente de aquí la salvó —prosiguió su padre—. Y ella condenó a su hermano a muerte inmediatamente por su insurrección, y permaneció justo donde estamos ahora para ver cómo rodaba la cabeza del traidor.

—Bueno —intervino sir Corin—. Yo no diría que rodó, para ser exactos.

Los dos hombres se echaron a reír otra vez.

—No cierres los ojos, cariño —le dijo su padre, estrechándola contra su costado—. Mira ese tajo. Elena solo tenía diecisiete años, pero era muy inteligente. Supo lo que tenía que hacer para conservar el poder y gobernar el reino. Y gobernó durante mucho tiempo.

—Cuarenta y tres años, en total —dijo sir Corin con orgullo.

—La reina Elena aprendió lo que todo soberano debe aprender: a ser decisiva y actuar con rapidez. ¿Lo entiendes?

—Creo que... no —respondió Justine, que se sentía mareada.

—Lo entenderás —dijo su padre, y dejó caer el

brazo. Se acercó al tajo para inspeccionarlo—. Tu madre y yo casi te llamamos Elena por ella. Pero a ella la llamaban Elena la Zo... la Bruja —dijo—. Y tu madre temía que te llamaran igual.

—Has dicho que fue una buena reina.

—Fue una reina excelente. Pero a veces es difícil hacer las cosas que se deben hacer y, al mismo tiempo, gozar de la admiración de tu pueblo.

Los giros empeoraban. Justine se agarró del brazo de su padre.

—¿Por qué?

—Porque la gente espera que una mujer se comporte como una mujer. Pero una buena reina a veces debe comportarse más como un rey por el bien del reino. A la gente no le gusta —explicó el rey, encogiéndose de hombros—. Ningún rey ni ninguna reina puede conseguir que todos sus súbditos sean felices todo el tiempo.

De repente, sonrió.

—Para mí, tú te pareces un poco a la reina Elena.

—Es su viva imagen —intervino sir Corin.

Aquel día, un poco más tarde, Justine vio un retrato de Elena. La reina no sonreía, pero tampoco tenía una expresión desagradable. Parecía... decidida. Y su vestido era bonito y elegante, con muchas perlas cosidas en la tela.

Más tarde aún, cuando su padre y el resto de los hombres se retiraron a fumar puros y hablar del carbón o cosas por el estilo, Justine volvió sola al patio desierto. No había nadie, ningún centinela. Soplaba un viento implacable que doblaba las copas de los pinos contra un cielo gris opaco. Subió las escaleras hasta las almenas y contempló el valle que se extendía bajo el castillo. Abrió los brazos, cerró los ojos e inclinó el rostro hacia el cielo.

Fue la primera vez que sintió de verdad, en lo más profundo, la energía de todos los reyes y reinas que la habían precedido recorriéndole el cuerpo hasta la coronilla y anclándola a aquella tierra. Sintió los siglos de guerra y lucha de las gentes que había gobernado su familia. Sintió la enorme responsabilidad que habían asumido sus antepasados, el trabajo que habían hecho para forjar un camino hacia el futuro.

Su padre había dicho muchas veces que sentía el peso de la corona sobre sus hombros, pero ella sintió algo completamente diferente. No era un peso que la hundiera hacia el suelo, sino, más bien, una fuerza que estaba levantándola y manteniéndola allí. No creía que fuera una arrogancia por su parte, sino el poder de un vínculo con el pasado. Iba a ser reina. Supo que iba a serlo, que era lo que debía ser, como si hubiera nacido para ello.

Una ráfaga de viento estuvo a punto de hacerla volar, así que bajó de la almena. Se detuvo delante del tajo y trató de imaginarse a sí misma de rodillas, sabiendo que la muerte era inminente. Se imaginó cuál sería su aspecto. Tenía la esperanza de parecer fuerte y noble, de no dejar traslucir su miedo al dolor o a lo desconocido.

Su destino era ser reina. Sabía que llegaría el momento.

Pero, entonces, no se imaginaba que iba a llegar tan pronto.

Capítulo 1

1855
En la ciudad capital de St. Edys.
Wesloria.

La princesa heredera Justine Marie Edda Ivanosen dio un paso vacilante desde detrás de la cortina y miró el podio que estaba en el centro del escenario. Deslizó la palma de la mano por la falda del vestido y...

—No, no, no, no.

Un caballero delgado, de pelo muy rubio, alzó las manos con desesperación.

La princesa miró hacia el techo y gimió.

—Y ahora ¿qué he hecho?

El inimitable *monsieur* DuPree, el profesor de alocución y comportamiento que la emperatriz Eugenia de Francia le había prestado a Wesloria, juntó las manos y dijo, en tono de súplica:

—Su Alteza Real, *s'il vous plaît*.

Subió de un salto al escenario y se acercó para instruirla nuevamente.

El primer ministro wesloriano, Dante Robuchard, que estaba en el palco con la reina Agnes, dio un suspiro. La princesa sufría de unos nervios terribles ante la mera idea de hablar en público, y eso era un grave obstáculo para una futura reina, ya que hablar en público era uno de los requisitos principales del cargo. Los ciudadanos de Wesloria necesitaban una reina que hablara con firmeza y elegancia, que irradiara confianza y dominio de su reino, no alguien que se echara a temblar en el momento de subir al estrado.

—No debe vacilar —insistió *monsieur* DuPree.

—Les pido perdón, pero es la primera vez que veo el salón terminado —dijo la princesa.

De hecho, era un gran escenario. El nuevo salón, llamado el Salón Príncipe Vasilly, tenía el techo abovedado y adornado con frescos que representaban a Juana de Arco, palcos engalanados con cordones de terciopelo y oro sobre el patio de butacas, enormes arañas de cristal, cada una con cien luces de gas, y asientos para quinientas personas. Solo en París, Roma y Londres podría encontrarse un escenario tan grandioso como aquel. En Wesloria, no. Por lo menos, hasta su nombramiento como primer ministro.

Al menos, reflexionó, si había algo bueno que pudiera decirse de la princesa Justine, y, francamente, se decían pocas cosas positivas de ella, era que tenía el porte y la buena apariencia de una soberana. Era un poco más alta que la media, como su madre, y poseía una hermosa figura, también como su madre. Sin embargo, la reina tenía los ojos azules, mientras que los de su hija eran de un curioso, brillante y cálido color miel. La princesa tendía a mirar a los ojos a aquellos con quienes hablaba.

Los ministros, la mayoría ancianos que habían perdido la libido hacía décadas, le perdonarían muchas faltas a una joven atractiva, y la princesa lo era, ciertamente. Tenía el pelo largo, castaño oscuro, y lo llevaba recogido con una ingeniosa variedad de bucles, trenzas y nudos en la nuca, tal y como dictaba la moda wesloriana. Tenía un mechón blanco en el cabello, un rasgo peculiar de la familia Ivanosen; parecía casi como si se lo hubieran teñido a propósito. Llevaba un vestido de seda dorada con un estampado de estrellas, confeccionado en un estilo entre francés e inglés, con la falda escalonada y las mangas voluminosas. El bajo le llegaba justo a la altura de los tobillos, de modo que podían admirarse sus zapatos de seda.

La vestimenta había sido objeto de acalorados debates entre la reina y él. Los vestidos de estilo wesloriano, por lo general, eran ceñidos y tenían una larga cola bordada. A la reina le parecía importante que la futura reina se vistiera según los dictados de la moda de su país, pero él había argumentado que la gente sentía temor por las cosas que no entendía y, como la princesa debía relacionarse con pretendientes de ámbito internacional, en público tenía que vestirse como lo hacían las mujeres de la nobleza en París y Londres.

Por lo menos, había ganado esa batalla.

La princesa y *monsieur* DuPree desaparecieron nuevamente detrás del telón.

La princesa Justine estaba allí aquel día para ensayar el discurso que iba a dar con motivo de la inauguración del salón. Aquel evento sería la inauguración de la feria anual de artes carlarianas, a la que acudía gente de todo el mundo. Tradicionalmente, era el rey quien presidía la ceremonia de apertura de la feria, pero aquel año se lo impedía su precaria salud. El rey sufría de tuberculosis y su estado empeoraba sin remedio. Los médicos habían dicho que tal vez no durase un año más.

El rey era consciente de la situación y le había expresado a Dante su ferviente deseo de que la princesa Justine empezara a prepararse seriamente para ocupar el trono y de que, si era posible, eligiese a un príncipe consorte.

—Se la comerán viva sin un marido a su lado —había dicho una noche.

El rey tenía razón en eso, pensó Dante. Seguramente, él mismo estaría entre los avasalladores. Después de todo, como primer ministro, tenía que dirigir a la joven adecuadamente en la dirección que resultara más necesaria.

Miró a la princesa, observó sus hombros delgados y su cabeza juvenil, y trató de imaginar cómo llevaría la carga de un país entero sin la ayuda de su padre. En su humilde opinión, la princesa no estaba preparada para ocupar el trono y, a juzgar por la cantidad de suspiros que exhaló mientras miraba a su hija, la reina pensaba lo mismo. Comprendía su impaciencia; él mismo había pasado muchísimo tiempo pensando en la princesa Justine, cuando había asuntos más urgentes que requerían su atención.

Miró a la reina por el rabillo del ojo y notó su expresión de amargura mientras contemplaba a su hija mayor. Estaban solos en el palco, ya que solo se trataba de un ensayo. De hecho, él pensaba que serían los únicos presentes, pero bajo ellos había un puñado de espectadores, en su mayoría, cortesanos. También había asistido, sin explicación, la princesa Amelia, la siguiente en la línea de sucesión al trono, junto a sus tres constantes compañeras. Aquellas muchachas siempre estaban revoloteando y metiéndose en cosas que no eran de su incumbencia. Recientemente le había sugerido a la reina que, tal vez, la princesa Amelia pudiera estudiar arte en Suiza, como hacían muy a menudo las hijas de la realeza y la nobleza. La reina no había querido ni oír hablar del asunto.

Él había salido victorioso en una reñida batalla por el cargo hacía solo un año y, desde el principio, había comprendido que debía ser muy cuidadoso con respecto al tema de las princesas. Amelia era la favorita de su madre, y Justine... Bueno, Justine no lo era. Tal vez lo había sido en algún momento, pero los acontecimientos recientes habían acabado con el halo de la joven. Sin embargo, Justine iba a ser la reina y, como él tenía la intención de mantenerse en el poder muchos años, era la princesa que más le preocupaba.

Estaba decidido a acabar con la mala economía que había lastrado a Wesloria durante siglos y llevar al país a la prosperidad y la modernidad. Bajo el reinado de Maksim se habían logrado grandes avances, pero quedaba mucho por hacer. Y debido a la tuberculosis del rey, él necesitaba que la princesa Justine fuese lo más maleable posible. Ese era el problema.

Cuando *monsieur* DuPree terminó sus instrucciones, corrió hasta el borde del escenario, bajó al suelo de un salto y tomó asiento entre los cortesanos.

Su primer error había sido dar por sentado que sería fácil influir en una joven de la edad de la princesa Justine, que iba a cumplir veinticinco años al cabo de un par de semanas. La princesa no se comportaba de una manera predecible ni lógica, algo que le había causado perplejidad durante muchos meses hasta que, un día, se dio cuenta de que lo que él necesitaba era que Justine fuese un hombre. Que pensara, caminara y hablara como un hombre. Y, como eso no era posible, lo mejor que podía hacer era casarla, conseguirle un consorte, como había sugerido el rey. Alguien que la guiara con la considerable influencia del primer ministro de su país.

—Muy bien, ¡comience de nuevo! —bramó *monsieur* DuPree.

La princesa Justine salió de detrás de la cortina y, en aquella ocasión, atravesó resueltamente el escenario mientras los espectadores se ponían en pie. Ella hizo un gesto, de forma majestuosa, para indicarles que se sentaran. Permaneció junto al podio unos instantes, ofreciendo su verdadera imagen, la de la joven inteligente que había sido instruida por los mejores educadores de Wesloria. La princesa estaba en forma y era atlética, algo que él apreciaba pero no comentaba nunca, ya que la reina había dejado muy claro que no aprobaba la afición de su hija por el atletismo. Desaprobaba, especialmente, la esgrima, deporte en el que la princesa destacaba.

La cuestión era que la joven tenía todas las cualidades para ser una buena reina y una buena esposa, y sería un buen partido para el hombre adecuado.

Sin embargo, en ese aspecto había otro problema. Él no confiaba en que la princesa supiese elegir al hombre adecuado, teniendo en cuenta lo que había sucedido recientemente. Todavía se le escapaba una mueca al pensar en la preocupación que lo había consumido durante su primer año en el cargo a causa de la desafortunada relación de la princesa con el hijo del duque Gustav, el libertino Aldabert.

La princesa Justine colocó las manos a cada lado del podio, miró al público y dijo:

—Buenas noches.

—Le pido perdón, Alteza, pero debe hablar más alto —dijo *monsieur* DuPree.

La princesa inclinó la cabeza un momento para recuperarse.

Aldabert Gustav. ¡Qué alegría se había llevado él cuando habían condenado a aquel sinvergüenza mentiroso al destierro! Era un mocoso mimado que valoraba más el placer carnal que el deber, que no se preocupaba del escándalo nacional que podría causar con tal de hacerse con el trofeo de la virtud de una joven princesa. No tenía ninguna cualidad y había mentido con desfachatez para ganarse el favor de Justine, y solo Dios sabía qué libertades. Y, aun así, cuando se le presentó la prueba de su perfidia a la princesa, ella se había negado a creer que fuese tan corrupto.

El sórdido asunto había terminado en un fiasco real. El rey había tenido que pagar una suma elevada de sus arcas personales a lord Gustav para ver casado a su hijo con una heredera alemana y expulsado del país.

La princesa volvió a levantar la cabeza. Se había quedado pálida y parecía que estaba enferma. ¿De veras era tan doloroso para ella dirigirse a un público tan pequeño? A él le resultaba extraño, porque, en privado, era una joven segura de sí misma. Sin embargo, cuando la presionaban para hablar en público, perdía toda la confianza.

La princesa se aclaró la garganta y tomó el papel del discurso. Incluso desde aquella distancia, él se dio cuenta de cómo temblaba.

—Ojalá hablara —susurró la reina en voz alta—. Creo que sería mejor que diera el discurso Amelia. Es mucho más animada.

La princesa Justine bajó el papel y miró hacia el palco real.

—A mí me encantaría que Amelia diera el discurso, madre.

—¡Oh! Te pido perdón, cariño. No nos hagas caso. ¡Lo estás haciendo muy bien, querida! —exclamó la reina, riéndose entre dientes.

La princesa volvió a mirar el papel. Él no estaba de acuerdo con la reina. La princesa Amelia le recordaba a una niña malcriada, mientras que la princesa Justine era elegante.

—¡Buenas noches! —repitió la princesa, con más fuerza. Distraídamente, se pasó la palma de la mano por la falda de nuevo, y la reina chasqueó la lengua con fastidio—. *Bonem Owen* —continuó la princesa, deseando a todos una buena tarde en wesloriano. Y, después, comenzó a leer en wesloriano, con la voz temblorosa y las palabras entrecortadas. Hablaba como si las palabras no tuvieran sentido para ella, lo cual era absurdo. La lengua materna de las princesas era el alemán, el idioma de la reina Agnes, y la lengua nativa de su padre era el wesloriano. Entre ellos hablaban en inglés, el idioma que tenían en común. Sin embargo, la princesa hablaba wesloriano con fluidez.

—*Ledia et harrad* —dijo. Damas y caballeros—. Bienvenidos —dijo en inglés, de nuevo, olvidándose por un momento del idioma que debía hablar. Después, continuó en wesloriano, a menudo interrumpido por el inglés—. *En honra e...* independencia... —hizo una pausa para entrecerrar los ojos ante el papel—. Nosotros... co...

—¡No! —exclamó *monsieur* DuPree, poniéndose de pie—. De nuevo, por favor, Alteza.

—Le pido perdón, señor, pero no puedo leer sin los anteojos.

—Ayer tuvimos una gran pelea por ellos —le susurró la reina—. Pero no permitiré que parezca un ratón de biblioteca.

Como si fuese algo malo tener una hija que pudiera parecer bien educada y culta.

—¿Quizá sea el wesloriano? —se preguntó él, en voz alta—. No es su idioma preferido.

La reina se enfureció.

—Pero es la lengua de su país. Debería haberse aplicado más a fondo en su estudio.

Eso tenía gracia, ya que la reina nunca había aprendido a hablar wesloriano.

—¿*Par de...* candidatos? —dijo la princesa a continuación, con los ojos entrecerrados—. Oh, pido disculpas. *Candreda* —añadió.

La princesa alejó el papel. Su hermana y sus amigas se echaron a reír y la pequeña comitiva de cortesanos se impacientó. Justine palideció aún más.

—*Par de Candreda* —dijo.

Monsieur DuPree se levantó lentamente. Subió al escenario con las manos entrelazadas a la espalda para hablar con ella una vez más. La princesa se volvió hacia él casi como si esperara un golpe.

—Me pregunto a menudo por qué no fue Amelia la primogénita —dijo la reina, con un suspiro, y se recostó en su asiento—. Ella es muy sociable. Tiene una facilidad innata en este tipo de cosas, y...

—¡Mamá! —exclamó la princesa Justine, bruscamente—. Te estoy oyendo.

—Te pido perdón, cariño. ¡Continúa! —ordenó la reina, y se cruzó de brazos—. ¿Qué vamos a hacer, Robuchard? —susurró—. No tiene remedio.

La princesa Justine no necesitaba ningún remedio, pero no iba a decírselo a la reina en aquel momento. En realidad, aquella era la oportunidad perfecta para exponerle su plan a la soberana sin resultar impertinente.

—Majestad, tengo una sugerencia, si me lo permite.

—¿De qué se trata?

Él se inclinó para acercarse a ella lo máximo posible sin llamar la atención y le habló en un susurro. Mientras, *monsieur* DuPree se situó detrás de la princesa, puso las manos en su cintura y la colocó ante el podio.

—Propongo que enviemos a Su Alteza Real a Londres, como aprendiza de una mujer que, una vez, fue una reina muy joven. Victoria ocupó el trono a la edad de dieciocho años y creo que podría ofrecer consejos muy valiosos.

Monsieur DuPree agitó los brazos hacia el público mientras le explicaba algo a la princesa.

—Y, con vuestro permiso, creo que también sería beneficioso que la princesa Justine y la princesa Amelia permanecieran fuera del país hasta que los acontecimientos más recientes estén casi olvidados.

La reina le lanzó una mirada sombría.

—Se refiere a los Gustav.

Él mantuvo una expresión neutral.

—Podríamos matar dos pájaros de un tiro. Si enviamos a la princesa Justine a Londres como aprendiza, podríamos asegurarnos de que nuestra selección de pretendientes también esté presente en la ciudad. Cabe la posibilidad de que regrese con alguien con quien desee casarse.

—¿Se ha vuelto loco, Robuchard? ¿Pretendientes? —preguntó la reina, mirando a su hija. Se inclinó hacia él y le susurró—: ¿Después de todo lo que ha pasado? ¿Sin que yo esté cerca para vigilarla? No puedo dejar a mi marido.

—¿No está de acuerdo en que es preferible que la princesa esté casada y no soltera? Sobre todo, si finalmente se hace inevitable la abdicación.

La reina se puso rígida. El tema ya había sido abordado con el rey y con ella, pero solo en teoría. Sin embargo, lo más probable era que, si la salud del monarca empeoraba hasta impedirle el desempeño de sus funciones, por el bien de la nación y la estabilidad de la monarquía, el rey se vería obligado a abdicar en favor de la princesa Justine.

—Naturalmente, no sugeriría esto si no estuviera seguro de que se tomarán todas las precauciones. La princesa contaría con el asesoramiento y supervisión de un gentilhombre de cámara, lord Bardaline, y de la ayuda de su esposa como dama de compañía.

La reina se quedó pensativa.

—Lady Bardaline es inteligente.

Por supuesto que sí, o él no lo habría sugerido. Era amiga íntima de la reina, pero era una dama que, por decirlo de algún modo, sabía mantener todas las ventanas abiertas, y le susurraba con frecuencia al oído.

—También sugeriría que, si Su Majestad y el rey lo

permiten, contratáramos los servicios de lady Lila Aleksander de Dinamarca.

La reina abrió unos ojos como platos. Se recostó en el asiento y lo miró de arriba abajo.

—¿Le ruego me disculpe?

—Lady Aleksander es una casamentera...

—Sé quién es, Robuchard.

—Es la mejor de toda Europa —continuó él, con calma—. Ha facilitado matrimonios en las situaciones más peliagudas. El príncipe alemán Heinz Jäger, de quien todo el mundo dice que es idiota, consiguió un buen matrimonio por medio de la dama. Si logró casarlo a él, imagine lo que podría hacer con Su Alteza...

—¿Quiere decir que a mi hija le va a resultar difícil encontrar marido?

—En absoluto —respondió él, rápidamente—. Pero sí será un reto, debido a que la princesa será reina algún día. Su futuro marido debe ser el hombre adecuado si queremos tener alguna esperanza de que la princesa Justine gobierne eficazmente. Nosotros ya sabemos qué candidatos son de nuestro agrado y, ahora, lo que necesitamos es una oportunidad para que la princesa los conozca y forme un vínculo con alguno de ellos.

—¡No podemos contratar a una casamentera, Robuchard! —susurró la reina, acaloradamente—. ¿Qué pensará la gente? ¡Pensarán que a mi hija le ocurre algo!

—Precisamente por ese motivo sugiero que contemos con la ayuda de lady Aleksander mientras la princesa esté en Inglaterra. Ella se encargará de que la princesa Justine vuelva a Wesloria comprometida con un hombre excelente que sea capaz de guiarla. Todos ganamos.

La reina Agnes se quedó boquiabierta unos instantes, pero luego cerró la boca y miró hacia el escenario.

Monsieur DuPree estaba tan cerca de la princesa Justine que ella se había inclinado hacia atrás.

—¿Amelia también?

Sí, claro, Amelia también, esa pequeña alborotadora.

—La princesa Amelia es la verdadera compañera de su hermana y se beneficiaría igualmente de la tutela.

Monsieur DuPree, después de dar sus instrucciones, bajó del escenario una vez más. Entonces, la princesa se irguió y mantuvo la cabeza alta.

—Es posible que su padre no sobreviva al verano, ¿verdad? —susurró la reina.

—Razón de más para actuar con premura, Majestad. La princesa heredera necesitará un marido en quien apoyarse para superar el dolor, afrontar la coronación y asumir sus deberes como soberana. La gente de Wesloria apreciará la mano firme de un hombre detrás del trono.

Ella dio un resoplido.

—Sobreestima enormemente el valor de la mano de cualquier hombre, señor, pero entiendo lo que quiere decir. Creo que es prudente al sugerirlo. ¿Cómo nos acercamos a Victoria?

Él estuvo a punto de levantarse de un salto a causa de la sensación de triunfo.

—Ya está hecho, Majestad.

Ella entrecerró los ojos.

—¿Ah, sí? —preguntó, arrastrando las palabras—. Y ¿qué garantías tenemos de que lady Aleksander va a actuar en la dirección que queremos?

La garantía era que él nunca daba puntada sin hilo. Estaba trabajando en cada una de las partes de su plan, incluido el compromiso de lady Aleksander y el servicio de un espía que le informaría únicamente a él.

—Le aseguro que la gratificación por el éxito de

esta tarea es motivación suficiente. Pero hay telégrafos, y yo tengo ojos en Inglaterra. Estaremos al tanto de todo lo que suceda, hasta de la cantidad de leche que bebe Su Alteza cada día.

La reina se mordió el labio mientras miraba fijamente a su hija, que se había apartado del podio para llamar a *monsieur* DuPree.

—De veras, yo creo que este problema se solucionaría si pudiera ponerme los anteojos.

—Le pido perdón, Alteza, pero no son recomendables —respondió *monsieur* DuPree, suavemente.

—Siento disentir. Son muy recomendables para que yo pueda leer —insistió la princesa, razonablemente.

—Tal vez pudiera memorizar el discurso. Eso le brindaría la oportunidad de practicar su elocución.

La princesa Justine dio un gemido.

—¿Qué tiene de malo necesitar anteojos para leer?

La princesa Amelia y sus amigas se deshicieron en risitas.

—*Je* —dijo la reina Agnes—. *Je*, Robuchard, creo que su plan es bueno.

Capítulo 2

Cuatro meses más tarde.
Londres, Inglaterra.

La cena de la noche anterior se había convertido en una bacanal, y William estaba sufriendo las consecuencias. Beck, maldito fuera. Diez años antes, él habría bebido con desenfreno, pero hacía tiempo que había dejado de querer o de poder pasar las horas con la bebida. Diez años antes, habría recuperado la buena forma como el caucho indio, pero aquel día le dolía todo el cuerpo.

Parecía que esto le sucedía cada vez que iba a Londres. Y era culpa suya, por creer que su viejo amigo, Beckett Hawke, conde de Iddesleigh, que ya era marido y padre, no se permitiría el libertinaje de antaño. Qué tonto había sido al pensarlo.

Él pretendía descansar lo suficiente porque sabía que, al día siguiente, iba a necesitar todo su ingenio. Había asumido, incorrectamente, que la cena en Upper Brook Street terminaría pronto, dado que Beck y su esposa estaban criando a sus cuatro niñas sin ningún tipo de disciplina y era necesario un ejército de padres y sirvientes para acorralarlas y acostarlas.

Pero la esposa de Beck, la regordeta y pelirroja

Blythe Northcote Hawke, había llevado a las pequeñas a la antigua casa Honeycutt, donde vivía Donovan, su tío soltero. Donovan las cuidaría aquella noche y, según había dicho su madre con alegría, les contaría historias de fantasmas y las asustaría hasta sacarlas de sus casillas. Lo que le causaba felicidad no era el hecho de que, probablemente, sus hijas iban a negarse a dormir en sus camas durante quince días, sino que, aquella noche, Beck y ella podrían comportarse sin ningún discernimiento.

Para la ocasión habían incluido a otros amigos de Beck, lord Montford y sir Martin.

Él debería haberse dado cuenta, en el mismo momento en que entraron al salón, de que se avecinaban problemas. Debería haberse despedido en cuanto Beck presentó «un whisky escocés buenísimo» que quizá hubiese obtenido en «la guarida de un contrabandista». Pero no lo había hecho, y lo siguiente que supo fue que su ayuda de cámara, Ewan MacDuff, había ido a buscarlo a casa de su amigo a las cuatro de la mañana.

Así era como había llegado frente a Prescott Hall y estaba observando con los ojos llorosos su imponente fachada de tres pisos. Odiaba las mañanas como aquella. El viaje desde su casa de Mayfair le había sacudido todos los huesos del cuerpo y había empeorado su terrible dolor de cabeza.

Se quitó los guantes y el sombrero, y se pasó los dedos por el pelo. No se le escapó la mueca de Ewan. Su ayuda de cámara estaba muy orgulloso de su trabajo y, aunque no le hubiera cepillado el pelo personalmente, consideraba que el peinado era parte del efecto general de la elegancia de su obra.

William apartó la vista de la expresión crítica de Ewan y vio a un mozo que se acercó para hacerse cargo de los caballos. Él quería desmontar, pero parpadeó y se quedó mirando la casa otra vez. Más que una casa, en realidad era un extenso y opulento edificio, una de las muchas propiedades del duque de Beauford y una de las pocas lo suficientemente grande como para albergar a una princesa y su séquito. Tenía entendido que los jardines eran extraordinarios y le habría encantado echarles un vistazo. Sería agradable pasear mientras el calor del sol evaporaba la niebla de su cerebro. Por desgracia, no había tiempo para eso. Tenía la intención de hacer la visita y volver a su casa, en Arlington Street, lo más rápidamente posible. Quería que Ewan le preparara un baño caliente y, mientras lo tomaba, reflexionar sobre cómo, en un universo tan enorme como el que habitaban, seguía viéndose en aquellas situaciones insostenibles.

Podría pensarse que William Douglas de Escocia, marqués de Douglas y Clydesdale, futuro duque de Hamilton y Brandon, tenía el control de su vida a la madura edad de treinta y tres años. Sin embargo, nada más lejos de la realidad. A medida que cumplía años, le parecía que había menos y menos cosas bajo su control. Su hermana Susan tenía razón: ya debería estar casado y haber tenido hijos. Debería haberse convertido en uno de aquellos caballeros aficionados a pintar, que exigía informes sobre el número de ovejas que tenía en sus tierras y le leía poesía a su esposa. Pero no; estaba soltero y se había pasado en el extranjero la mayor parte de los últimos diez años y, ahora, le habían pedido o, más bien, ordenado, que atendiera los caprichos de una maldita princesa europea.

El mozo siguió observando a Ewan, preguntándole con su expresión facial qué diablos estaba pasando. Ewan se arregló el chaleco, se tiró de los puños del abrigo y le respondió, con la mirada, que no lo sabía bien.

—Bien —les dijo William.

Se deslizó del caballo y asintió para que el impaciente mozo de cuadra tomara las riendas. Después, asintió hacia Ewan, indicándole que debía seguir adelante y anunciar su presencia.

Inmediatamente, Ewan comenzó a caminar hacia la entrada. Era un hombre muy grande, quince centímetros más alto y más ancho que William, y, cuando subió corriendo los escalones hacia la puerta, parecía que el suelo iba a temblar. Llamó con tanta fuerza que William lo oyó desde abajo.

Él se puso los guantes, pero no volvió a ajustarse el sombrero. Giró la cara hacia el sol vespertino. Señor, qué falta le hacían una taza de té y una siesta.

Desvió la mirada hacia el parque que se extendía ante él. El terreno estaba perfectamente cuidado, incluido un campo frente a la casa donde pastaban las ovejas. Los majestuosos árboles que bordeaban el camino de llegada a la casa eran castaños, pensó. Se parecían a los muchos que había plantado su padre en Hamilton Palace, en Escocia, hacía varios años.

Padre. Su padre era quien le había obligado a hacer aquello. Hacía un mes que le había enviado un telegrama urgente para ordenarle que volviera inmediatamente a casa desde París. William temió que su padre estuviera muy enfermo. Y luego temió que muriera y dejara sobre sus hombros una deuda enorme y la monstruosidad que llamaban Hamilton Palace, y que él heredara el ducado y fuera también el siguiente heredero del trono escocés, si las pretensiones de su padre eran ciertas. Temió verse atrapado en Lanarkshire, muy alejado del tipo de la sociedad en la que disfrutaba.

Pero resultó que su padre estaba vivo y coleando, y muy contento de verlo. Seguía en bata a las dos de la tarde, y lo abrazó con fuerza, le dio unas palmaditas en la espalda y le dijo que parecía más gordo que la última vez que lo había visto.

Su padre le habló sobre las nuevas ovejas que él mismo había comprado en el mercado y sobre el pastel de pollo que había hecho el cocinero para la cena. Con entusiasmo, le mostró a William las nuevas habitaciones que estaba añadiendo a la casa. Le informó de que su madre había ido a visitar a su hermana y de que Susan había llevado allí a los niños la semana pasada. Al parecer, el pequeño Arthur se había perdido por la casa, y habían pasado la mayor parte del día buscándolo, y lo habían encontrado llorando en el salón azul.

Ah, sí, su padre estaba muy bien, gracias. La emergencia por la que había convocado a su heredero era que se encontraba en una situación financiera desesperada.

De nuevo.

William quería a su padre y disfrutaba de su compañía. Siempre podía contar con él para reírse, y había sido el mejor padre que uno podía esperar. Aunque era propenso a los excesos, le importaban de verdad cosas como la casa solariega de los Hamilton. Su padre tenía un gran defecto. Bueno, dos defectos, en realidad. Tanto Susan como él estaban de acuerdo en que, a pesar de que el duque afirmaba a menudo que era el verdadero y legítimo heredero del trono escocés, debido a una investigación que había encargado sobre el árbol genealógico de la familia, la afirmación era sospechosa, en el mejor de los casos. Pero su mayor defecto era su mala gestión del dinero. No tenía el más mínimo sentido financiero y no atendía a razones. Había estado a punto de arruinar a la familia más de una vez.

Solo había que mirar el suntuoso y enorme palacio que su padre había pasado toda vida ampliando. El gran monolito rivalizaba con Buckingham, y su mantenimiento requería cantidades ingentes de dinero. En aquel mismo momento, su padre estaba añadiendo más estancias al edificio. Aquella casa era la razón por la que las arcas estaban vacías. El duque había llegado al extremo de obligarle a que vendiera el barco que se había comprado con las ganancias del juego, y había utilizado el dinero para pagar parte de las deudas.

Naturalmente, en Gran Bretaña todos pensaban que él era el libertino, el derrochador, el tonto que se veía rápidamente separado de su dinero. Pero, en realidad, él era el sensato.

Un movimiento llamó su atención, y giró la cabeza. En una parte del jardín cercana a la casa había dos personas vestidas con trajes de esgrima. Llevaban caretas que les cubrían la cara y el cuello. Sintió interés y se acercó para verlos mejor.

La pista estaba justo al lado de una terraza donde había tres caballeros observando el combate. Aunque los contrincantes no estaban igualados en términos de tamaño, puesto que uno era más ancho y alto que el otro, el más pequeño era el más agresivo y hacía retroceder a su oponente con algunos ataques duros. William se encogió cuando el tirador más grande perdió el equilibrio y se tambaleó sobre los talones. Él no era esgrimista, pero sabía reconocer un juego de pies lento cuando lo veía.

Volvió a inclinar el rostro hacia el sol. ¿En qué estaba pensando? Ah, sí. En la última debacle de su padre.

A pesar de que él le había recomendado firmemente que no lo hiciera, parecía que su padre había invertido en la industria del carbón wesloriana. Se había dejado seducir por el flamante primer ministro wesloriano, Dante Robuchard, que era un conocido de la familia. Cuando uno poseía título y fortuna, solía terminar en los mismos ámbitos frecuentados por otros títulos y fortunas.

Él sabía que Robuchard era ambicioso, tanto, que había convencido a un rico duque escocés para que invirtiera una cantidad de dinero considerable. Él tenía la sospecha de que esa era la forma en que Robuchard estaba apuntalando la economía wesloriana. Sin embargo, en aquel momento, según le había explicado su padre, había una súbita inquietud por las inversiones y la prosperidad en Wesloria. El rey se estaba muriendo y la joven princesa heredera se había visto involucrada en un incidente escandaloso. Parecía que la princesa iba a tener que ocupar el trono en cuestión de meses, y Robuchard temía que se produjera una rebelión si era proclamada reina sin tener marido.

—Tengo entendido que no tiene cerebro —le había contado su padre—. Podríamos perder nuestra inversión.

William tuvo que morderse la lengua para no recordarle a su padre que no era «nuestra inversión».

No le sorprendía en absoluto que la princesa Justine Ivanosen se hubiera visto envuelta en un escándalo. No había olvidado que, hacía ocho años, él también había vivido su propio incidente escandaloso con ella en Londres. Al preguntarle a su padre qué tenía que ver con él la situación actual de la princesa, este había sonreído como siempre que quería pedir algo y sabía que no debía hacerlo. Le había dicho que durante las próximas semanas, la princesa iba a estar en Londres reuniéndose con posibles pretendientes. Necesitaba que William fuera a verla y permaneciera cerca de ella, muy atento a todo, y que le enviara un informe a Robuchard cada semana. Un pequeño favor, dijo. Una tarea sencilla.

Al principio, él se quedó mudo. No le encontraba sentido a aquellas palabras. ¿Ir a ver a la princesa para ser su vigilante?

Entonces, su padre se lo había explicado todo otra vez: era imprescindible que alguien mantuviera informado a Robuchard.

—No —le dijo, rotundamente—. No voy a hacerlo, padre. No soy ninguna niñera.

Sabía cómo funcionaban aquellas cosas. Había que hacer consultas con mucha gente, y apaciguar a mucha gente, para conseguir un emparejamiento semejante. ¿Qué pintaba él en aquella situación? ¿Acaso no tenían los weslorianos decenas de personas que pudieran transmitir aquella información?

Pues bien, había perdido el debate, tal y como demostraba el hecho de que estuviera en Londres, visitando a la princesa. Cuando tuvo claro que su padre no iba a ceder, William dio un gemido y preguntó:

—¿Cuánto tiempo?

Su padre dejó a un lado el jarrete de cordero que estaba comiendo y se limpió las manos en una servilleta de lino bordada con una hache en las esquinas.

—Hasta que la muchacha esté comprometida.

—¡Dios Santo! —exclamó William—. ¡Podrían pasar semanas! ¡Meses!

—Meses, meses —respondió su padre, burlonamente—. Ella volverá a Wesloria antes de que termine el año. Al rey no le queda mucho tiempo de vida.

—No lo haré —dijo William, con firmeza.

—¿Tengo que recordarte el favor que te he hecho? —preguntó su padre mientras sacaba un trozo de carne del hueso de la pierna.

William volvió a gemir, pero, en aquella ocasión, de dolor.

—No. No hace falta que me lo recuerdes.

Por desgracia para los Hamilton, su padre no era el único que tomaba decisiones insensatas. Él había llevado a cabo un acto de honesta preocupación por una mujer... Y, por supuesto, debido a que su decisión había sido una imprudencia, se había convertido en una carga financiera. Y eso era lo que obtenía por intentar ayudar a alguien: convertirse en una maldita niñera.

Se sobresaltó, porque Ewan apareció repentinamente delante de él.

—Por el amor de Dios, Ewan —le dijo, tirándose de
los extremos del chaleco—. ¿Qué ocurre?

—Está invitado a pasar, milord.

—Invitado a pasar. ¿Qué significa eso? ¿Qué pasa
con la princesa?

—El caballero dijo que informaría de su llegada a
Su Alteza Real.

William suspiró.

—¿Le dijiste que se trata del marqués de Doug...

—Sí, milord —respondió Ewan.

—¿Entienden que yo...?

—Sí, creo que sí, milord.

William frunció el ceño.

—Muy bien.

Mejor sería que lo recibiera, después de haberse
molestado en ir hasta allí. Se giró y volvió a ver a los
tiradores. El más grande de los contrincantes estaba
en el suelo, con una espada en el cuello por cortesía del
más pequeño, que se encontraba en pie sobre él. El final del combate se había resuelto muy rápidamente.

Se volvió hacia la entrada de Prescott Hall con el
objetivo de reencontrarse con la princesa Justine ocho
años después. Recordaba a una princesa joven, vani-
dosa y maleducada. Era bonita, pero no tenía ni una
sola curva. Ah, y tenía un extraño mechón blanco en
el cabello, rasgo hereditario de la familia real de Wesloria. Todos sus miembros lo tenían en algún lugar de
la cabeza: algún mechón o un rizo de un blanco puro.
Extraño.

¿Cuántos años tenía ella entonces? ¿Dieciséis o diecisiete? Tenía edad suficiente como para haber acompañado a sus padres a Londres. Y también era lo
suficientemente joven como para decir que cuando
fuera reina, organizaría un baile todos los fines de

semana. ¿Qué podía esperarse cuando los niños ocupaban un trono? No pensaban en nada más que en la cantidad de ponis que podían tener y en los bailes que podían celebrar.

Tenía que terminar con aquello. Se puso a caminar con energía hacia la entrada de la mansión, tan de repente, que Ewan tropezó en su prisa por alcanzarlo.

Había conocido a la princesa en una fiesta. Había bailado dos veces seguidas con ella y eso ya había sido un escándalo por sí solo. Ella era la que había decretado que quería dos bailes, y él no se negó porque hubiera sido descortés. En realidad, le había divertido un poco que una niña le dijera lo que tenía que hacer. La princesa llevaba un vestido azul claro ceñido al cuerpo, al estilo de Alucia y Wesloria, que a él le resultaba muy agradable para las mujeres adultas, pero no en el cuerpo de una niña.

Había vuelto a coincidir con ella en otra velada que se celebró en la misma casa de Upper Brook Street en la que él había estado de juerga la noche anterior. Beck le recordó el gran incidente durante un juego de las sillas en una fiesta de Navidad. A William se le culpó de ello, por supuesto. Tal vez todo fuera obra suya, pero, en su defensa, la absenta que había bebido enturbiaba su memoria. Él llevó la bebida de Francia para regalársela a su anfitrión, y el licor había fluido libremente, y el caos había sobrevenido con un delicioso desenfreno.

El juego consistía en diez adultos corriendo alrededor de nueve sillas mientras sonaba la música y, una vez que la música cesaba súbitamente, todos tenían que tomar asiento. La persona que se quedaba sin silla era eliminada. Entonces, se retiraba otra silla, de modo que solo quedaran ocho, y los nueve participantes repetían el proceso.

La disputa ocurrió durante la ronda a la que habían

llegado William, la princesa y otra persona a quien no recordaba en aquel momento. La princesa le había dicho cosas muy insolentes en el transcurso del juego, y él, a su vez, la empujó con la cadera para echarla de la silla en la ronda final. Ella gritó con indignación y él le dijo que parecían los gritos de una *banshee*. Alguien tuvo que explicarle a la pequeña extranjera que una *banshee* era un alma en pena y, al enterarse, la princesa se había vuelto hacia él con su pequeña y encantadora cara llena de rabia asesina, y habían discutido, y sí, él tenía que reconocer que estaba mal hecho. Pero no pensaba que Beck tuviera que darle un tirón de orejas, como había hecho.

William llegó a los escalones y los subió de dos en dos. Cada paso lo acercaba más a la dichosa niña. Cuanto antes terminara con aquello, antes podría volver a sus asuntos.

Ewan, que había tenido que esforzarse por mantener su ritmo todo el camino, probablemente porque era diez años mayor y pesaba cinco kilos más que él, estaba casi sin aliento cuando se acercó a William y lo adelantó para llamar a la puerta. Abrió un lacayo con librea.

—Su Señoría... el marqués... de Douglas —jadeó Ewan.

—Por favor —dijo el lacayo, y retrocedió al interior del enorme vestíbulo.

William entró y le entregó el sombrero y los guantes al sirviente. Después, apareció otro que le indicó que debía seguirlo por un largo pasillo hasta un salón. La habitación era rosa y blanca, con cortinas de terciopelo rosa recogidas con alegres cuerdas doradas. La paleta de colores le recordó un poco a un pastel de mazapán.

En el centro del salón había un sofá y dos sillones tapizados con un brocado floral. La alfombra era gruesa, en tonos verdes. Miró el cuadro que había sobre la chimenea; era el gran retrato de una mujer ataviada con un vestido blanco y negro que sonreía tímidamente mientras un par de perros spaniel retozaban a sus pies.

Un ruido llamó su atención, y caminó hacia una puerta doble que se abría a la terraza donde había visto, un poco antes, a los contrincantes de esgrima. Los espectadores se habían ido, pero los dos tiradores estaban en la terraza, y el más grande estaba instruyendo al más pequeño.

Otro sonido, en la habitación, captó de nuevo su atención. Miró a su derecha y vio claramente que alguien desaparecía detrás de las cortinas. ¿Qué tontería era aquella? Se acercó y abrió las cortinas, y se encontró con una mujer que lo miraba. Le resultó familiar... pero no tenía los ojos color ámbar de la princesa Justine. Y su cabello era dorado, mientras que, según sus recuerdos, la princesa tenía el pelo castaño oscuro. Frunció el ceño con confusión.

—Le ruego me disculpe.

¿Era posible que le fallara la memoria?

La joven se puso de puntillas, acercándose tanto a él que le causó incomodidad. Ella inclinó la cabeza hacia atrás y sonrió con coquetería.

—¿No me recuerda? —le preguntó, en un tono de acusación.

Él no la recordaba precisamente así. De hecho, le desconcertaba que su memoria pudiera traicionarlo tanto.

—Sí, por supuesto. Pero, yo...

—Milord.

William se volvió. Acababa de entrar un caballero wesloriano, a juzgar por su largo abrigo y la pequeña mancha verde que llevaba en la solapa. Era una curiosa costumbre de Wesloria la de llevar siempre un trozo de tela verde en la vestimenta, de manera muy parecida a como los escoceses usaban los cuadros.

—No se acuerda de mí.

La joven estaba molesta y habló como si el hombre no hubiera entrado. William se volvió hacia ella.

—Nos conocimos la última vez que estuve en Londres. ¿Se acuerda ahora?

Movió las pestañas con coquetería y lo miró fijamente. Tenía los ojos castaños.

—Creo...

—¡Milord! —repitió el recién llegado.

En aquella ocasión, se sorprendió al girar la cabeza, porque vio a un esgrimista entrando en el salón. Después de un momento de vacilación, el esgrimista avanzó en dirección a él, y él se preparó por instinto, como si tuviera que defenderse.

Sin embargo, algo se agitó en una región de su cerebro y lo distrajo. Era algo que tenía que ver con la vestimenta del esgrimista. O más bien, con la forma en que el atuendo dibujaba sus curvas. O con la figura que él se imaginaba debajo de aquel traje. Los pantalones le quedaban holgados, pero, cuando el esgrimista se movió, él distinguió las formas de una mujer, con unas caderas que se curvaban hasta unas piernas delgadas. La chaqueta, más llena en el pecho, marcaba una cintura esbelta. La espada iba rebotando contra una pantorrilla bien formada.

Aquella mujer de figura seductora, era... era a quien había visto con una espada en el cuello del oponente de mayor talla.

—Si me permite —le dijo el caballero a la esgrimista—. Lord William Douglas de Hamilton, marqués de Douglas y Clydesdale.

El esgrimista, en respuesta, se quitó la máscara, y una trenza de cabello castaño oscuro le cayó por la parte delantera de la chaqueta de esgrima. El mechón blanco que él nunca olvidaría seguía siendo tan notable como siempre, pero su cabello parecía más espeso y lustroso de lo que recordaba. Aquella no era la adolescente que él recordaba, sino una mujer adulta, con curvas, protuberancias, labios y cejas oscuras que se arquearon sobre sus ojos con sorpresa. Él sintió un molesto revoloteo en el pecho.

Así pues, era la princesa Justine la que estaba bajo el traje de esgrima... Eso le hizo sonreír. Qué bien había resultado. Ah, sí. Aquella era Su Alteza Real. La reconocería en cualquier sitio.

—Sé quién es, gracias —le dijo ella al caballero, y le entregó la máscara con tal fuerza que William oyó que se le escapaba un jadeo.

Hizo una reverencia.

—Su Alteza Real, bienvenida a Inglaterra.

La mujer que había encontrado detrás de las cortinas se acercó y se colocó al lado de la princesa Justine. Las dos lo miraron pestañeando. ¿Cómo podía haberla confundido con la princesa Justine? Obviamente, la muchacha de pelo rubio era la hermana menor, la princesa Amelia.

—Has crecido mucho —dijo William, casi sin darse cuenta.

Las dos mujeres se miraron.

—Y usted está... más grueso —dijo la princesa Justine.

¿Más grueso? Acababan de hacerle a medida el traje que llevaba, y el sastre había proclamado que estaba en forma.

—No me recuerda —dijo la princesa Amelia, y se cruzó de brazos.

Al igual que su hermana, era un poco más alta que la media y tenía un mechón blanco, pero como su cabello era dorado, parecía más bien un poco rubio.

—Le pido perdón, Su Alteza Real. Han pasado muchos años.

La princesa Amelia dio un resoplido de desdén.

—Si se me permite, soy el gentilhombre de cámara de Su Alteza Real, lord Bardaline, a su servicio.

El caballero se inclinó y las dos princesas pusieron los ojos en blanco.

—Encantado de conocerlo.

William era muy consciente de que la princesa Justine lo estaba observando.

—¿Ha venido solo? —preguntó la princesa Amelia—. ¿O ha traído a sus amigos?

—¿Disculpe?

La princesa Justine puso su mano sobre el brazo de su hermana para indicarle que guardara silencio.

—Hay una pregunta mejor. ¿Para qué ha venido?

La princesa Amelia suspiró, se agarró las manos a la espalda, retrocedió y se escabulló hasta el otro extremo de la habitación para mirar la pintura. Los ojos de Bardaline siguieron cada uno de sus pasos.

Sin embargo, la princesa Justine siguió mirándolo fijamente, con una de sus cejas oscuras arqueada. Parecía desconcertada, pero ¿por qué? Seguramente, ya sabía que él iba a visitarla o... ¿había algún error? ¿Tal vez lo esperaba otro día? O, con suerte, su padre se había equivocado y, después de todo, no se esperaba que fuera su niñera. En Hamilton Palace se habían cometido errores más extraños que ese.

—¿No me esperaban? —preguntó.

La princesa frunció el ceño.

—Ciertamente, yo no, milord.

¿Qué diablos? ¿Nadie se lo había dicho?

—¿Su Alteza Real? —dijo Bardaline, y dio un paso adelante con una sonrisa tan forzada, que William pensó que se lo habían ocultado por completo—. Tal vez prefiera recibir a lord Douglas tomando el té?

Él estuvo a punto de atragantarse. No tenía intención de quedarse a tomar el té. Faltaban siglos para la hora del té. ¿Qué pasaba con su baño de agua hirviendo? Su única intención era saludarla, decirle lo que tuviera que decirle y marcharse.

—Gracias, pero no...

—Sí —dijo ella, antes de que él pudiera terminar—. Me gustaría cambiarme.

La princesa se dio la vuelta y dejó el salón sin preguntar siquiera si eso le convenía, sin ninguna muestra de cortesía, sin interesarse por su salud después de tantos años.

La princesa Amelia salió corriendo tras ella.

William miró a Bardaline, que, según observó, no parecía sorprendido por la brusca salida de la princesa, sino, simplemente, disgustado. El caballero hizo un gesto vago hacia la puerta.

—Si le place, por favor, venga conmigo, milord —dijo, y salió al pasillo.

William vaciló. Tenía la sensación de que estaba a punto de verse en una situación insostenible. Y sin embargo, en lugar de pensar en todas las excusas que podría dar, en aquel mismo momento, su mente estaba obsesionada con la imagen de la princesa Justine.

Así pues, siguió a lord Bardaline como una vaca lechera al establo.

Capítulo 3

Amelia se sentía insultada por el hecho de que Douglas no hubiese recordado inmediatamente quién era. En su mundo, ser alguien anodino era peor que estar muerta y olvidada. En medio de su incredulidad, seguía a su hermana mayor escalinata arriba.

—¿Por qué no se acuerda de mí? ¿Acaso se topa con princesas todos los días?

Justine no le recordó a Amelia que la última vez que habían estado en Londres eran unas niñas y que, desde entonces, habían cambiado considerablemente. No lo hizo porque ella misma estaba tan enfadada que pensaba que iba a explotar. Bardaline, que era una serpiente, la había abordado durante el entrenamiento de esgrima para decirle que alguien había ido a visitarla como favor personal al ministro Robuchard. Eso le había causado desconfianza inmediatamente, porque el ministro también era un taimado que seguía entrometiéndose en su vida incluso a miles de kilómetros de distancia.

Sus sospechas habían quedado confirmadas al ver quién había ido a visitarla por petición personal de Robuchard, y se había puesto furiosa.

Bardaline podía haberla avisado. Alguien debería habérselo advertido, pero habían preferido sorprenderla para que no pudiera poner excusas y librarse del encuentro con aquel hombre. Claramente, le estaban ocultando algo, y ella no estaba dispuesta a jugar a aquel juego. Recordaba bien a Douglas, y no precisamente con afecto.

¿Por qué le había enviado Robuchard? ¿Por qué a él? ¿Para qué?

—¡Justine! Ni siquiera estás escuchando —gimoteó Amelia, mientras iban hacia su habitación. Una doncella se cruzó con ellas en el pasillo y les hizo una reverencia que ella apenas notó. Seguía ideando una muerte espectacular para lord Bardaline, que se había atribuido a sí mismo el título de gentilhombre de cámara, obviamente para que su papel de guardián pareciera más importante de lo que era.

Abrió de par en par la puerta de su vestidor y llamó a Seviana, su doncella. La joven llegó corriendo desde la habitación contigua.

—Alteza, ¿en qué puedo servirla?

—Tengo que vestirme —dijo Justine, mientras comenzaba a desabrocharse la chaquetilla de esgrima—. Algo... no sé qué, pero que sea deslumbrante. ¿Tengo algo deslumbrante, Sevie?

—*Je*, señora, tiene varios trajes deslumbrantes.

—¡Deslumbrante! —exclamó Amelia, riéndose, mientras se dejaba caer en una butaca—. Solo es un té.

—¿Me permite que le sugiera el vestido azul y blanco? —preguntó Seviana.

—¡Sí! —respondió Justine. Le encantaba aquel vestido. Era de París—. Ese me queda muy bien. Gracias, Sevie.

Se quitó la chaquetilla mientras la doncella iba en busca del vestido. Al mirarse en el espejo de la cómoda, exclamó:

—¡Dios Santo, cómo tengo el pelo!

—Pero ¿qué te pasa? ¿Por qué te comportas como si

fueras a ver a alguien más elevado que la reina de Inglaterra?

—¿Más elevado? —preguntó Justine, y dio un resoplido—. En mi estima, nadie podría estar más bajo. Voy a vestirme lo mejor que puedo porque lo odio, Amelia.

—Eso no tiene sentido —dijo Amelia.

—Tiene todo el sentido —dijo una mujer.

Y, justo a tiempo, hizo su aparición la venerable y detestada lady Bardaline, la dama de compañía que le había asignado su madre. En realidad, para ella, solo era una persona molesta e indigna de confianza. Aunque Amelia y ella no estaban de acuerdo en todo, en el asunto del matrimonio Bardaline sí coincidían. Según su madre, la dama iba a acompañarla en el viaje para aconsejarla y velar por su virtud. Sin embargo, ella no necesitaba a nadie que velara por su virtud; sabía hacerlo perfectamente por sí misma. Pero, ay, había cometido un terrible error con un hombre y parecía que siempre iban a echárselo en cara. Ahora, todo el reino vigilaba su virtud como si fuera una monja de clausura.

La verdadera razón por la que lady Bardaline estaba allí era para informar a la reina de todo lo que hicieran y dijeran Amelia y ella. Recibían un telegrama de sus padres una vez a la semana y, en todas las ocasiones, sin falta, su madre mencionaba lo que sucedía, lo que se decía... Cosas que solo podía saber a través de alguien muy cercano a ellas. Era posible que los informantes fueran lord Bardaline o cualquiera de los sirvientes weslorianos que entraban y salían de sus habitaciones con diversas tareas... pero ella se apostaría el trono a que era lady Bardaline.

Amelia y ella habían estado jugando con eso últimamente, diciendo cosas solo para ver qué mencionaba su madre en la correspondencia.

—¿Puedo preguntar a quién odiamos? —inquirió la dama, como si fuera una amiga que acababa de incorporarse a la conversación.

—En realidad, a nadie —contestó Justine, con ligereza. Amelia la miró y sonrió disimuladamente—. No odiamos a lord Douglas, pero ha venido de visita hoy.

—¿Quién?

—Lord William, el marqués de Douglas.

—Ah —dijo lady Bardaline, y frunció ligeramente el ceño, como si estuviera tratando de recordarlo.

—Conocimos al caballero cuando estuvimos en Londres la última vez —explicó Amelia—. En una cena, o en un baile... ¿Quién se acuerda? Fue hace tanto tiempo, que casi no me acuerdo de él.

Parecía que Amelia había decidido que, si él no se acordaba de ella, ella tampoco lo recordaría a él. Sin embargo, Justine lo recordaba nítidamente. Se habían relacionado en varias ocasiones, en cenas, en veladas, en un par de bailes y, por supuesto, en aquella desgraciada fiesta de Navidad.

—No me cae bien —dijo. Miró a su hermana desde su imagen en el espejo y le guiñó un ojo—. ¿Cómo iba a caerme bien? Fue horriblemente maleducado con mi madre.

Por supuesto, aquello era una invención. Sin embargo, cuando su madre se enterara de aquel cotilleo, se pasaría semanas tratando de recordar quién había sido maleducado con ella.

Seviana volvió con el vestido azul y blanco. Le encantaba que dejara los hombros al descubierto y que tuviera un lazo de color azul oscuro en el corpiño. Se puso detrás del biombo y, rápidamente, se quitó el traje de esgrima.

—Si me permite, Alteza, ¿por qué no invita al caballero a cenar? —sugirió lady Bardaline—. Así podrá dedicarle más tiempo al reencuentro.

Justine puso los ojos en blanco.

—No necesito tiempo para reencontrarme con él. De haber sabido que se proponía venir, le habría ahorrado el viaje —respondió, y se asomó a la habitación—. Lady Bardaline, me pregunto por qué nadie me ha informado de esta visita.

La dama pestañeó con una expresión de inocencia, pero se ruborizó, y eso delató su culpabilidad.

—Yo no sé de antemano quién va a venir a visitarla, Alteza.

—¿De verdad?

—No —respondió la dama, como si estuviera muy ofendida.

Justine volvió a meterse tras el biombo. ¿Por qué había ido el marqués a visitarla, y por qué nadie se lo había comunicado? ¿Cómo sabía él que estaba allí? A veces, se sentía como si no tuviera nada más que su instinto para guiarla. Su padre le había dicho una vez que no podía considerar a nadie como un verdadero amigo, salvo a Amelia, pero que incluso Amelia podía ser persuadida para que se volviera contra ella si se daban las circunstancias adecuadas.

—¡Amelia nunca lo haría, papá! —le había respondido Justine, con firmeza, indignada en nombre de su hermana.

—Ah, ¿no? —replicó él, enarcando una de sus espesas cejas—. ¿Tan pronto te has olvidado de la reina Elena?

Bien, aquello había sido un buen recordatorio, con su tajo y todo, pero, de todos modos, Justine no creía ni por un momento que Amelia pudiera traicionarla. Y no existía el peligro de que ella confiara en lady Bardaline. Le gustaba pensar que habían llegado a un entendimiento tácito: si lady Bardaline no hacía demasiadas preguntas, ella le permitiría quedarse. Por el momento.

—Bueno, pues yo no voy a tomar el té con él —dijo Amelia, resoplando—. Además, esta tarde voy a ir a Holland House. ¿Estás segura de que no vas a venir, Jussie?

Justine se llevó las manos a la cintura mientras Seviana le ataba el corsé.

—No puedo, Amelia. Debo salir hacia Windsor con las primeras luces del día para visitar a la reina Victoria.

Por no mencionar que no se le permitía asistir a una cena con gente que apenas conocía. Llegar a Holland House sin todos los hombres del rey necesarios a su alrededor sería una terrible violación del protocolo, según su madre y lord Bardaline. Sinceramente, parecía que todo lo que le apetecía hacer entraba en la categoría de terrible, mientras que la vida era una diversión para Amelia. Su hermana podía ir y venir cuando quisiera mientras mantuviera su reputación irreprochable.

Envidiaba la libertad de Amelia. Y detestaba que todo lo que hiciera fuese estudiado, comentado y examinado en busca de grietas y puntos débiles. Tampoco le gustaba sentirse incómoda entre extraños, a diferencia de Amelia, que disfrutaba de la atención de la multitud. A ella se le entrecortaba la respiración y se le humedecían las palmas de las manos.

—¿Quién te acompañará a Holland House? —le preguntó a su hermana.

—Lady Holland.

—¿Lady Holland? —repitió lady Bardaline, mientras Justine se ponía la enagua.

—Sí, lady Holland —dijo Amelia, con un poco de frialdad. Después, como no pudo evitarlo, le espetó a la dama—: ¿Por qué no lady Holland?

—No hay motivo alguno, Alteza —respondió lady Bardaline, suavemente.

Sin embargo, su tono de voz había sido de desaprobación. Dentro de pocos días, Amelia iba a recibir una carta de su madre amonestándola por dejarse ver con personas tan proclives a dar sus opiniones políticas, como los Holland, y pidiéndole que permaneciera por encima de cualquier refriega. Justine casi podría escribir la carta por sí misma.

Y Amelia, a quien siempre molestaba que se cuestionaran sus actos, se dedicaría a encontrar todos los motivos posibles para visitar Holland House.

—Me cae muy bien —le dijo Amelia a lady Bardaline, confirmando los pensamientos de Justine—. Estoy aburrida de esto. Vengo a verte mañana, Jussie —dijo.

Justine la oyó salir por la puerta.

Terminó de vestirse con ayuda de Seviana y salió de detrás del biombo. Lady Bardaline se había sentado en un sillón y había tomado una revista de moda que Justine había dejado por allí. Era algo insignificante, pero a ella le irritaba, a veces, que la dama se pusiera tan confortable en sus habitaciones. Se preguntaba si, cuando ella fuera reina, la gente también iba a sentarse en su sillón a hojear revistas de moda. De ser así, emitiría un decreto en contra, sabiendo muy bien que su madre la reprendería por la descortesía. A veces le parecía que su madre no apreciaba en absoluto la responsabilidad que tendría su hija como reina, sino que le preocupaban mucho las apariencias. Lady Bardaline levantó la vista de las últimas novedades de la moda y sonrió.

—Ese vestido le queda muy bien, Alteza.

—Gracias.

—¿Puedo ser de ayuda?

Bueno... Seviana la había ayudado a vestirse, así que, a menos que lady Bardaline quisiera cepillarle el pelo, no veía cómo.

—En realidad...

Justine se sentó en su tocador y le hizo una señal a Seviana para que comenzara a trabajar en su peinado.

—Creo que no. Puede retirarse.

En cuanto lo dijo, contuvo la respiración. Nunca estaba segura de si iban a obedecer sus órdenes, y observó a lady Bardaline en el espejo de su tocador, esperando a que la dama pusiera cara de desaprobación, incluso a que la desafiara. Pero lady Bardaline sonrió dulcemente y se puso de pie.

—Como desee.

Hizo una reverencia y desapareció en la habitación contigua.

En momentos como aquel, se preguntaba si estaba equivocada... Tal vez, en realidad, lady Bardaline solo quisiera ayudarla. Y tal vez la tomaran en serio como reina, y no solo como si fuera la marioneta de su madre.

Seviana le cepilló el cabello hasta sacarle brillo y le hizo un moño en la nuca. El mechón blanco que tanto la mortificaba de niña parecía una línea blanca que alguien le hubiera pintado en el cabello. Ya no le importaba mucho, sobre todo, porque era igual que el mechón que tenía su padre.

Se puso de pie y se miró al espejo de cuerpo entero. Sí, aquel vestido serviría. Tenía un aspecto sofisticado, que era lo que quería. La última vez que había visto a Douglas, él la había tratado como a una niña. Para ser justos, en aquella época era poco más que una niña, porque había cumplido diecisiete años durante el viaje, pero, de todos modos, él podría haber tenido un poco más de deferencia.

Echó un vistazo al reloj. Había hecho esperar a lord Douglas... solo una hora, y eso no era suficiente.

—Muchas gracias, Seviana.

Seviana hizo una reverencia, recogió la ropa de esgrima y la llevó al vestidor contiguo.

Douglas. ¿Qué se suponía que debía decirle? ¿Que se alegraba de verlo? En realidad, ni siquiera quería mirarlo. No porque él le provocara rechazo, ni mucho menos, sino porque se había quedado inmóvil delante de ella, con aquel atisbo de sonrisa divertida. Además, le sorprendía que su apariencia hubiera mejorado más todavía, algo que a sus ojos de adolescente habría resultado imposible. Lo cierto era que en aquellos tiempos, estaba enamorada de su hermoso rostro. Para ella, Douglas era el hombre más atractivo que había visto en su vida.

Ocho años después era atractivo, pero también más... experimentado. Más ancho de hombros y más musculoso. Tenía algunas arrugas nuevas alrededor de los ojos y las patillas le habían crecido hasta convertirse en una barba completa. Y su pelo... Bueno, parecía muy suave. Lo llevaba demasiado largo y revuelto, y resultaba indescriptiblemente atractivo. ¿Por qué los caballeros se ponían tanta gomina en el pelo? Él estaba infinitamente mejor sin ella.

Además, a medida que se acercaba, notó un ligero olor a cuero y a clavo, un aroma que parecía en desacuerdo con la fina ropa que vestía, pero que, en realidad, era la combinación perfecta.

Y luego estaban sus ojos. Ah, sus ojos... Reprimió un suspiro. Sus ojos eran del color de un cielo invernal, por momentos azul, a veces, gris.

Demonios... ¿Por qué tenía que haber aparecido de la nada, e incluso más guapo que antes? Bien, poco importaba: seguía siendo un sinvergüenza. Los sinvergüenzas no cambiaban nunca, y eso lo había aprendido de la manera más dura.

Se acercó a la ventana, apoyó las manos en el alféizar y se puso de puntillas para echar un vistazo al hermoso paisaje que había frente a la casa. Al principio no le había agradado nada que la enviaran a Londres;

aunque su madre le había dicho varias veces que no era un exilio, ella sabía que sí lo era. Sin embargo, Prescott Hall era una residencia muy hermosa. La finca era bucólica y le hacía sentir calma. Tenía tendencia a la ansiedad, y nada le producía un efecto tan relajante como dar un buen paseo por el campo o contemplar unas vistas como aquellas. Miró distraídamente a un pastor que se estaba acercando a un rebaño desde el campo. Sus dos perros corrían de un lado a otro detrás de las ovejas, obligándolas a mantenerse en grupo, como si fueran un río de lana. Las estaban guiando hacia una estrecha vía rural. Las ovejas avanzaban por el camino, apretujadas como rebanadas de pan.

Mientras las miraba, pensó que le diría a Douglas que estaba muy ocupada, que tenía que atender muchos asuntos y que, si aquella era una visita meramente social, tal vez pudiera acudir en otro momento más conveniente.

También podría decirle que no se encontraba bien. Aunque él no lo creería, teniendo en cuenta cómo se había arreglado solo para negarse a verlo.

Le dijera lo que le dijera, debía hacerlo pronto, porque tenía que prepararse para pasar otra velada con los insufribles Bardaline, charlando todo el tiempo de cosas triviales mientras, en realidad, lo que deseaba era poder meterse en la cama y leer un libro.

Suspiró y empezó a alejarse de la ventana, pero, cuando lo hizo, vio a alguien al final del camino por donde el pastor llevaba a sus ovejas. Se inclinó hacia delante, entrecerrando los ojos para tratar de ver algo a través de los gruesos paneles de la ventana. Tenía mala vista de cerca, pero, de lejos, veía muy bien, y aquella figura era Douglas. Había salido al camino por algún motivo y andaba con la mirada fija en el suelo. Parecía que estaba aburrido. Llevaba el sombrero en la mano e iba dándose golpecitos con él en la pierna.

¿Realmente tendría algo que decirle, o era uno de los muchos caballeros que habían intentado ganarse su favor? Ser una princesa soltera convertía a cualquiera en alguien bastante popular en sociedad.

Se dio cuenta de que Douglas no había visto a las ovejas, porque se detuvo delante de la valla de piedra y apoyó un pie en ella. Después, se inclinó hacia delante para contemplar el paisaje.

Las ovejas habían doblado una esquina. Llenaron el camino, apretándose unas contra otras, raspándose contra la cerca de piedra en los dos lados, corriendo hacia adelante para alejarse de los perros. Douglas todavía no las había visto, y ella gimió alarmada. Si no tenía cuidado, el rebaño iba a atropellarlo.

Entonces fue cuando Douglas oyó a las ovejas. Bajó el pie de la valla y se quedó mirando la avalancha de lana que se le acercaba durante un momento demasiado largo. Miró el camino por el que había llegado hasta aquel punto y, viendo que no había escapatoria, en el último momento saltó la valla, tropezó al otro lado y apoyó una mano en el suelo antes de caer sobre el trasero. Logró ponerse de pie mientras las ovejas pasaban corriendo y se miró la mano vacía. Había perdido el sombrero.

Ella se echó a reír a carcajadas, con tanta fuerza, que Seviana entró en la habitación. Justine la despidió con un gesto.

—No pasa nada, Seviana. El que es tonto, lo es para siempre. Eso es todo.

Y ella había hecho esperar mucho a su señoría. Lo suficiente.

Capítulo 4

William todavía estaba sacudiéndose el polvo y la suciedad cuando la princesa Justine entró al salón.

Ella se detuvo a mirarlo. Se había cambiado de ropa y llevaba un vestido a rayas blancas y azules, diseñado a la moda inglesa, con una falda ancha y un corpiño ajustado. Aunque él había admirado durante mucho tiempo los vestidos ceñidos al cuerpo típicos de las naciones de Alucia y Wesloria, era el primero en reconocer que aquel vestido resultaba muy favorecedor. Muy diferente del traje de esgrima, claro, pero igual de atractivo.

La princesa avanzó con seguridad. William se agarró las manos a la espalda y se inclinó cuando ella se detuvo a pocos metros de él. Cuando se incorporó, ella lo recorrió con la mirada de pies a cabeza.

—Milord —dijo, graciosamente—. Es muy amable de su parte venir a visitarme después de todos estos años. Sin embargo, no puedo retenerlo más. Mis deberes de estado requieren mi atención y creo que, seguramente, usted también tendrá algo que hacer.

¿Acaso estaba insinuando que él no tenía nada que hacer? Y ¿por qué parecía que había ensayado frente al espejo aquel pequeño discurso? William enarcó una ceja.

—Entiendo.

—Bien —dijo ella, y elevó la barbilla un centímetro más.

Él no se movió. Estaba indignado y, además, uno de sus defectos era su incapacidad para permitir que una mujer quedara por encima. Lo irónico era que, hacía menos de quince minutos, él mismo había inventado un motivo para marcharse de inmediato. Pero, como ella se le había adelantado, él se empeñó en quedarse. Infantil, desde luego.

—Y ¿cuáles son esos deberes? —le preguntó a la princesa.

—¿Disculpe?

—Ha dicho que tiene deberes de estado que atender. Me preguntaba cuáles son esos deberes —dijo él, y se encogió de hombros ligeramente, como si fuera una pregunta trivial, como si estuviera hablando del tiempo, o de su salud.

Ella abrió unos ojos como platos y lo miró con incredulidad.

—Le ruego que me disculpe, lord Douglas, pero eso no es de su incumbencia. Además, no es nada que usted pudiera entender jamás.

Lógicamente, su pregunta le había molestado, porque nadie iba por ahí interrogando a las princesas. Era de muy mala educación. Sin embargo, ya lo había hecho, y estaba dispuesto a apostarse Hamilton Palace a que ella no tenía ninguna respuesta convincente que darle.

—¿Jamás? Creo que se sorprendería —dijo, sonriendo.

Ella frunció el ceño.

—No, no me sorprendería —respondió ella, moviendo sus esbeltos dedos hacia él—. Además, entiendo perfectamente lo que es esto, no se equivoque.

—Esto es una invitación a tomar el té. Hecha por usted misma.

—La invitación fue hecha por Bardaline, no por mí, y se trata de una emboscada. Sé que no se va a marchar usted hasta que me haya dicho eso que piensa que yo estoy deseando saber, porque no puedo soportar no enterarme. Muy bien, lord Douglas. Tiene su momento de gloria.

Entonces, la princesa le hizo un gesto para indicarle que debían sentarse en una mesita. En cuanto lo hizo, varios sirvientes se pusieron en acción y rodearon a la princesa con platos y tazas de porcelana mientras uno de ellos acercaba el carrito del té. William observó su mano autoritaria y delicada a la vez, y se inclinó de nuevo.

—Por favor, señora, después de usted.

—Al menos, tenga la cortesía de dirigirse a mí con un «Alteza» —dijo ella, mientras se sentaba.

Bien, parecía que iban a retomar la conversación

Uno de los lacayos se puso al lado de la princesa Justine antes de que ella hubiera podido posar su perfecto trasero en el asiento. Tomó una de las servilletas de lino que había en la mesita y la abrió con una floritura.

—Oh —murmuró ella, al verse sorprendida por el espectáculo.

El lacayo le puso la servilleta en el regazo, e hizo lo mismo con él cuando se sentó. Otro sirviente colocó una bandeja en la mesa, retiró la tapa y les indicó las delicias: sándwiches de pepino, salmón escocés sobre rebanadas de pan, pasteles... Un tercer lacayo sirvió el té. ¿Realmente era necesario tener tres sirvientes para servir a dos personas? A él le parecía que se las hubieran arreglado perfectamente solos, pero así debía de ser la vida de Su Alteza Real. Para él, un exceso de atención así sería insoportable.

Cuando terminaron de servirles el té, los sirvientes volvieron a sus puestos en la habitación. Él los miró por el rabillo del ojo.

—¿No podría despedirlos?

Ella se inclinó para examinar la comida.

—Lord Bardaline prefiere que me atiendan en todo momento. Por desgracia, hay cosas que están fuera de mi control.

Justine eligió un pastelillo y se lo sirvió.

—Me tiene desconcertado, Alteza, porque antes me ha parecido que tenía mucho control.

Ella lo miró con desconfianza.

—¿Disculpe?

—He visto que su contrincante de esgrima caía al suelo sobre el trasero para evitar ser atravesado por su espada.

La princesa mordisqueó el pastel y lo dejó de nuevo en el plato.

—No sabe usted nada, milord. Para empezar, era un florete, no una espada. Para continuar, el deporte no admite que un contrincante sea atravesado por su oponente. Lo cierto es que él tropezó porque no tiene un buen juego de pies y, cuando cayó, fingió que yo lo había hecho caer, y yo le seguí la corriente.

—¿Su instructor tiene un mal juego de pies? Yo creía que, al ser princesa, podía tener usted a los mejores.

—Así es. Mi instructor es el capitán de la guardia de palacio y, en estos momentos, está en su puesto, en St. Edys. Mi contrincante de hoy no era mi instructor.

—Ah. Entonces, ¿era su amigo?

—Yo no diría que es amigo mío. Y ¿por qué quiere saberlo? —preguntó ella, mientras miraba con curiosidad el contenido de su taza de té.

—Por nada en especial. Quizá lo conozca.

—No lo conoce.

—Conozco a mucha gente aquí, en Londres.

Ella le dio un sorbito a su té.

—Se llama lord Mawbley, y se ofreció amablemente a ser mi contrincante.

Mawbley. William sonrió lentamente. Un réprobo siempre reconocía a alguien de su misma condición, y Mawbley y él se habían reconocido hacía ya muchos años. No hacía demasiado tiempo había corrido el rumor de que Mawbley había dejado encinta a una de sus sirvientas y, por ello, había sido desheredado. Él no sabía si era cierto, pero explicaría el repentino interés de Mawbley en el deporte preferido de la princesa.

—No sabía que entre los talentos de Mawbley estuviera la esgrima.

La princesa Justine sonrió con ironía.

—Le aseguro que no lo está.

William se echó a reír, y ella se relajó un poco.

—Tiene muy buen aspecto, Alteza. En todos los sentidos.

—Gracias —dijo ella, aunque no se molestó en mirarlo.

Él esperó a que correspondiera a su cumplido, pero no lo hizo, y eso le fastidió. Aunque lo que más le fastidió fue darse cuenta de que le fastidiaba...

Por fin, ella lo miró, y él sonrió para transmitirle que sabía que se había quedado en silencio deliberadamente. Aunque fuera una princesa, él había flirteado con muchas mujeres y sabía jugar a aquel juego.

—¿No va a probar el té? —preguntó ella, señalando su taza con un movimiento de la cabeza.

Él tomó la taza y se la llevó a los labios. Alzó los ojos y los clavó en los de la princesa, y ella sostuvo su mirada. Era muy obstinada... y a él le gustaba eso. Decidió intentarlo de otro modo.

—¿Y qué tal fue el viaje desde Wesloria?

Ella se echó a reír suavemente y tomó la taza de nuevo.

—¿De verdad le importa?

No le importaba, pero se quedó en silencio un

instante para crear suspense mientras la miraba con apreciación, lentamente. Entonces, dijo:

—No. Pero me pareció amable preguntarlo.

Ella sonrió.

—Veo que sigue siendo muy sincero. Usted primero. ¿Qué tal su trayecto hasta Prescott Hall?

—Molesto —dijo él.

—¿Ah, sí? Pensaba que las carreteras eran buenas.

—No han sido las carreteras lo que me ha molestado.

—Umm.... Bueno, yo no le he hecho llamar —replicó ella, y tomó otro poco de té.

Por extraño que pudiera parecerle, estaba disfrutando de aquella conversación. Estaba acostumbrado a hablarles a las mujeres sobre el tiempo y sobre el sermón del vicario. Le gustaba mantener aquel ligero enfrentamiento.

—Yo también le agradezco su sinceridad.

—Me alegro —dijo ella—. Y, ya que a los dos nos gusta decir la verdad, ¿por qué ha venido?

Él no creía que la princesa fuera a agradecer su sinceridad en aquel asunto. Dejó a un lado la taza de té.

—Es una pena que no tenga nada más fuerte —dijo, y miró a su alrededor con la esperanza de que apareciera ese algo más fuerte.

La princesa le hizo caso omiso.

—No entiendo por qué ha venido. La última vez que lo vi, acababa de ser expulsado de una casa por su comportamiento inapropiado. Después de eso, pensaba que no iba a volver a verlo.

A William se le escapó una carcajada de sorpresa.

—No lo recuerda bien. Usted me gritó. Me dijo que no era honorable delante de todos los presentes.

—¡Pero es cierto! Me empujó con tal de ganar un juego tonto.

—Que yo la empujé... —dijo William, y tomó aire

profundamente—. Tiene gracia que, antes de que yo ganara, a usted le parecía que el juego tonto era cuestión de vida o muerte. Yo no la empujé, señora. Le gané el juego. Era una confrontación, y usted no pudo soportar perder. Reconózcalo.

Ella se quedó mirándolo con la boca abierta. Se le ruborizaron las mejillas.

—De acuerdo. Reconozco que no me gusta perder —dijo, encogiéndose de hombros—. Enséñeme una sola persona a la que le guste. Pero no se trata de eso. Yo no grité. Dije que se había comportado de un modo deshonroso, ¡y usted dijo que yo era una niña caprichosa!

—Sí, es cierto, porque usted estaba representando el papel de princesa caprichosa para todos los que la vieron aquella noche.

Ella dio un jadeo.

—¡Yo acababa de cumplir diecisiete años! ¡Y había bebido aquel terrible ponche! Es mejor que se critique a sí mismo, señor, ya que se estaba comportando como un niño cuando tenía... ¿cuántos años? ¿Treinta?

—¡Treinta! ¡Yo tenía la misma edad que tiene usted ahora! —exclamó él. De repente, William se echó a reír al recordar aquella noche. Todos los invitados estaban borrachos por culpa de un ponche de absenta—. Reconozco que es posible que fuera un poco infantil. Estaba un poco achispado.

—¿Un poco? Lord Iddesleigh lo echó de su casa.

—Y usted también lo estaba, señora. Además, yo me marché con mucho aplomo, aunque todo había sido culpa suya.

Ella pestañeó con inocencia y se puso una mano en el pecho, como si fuera una santa.

—Si fue todo culpa mía, ¿por qué se disculpó por la discusión?

—Yo no me disculpé por la discusión. Me disculpé

por discutir con una muchacha que estaba medio enamorada de mí.

—¡No es cierto! Y, aunque lo hubiera estado, ese afecto habría terminado cuando usted agarró a aquella pobre mujer, a quien no conocía, y la besó bajo el muérdago delante de todos nosotros.

Él sonrió un poco.

—Sí, y ella correspondió a mi beso. ¿Se puso usted celosa?

—*Mein Gott!* —exclamó Justine. Después, agarró la taza de té y lo apuró como si estuviera tomándose un vaso de whisky.

William se echó a reír. Estaba disfrutando de aquel viaje de vuelta al pasado. La princesa Justine no le sonreía, pero tenía los ojos brillantes y él estaba seguro de que el brillo se debía a la ira. Sin embargo, su mirada le recordaba a otra ocasión, una en la que habían bailado juntos en otra fiesta.

Aquella noche, sus ojos resplandecían de otro modo. William sabía que, en ese momento, ella estaba enamorada de él. Lo había pasado bien bailando con ella; la princesa le había hecho reír. Pero la anfitriona de la fiesta, lady Bishop, lo había separado de ella y le había reprendido por bailar dos veces seguidas con una princesa cuya tarjeta de baile, aparentemente, estaba llenísima.

—Todo el mundo va a pensar que ella lo tiene en su estima —le siseó la dama.

—¿Y no es cierto? —replicó él.

Lady Bishop había soltado un resoplido.

—No sé cómo se hacen las cosas en Escocia, milord, pero en mi opinión es usted incorregible.

—Y no es la única que lo piensa —respondió él, con ligereza.

Durante muchos años, había sido un hombre incorregible.

Sin embargo, ya no lo era. Había tenido que cambiar

debido a su padre. Por desgracia, no sabía exactamente qué clase de hombre era...

—Ahora que ya ha dejado claro que no ha venido a disculparse por lo de aquella noche —dijo la princesa—, por favor, hágame partícipe del motivo de su visita.

—Vamos a matar dos pájaros de un tiro, ¿de acuerdo? En primer lugar, le pido perdón, Su Alteza Real —dijo él, sonriendo, con una mano sobre el corazón—. Si la insulté o le hice daño de alguna manera, me siento verdaderamente arrepentido —añadió, con sinceridad.

—Bueno, no lo hizo —respondió ella—. No me importaba usted tanto como para sentirme insultada o herida.

Él se echó a reír.

—Buena respuesta.

Ella se ruborizó un poco.

—Por el amor de Dios —dijo—, ¿no podríamos seguir adelante? No importa nada lo que ocurriese hace ocho años. Quiero saber por qué está aquí ahora.

William pensó en su respuesta. Podría decirle que había ido a verla porque tenía que engatusarla ya que, claramente, en Wesloria nadie pensaba que tuviera sentido común. A juzgar por el número de lacayos que los rodeaban, estaba seguro de ello. Sin embargo, no quería herir sus sentimientos. Se inclinó hacia delante, apoyó un codo en una de las rodillas y dijo, en voz baja:

—Su primer ministro me ha pedido que le presente a amigos adecuados para que usted pueda... hacer amistades.

Ella se quedó mirándolo fijamente, y él no supo si se había enfadado o si...

La princesa estalló en carcajadas.

—¿Usted? —preguntó, sin poder contener la risa.

—¿Por qué yo no? —inquirió William, que se estaba sintiendo ofendido.

—¿Robuchard le ha pedido a usted, un granuja bien conocido, que me vigile a mí?

—Soy perfectamente capaz de presentarle a los miembros de la alta sociedad.

—*Je*, pero...

Su risa cesó, pero ella seguía sonriendo cuando le dijo:

—No es precisamente la primera persona que se me ocurriría para que Robuchard le encargase mi vigilancia.

En realidad, no era ninguna tonta, estaba claro.

—Y, sin embargo... aquí estoy.

—¡Cómo se atreve Robuchard! Y usted. Y todos los que estén detrás de esto. Que quede claro, lord Douglas, yo no necesito cuidador. Rehúso su oferta.

Él se estremeció.

—No es precisamente una oferta...

—No me importa lo que sea. Yo no necesito su ayuda.

—Estoy de acuerdo —dijo él, y alzó la mano con un gesto de rendición—. Que conste que estoy igual de sorprendido que usted. Solo acepté para ser útil hasta el punto en que usted lo permita. Espero que lo considere como una muestra de amistad y de perdón.

—Sería maravilloso, pero veo un ligero defecto en su razonamiento: soy yo la que debería perdonarle a usted.

—Bueno —dijo él, mientras se frotaba suavemente la rodilla—, quizá alguien pudiera verlo en ambas direcciones.

—Quizá alguien pudiera hablar de ello todo el día y, aun así, yo seguiría sin necesitar ninguna ayuda por su parte.

—Excelente —dijo William—. Eso me ahorra muchos

problemas. Pero... me pregunto quién la va a acompañar y guiar por Londres.

—Cualquier otra persona —dijo ella, y se metió el resto del pastelillo en la boca.

—Intentaré no sentirme ofendido por la idea de que cualquiera es más conveniente para usted.

—Nadie es conveniente para mí.

—Umm... Parece que alguien ha perdido toda la alegría.

Ella puso los ojos en blanco con resignación y tomó otro pastelillo, en aquella ocasión, con los dedos, prescindiendo de toda etiqueta.

—Yo no he tenido ninguna alegría. No se me ha permitido. Usted también habría perdido la suya si lo hubieran enviado a Inglaterra en contra de su voluntad y lo tuvieran prisionero en una finca, sin ninguna ocupación, y encima descubriera que su enemigo va a ser su carcelero —respondió ella, y le dio un buen mordisco al pastel.

—Ahora sí que me ha insultado. Yo no soy su enemigo, y estoy intentando de verdad ser su amigo. Por lo que ha dicho, quizá sea el único por el momento.

La princesa dio un resoplido.

William miró a los lacayos, que tenían la vista clavada al frente. Se inclinó hacia delante y habló en voz baja.

—Usted no está prisionera aquí. Robuchard me ha pedido que le presente a amigos. A gente que hará que su estancia en Londres sea más fácil. ¿Por qué no me permite que le enseñe Londres? Hay muchas cosas que ver. Y, si me lo permite... Puede que quiera tener un aliado cuando empiecen a visitarla los pretendientes. Se rumorea que habrá muchos.

—¿Ah, sí? ¿Eso es lo que se rumorea? —preguntó ella, y lo dejó clavado al asiento con una mirada oscura.

—Eh...

—El asunto de mis supuestos pretendientes no responde a la pregunta de por qué, de repente, Robuchard está tan preocupado por que yo tenga amigos. ¿Podría explicarme eso?

William estaba seguro de que no tenía que explicárselo, porque parecía que ella comprendía perfectamente a su primer ministro, tanto como para no fiarse de él. Pensó en las excusas que podía darle, pero, como ella, él también valoraba la sinceridad, así que dijo:

—En realidad, no sé si a él le importa que usted tenga amigos en Londres. Pero le gustaría tener información sobre los pretendientes.

La princesa Justine pestañeó.

—¿Y qué tiene usted que ver con todo esto?

—Conozco a algunos de los caballeros a los que su familia ha tomado en consideración. Y soy un observador neutral.

—Neutral —repitió ella, en tono de duda.

—A usted se la considera uno de los mejores partidos de toda Europa y, desde la perspectiva de su primer ministro, alejada de su vigilancia, tal vez algún caballero poco indicado como Mawbley pudiera... atraer su interés.

—¡Mawbley!

Aquella conversación estaba empezando a resultar incómoda para él. No era de su incumbencia con quién pudiese casarse la princesa Justine en un futuro. Y no quería ser él quien le dijera lo horribles que podían ser los hombres cuando entraban en juego el poder y la riqueza.

—¿No se le ha pasado por la cabeza lo que puede querer Mawbley?

Ella apartó la vista, lo cual le dio a entender que sí lo había adivinado.

—Creo que a Robuchard le parece útil que usted

tenga cerca a alguien que conozca a los que vengan a visitarla.

—¿Útil? Estoy rodeada de gente en todo momento. ¿Acaso piensan Robuchard y usted que no recibo ya suficientes consejos sobre lo que tengo que decir y hacer?, ¿es que Robuchard y usted piensan que no tengo ni el más mínimo sentido común?

William se había preguntado lo mismo.

—Quizá Robuchard haya pensado que solo tiene el punto de vista wesloriano y que, tal vez, sus compatriotas no siempre le dicen la verdad. Pero ¿yo? Yo no tengo nada que ganar. Tengo todo el tiempo del mundo para ser testigo de cómo la cortejan.

—No quiero que me cortejen. Estoy completamente en contra de cualquier tipo de cortejo.

Él se encogió de hombros.

—A mí no me importa demasiado lo que usted haga. No tengo nada que demostrarle. Pero le he dado mi palabra a un amigo.

Ella lo observó con fijeza.

—¿Robuchard es su amigo?

Aquello había sido un error.

—Sería más acertado decir que es un conocido.

La princesa Justine se apoyó en el respaldo de la silla sin dejar de mirarlo. Lo observaba con suma atención y curiosidad. Él pensó que tenía unos ojos maravillosos. Tenían un color ámbar tan intenso que, a distancia, parecían de oro. Ojos de princesa.

De repente, ella se inclinó hacia delante.

—¿Cuáles son sus condiciones?

—¿Mis condiciones?

—Sí, ¿qué es lo que ha accedido a hacer por Robuchard? ¿Qué información quiere él de usted?

—Que sea amigo suyo y...

Ella movió la mano en el aire para indicarle que no siguiera por aquel camino.

—Puede que sea joven, pero no me es desconocida el hambre que tienen los hombres por la manipulación política.

—Cierto.

—¿Con cuánta frecuencia tiene usted que escoltarme como si fuera una niña?

—Es obvio que usted no es ninguna niña y...

—¿Cuántas veces?

—Eso... eh... habría que decidirlo y...

¿Cómo demonios iba a saber él con cuánta frecuencia? Aquello también era culpa de Beck. Nadie podía pensar con rapidez en una situación tan delicada después de haber sido capturado y obligado a beber whisky la noche anterior.

Ella chasqueó la lengua.

—Vamos a empezar otra vez, de un modo sencillo. ¿Qué es, exactamente, lo que Robuchard le ha pedido que haga?

—A él le gustaría recibir, de vez en cuando, alguna noticia sobre su felicidad... o su falta de felicidad, dependiendo de lo que suceda.

Ella volvió a resoplar.

—Puede informarle inmediatamente de que mi felicidad está desvaneciéndose a causa de sus tejemanejes. Si va usted a acompañarme por ahí para que haga amistades, entonces debemos comprender la situación.

Por fin estaban llegando a algún punto. Podrían convenir ciertas horas, cierta frecuencia de eventos.

—De acuerdo.

—Para empezar, tiene usted que reconocer y asumir que yo voy a ser reina pronto, y que no tiene la potestad de decirme lo que tengo que hacer. Bajo ningún concepto.

Él abrió mucho los ojos.

—Vaya, eso sí que es un buen plan. Hacerse amiga de los demás dándoles con el cetro en la cabeza.

Ella lo ignoró y siguió hablando.

—Usted no puede tener ni manifestar ninguna opinión sobre los posibles pretendientes.

William se echó a reír.

—Tener una opinión es algo humano. Yo tendré mi opinión y la acompañaré a conocer Londres para que esté debidamente atendida, pero no me importa quién será el afortunado con quien se case usted.

—Entonces, por favor, no me dé su opinión a menos que yo se la pida.

—De acuerdo. Entonces, ¿tenemos un trato?

—No. Cuando no me esté acompañando de manera oficial, usted se ocupará de sus asuntos. Y yo no soy asunto suyo.

—Umm... No estoy de acuerdo con eso —respondió él, alzando un dedo—. Usted sí es un poco asunto mío, ya que he acordado el hecho de acompañarla con el primer ministro de su país, que, según tengo entendido, cuenta con el consentimiento de su madre. Y, si me permite decírselo, he oído que es usted su peor enemiga. Por último, he de decirle que soy una estupenda compañía.

—Seguro que piensa usted que eso es cierto —dijo ella—. Y yo no soy mi peor enemiga. ¡Soy mi mejor consejera! ¿Por qué los hombres piensan siempre que entienden a las mujeres mejor que ellas mismas? Y, a propósito, diríjase a mí como «Su Alteza Real».

—Eh... —él se irguió en la silla, y respondió—: Realmente, sabe usted usar muy bien las palabras, con una gran concisión, y la alabo por ello. Y, como respuesta a su... queja, le diré que los señores tienen más sentido común que las señoras porque las damas son emocionales, y los caballeros, prácticos.

—Una mentira ridícula que los hombres se dicen a sí mismos.

—Y me voy a dirigir a usted como prefiera cuando

estemos en público, pero no me voy a arrastrar por el suelo cada vez que la vea, Su Alteza Real.

Ella sonrió con una esquina de los labios.

—Eso es una respuesta muy emocional, ¿no cree?

Él tuvo que reprimirse para no sonreír también.

—¿Cómo quiere que la llame en privado? —preguntó, tozudamente.

—Alteza —dijo ella, elevando la barbilla.

—Sí, ya ha intentado imponerme eso. Pero usted no es mi soberana, y yo declino la oferta. Somos viejos amigos, así que yo la llamaré Justine, y usted me llamará William.

A ella se le escapó una carcajada de incredulidad.

—No somos viejos amigos. Ni siquiera somos amigos.

—Sí somos amigos, aunque haya olvidado que nos conocemos desde hace mucho.

William se puso en pie y, rápidamente, se acercó uno de los lacayos para apartar su silla y llevarse su servilleta en una bandeja. Él le hizo una reverencia a Justine.

—Un amigo escocés, el duque de Sutherland, va a abrir su galería de pintura de Stafford House para un grupo de conocidos. Me gustaría invitarlas a la princesa Amelia y a usted para que vengan conmigo.

Justine también se puso de pie.

—Puede darle los detalles a mi gentilhombre de cámara. Él lo avisará si aceptamos la invitación.

William entrecerró los ojos.

—Creo que podría aceptar usted misma, ya que estoy haciendo la invitación en este mismo momento. Es decir, si quiere hacerlo.

Ella también entrecerró los ojos.

—Creo que incluso usted, con su sencilla capacidad de comprensión, puede hacerse una idea de que una princesa de mi estatus tiene una programación complicada.

Él dio un paso hacia delante para acercársele.

—¿Complicada? ¿O puntillosa?

—¿Qué quiere decir con eso? —preguntó ella. Alzó la barbilla nuevamente y también se acercó a él.

William la miró fijamente.

—Quiero decir que creo que tiene la intención de hacer esta situación —respondió, moviendo el dedo índice entre ellos dos— lo más difícil posible.

Ella se acercó todavía más y sonrió con malicia.

—Haré que su situación sea lo que yo quiera, puesto que soy una princesa real.

William se acercó tanto que sus piernas quedaron engullidas por la falda del vestido de Justine, y ella tuvo que inclinar la cabeza hacia atrás para poder fulminarlo con la mirada.

—Un consejo de amigo, Justine, ¿me permite? Tal vez no sea necesario que mencione constantemente que es una princesa real.

—¡Oh! ¡Gracias por un consejo que le he pedido expresamente que no me dé! Pues yo también tengo un consejo para usted, William. Tal vez sea necesario que no olvide que soy una princesa real y no una debutante que se vaya a quedar cegada por sus encantos. Le sugiero que ni lo intente. ¿Quiere que avise a un lacayo para que le traiga el sombrero?

A Justine le brillaban los ojos de ira y de diversión a la vez. ¿Cómo era posible algo así? Y, peor todavía, él se dio cuenta de que, por algún tipo de hechicería, ella sabía que las ovejas habían pisoteado su sombrero.

—Hablaré con Bardaline de camino a la salida —dijo. Dio un paso atrás e hizo una reverencia muy marcada—. Su Alteza Real.

Ella se puso las manos en la cintura.

—Milord Douglas.

William salió.

Recorrió los pasillos hacia la puerta principal.

Sabía de antemano que habría problemas entre ellos, y que ella iba a resistirse... Pero no sabía que a él le gustaría tanto su resistencia.

Y, ahora, estaba atrapado. Atrapado con una princesa muy atractiva, de ojos muy brillantes, que le recordaría en todo momento que iba a ser reina.

—¡Ewan! —gritó, con la voz ronca, mientras salía por la puerta.

Ewan estaba fuera, esperando, y trató de darle un sombrero lleno de polvo. William lo apartó.

—Déjalo como recuerdo para Su Alteza Real —dijo, con enfado, y caminó hacia su caballo.

Ya estaba preparando mentalmente el telegrama que iba a enviarle a Robuchard: *He sido recibido por Su Alteza Real y la he encontrado tan tozuda y orgullosa como siempre.* No mencionaría que, además, la había encontrado mucho más atractiva de lo que pensaba. Eso solo era un detalle muy fastidioso que conseguiría olvidar.

Estaba plenamente convencido.

Capítulo 5

Truelson Stot, Elsinor, Dinamarca.

El sol matinal se filtraba entre las hojas de los árboles y salpicaba de motas de luz el camino por delante de Lila Aleksander.

Le encantaban aquellas mañanas de verano, y los largos paseos. Se levantaba temprano, se ponía una falda sencilla y el abrigo de su marido. Llevaba el pelo trenzado y se cubría la cabeza con un sombrero para evitar que alguna llovizna imprevista le estropeara el peinado. Utilizaba un bastón que clavaba en el suelo a cada paso.

Iba pensando en las muchas cosas pequeñas, cotidianas, del matrimonio. De la fiesta que iban a celebrar a los pocos días. De lo que tenía que comprar en el mercado. Su esposo cumpliría cincuenta años, y pensó en lo que iba a hacer para conmemorarlo.

Llegó a un pequeño lago boscoso que había en sus tierras. Lo rodeó y comenzó a subir por la pradera de césped que rodeaba la casa. Era blanca, alargada, con una fila de ventanas. Truelson Stot, su hogar durante los últimos quince años.

Y pensar que le dijeron que quedaría manchada para siempre...

Mientras se acercaba a la casa, vio a su amado Valentin sentado en la mesa de la terraza. Todavía estaba en camisón y bata. Estaba leyendo una carta con las piernas estiradas ante él. Lila se acercó a su silla, se inclinó y le besó la coronilla.

—Buenos días.

Él la tomó de la mano y la sentó sobre su regazo.

—¿Dónde has estado? Te he echado de menos al despertarme.

—He ido a dar un paseo.

—Caminas tanto que dentro de muy poco tiempo vas a necesitar unas botas nuevas.

Lila estiró una pierna y se subió la falda. Los dos miraron las preciosas botas que él le había llevado de Roma.

—Todavía les quedan muchos kilómetros.

Ella miró la bandeja que había en la mesa. Estaba llena de huevos y queso. En otra bandeja había *aebleskiver*, un bollo que a ella le encantaba. Tomó un pedazo del plato de su marido y se lo metió a la boca. Karla, la doncella de la cocina, apareció para servir el café.

Valentin le mostró la carta.

—Mira, Herre Johansson ha aceptado las condiciones de venta de nuestro barquito —le dijo, con una sonrisa. Después, le besó una mano. Llevaba más de un año intentando vender aquel barco, porque prefería sus otras dos embarcaciones, que eran más grandes y más rápidas, y habían sido construidas por los mejores fabricantes daneses.

—Tú también has recibido una carta, cariño.

—¿Yo? ¿De mi madre?

—No. Parece que es algo oficial.

Lila la vio y se inclinó hacia delante para tomarla.

—Ay, me estás haciendo daño en la rodilla —dijo Valentin, y le dio un suave empujón para levantarla de su regazo.

Lila dejó la carta sobre la mesa, se sentó en una silla y se sirvió el desayuno. Hacía una mañana preciosa y soleada, y se oía el mar a lo lejos.

—¿Quién te necesita ahora tan desesperadamente, amor mío? —le preguntó Valentin. Tomó el tenedor y empezó a comer huevos revueltos.

Lila tomó el sobre y rompió el lacre. Miró la firma al final de la hoja.

—Ah, por supuesto. Es mi viejo amigo, Dante Robuchard.

Valentin se detuvo.

—Robuchard, ¿el primer ministro de Wesloria?

—El mismo.

Él le dio un sorbo al café.

—¿He llegado a conocerlo? En...

—La boda del príncipe Heinrich.

—Ah, sí, sí. ¿Un hombre bajito?

—De estatura media.

—De mediana edad.

—No, disculpa. Solo tiene dos años más que yo.

—Ah, entonces, increíblemente joven —dijo él, sonriendo—. ¿Pelo cano?

Lila se echó a reír.

—Muy castaño. Es serio y nunca está lejos de la reina Agnes.

Valentín tomó otro bocado de su plato.

—Eso es. Ya me acuerdo de él. ¿Dónde está el rey?

—En St. Edys. Está muy enfermo.

—Ah, exacto. ¿No dicen que es el rey más débil de Europa?

—Tal vez, el más enfermo —dijo Lila, y comenzó a leer la carta de Robuchard.

—¿Y bien? —preguntó Valentin, mientras terminaba sus huevos revueltos—. ¿De quién se trata esta vez?

De la persona soltera más importante de Europa en aquel momento.

—Es por la princesa Justine. La heredera al trono de Wesloria.

—Tuvo problemas, ¿no? —preguntó él, y sacudió la cabeza—. Ya debería estar casada.

—¡Valentin! —exclamó Lila, riéndose—. Sabes perfectamente que esos matrimonios se preparan con mucho estudio previo. Ella está en Londres, bajo la protección de la reina Victoria. Robuchard dice que el rey está muy mal y que la princesa será reina muy pronto, tal vez, antes de que acabe el año.

—Oh, vaya. Entonces, hay que casarla inmediatamente —dijo Valentin, con gravedad. Después, guiñó un ojo de manera juguetona.

Lila sonrió. Adoraba el pelo espeso, oscuro, canoso, de su marido. Adoraba su barba, su pecho ancho... y otras partes de él, también. Estaba muy enamorada.

—Será la boda de la década —dijo Valentin, aunque no sabía nada de matrimonios ni de casamenteros.

—Posiblemente.

—¿Y los honorarios? —preguntó él.

Lila levantó la carta y le señaló la cifra que había sugerido Robuchard como pago por sus servicios. Valentin enarcó las cejas.

—Oh. Debe de desear con todas sus fuerzas que se produzca este emparejamiento. Supongo que aceptarás, ¿no?

Ella estaba más que interesada. Facilitar un buen matrimonio para una princesa heredera sería un gran impulso para su negocio. Bajó la carta y preguntó:

—¿Tú quieres que me quede aquí?

—Por supuesto que quiero que te quedes aquí conmigo —dijo él.

La tomó de la mano y tiró de ella para sentarla de nuevo en su regazo. Ella se echó a reír mientras él le besaba la boca y el pecho entre la abertura de su camisa.

—Claro que quiero que te quedes, Lila. Sabes que no soporto estar lejos de ti. ¿Has dicho Londres? A lo mejor voy contigo. ¿Cuánto tiempo tienes que estar fuera?

Ella pensó en la respuesta. Conseguir un buen emparejamiento requería cierta finura. Algunas veces era posible conseguirlo en cuestión de semanas, pero, en otras ocasiones, se tardaba más tiempo en convencer a dos personas que eran perfectas la una para la otra.

—Un mes. O, quizá, dos. ¿Vas a venir de verdad?

—Sí, en cuanto empiece a echarte de menos tan desesperadamente que ya no pueda ni respirar.

Él comenzó a descender y le abrió la camisa para apretar los labios sobre la parte superior de sus pechos.

—Tienes un sabor salado.

—Hoy hace bastante calor.

—Necesitas un baño.

—Sí.

—Ah, mi rosa inglesa. Yo soy el que te lo va a dar —dijo él, y alzó la cabeza—. ¡Karla! Karla, ven a recoger la mesa. Mi esposa necesita su baño.

De repente, se levantó y la llevó en brazos hacia la casa. Iba besándola, y ella se echó a reír y le dijo que mirara por dónde iba cuando le golpeó contra el marco de la puerta.

Capítulo 6

Londres

Alguien había preparado una comida que Justine no había pedido y que no deseaba tomar, dado que había desayunado bien tarde. Sin embargo, llegó a su salón junto al correo de aquel día. Entre las cartas había una de su madre.

Prefería leer las cartas de su madre en privado y, por lo general, cerca de una chimenea encendida, para poder tirar las páginas al fuego en caso de desacuerdo con las palabras de la reina. Lamentablemente, aquella tarde no estaba sola, porque lady Bardaline estaba haciéndole a Amelia unas trenzas y colocándoselas por encima de las orejas, al estilo inglés. La dama llevaba un nuevo vestido de tarde que le favorecía mucho. Era una mujer de baja estatura y muy atractiva, con el pelo oscuro y los ojos azul claro. Justine se fijó especialmente en su vestido porque, seguramente, lady Bardaline pensaba que iba a acompañarla en su visita a Windsor.

—¿Es de mamá? —preguntó Amelia, señalando la carta.

El elaborado sello de la monarquía wesloriana se veía desde el otro extremo de la habitación.

—¿Y qué dice?

Justine rompió el lacre y abrió el sobre. Leyó rápidamente el contenido. A aquellas alturas, podría escribir ella misma las cartas, porque siempre estaban llenas de amonestaciones.

—Se queja, sobre todo, de que estás gastando demasiado.

A Amelia se le escapó un jadeo tan fuerte que lady Bardaline dio un respingo.

—Y dice que no deberías frecuentar Holland House, porque los demás podrían percibir que tienes una tendencia política sobre otra, y eso no es adecuado.

—¡Pero si ni siquiera sé de qué partido político son los Holland! En realidad, ni siquiera sé qué partidos políticos hay para elegir.

Justine se echó a reír. A menudo se preguntaba si su hermana pequeña era tremendamente inteligente o realmente tonta.

—¿Cómo es posible que no sepas que todos tus nuevos amigos son *whigs*, Amelia?

—¿De qué estás hablando?

Lady Bardaline dijo, con voz calmada:

—Los Holland reciben en su residencia a muchos miembros importantes del partido Whig.

—¿Ah, sí? ¿Y cómo sabe usted a quién reciben en su salón, señora? No ha estado nunca allí, ¿no? Yo no me he dado cuenta de nada de eso y, si me hubiera dado cuenta, no me importaría. ¿Y a qué se refiere nuestra madre cuando dice que estoy gastando mucho? He tenido buen cuidado con las compras.

Sí, Amelia era muy cuidadosa con sus compras, pero para asegurarse de que cada vestido nuevo que adquiría iba acompañado de los accesorios apropiados. En aquel momento llevaba un traje nuevo con zapatos y chal a juego. Lady Holland y ella habían regresado de Bond Street, el día anterior, con más cajas y paquetes que los que ella hubiera visto en su vida. Guantes, sombreros ribeteados con lazos y ropa interior de seda. Justine apenas salía de Prescott Hall. Lady Bardaline no le permitía hacerlo sin dos guardias de escolta, como mínimo.

—Nuestra madre dice que ha visto las escandalosas facturas de tus numerosas compras y que le parece muy caro —dijo Justine.

Amelia se puso en pie de repente, caminó hacia ella y tomó la carta. Leyó unos cuantos párrafos y se la devolvió a su hermana.

—No dice que le parezca caro, solo que ha visto las facturas. ¡Y ni siquiera es cierto!

Cuando Amelia decía con vehemencia que algo no era cierto, por lo general sí lo era.

Su hermana volvió a sentarse y lady Bardaline continuó sujetándole las trenzas con horquillas.

—¿Y dice algo de papá? —preguntó, dulcemente, con intención de cambiar de tema.

Sí, su madre también hablaba de su padre, y Justine sintió una punzada en el estómago. No tenía esperanzas de volver a verlo. Él mismo le había dicho, cuando ella se estaba preparando para su viaje a Inglaterra, que era muy posible que no volvieran a encontrarse en aquella vida. Ella no quería aceptarlo. Quería creer que volvería a verlo y que podría decirle lo buen rey y lo buen padre que era.

—Mamá dice que su salud no ha mejorado, pero que disfruta sentándose en el jardín por las tardes, cuando el sol es más cálido.

Nadie volvió a decir nada hasta que lady Bardaline proclamó que el peinado de Amelia estaba a punto. La dama posó las manos sobre los hombros de la princesa y se inclinó sobre su coronilla, como si Amelia fuera su hija o su sobrina.

—Está muy favorecida.

—Sí, ¿verdad? —preguntó Amelia, mirándose al espejo.

A Justine casi le produjo náuseas aquella pequeña conversación. Justo en aquel momento, apareció lord Bardaline, su gentilhombre de cámara, y le hizo una reverencia.

—Su Alteza Real, si ya está preparada...

—Sí, gracias.

Bardaline miró a su mujer, pero Justine se puso de pie, le dio la espalda a la dama y se dirigió hacia la puerta.

—¿Vamos?

—Su Alteza Real, mi esposa...

—No, gracias —dijo Justine—. Voy a ir sola.

Siguió caminando hacia la puerta, consciente de que Bardaline no la seguía. Con una sonrisa forzada, se dio la vuelta.

—¿Ocurre algo, milord?

—Si me lo permite, Su Alteza Real, lo apropiado es que vaya usted con una acompañante.

—Ah, eso... Bueno, es igual de apropiado que no lo haga.

—Pero, yo...

—De lo que me dijo mi madre, yo no entendí que lady Bardaline tuviera que venir a aprender de la reina Victoria. Pensaba que eso tenía que hacerlo yo, que seré la reina algún día. Bueno, Amelia también puede serlo, si a mí me sucede algo, pero eso es improbable.

Oyó que Amelia emitía una exclamación de sorpresa, y era lógico, porque ella casi nunca le hablaba así a Bardaline. Ni a nadie. En realidad, tenía un poco de miedo de lo que él pudiera hacer, y no sabía qué iba a hacer ella si el caballero se oponía a sus órdenes. Lo único que sabía era que se había hartado de estar sometida a vigilancia todo el tiempo, de que la trataran como a una prisionera.

Pasó un momento incómodo.

Después, Justine estuvo a punto de reírse de alivio, porque quedó claro que lord Bardaline no iba a mostrar su desacuerdo. Miró a su esposa, que, de repente, tenía cara de desaprobación y, de mala gana, siguió a la princesa hacia la salida.

—¡Que tengas un buen día, hermana! —le deseó alegremente Amelia.

Justine caminó por el pasillo con la cabeza alta, sin mirar atrás para no hacer ninguna señal de inseguridad. Se imaginó a sí misma como la reina Elena, del Castillo de Astasia, de camino a reunirse con sus súbditos después de haber sido coronada. Se preguntó cómo se había sentido Elena, o qué había hecho cuando notaba que los que estaban a su alrededor querían controlarla. ¿Se había sentido tan insegura como le ocurría a ella algunas veces? Justine pensaba que no...

Y estaba decidida a parecerse más a Elena.

Justine ya había estado en presencia de la reina Victoria. En la primera ocasión, las habían presentado formalmente cuando había llegado a Londres; el embajador de Wesloria y ella le habían entregado como obsequio a la soberana la pequeña escultura de una bailarina hecha de ónice. Era un regalo de su madre para mostrarle su agradecimiento por la tutela de su hija.

Para su segundo encuentro, la reina había organizado una recepción en honor de Justine y Amelia, a la que habían acudido ministros, el esposo de la reina, sus hijos mayores y un exceso de cortesanos, que habían rodeado a la reina clamando por conseguir su atención. Ella se había pasado la mayor parte del tiempo tratando de dar una imagen de realeza y recatamiento, tal y como insistían siempre su madre y *monsieur* DuPree, con un nudo en el estómago y los nervios a flor de piel, mientras veía a Amelia coquetear descaradamente con varios caballeros ingleses. Cuando mayor se hacía y, sobre todo, después de su debacle con Aldabert, más incómoda se sentía entre las multitudes. Pero, por lo menos, había conseguido resistir el impulso de quedarse pegada a la pared y desaparecer.

Aquel día era el tercer encuentro con la reina Victoria, e iban a tomar el té a solas. Como era una reunión privada, no estaba nerviosa, sino muy emocionada. ¡Tenía tantas preguntas!

Cuando llegó a Windsor, la escoltaron hasta un salón rojo. Se quedó brevemente a solas, y tuvo la oportunidad de admirar la estancia. El techo era altísimo y estaba adornado con molduras, y del centro colgaba una araña, la más grande que había visto en su vida. Podría pensarse que, dado que ella también se había criado en un palacio, no iba a impresionarse fácilmente, pero el palacio de Rohalan, en St. Edys, no era tan grandioso como aquel. En Rohalan los techos eran más bajos, estaban diseñados para conservar el calor en los interiores, porque el clima era más frío que en Londres. El mobiliario era robusto y práctico, mientras que allí había muebles lujosos tapizados con telas de color rojo. En su casa, los cuadros que colgaban de las paredes eran casi todos retratos de generales, reyes y nobles que formaban parte del ejército. En aquel salón había cuadros en los que aparecían mujeres y niños sonrientes.

Estaba deleitándose con las vistas de la campiña, junto a una ventana, cuando se abrió la puerta.

—¡Buenas tardes!

La reina Victoria entró en el salón. Tenía la voz aguda, casi infantil, y no medía más de un metro cincuenta centímetros. Justine tuvo que inclinarse mucho para quedar por debajo de la soberana cuando le hizo la reverencia. Al incorporarse, sonrió, y la reina la saludó alegremente. Entonces, Justine se dio cuenta de que también habían entrado a la habitación una niña y un teckel de color marrón.

—Mi hija, Victoria. Se quedará con nosotras, si no le importa —dijo la reina—. Y este es Boy. ¿A que es precioso? Le he dicho que no viniera, pero me ha desobedecido. Es muy travieso, ¿verdad, Boy?

El perro se sentó y miró a su dueña con adoración, moviendo la cola por la alfombra.

A Justine no le agradó. Hubiera preferido tener toda la atención de la reina. Sin embargo, sonrió amablemente y respondió:

—Encantada.

La princesa no era ni siquiera tan alta como su madre. Le hizo una reverencia a Justine y le dio la bienvenida a Windsor. Justine le dio las gracias y se agachó a acariciar al perro. Boy aceptó su saludo y, después, se fue a ver a los lacayos.

—Por favor, siéntese —le dijo la reina, señalando una mesa que había en el centro del salón. Tenía incrustaciones de jade y sobre ella había un candelabro de oro con forma de árbol.

Hacía un día soleado y brillante, y las ventanas estaban abiertas. Uno de los sirvientes sacó una silla para la reina y, cuando la soberana estuvo sentada, aparecieron otros dos lacayos para ayudarlas a la princesa y a ella. Había una cuarta silla, pero un sirviente se la llevó. No sabía si la reina Victoria quería saber por qué motivo ella había ido sin dama de compañía, pero no se lo preguntó. Después de que estuvieran acomodadas, comentó que hacía muy buen tiempo y dijo que había pedido su tarta preferida. Un sirviente retiró la tapa de una bandeja y debajo apareció un bizcocho cubierto de frambuesas.

—Es divino, muy ligero —dijo Victoria, y le hizo una seña al mayordomo.

Mientras él servía el té, ella recogió al perro del suelo y permitió que le lamiera la cara. Después, lo dejó de nuevo en el suelo. Boy desapareció debajo de la mesa, y Justine notó su peso sobre el pie cuando el perro se acomodó.

La reina Victoria tomó la taza de té que le habían servido y la vertió en otra taza. Miró a Justine, que todavía no había tomado la suya.

—Debería hacer lo mismo —le aconsejó—. Es para enfriar el té.

La princesa imitó a su madre y, de ese modo, se resolvió para Justine el misterio de por qué había tantas tazas sobre la mesa. Le pareció extraño, pero ella no estaba allí para cuestionar cómo tomaba el té la reina.

Victoria dijo que estaba contenta de que Justine hubiera ido a merendar. Que Vicky, como llamó a la princesa, tenía quince años, y que hacía un mes habían anunciado su compromiso con el príncipe Federico de Prusia.

—Seguramente, lo habrá leído en la prensa —dijo la reina.

—Pues...

Justine iba a decir que no, pero otra cosa que estaba aprendiendo rápidamente era que a la reina le gustaba ser quien hablara.

—Su padre y yo hemos acordado el compromiso, pero no vamos a permitir que se case hasta que tenga diecisiete años. Quince es demasiado joven, ¿no le parece?

Vicky se ruborizó y miró su taza de té.

—Yo... eh...

—¿Lo conoce usted? —le preguntó a Justine—. Es un buen muchacho.

—No, no lo he...

—¿Por qué no está usted comprometida, querida? —le preguntó la reina, sin ambages.

Justine pestañeó. Todavía estaba intentando formarse una opinión sobre si los quince años era una edad demasiado temprana para comprometerse, e intentando recordar si había llegado a conocer a Federico de Prusia. No estaba preparada para hablar de su fracaso a la hora de encontrar marido.

—Estas cosas deberían decidirse mucho antes de que una llegue a la mayoría de edad. Supongo que yo fui una excepción, pero es que no quería casarme. Verdaderamente, no quería. Cambié de opinión cuando conocí a Alberto. Si usted lo hubiera visto, le habría sucedido lo mismo. Qué guapo...

La reina miró a Justine con curiosidad.

—Usted ya tiene edad suficiente como para haber resuelto ese asunto, ¿no? Y creo que su hermana también. ¿Ella tampoco tiene ningún candidato a la vista?

—Umm....

Justine tomó el té que había cambiado a otra taza y se dio cuenta, con horror, de que no había hecho el trabajo con entera pulcritud. Quedaba un poco de líquido en el platillo.

—He estado muy cerca de mi padre, debido a su enfermedad.

En parte, era cierto. Había pasado bastante tiempo haciéndole compañía al rey, observándolo mientras él atendía montones de cartas y peticiones, y resolvía problemas de estado que llegaban a su conocimiento todos los días. Lo había visto toser y hacer gestos de dolor.

—Pero habrán hablado de ello —insistió la reina.

Por supuesto que había habido conversaciones sobre aquel tema. Muchas. Toda Wesloria estaba a la espera de saber cuándo se casaría, y con quién.

—Sí, señora. Creo que uno de mis cometidos durante mi estancia en Inglaterra es conocer a posibles pretendientes.

—¿Y tiene a la gente necesaria a su alrededor para que evalúen a esos caballeros? Debería contar usted con sus padres, pero sé que es imposible en este momento. ¿A quién tiene?

—Bueno... —murmuró Justine. No era capaz de decir que tenía a lord y lady Bardaline—. Mi hermana ha...

—¡No puede apoyarse en su hermana para esto! —exclamó la reina, mientras uno de los lacayos servía un buen pedazo de tarta en su plato—. Ella querrá lo mismo que usted, alguien guapo y amable. Pero usted, querida, debe mirar a esos caballeros desde la perspectiva de la monarquía. Debe preguntarse quién puede servir mejor a su país.

A Justine le gustaría que el candidato tuviera también algo de belleza y amabilidad.

El lacayo sirvió dos trozos de tarta más pequeños para la princesa y para ella. La reina tomó un tenedor y comenzó a comer. De repente, soltó el tenedor.

—Oh, no. Esto no vale. Llévatelo. Está mal.

Justine tenía el tenedor sobre el plato cuando el sirviente le quitó el trozo de tarta de las manos.

—Pero... estoy segura de que lo resolverá usted todo —dijo la reina, a quien pareció que no preocuparle mucho que el lacayo acabara de quitarle el plato a Justine—. Supongo que las cosas pueden suceder de un modo distinto cuando una tiene a su padre tan enfermo.

Victoria se dio la vuelta en la silla y se dirigió a uno de los lacayos.

—La tarta que se sirvió ayer era perfecta. No entiendo por qué esta no es tan buena como la de ayer —le dijo, y volvió a girarse hacia Justine—. ¿No está de acuerdo?

Justine todavía estaba asombrada por la pérdida de su tarta.

—No la probé.

—Me refiero a que es diferente para usted, debido a la enfermedad de su padre.

—Ah, sí. Por desgracia, eso es cierto, Su Majestad.

—Mis más sinceras condolencias —dijo la reina. Tomó la taza de té y dio un sorbo, mirando a Justine. Después, dejó la taza en la mesa y añadió—: En realidad, entiendo bien su situación. Mi difunto tío, el rey Guillermo, estaba enfermo. Me pareció que pasaba una eternidad antes de que muriera. Y ahí estaba yo, esperando a que llegara mi turno de ocupar el trono.

Justine estuvo a punto de atragantarse con el té. Ella no estaba esperando su turno. ¿Acaso la reina no entendía lo que iba a significar para ella la muerte de su padre? Prefería que él estuviera a su lado antes que ser reina, y esa era la verdad. No se imaginaba cómo iba a hacer las cosas sin él, que era su verdadero aliado, el único que podía entender la carga que la esperaba.

—Una vez, Guillermo me dijo que esperaba seguir vivo hasta que yo cumpliera los dieciocho años, y lo consiguió. Murió un mes después de mi cumpleaños. ¿Se lo imagina?

—¿Por qué, mamá? —preguntó Vicky.

—Oh, bueno, él estaba en contra de que mi madre llegara a ser regente, y tengo que admitir que yo también.

Justine creyó que lo había dicho en broma, pero la reina la miró con el ceño fruncido.

—¿Su madre va a ser regente?

—No, señora. Tengo veinticinco años. He contado con las enseñanzas de mi padre...

—Muy bien. Por lo general, los regentes tienen hambre de poder. No se detienen ante nada.

Hizo una pausa y reflexionó sobre sus palabras.

—Aunque estoy segura de que Su Majestad la reina Agnes nunca conspiraría contra usted. No era eso lo que quería decir —añadió, sonriendo—. Creo que, tal vez, su padre se está obligando a sí mismo a vivir hasta que usted se haya casado. Sin duda, entiende que todo será mucho más fácil para usted si tiene a su lado un marido. Suponiendo que pueda encontrarlo.

Justine tuvo que hacer un esfuerzo para no retorcerse en su asiento.

—Creo que está intentando vivir, sin más —dijo.

—Bueno. Rezaremos para que su salud resista. Pero, como no podrá estar siempre con usted, debe tener a su lado a alguien en quien pueda confiar cuando llegue el momento de ocupar el trono. ¿Tiene usted a alguien así?

—A mi hermana —dijo Justine, sin titubear.

—Me refiero a alguien que pueda saber algo sobre el acto de gobernar. Por supuesto, yo tuve a lord Melbourne, mi primer ministro. Confiaba en él completamente y, cuando los Tories llegaron al poder e intentaron sustituirlo, no se lo permití. ¿Y su primer ministro? ¿Puede confiar en que él le dé consejos sensatos?

Seguramente, a Robuchard le encantaría darle todos los consejos del mundo, pero no para ayudarla, sino para controlarla.

—Creo que es... un hombre honorable —dijo, con cuidado.

La reina sonrió con astucia.

—No ha respondido a mi pregunta. Pero no tiene que molestarse, ya veo que tiene usted buena cabeza. Me da la sensación de que no confía plenamente en él, ¿verdad? Entonces, no lo mantenga. Ese es mi consejo. Consiga a alguien en quien pueda confiar. Consiga a un Melbourne.

—Pero ¿cómo va a hacer eso? —preguntó la princesa, en su nombre.

—Bueno, tendrá que reunirse con su consejo privado y evaluar a sus miembros. Pero este es el motivo por el que tiene tanta importancia que encuentre alguien con quien casarse. Alguien que la ayude a llevar la carga de la corona, como mi Alberto. No quiero tener poca delicadeza con usted, pero permítame que le diga que el tiempo es muy importante en su caso, querida. Debe encontrar a alguien en quien pueda apoyarse, en quien pueda apoyarse el país. De lo contrario, los miembros de la corte se la comerán viva.

A Justine se le escapó un sonido de incredulidad. Allí estaban de nuevo, hablando de su falta de marido y de su supuesta incapacidad para ser reina por sí sola.

La reina se apoyó en el respaldo de su silla y apartó la taza de té mientras observaba con perspicacia a Justine. Uno de los sirvientes se acercó al instante para rellenársela.

—No me malinterprete, querida, por favor. Es usted perfectamente capaz de ser reina, y yo diría que una buena reina. Pero el mundo quiere un rey. Como usted no puede darles eso, sí puede darles un consorte a quien puedan admirar.

La reina tomó la taza que acababa de servirle el lacayo y pasó el contenido a otra taza. Ya llevaba tres tazas descartadas.

—Bien, y ¿ya tiene algún nombre?

La princesa levantó la vista de su té a la espera de la respuesta.

—Yo... eh... Pues, en realidad, no. Mi madre ha... contratado a alguien... para que me ayude a hacer una lista.

—Sí, pero... ¿quién ha sido propuesto para figurar en esa lista?

Uno de los sirvientes se acercó y recogió las tazas vacías.

—No lo sé con certeza —dijo Justine, en tono de disculpa—, pero sí sé que han sugerido varios nombres.

—¡Lógicamente! Es usted joven y atractiva, y tiene la figura adecuada para proporcionarle al país un nuevo heredero al trono. Es un buen partido para cualquier hombre con ambición, ¿no cree? ¿Es usted tiquismiquis? Tiene todo el derecho a serlo. Si elige al hombre equivocado, tratará de arrebatarle el trono, si no tiene cuidado.

Una vez más, Justine estuvo a punto de atragantarse con el té.

—¿Disculpe?

—A los hombres les gusta controlar las cosas. Cuando nos conocimos, Alberto era un poco así. Quería decirme lo que tenía que hacer.

Su hija se echó a reír.

—Pero me casé con él porque era guapísimo, y no hay nadie a quien quiera tanto como a mi familia.

Claramente, Victoria no había seguido los consejos que estaba dando, sino que se había casado basándose en el criterio de las apariencias.

Apareció un sirviente con una bandeja de scones. La puso sobre la mesa con dos tazones pequeños de nata montada y miel. Tenían un aspecto delicioso, y a Justine empezó a gruñirle el estómago.

—Yo no los quiero —dijo la reina—. Me había hecho a la idea de la tarta. Llévatelos —le dijo al sirviente, que, rápidamente, los retiró de la mesa—. Ya casi ha terminado su té —añadió, mirando a Justine—. Tome más —dijo, y le hizo una señal al mayordomo.

—No quisiera molestar...

—Por supuesto que debe tomar más té. Es una pena que la tarta no estuviera bien hecha. Es deliciosa. Tendrá que fiarse de mi palabra.

El lacayo sirvió más té a Justine y, mientras ella lo vertía en otra taza, la reina siguió dándole consejos.

—Siempre habrá hombres que piensen que saben lo que es mejor para usted, pero eso nadie lo sabe mejor que usted misma. Debe confiar en su instinto. ¿Me oye? ¡Y las damas de compañía! Oh, en ese punto debe tener mucho cuidado. Tenga dos, como mínimo, si no tres. Elija damas que no estén siempre de acuerdo unas con las otras. Si no están de acuerdo, una de ellas vendrá a susurrarle al oído los asuntos de la otra, y así, usted nunca se perderá nada. Hágame caso, querida. Si no decide rápidamente quién quiere que sean sus damas de compañía, su primer ministro se las asignará y usted no tendrá camaradería con ellas y, por lo tanto, no podrá confiar en ellas.

Justine pensó en lady Bardaline. Aquella advertencia no era nueva, su padre se lo había dicho ya. En realidad, no necesitaba que se lo dijeran, sobre todo, teniendo en cuenta que gente como su padre y la reina hablaban de ello como si fuera algo de vida o muerte. Para su padre lo había sido, porque habían intentado envenenarlo hacía ocho años, cuando estaban en Londres.

Sin embargo, su problema era un poco diferente. No se trataba de que la gente le dijera mentiras, ni de que ella estuviera haciendo caso de consejos malintencionados. La gente no le decía nada en absoluto. Era como si pensaran que sería más fácil manipularla si la mantenían en la oscuridad. Bueno, menos Douglas, que estaba empeñado en ser sincero de un modo que a ella no le gustaba.

Y, además, no necesitaba ningún cuidador, que era lo que iba a ser Douglas. ¡Era una humillación! Conocía a Robuchard, y sabía que entre su madre y él habían encargado algo a Douglas que no tenía nada que ver con su felicidad. No era tonta.

La merienda terminó sin que la reina diera su aprobación a ninguno de los dulces que les sirvieron. Justine se quedó decepcionada, porque apenas había podido hablar, y le hubiera gustado hacer muchas preguntas. Por suerte, la reina le hizo otra invitación.

—La duquesa de Wellington ha preparado una reunión de damas para tejer calcetines para nuestros soldados de Crimea. Vamos a comer todas juntas. ¿Querrían su hermana y usted aportar sus considerables cualidades al evento?

Ninguna de las dos sabía tejer, pero, por supuesto, aceptó la invitación. Le agradaba tener algo que hacer en el horizonte.

La escoltaron fuera del palacio hasta el punto en el que esperaba su carruaje, protegido por la guardia wesloriana. Subió al coche y, cuando el cochero cerró la puerta y ella se quedó a solas, apoyó la cabeza en el respaldo del asiento y miró al techo.

Odiaba tener que volver a Prescott Hall a pasar las horas con los Bardaline. Ellos estarían ansiosos por saber todo lo que había dicho la reina, y ella sabía que no podía darles largas completamente.

Pensó en la invitación que le había hecho Douglas para ir a ver la galería de pintura del duque de Sutherland. No tenía intención de aceptar y ni siquiera se lo había mencionado a los Bardaline. Sin embargo, al ver pasar Londres por la ventanilla, se le ocurrió que tal vez perdiera la oportunidad de verse libre de su prisión por el mero hecho de estar enfadada. Seguía pensando que Douglas era un granuja, pero podía ser una vía para escapar de la mirada vigilante de los Bardaline. Seguramente, había opciones peores. Y, por lo menos, Douglas era muy guapo...

Así pues, mientras el coche tomaba velocidad y comenzaba a dar tumbos por la carretera, decidió que iba a decirle a Bardaline que aceptara la invitación de Douglas para ir a Stafford House.

Capítulo 7

William estaba profundamente dormido cuando Ewan tomó la horrible decisión de abrir las cortinas. Lo hizo con un estruendo que remató, un segundo después, tropezándose con la alfombra. Un hombre grande hacía un ruido grande.

William estaba tumbado boca abajo sobre el colchón, tapado con una montaña de almohadones. Abrió un ojo y miró fulminantemente a su ayuda de cámara.

—Maldito sea Beckett Hawke, Ewan. ¿Me oyes? Maldito sea por los siglos de los siglos.

—Sí, milord —dijo Ewan, y avanzó con cautela hacia la cama, como si tuviera que enjaular a un animal salvaje que pudiese atacarlo.

La noche anterior, William se había encontrado con Beck en el Brook's Gentleman's Club de St. James. Su amigo estaba jugando a las cartas y le había invitado a unirse a una partida de whist, diciéndole que había descubierto una bebida nueva. Se llamaba Ladies' Blush y había llegado hasta él desde la mismísima América. Beck no supo explicar cómo había recorrido un camino tan largo, pero no importó. Lo único que recordaba William era que tenía un sabor dulce y que contenía ginebra y que, después, alguien a quien no conocía, pero que Beck le había recomendado con entusiasmo, lo había llevado a casa. Recordaba vagamente haber discutido con Ewan por el mero hecho de desvestirse.

Alzó un dedo hacia su ayuda de cámara y volvió a esconder la cara en la almohada.

—Lord Iddesleigh no volverá a ser recibido en esta casa. No puede ni siquiera poner un pie en el umbral. Si levanta el brazo para llamar a la puerta, pégale un tiro.

—Sí, milord.

William bajó la mano. Esperó a oír algún ruido que le indicara que Ewan se retiraba, pero solo hubo silencio.

—¿Por qué estás aquí todavía? —le preguntó.

—Ha llegado una carta, milord. Una carta en condiciones, por su aspecto.

—Una carta en condiciones —repitió William, y se irguió—. ¿Qué significa eso, Ewan? ¿Acaso no son todas las cartas cartas en condiciones por el mero hecho de ser cartas?

—Eso no lo sé, milord.

—¿Cómo no vas a saberlo, MacDuff? No sabes si las cartas son cartas en condiciones, pero sabes que esta en cuestión requiere mi atención inmediata a estas horas infames.

—Es la una y media de la tarde, milord.

—Demonios... ¿y por qué no me has despertado antes, entonces? —gruñó William. Suspiró y rodó para tenderse boca arriba—. Voy a tomar un té. No, mejor un café. Al estilo turco. Y algo de comer, si es posible.

—Sí, milord.

Sin embargo, Ewan no se movió. Siguió allí, delante de él, con la carta sobre una bandeja de plata.

—Demonios... —murmuró William. Se sentó en la cama y se pasó los dedos por el pelo—. Lo digo en serio, Ewan. Iddesleigh ya no es bienvenido aquí. Cuando me habla, soy incapaz de decirle que no.

Él tenía una parte muy pequeña de culpa de su

estado actual. Beck podía llegar a ser muy persuasivo cuando se lo proponía.

Se frotó la cara con una mano y miró a Ewan. Parecía que el hombre estaba completamente decidido a entregarle la carta, así que extendió el brazo y movió los dedos.

—Está bien, dámela.

Ewan depositó el sobre, con cuidado, sobre la palma de su mano.

William la miró con los ojos entrecerrados; no conocía la letra, así que la giró para mirar el lacre. La carta era de Prescott Hall. Dio un gruñido.

—De todos los días, tenía que ser hoy cuando me llegara esto —dijo, quejándose, y abrió el sobre.

Mi señor Douglas:

Saludos en nombre de Su Alteza Real la princesa Justine. Ella me pide que acepte su amable invitación para visitar la galería de pintura de Stafford House. La princesa Justine y la princesa Amelia lo esperan para que las acompañe el jueves a las tres de la tarde. Si no puede proporcionar el transporte necesario para las princesas, le será proporcionado uno a usted.

Atentamente,

Gregor Bardaline, conde de Talin, gentilhombre de cámara debidamente nombrado para servir a Su Alteza Real la princesa Justine.

William arrugó la carta y miró con enojo hacia la ventana. El jueves era el día siguiente. No quería ir. Se arrepentía de haber hecho la invitación. Estaba de muy mal humor, y la perspectiva de tener que relacionarse con el duque y sus serviles acompañantes le revolvía el estómago. Conocía al tipo de personas que iban a asistir a la galería; eran de los que abordaban a las princesas y presionaban a los demás para que se las presentaran. Lo cual significaba que iba a tener que tomarse muy en serio su papel de escolta. Preferiría quedarse allí, leyendo el periódico, pero aquella princesa obstinada había cambiado de opinión y quería ver los cuadros.

A él le dolía mucho la cabeza.

Le devolvió la carta a Ewan.

—Que Dios me ayude, MacDuff. Tengo que ir mañana a una galería de pintura. Tráeme el café, por favor.

—Sí, milord —dijo Ewan, y salió.

William se desplomó sobre la cama y dio un gruñido.

Había conseguido olvidarse de la petulante princesa durante aquellos días y, como no había recibido noticias suyas, se había convencido de que ya había cumplido con su deber. Pero, no. Allí estaba ella, invadiendo de nuevo sus pensamientos al aceptar su invitación en el último instante.

Era molesto... pero, tal vez, después de un par de tazas de café, no sería tan horroroso.

Daba la casualidad de que Sutherland era vecino suyo. Su residencia estaba a un corto paseo de distancia por las calles o atravesando Green Park. Así que William fue a casa de su compatriota escocés para informarle de que iba a llevar a las princesas a ver su colección de cuadros.

—Si no te importa —dijo.

—¿Importarme? —preguntó Sutherland, que se había llevado una gran alegría—. Argyll tomará nota, ¿no? —añadió, con malicia, refiriéndose a otro duque escocés con el que mantenía una rivalidad.

William suponía que todo el mundo iba a tomar nota. Se preguntarían cómo era posible que un soltero como él había llegado a ser el acompañante de las princesas. Y habría caballeros que le darían la enhorabuena con gesticulaciones groseras haciéndole saber que sabían lo que estaba buscando. Él podría pasar sin todo aquello.

Envió un mensaje a Prescott Hall para avisar de que iría a recoger a las princesas gustosamente, aunque lo último había sido un añadido de Ewan sin su consentimiento, y que tenía carruaje propio, gracias. No era tan grande y lujoso como la carroza real, pero había trasladado en numerosas ocasiones a su padre, que era duque, así que él pensaba que valdría perfectamente. Ewan también había reescrito la nota sin aquella última parte.

William se vistió como si fuera a encontrarse con su hacedor, con cuello rígido, pantalón bien planchado y un elegante abrigo. Pidió que pusieran a punto los caballos y el carruaje y que el cochero estuviera preparado.

Cuando Ewan lo avisó de que todo estaba listo, William se puso en camino hacia Prescott Hall con toda la pompa y la circunstancia que exigían dos princesas.

El mayordomo lo condujo desde el vestíbulo a una pequeña salita y, al poco tiempo, la princesa Amelia entró sonriendo por la puerta y lo miró de pies a cabeza.

—Buenas tardes, milord.

—Su Alteza Real —dijo él, e hizo una reverencia.

La sonrisa de la princesa se volvió seductora. Se acercó a él y le rozó las piernas con la falda.

—¿Se acuerda de mí ahora, lord Douglas?

Qué coqueta era. Lo que él recordaba era que antes, aquella muchacha parecía un ratón, que no era más que una sombra en su memoria.

—Sí, sí. Es usted Su Alteza Real, la princesa Amelia de Wesloria. ¿Va a venir su hermana?

—Por supuesto que va a venir Jussie. Me ha pedido que le haga compañía mientras espera.

Él enarcó una ceja.

—¿De verdad?

—*Je*.

—No la creo.

La princesa Amelia dio un jadeo.

—Debería tener más cuidado, milord.

—Tú también, Amelia. Todavía no sabemos cuáles son las intenciones de su señoría.

Ninguno de los dos había oído entrar a la princesa Justine, y se sobresaltaron como si fueran amantes culpables. Al instante, William hizo una reverencia.

—Buenas tardes, Su Alteza Real.

—Milord —dijo ella.

Llevaba un vestido de terciopelo rojizo y rosa, con un poco de verde de Wesloria prendido en una manga y sus pechos, algo que él notó sin poder evitarlo, eran dos montículos perfectos de color crema. Parecía que iban a escapársele del corpiño en cualquier momento. Según su observación, nacida de sus muchos años de estudio, las mujeres más difíciles siempre eran las más atractivas.

—Me ha acusado de flirtear con él —dijo la princesa Amelia.

—¡Eso es absurdo! —exclamó Justine—. Podría ser tu padre.

—¿Cómo? —preguntó William, tartamudeando—. No tengo edad para eso.

—¿Es más viejo? —preguntó ella, con una sonrisa, la muy descarada—. Bueno, Douglas, aquí estamos. Todos arreglados para ir a ver una galería de pintura.

—Si me permite decirlo, el efecto es bastante agradable.

Ella lo miró con incertidumbre. Estiró un brazo, con la palma de la mano hacia arriba, y dijo:

—¿Torrin?

Al instante, apareció un sirviente con una capa de seda. Justine se puso de espaldas al hombre para que pudiera ponérsela en los hombros, mientras seguía mirando fijamente a William.

—Necesitaremos también nuestras capotas.

Bardaline debía de estar esperando aquella petición escondido en algún lugar, porque apareció con una capota verde y blanca y otra de color dorado. Le lanzó a William una sonrisita de comadreja y él decidió, en aquel mismo instante, por principio, que Bardaline no le gustaba nada. Se dio cuenta de que Justine se echaba ligeramente hacia atrás cuando el hombre se acercó para decirle algo al oído.

—Gracias —dijo ella.

Tomó su capota, se la ajustó en la cabeza y se ató la cinta bajo la barbilla, con destreza, en cuestión de segundos. Amelia también se puso su capota y, acto seguido, fue a mirarse al espejo de cuerpo entero que había en una de las paredes.

—Le agradezco mucho su amable invitación —dijo Justine, con cortesía.

—¿De veras? No parecía eso la última vez que hablamos.

—¿No? Bueno, pues mi hermana y yo estamos deseando ver los cuadros.

—El duque de Sutherland también está deseando que vean sus pinturas. Tengo un carruaje.

—Excelente. Entonces, ¿nos vamos?

—Por favor.

Las princesas atravesaron el vestíbulo acompañadas por Bardaline, que iba diciéndole cosas en voz baja a Justine. Cuando salieron a la calle, Amelia se quedó mirando el carruaje, que llevaba como adorno el escudo de los Hamilton en la puerta.

—¿Es este? No es muy grande, ¿verdad? En Wesloria, los carruajes son más grandes.

—Estás pensando en los carruajes reales, Amelia —le dijo Justine—. Este no lo es.

William miró su vehículo. Solían ser de un tamaño estándar. Si fuera más grande, necesitaría un tiro de seis caballos para poder llevar a aquellas dos a St. James.

Dos guardias weslorianos salieron a caballo y se situaron detrás del carruaje. Uno de los lacayos de William saltó al suelo desde su puesto, en la parte trasera del coche, y bajó una escalerilla para que las damas pudieran subir a la cabina. Cuando las dos estuvieron sentadas en el interior, Justine se asomó y miró a William.

—¿Va a viajar con nosotras? —le preguntó.

Bueno... pues sí. Él las había invitado y había proporcionado el carruaje.

—¿Preferiría que fuera en la parte de arriba? —inquirió él, con sarcasmo.

Al oír la pregunta, la princesa sonrió de forma diabólica.

—Lo que más le convenga, milord. Más bien, pensaba que querría aprovechar la oportunidad para ofrecernos sus múltiples consejos sobre todo tipo de asuntos —dijo, con los ojos muy brillantes.

—Creía que a usted no le gustaban mis consejos, ni los necesitaba.

—¡Así es! —exclamó ella, alegremente—. Pero tenía asumido que usted nos los daría, de todos modos.

Él hizo una reverencia.

—Creo que se me da mejor ofrecer consejos en el momento en que son necesarios.

Ella se echó a reír.

—Bueno, eso sería una novedad.

—¿Nos vamos? —preguntó la princesa Amelia, desde el interior del carruaje.

La princesa Justine siguió sonriéndole con satisfacción. En realidad, había un consejo que sí podría darle en aquel preciso instante: que dejara de sonreírle así. Conseguía que se sintiera... inseguro.

Justine se inclinó hacia atrás y desapareció de su vista. Con un suspiro, él subió por la escalerilla con intención de entrar en la cabina, pero se encontró con un problema: las dos princesas estaban sentadas frente a frente, ocupando con sus voluminosas faldas los dos asientos.

—¿Qué está haciendo? —le preguntó la princesa Amelia—. No hay sitio suficiente.

—Amelia, ven aquí —le dijo Justine a su hermana, dando unas palmaditas en el asiento, a su lado.

La princesa dio un resoplido, pero obedeció. Las dos se sentaron juntas, pero sus faldas llenaban todo el espacio disponible.

William se colocó en el asiento contrario a la marcha. La princesa Amelia chasqueó la lengua con fastidio y miró fijamente sus largas piernas.

—Me está aplastando la falda.

Él tuvo unas terribles ganas de contestarle que su dichosa falda estaba ocupando todo el interior del coche, pero dijo:

—Le pido disculpas.

Después, colocó las piernas lo más lejos posible de la falda, pero el resultado fue que aplastó la falda de Justine. Ella suspiró audiblemente.

Cuando el carruaje comenzó a moverse, él intentó no aplastar nada más, pero era imposible. Justine siguió mirándolo; claramente, se estaba divirtiendo. Era evidente que notaba su incomodidad, y a él no le gustaba. El coche tomó una curva y él estuvo a punto de caerse del asiento por no aplastar las faldas, y Justine sonrió con deleite.

—Está muy contenta, Su Alteza Real —gruñó él.

—¡Ah, sí! —dijo ella—. Supongo que sí. Después de todo, he salido de Prescott Hall.

—La tienen allí prisionera —dijo Amelia, con gravedad.

—¿Quién? —preguntó él, desconcertado.

—Los vigilantes —respondió Justine, en un tono sombrío, y su hermana y ella se echaron a reír—. Me tienen vigilada a todas horas, sin nada que hacer. Ni siquiera tengo la compañía de un perro.

—Yo te hago compañía, Jussie —dijo la princesa Amelia.

—Sí, pero tú sales mucho, cariño. Debería haberme empeñado en traer a Bear.

—Te lo dije —respondió Amelia—. Pero tenías razón. El viaje habría sido muy duro para él.

—¿Bear? —preguntó William.

—Es uno de mis perros —dijo Justine, y suspiró—. Bueno, ahora no importa —añadió. Miró a William con la cabeza ladeada y preguntó—: ¿Le gusta la pintura?

—¿A mí? Sí, mucho.

—¿Cuánto? —preguntó la princesa Amelia, mirándolo dubitativamente.

—No sé cómo responder a eso con exactitud, pero he seleccionado cuadros para la residencia de mi familia.

Las hermanas se miraron la una a la otra. La princesa Amelia puso los ojos en blanco. Era imposible satisfacer a aquellas dos.

—Una vez me pasé todo un día en la Gran Galería del Louvre, intentando verlo todo.

Era un día frío y lluvioso, pero él se había quedado maravillado de todo el talento que había visto en aquellos cuadros. ¿Cómo podía conseguir alguien capturar la forma en que un rayo de sol iluminaba la cara de una mujer?

—Oh —dijo Justine—. Hace mucho tiempo que quiero ir a París y visitar los museos. ¿Es tan maravilloso?

—Sí, ciertamente. Seguro que podrá hacerlo cuando sea reina —dijo él—. Una visita de estado. Los encargados estarán encantados de mostrárselo todo. Merecerá la pena para usted, si le gustan los grandes pintores.

—A mí no se me ocurre nada más aburrido —dijo Amelia, con cansancio.

—¿Pinta usted, milord? —le preguntó Justine.

—Muy mal. No hay esperanza para mí.

—Bueno, pues eso es algo que tiene en común con Justine —dijo la princesa Amelia—. Ella también pinta muy mal.

—¿Disculpa? —preguntó Justine, riéndose debido a la sorpresa.

—¡Es terrible, Jussie! ¡Es que no ves tres en un burro!

Justine se echó a reír, aunque se ruborizó un poco. Se encogió de hombros.

—Es cierto. No veo nada de cerca —dijo, y dio unas palmaditas a su bolso—. Tengo unos anteojos por si se da una emergencia, pero me han dado instrucciones estrictas de que no me los ponga para no echar por tierra cualquier oportunidad de encontrar marido.

Su hermana y ella se echaron a reír.

William no sabía lo de los anteojos, y no entendía por qué no le permitían ponérselos. Lo único que sabía era que la princesa se ponía preciosa al reírse. Era... adorable.

—Si la pintura no es uno de sus talentos, milord, ¿qué talento tiene usted? —le preguntó Justine.

—Eh... no creo que haya nada obvio.

Quizá su mejor talento, en aquel momento de su vida, era impedir que su padre arruinase por completo a la familia.

La princesa chasqueó la lengua.

—Tiene que haber algo que se le dé muy bien.

—Se me dan bien muchas cosas —dijo él, con una mirada significativa—. ¿Qué es lo que le gusta a usted?

—¡La esgrima! Cuando era más joven, quería ser una guerrera como si antepasada, la reina Elena.

Él no creía que pudiera ser una guerrera valiéndose solo de una espada. Bueno, de un florete, perdón.

—Bueno, yo ya he respondido, ahora le toca a usted.

—De acuerdo. A mí se me da muy bien adiestrar a perros pastores.

Justine y su hermana se miraron. Amelia se echó a reír.

—Eso es una tontería.

—No, no lo es —dijo él, a la defensiva—. Creo que no hay nada más bucólico que un rebaño de ovejas pastando en un campo, y nada más artístico que el perro que las pastorea. Es cierto que los perros pastores nacen para ello, pero necesitan un poco de adiestramiento. Cuando yo era pequeño, pasaba todo el tiempo que podía con los pastores, y de ellos aprendí a enseñar a los perros.

Sinceramente, los mejores recuerdos que tenía eran de una época más sencilla. Nunca había sido tan feliz como a los doce años, con cuatro perros a los que adiestrar. Había seguido con aquella afición hasta que se había ido al continente por primera vez.

—Ojalá yo tuviera tanto entusiasmo por una tarea como adiestrar perros —dijo Justine, con melancolía.

—Son unos animales sorprendentes, muy tenaces —dijo William—. Entonces, ¿a usted también le gustan los perros?

—Los adoro. El palacio de Rohalan está lleno de perros. Pero, si a usted le gustan los perros y las ovejas, ¿por qué siempre está en los salones? ¿No debería estar en Escocia, ocupándose de sus rebaños?

—Sí, ojalá pudiera, pero no es tan fácil, ¿no cree? Eso conlleva ciertas responsabilidades.

—¿Ser pastor? —preguntó la princesa Amelia, con desdén.

—No, ser el tipo de pastor que yo tendría que ser. Conlleva responsabilidades con respecto a los deberes para con el patrimonio familiar, y en la familia hay diferentes opiniones para todo. ¿Verdad?

—Sí —dijo la princesa Justine, al instante—. Yo entiendo un poco de eso.

—Estoy seguro de que lo comprende. Mucho mejor que yo, de hecho.

De repente, la princesa Amelia dio un grito de alegría.

—¡Cuánta gente! ¿Qué es ese sitio?

Justine se inclinó hacia delante para mirar por la ventanilla. William la imitó.

—Sí, es Stafford House —dijo.

Había muchísima gente por la pradera de césped que había delante de la residencia. De repente, la princesa Justine se dejó caer hacia atrás para apoyarse en el respaldo del asiento. Le lanzó a William una mirada fulminante.

—Dijo usted que sería una pequeña recepción.

—Se suponía que iba a serlo, sí.

—¿Y qué ha ocurrido?

Parecía que estaba frenética. Era un cambio muy sorprendente, teniendo en cuenta la fluida conversación que acababan de mantener hacía unos instantes.

—Creo que se ha corrido la voz de que va a asistir usted, Su Alteza Real. Muchas de estas personas no han visto ni siquiera a su propia reina y, mucho menos, a una princesa extranjera que está en busca de un rey...

—¡No de un rey, sino de un príncipe consorte!

Él enarcó una ceja.

—Le pido perdón.

Tenía ganas de echarse a reír, pero ella estaba demasiado nerviosa, y él no sabía qué pensar.

—¿Le sorprende ser objeto de interés? Seguramente, Sutherland dirá que son visitantes distinguidos, pero yo los llamaría «mirones». Están deseando ver a dos princesas jóvenes, solteras y bellas.

Justine respiró profundamente.

—Dios sabe cuántos más habrá dentro de la casa.

—Espero que haya cientos —dijo la princesa Amelia, con entusiasmo, mientras el carruaje entraba por las puertas de la verja.

—Oh, no —murmuró Justine.

Su reacción era alarmante.

—¿Le ocurre algo? —preguntó William.

—¿No se lo ha dicho nadie? —preguntó Amelia, mientras el carruaje se acercaba a la entrada principal de la casa—. Mi hermana se pone enferma entre las multitudes.

William miró a Justine. La princesa estaba muy pálida.

—No me pongo enferma —dijo ella, y tragó saliva—. Lo único que pasa es que no me gustan las aglomeraciones, nada más. Me resultan asfixiantes. ¿Podríamos abrir la ventanilla, por favor? Necesito aire.

William la miró con incredulidad. No lo entendía, pero parecía que aquella mujer, que estaba tan segura de sí misma en Prescott Hall, estaba a punto de desmayarse.

Y, entonces, se desmayó.

Capítulo 8

Justine no se había desmayado. Estaba intentando respirar profundamente, tal y como le había enseñado *monsieur* DuPree, y le resultaba más fácil hacerlo con la cabeza apoyada en el respaldo y los ojos cerrados.

—¡Su Alteza Real! ¡Justine! —exclamó William, bruscamente.

Notó su mano en la mejilla y abrió los ojos. Él tenía una mirada de preocupación, y ella no quería eso.

—¡Ya basta! —le espetó, y le apartó la mano dándole unas palmaditas.

Él retrocedió, sorprendido.

—Pensaba que...

—Ya le he dicho que se pone enferma —dijo Amelia.

Justine tomó aire de nuevo.

—Ya está bien, Amelia. Deja de decir eso. Estoy bien.

Sin embargo, la ansiedad se había apoderado de ella. Le horrorizaban las ocasiones como aquella. Sabía que la gente se le acercaría, la estudiaría, incluso la tocaría. Tuvo un escalofrío.

La primera vez que había sufrido una crisis como aquella tenía nueve años. Había salido con su padre a las calles de St. Edys. Se habían reunido muchos ciudadanos que querían verla y, de repente, se vio entre una multitud de gente que empezó a empujar. Era una oleada de personas que querían tocarla, acariciarle el pelo y la cara. No podía recordar mucho, pero sí el terror que había sentido, los gritos que surgieron de su garganta. Los guardias se la habían llevado a un lugar seguro.

Durante las semanas posteriores, tuvo pesadillas en las que la secuestraban. Su padre había tenido un hijo antes de tenerlas a ellas, y aquel niño había sido secuestrado de su cuna en medio de un intento de golpe de estado. No había cumplido un año, y no volvieron a verlo. Saber todo eso no la ayudaba.

Ya de adulta, no temía que la secuestraran... pero siempre se ponía nerviosa entre grandes multitudes. La gente trataba de acercarse, de tocarla. Le gritaban, le pedían. Toda aquella atención avivaba sus inseguridades. ¿Qué veían en ella? ¿La veían segura, como a la reina Elena, o veían a una joven timorata que no tenía la fortaleza suficiente para ocupar el trono?

Las respiraciones acompasadas fueron calmándola poco a poco. Se dio cuenta de que Douglas seguía mirándola con preocupación. Eso la mortificó.

—Por favor... No me haga caso.

No quería mirarlo a la cara, porque le molestaba que él la viera así. En realidad, ella no quería que él viajara en la cabina, con ellas, porque no quería ver su cara de petulancia. Pero, curiosamente, quería que él quisiera ir en la cabina...

Bueno, estaba muy confusa acerca de lo que quería, pero sabía que no quería lo que estaba sucediendo.

—Vienen los lacayos —dijo Amelia, con emoción.

A los pocos segundos, se abrió la puerta del carruaje, y las dos hermanas se echaron hacia atrás en el asiento. Douglas miró con inseguridad a Justine y bajó de la cabina. Un momento después apareció una mano enguantada, unida a un brazo cubierto de lana de primera calidad, y se estiró por la abertura de la puerta, con la palma hacia arriba.

Amelia no vaciló. Se agarró a la mano y salió del coche. Desapareció del campo de visión de Justine.

Ella tomó aire una vez más.

—Es tu primera aparición en público después de diez años. No seas tan boba —se dijo, en voz baja.

Se recogió la falda del vestido y se movió hacia la puerta. Al asomarse, vio que Amelia estaba a pocos metros, saludando. Saludando con la mano, como si todos ellos fueran amigos.

La mano apareció de nuevo, y ella la agarró. El dedo gordo de aquella mano se posó sobre sus nudillos y la sujetó con firmeza mientras bajaba. Cuando tuvo los dos pies en el suelo, intentó soltarse, pero William le apretó los dedos y la obligó a mirarlo.

—¿Mejor?

—Sí, perfectamente.

Tiró de la mano para liberarse y trató de convencerse de que el cosquilleo que había sentido al notar que él le apretaba los dedos no se había producido. Y, entonces, se le olvidó todo, porque vio la casa, y las ventanas abiertas, y la gente que se había agolpado para verla.

No se había imaginado que la residencia fuera tan grandiosa, pero lo era. Tenía tres pisos y era tan larga y cuadrada como los dos palacios que la flanqueaban, Buckingham al sur y St. James al norte. La entrada se sustentaba en columnas griegas, tan grandes, que la gente que había en el pórtico parecía diminuta. Y, como estaba en el borde de Green Park, era casi como si estuviera en el campo.

—¿Es que aquí todo el mundo vive en un palacio? —murmuró Justine.

—Oh, sí, los miembros de la alta sociedad de

Londres viven como si fueran reyes y reinas —respondió Amelia—. Cada casa es más grande que la anterior.

—Ese es Sutherland —dijo William—. El más alto.

Acababa de aparecer un hombre en el pórtico. Sacaba una cabeza de altura a todos los que le rodeaban. Se detuvo en la parte superior de las escaleras que descendían al camino de entrada y, aparentemente, empezó a preparar un séquito de damas y caballeros para que lo siguieran.

—Ay —dijo Justine, porque no se le ocurrían las palabras más adecuadas para saludar.

A su espalda, el carruaje comenzó a alejarse, y ella perdió toda esperanza de poder escapar.

—¿Vamos? —le preguntó William—. ¿O prefiere quedarse en el camino y que vengan a recibirla, como princesa real que es usted?

—En realidad, me gustaría volver a Prescott Hall.

—¡No seas tonta! Va a ser divertido —dijo Amelia.

—Yo sugiero que sigamos adelante. Cuanto más lo piense, peor será —dijo William, y le ofreció el brazo—. Dicen que el truco es no pensárselo dos veces.

—¿Es usted experto en vencer la reticencia? —le espetó Justine.

No quería hablarle así, pero era lo que le ocurría cuando se sentía tan perdida.

Él se lo tomó con calma.

—No, pero tengo mucho sentido común. Agárrese a mi brazo antes de que Sutherland se tire por las escaleras y la tome de la mano.

Ella se agarró con rigidez al brazo de William, y con demasiada fuerza. Carraspeó y alzó la barbilla.

—¿Se da cuenta de que la gente podría pensar algo por vernos agarrados del brazo?

—Horror de los horrores. Pero sería un poco raro que usted avanzara a solas, como si fuera a arrojarse a la batalla.

—Por el amor de Dios, respira —le dijo Amelia—. Ofrézcame el brazo a mí también, Douglas, y así iremos en forma de alegre trío, y nadie sacará conclusiones.

La princesa se agarró de su brazo con naturalidad, como lo hubiera hecho con su padre o con algún pariente o amigo, y se inclinó hacia él en busca de apoyo.

Ojalá ella pudiera estar tan relajada, pensó Justine.

—Señoras —dijo William, y comenzó a caminar hacia la escalinata.

Sutherland, después de haber organizado su grupo de bienvenida, había empezado a bajar los escalones, pero se detuvo a medio camino para reorganizarlos.

—No es necesario que se muestre tan disgustada por ir de mi brazo —murmuró William, mientras esperaban a que Sutherland dirigiera a sus invitados.

—Tampoco es necesario ser tan engreído por llevar a una princesa de cada brazo —murmuró ella.

—¿Es que le parece que tengo cara de engreimiento? No, señora, lo que ve en mi semblante es un dolor incómodo por tener que visitar una galería en estas circunstancias. Y, si me permite que se lo diga, mi expresión de fastidio está superada, con mucho, por la suya. Por lo menos, podría evitar que parezca que la he traído arrastrando hasta aquí.

—Que Dios me ayude, pero no iba a decirme lo que tengo que hacer, ¿es que ya lo ha olvidado? —preguntó ella, aunque lo hizo con una sonrisa.

—Oh, no, no he olvidado ni una sola palabra de lo que me ha dicho, se lo juro, y le juro sobre las tumbas de mis antepasados que nunca lo haré. Buenas tardes, Sutherland —dijo, en voz alta.

Sutherland se giró en el escalón.

—¡Bienvenidos, bienvenidos! —respondió el duque, y comenzó a bajar de nuevo.

—¿Por qué está tan contento? —susurró Justine—.

¿Acaso le ha dicho que soy una gran aficionada al arte? ¿O que no tengo pretendientes, pero que los necesito?

William dio un resoplido.

—No hay un solo hombre en Londres que no lo sepa. ¿Por qué cree que han venido? Conozco a Sutherland, y quiere dejarla extasiada con todo lo que tiene y todos aquellos a quienes conoce.

Justine estaba empezando a angustiarse de nuevo.

—Deja de quejarte ya —le ordenó Amelia—. Yo estoy muy contenta de poder conocer a toda esta gente tan interesante.

A toda aquella gente... Justine notó que se le formaba un nudo en la garganta. Estaba tan obsesionada con los que se habían asomado a las ventanas que casi no se dio cuenta de que Sutherland bajaba el último escalón y se situaba ante ella.

—¡Lord Douglas! —exclamó el duque, mientras su séquito se arremolinaba a su espalda.

Hizo una reverencia teatral, estirando una pierna; cuando se incorporó, sonrió a Justine.

—Su Alteza Real, es un gran honor contar con su presencia.

—Es usted muy amable —dijo Justine. Se sintió orgullosa de que no le temblara la voz—. Gracias por su invitación. ¿Me permite que le presente a mi hermana, la princesa Amelia?

Amelia se colocó delante de William para acaparar la atención.

—Excelencia —dijo, de un modo encantador, y le tendió la mano al tiempo que inclinaba la cabeza, casi como si pensara que Sutherland podía ser un pretendiente. Justine no esperaba que William y ella intercambiaran una mirada al ver la coquetería de Amelia, pero lo hicieron, y eso fue una sorpresa para los dos.

Sutherland avanzó tan rápidamente, con tanta

energía, que Amelia dio un paso atrás instintivamente. De haber estado allí, su madre le habría dado un pellizco. Justine se dijo que después iba a recordárselo para poder reírse. «Una Ivanosen permanece firme como una roca ante cualquier desafío».

Sutherland le dio la mano y se inclinó sobre ella, y le dio la bienvenida a su casa. Después, rápidamente, la soltó y se hizo a un lado para poder ver mejor a Justine.

—Oh —murmuró ella, y tuvo que contenerse para no dar también un paso atrás.

—Su Alteza Real, cómo me alegra que haya venido a ver la galería de cuadros —dijo Sutherland—. Ya verá como tenemos una de las mejores colecciones de Londres. ¿Me permite que le presente a mi hija? —preguntó, e hizo un gesto en el aire. No apareció nadie, así que el duque sonrió y la llamó—. ¡Constance!

Una joven estaba intentando abrirse paso entre la gente, y consiguió llegar hasta ellos justo cuando Sutherland se daba la vuelta para buscarla. Sin querer, le golpeó un hombro con el codo.

La muchacha se llevó una mano al hombro.

—Ay —murmuró. Y, con un gestó de dolor, hizo una reverencia.

—Mi hija, lady Constace —dijo Sutherland, y la señaló con orgullo, como si fuera una de sus obras de arte.

—Por favor —dijo Justine, para indicarle a la muchacha que se incorporara.

Lady Constance sonrió.

—Es un honor —dijo.

Tenía el pelo oscuro y era muy menuda. Parecía que tenía unos cuantos años menos que Amelia y que ella.

—A mi hija le encantaría enseñarle el interior de la casa a la princesa Amelia, si es de su agrado —dijo

Sutherland, inclinándose hacia Justine. Ella, sin poder evitarlo, se acercó aún más a William y se chocó con él—. Han venido muchas de sus amigas y hemos pensado que a Su Alteza le gustaría conocerlas —explicó, y sonrió con expectación, como si estuviera esperando la aquiescencia de Justine.

Amelia dio un saltito hacia delante.

—Me encantaría.

—¡Maravilloso! —exclamó Sutherland, sin dejar de observar a Justine—. ¿Constance?

De nuevo, hizo un gesto en el aire para indicarle a su hija que podían marcharse, y las dos jóvenes subieron las escaleras. Justine vio que desaparecían entre el gentío, y se sintió acalorada al no poder ver a su hermana. Saber que Amelia estaba cerca la ayudaba a calmar los nervios y, sin ella, aquellos mismos nervios se ponían de punta.

—Si me lo permite, Su Alteza Real, yo la acompañaré dentro. Me temo que hay bastante gente. La curiosidad por la princesa heredera al trono de Wesloria es muy grande.

—¿Cómo? No tanta gente, espero.

—Es usted una invitada muy importante, sin duda —dijo el duque, jovialmente—. Todo Londres me ha pedido una invitación.

Sutherland se echó a reír de nuevo, como si todos debieran divertirse por el hecho de que tanta gente quisiera una invitación para poder mirarla con la boca abierta.

—Yo...

—¿Sí? —preguntó él, inclinándose hacia ella, ávido por oír lo que tuviera que decir la princesa.

—Me pregunto si tiene un poco de vino o champán —balbuceó Justine.

—¡Por supuesto que sí!

Al ver que el duque se movía como si quisiera

desplazar a William, ella se alarmó. Sin embargo, William no cedió su sitio.

—Si no te importa, viejo amigo, yo me encargo de la princesa, ¿de acuerdo?

En aquella ocasión, cuando William le ofreció el brazo, ella lo tomó sin vacilación. Si no podía estar con Amelia, él era la segunda mejor opción.

Sutherland no se amedrentó. Se colocó al otro lado y caminó a su lado mientras subían las escaleras, parloteando sobre la casa y los terrenos, haciendo gestos amplios con los brazos para señalarle esto o aquello. En una de las ocasiones, estuvo a punto de darle un golpe con el brazo, y ella tuvo que agachar la cabeza para esquivarlo. Al hacerlo, le golpeó el hombro a William. Cuando llegaron a la puerta de la casa, el duque tuvo que apartar a algunas de las personas que bloqueaban el paso.

—¡Dejen sitio, dejen sitio! —gritó.

William se inclinó hacia ella y le susurró:

—¿Debo interpretar ese pequeño golpe como una muestra de flirteo, o como una señal de angustia? Me gustaría conocer la diferencia, por si vuelve a ocurrir.

—¿Flirteo? —respondió ella, en voz baja—. Puede que este hombre me deje el ojo a la funerala antes de que acabe la tarde.

William se echó a reír discretamente, y a ella le pareció un sonido reconfortante. No quería sentir ninguna afinidad por él, pero, al mirarlo y ver su perfil fuerte, la sintió sin poder evitarlo. Y se sintió un poco más segura. Tal vez, bastante segura. ¿Cómo había llegado a eso?

—Gracias —dijo.

—¿Disculpa?

—He dicho que gracias.

—Pero si no he...

Ella le dio un pellizco a través de la lana de la manga. Él puso su mano sobre la de ella y se la apretó.

—De nada —dijo, y apartó la mano—. Debería haberte avisado.

—¡Por aquí! —exclamó Sutherland, con entusiasmo, haciéndoles un gesto para que siguieran adelante.

William la llevó hacia la puerta.

—¿Y por qué no me avisaste? —murmuró ella.

—En realidad, no lo sé. Me gusta ver las muchas expresiones que se reflejan en tu cara.

—Por aquí, señora, por aquí —dijo Sutherland, y giró para entrar a un corredor ancho. Justine y Douglas lo siguieron.

—Imposible —susurró Justine—. Yo no dejo entrever mis sentimientos. Me ha enseñado un soberano, William. Hay que impedir que las emociones afloren.

—Ah, qué delicioso suena mi nombre pronunciado con ese precioso acento wesloriano. Me gusta mucho. Me imagino que tú sientes el mismo agrado cuando oyes Justine pronunciado por un escocés.

—*Mein Gott* —dijo ella.

Quería decirle que no, pero lo cierto era que el acento escocés le producía un pequeño cosquilleo de deleite.

—¿No te han dicho nunca que te agarras muy fuertemente, Justine?

Justine miró su mano, y se dio cuenta de que le había clavado los dedos en la manga.

—¡Aquí estamos! —dijo Sutherland, con ímpetu, a las puertas de la galería. Se inclinó hacia delante y añadió—: Su Alteza Real, princesa Justine, ¿me permite que le presente a mi esposa, lady Sutherland?

Y Justine tuvo que soltarse del brazo de William para que empezara una ronda de muchas, muchas presentaciones. Como no podía agarrarse a él, empezó a juguetear con su pulsera de oro, dándole vueltas. Se vio rodeada de muchos desconocidos que la observaban con curiosidad, y oyó muchos nombres y muchas palabras dirigidas a ella.

Alguien le puso una copa de champán en la mano. Casi no podía sentir el cristal; parecía que había perdido el tacto. Sin embargo, bebió más de lo que era aconsejable con el estómago vacío. Sutherland llevó a Justine por la galería, y sus invitados los siguieron moviéndose a su alrededor como si todos fueran parte de un gran organismo, impidiéndole ver los cuadros. Justine se tomó todo el champán y miró a su alrededor en busca de otra copa.

Una mano enguantada apareció delante de ella, con la palma hacia arriba. Ella depositó la copa allí y dijo:

—Más, por favor.

—Vaya, parece que no exageráis en cuanto a vuestra incomodidad —susurró William, mirándola con el ceño fruncido—. Si no te importa que te lo diga, tienes los ojos un poco vidriosos. Tal vez no sea la mejor idea tomar más champán.

—¿Por qué me estás hablando como mi madre? Por favor, tráeme más.

No pudo esperar a que él le dijera que sí, porque el río comenzó a moverse de nuevo. Pero siguió mirando por encima de su hombro hacia atrás, para ver si William seguía cerca.

Y así era.

Por si tenía alguna duda, notó su mano en la espalda en un par de ocasiones. Fueron roces, nada más, pero le transmitían que él estaba allí. Y, entonces, como por arte de magia, apareció la copa de champán que había pedido. Sonrió a William con gratitud.

Él chasqueó la lengua y señaló las puertas de la galería que daban a los jardines, y que estaban abiertas de par en par.

—Te lo traigo solo porque me da miedo que explotes. Pero no soy un sirviente.

—Te lo he pedido por favor.

—Bueno, y con un poco de expectación.

—¡Y esto, Su Alteza Real, es la galería de pintura! —anunció Sutherland, cuando terminaron de recorrer la enorme sala—. ¿Qué le ha parecido?

Casi no había podido ver ningún cuadro.

—Umm... —murmuró, asintiendo, y dio un buen sorbo de champán para tomar fuerzas—. Es magnífica, Excelencia.

—Sí, lo es, lo es —dijo él, con entusiasmo—. Su Alteza Real, por favor, ¿le importaría situarse aquí? Desde este punto se disfruta de la mejor vista de la galería.

Señalaba una estrella de marquetería que había incrustada en la tarima del suelo. Comenzó a apartar a la gente que estaba sobre ella para que permitieran a la princesa ver las obras.

William permaneció a su lado mientras Sutherland guiaba a sus invitados. Se agarró las manos a la espalda y se fijó en un cuadro.

—A Sutherland le gusta pensar que es un bróker.

A ella casi se le había terminado el champán. Le temblaban ligeramente las manos cuando se llevó la copa a los labios, y él se dio cuenta.

—¿Un marchante de arte?

—Eso también, probablemente.

Justine tragó rápidamente el champán que acababa de tomar.

—¿A qué te refieres?

—A que estaría encantado de participar en cualquier acuerdo matrimonial al que pudieras llegar.

Aquello era tan asombroso, y tan poco de la incumbencia de Sutherland, que Justine se tomó de golpe lo que le quedaba de champán.

—¿Su Alteza Real? Por aquí —le dijo Sutherland de nuevo, después de despejar la estrella del suelo.

—Si tienes la oportunidad, ve a ver el *rubens* que hay en la pared del sur. Creo que es el retrato de una antepasada suya. Y ten cuidado, Justine —murmuró William, mirando a su anfitrión—. Como amigo, tengo que advertirte que no confíes en un caballero solo porque te dedique bonitos cumplidos.

Justine se quedó mirándolo boquiabierta, pero él ya se había alejado unos cuantos pasos y estaba admirando una escena bíblica.

Sutherland, que debía de haberse impacientado, apareció de repente a su lado y volvió a inclinarse hacia su persona.

—La vista de la galería es perfecta desde la estrella —dijo él, señalándola.

Justine no creía que la vista pudiera ser mejor que desde el sitio en el que se encontraba, pero fue hacia el duque y se quedó en medio de un círculo de gente que la miraba a ella más que a los cuadros. Intentó escuchar a Sutherland, porque quería ser una invitada modélica, pero el champán le había alterado los nervios y solo podía pensar en su conversación con William Douglas. ¿Cómo se atrevía a insinuar que lo sabía todo sobre ella, que sabía lo que ella pensaba de cualquier caballero? Douglas no podía saber a cuántos caballeros conocía en una sola semana, ni cómo los recibía.

Sin embargo, lo que realmente le había molestado era que, probablemente, él tenía razón. Que a ella sí le gustaban los elogios bonitos. Eso la enfurecía tanto que, de no haber bebido champán, se habría encarado con él y le habría exigido una disculpa.

Tomó otra copa de la bandeja de un lacayo y siguió dando sorbitos mientras Sutherland le señalaba los distintos cuadros. Aunque todas eran obras de arte sublimes, no podía apreciarlas en toda su belleza. Estaba acalorada con aquel vestido, y el champán le alteraba los nervios. Le parecía una tragedia no poder pasear por la galería y asimilarlo todo por sí misma.

¡Ver aquel *rubens*! Adoraba la pintura cuando podía verla sin tener que aparentar grandes conocimientos, ni tener cuidado de alabar algún cuadro por encima de otro, sin tener que prescindir de los anteojos para echar un vistazo más de cerca.

¿Dónde estaba Amelia? Había perdido de vista a su hermana, y eso no era bueno. En aquel momento, oyó el tintineo de la risa de Amelia, que provenía de algún lugar de entre la multitud. Por lo menos, no se había fugado con ningún inglés. Por ahora.

Sutherland seguía hablando como si fuera un erudito y, al mismo tiempo, haciendo pausas para presentarle a varios amigos o conocidos. Justine estaba a punto de terminar la tercera copa de champán, cosa poco frecuente en ella, cuando el duque le presentó al conde de Rotham.

El conde de Rotham. Sin poder evitarlo, ella sonrió. Dios Santo, qué guapo era. Era joven y tenía una figura espléndida. Y tenía una sonrisa fácil, simpática. El pelo rizado y rubio, y los ojos muy azules.

—Es un placer, milord —dijo ella, en el mismo tono alegre que hubiera utilizado Amelia. Se quedó asombrada.

—Ah, Rotham. Ha vuelto a Londres.

Justine oyó aquella voz grave y se acordó de que William Douglas era su cuidador. Sintió una punzada de irritación. ¿Acaso tenía la intención de estropear todos los cumplidos bonitos?

—Douglas —dijo el conde, con tirantez.

Después, se fijó de nuevo en Justine y le estrechó la mano que ella le había ofrecido sin darse cuenta, inclinándose sin apartar los ojos de su mirada mientras le rozaba los nudillos con los labios.

—Le pido perdón por decírselo, Su Alteza Real, pero es usted la princesa más bella que he tenido el placer de conocer —dijo, y le soltó la mano.

Justine se echó a reír con deleite. A su espalda, oyó murmurar algo entre dientes a William.

—Qué amable es usted al decir eso, milord —respondió ella—. Pero ¿ha conocido a muchas princesas?

—Pues sí, he conocido a muchísimas, pero las he olvidado a todas al ver la luz de su sonrisa.

—Por el amor de Dios —murmuró William.

Justine se alejó de él antes de darle una patada y se acercó a Rotham con una sonrisa resplandeciente. Era un hombre muy guapo. Ella sabía perfectamente que solo decía aquellas cosas para ganarse su favor; lo había aprendido del modo más desgraciado al enamorarse de Aldabert Gustav, pero, de todos modos, le gustaba oírlas. ¿A quién no le gustaba que lo admiraran por su aspecto? Sobre todo, a alguien como ella, porque su madre se había pasado la vida comparándola con Amelia. Su madre siempre había dicho que Amelia tenía la belleza y que ella iba a tener el trono, como si esas dos cosas fueran equivalentes. Así pues, no, ella nunca se iba a cansar de que le hicieran unos cuantos cumplidos. Tenía ganas de darse la vuelta y explicárselo a Douglas, pero pensó que prefería seguir contemplando el bello rostro de lord Rotham. El conde sabía que lo estaban admirando. Ella se dio cuenta por cómo sonreía.

—¿Me permite, Su Alteza Real? No sé si todavía ha visto el techo —preguntó él. Se le acercó y miró hacia arriba. Justine lo imitó.

—Es Cupido —dijo el conde, señalando un querubín con un arco y sus flechas, que estaba en la esquina norte—. Y Venus —añadió, y señaló otra figura.

Hablaba en voz baja, como si estuviera contándole un secreto.

Observaron juntos la pintura alegórica y Rotham le señaló algunos detalles más, como un par de perros de caza que estaban escondidos detrás de unas sombras, en otra de las esquinas, y la cara benevolente de una nube.

—Milord... ¿perdón?

Un par de mujeres se habían acercado a Rotham. La mayor miró ansiosamente a Justine y le hizo una reverencia. Sin embargo, se concentró en el conde de nuevo, y no parecía que a él le molestara la interrupción. Rotham sonrió a Justine y dijo:

—Si me disculpa, señora...

Hizo una reverencia y se alejó, con la cabeza inclinada, escuchando hablar a la mujer mayor.

Ella volvió a mirar al techo y terminó su champán. Era consciente de que todo el mundo seguía mirándola.

—Cómo se alegra mi viejo y maltrecho corazón al ver a Rotham tomarse tantas molestias con tu educación artística.

William. Ella siguió mirando al techo.

—Deberías saber que Sutherland y él están metidos en el negocio del acero, y buscan nuevos lugares en los que construir vías de tren —le dijo él, en voz baja—. Me entiendes, ¿verdad?

Justine no apartó la vista del techo.

—Hablo inglés y he entendido todas las palabras. Y lo que deduzco de ellas es que estás peligrosamente cerca de darme una opinión, cosa que te prohibí expresamente que hicieras.

Por fin, bajó la vista y lo miró.

—¿Hay alguna razón para que quieras darme una opinión que no estás autorizado a darme?

—Pues sí. Wesloria sería un buen territorio para esas vías de tren.

—¿Estás insinuando que el único interés de ese caballero para hablar conmigo es poder expandir su negocio ferroviario?

William le miró los labios con los ojos muy brillantes.

—Obviamente, no es el único interés, Justine. Incluso un ciego querría hablar contigo. Eres tan bonita como una rosa y tan elegante como un cisne. Pero lo otro no deja de ser un posible interés que no deberías ignorar.

Sonrió como si acabara de hacerla partícipe de un conocimiento que solo reservaba para sus estudiantes más destacados.

—Eres tan... molesto —dijo ella, con exasperación—. Y estás tan cerca que casi no puedo respirar. A propósito, he reflexionado sobre mi opinión, y sí me gusta cómo pronuncias mi nombre.

—Ya lo sé.

Ella intentó respirar profundamente, pero llevaba demasiado apretado el corsé. O algo así. No sabía cuál era el motivo, pero no podía respirar bien.

Miró a Rotham, que seguía sonriendo de un modo encantador a las dos mujeres que se le habían acercado. Se dio cuenta de que, cuando el conde miraba a la más joven, su sonrisa era la misma que le había dedicado a ella.

—¿Con quién está hablando?

William miró en su dirección.

—Con lady Worth y su hija, lady Ellen. Me imagino que lady Worth está muy preocupada por si el conde consigue tu mano y su hija se queda sin el matrimonio que ella ha estado persiguiendo con tanto empeño. Pero él no tendrá motivos de queja si tú no lo eliges, ya que lady Ellen es un partido excelente. Su fortuna no es tan grande como la tuya, evidentemente, ni su título es tan ilustre. Pero es más que suficiente para un hombre como él.

—Bueno, lo mismo podría decirse de todos los hombres que están en esta galería. Incluido tú.

Él enarcó una ceja.

—No estoy de acuerdo.

—Por favor. Los hombres se casan para medrar, y las mujeres se casan por la riqueza. ¿Crees que no entiendo la oportunidad que sería para él conseguir emparejarse conmigo?

—Creo que tendrías que estar muerta para no saberlo.

—Exacto. Y, que yo sepa, tú estás tan decidido a medrar como Rotham. ¿Debería confiar en ti?

Entonces, él enarcó ambas cejas.

—Sí —dijo, con vehemencia—. ¿Cómo puedes preguntarlo siquiera? Ya hemos hablado de esto. Tu fortuna y tu trono no me interesan.

Ella se encogió de hombros.

—Eso es lo que dices.

—Claro que lo digo. He sido sincero contigo. Te he transmitido mis pensamientos, aunque no fueran halagadores. Además, ¿qué otro remedio tienes, más que confiar en mí?

—En realidad, tengo muy poca elección en eso, como en la mayoría de las cosas. Es irónico, pero, aunque vaya a ser reina, creo que tengo menos capacidad de elección que la mayoría de la gente que pulula por aquí.

Pasó un momento de silencio entre ellos. Al final, él respondió:

—Sí tienes elección. Yo no voy a interferir.

La tomó del codo e hizo que girara hacia él y dejara de mirar al conde.

—Te doy mi palabra de que voy a ser sincero en todo. Pásate la tarde entera en compañía de Rotham, si quieres. Llévalo a casa, si quieres. Métalo en tu habitación y en tu cama, desnudo.

Justine se atragantó con un sorbito de champán.

—Perdón. ¿He herido tu sensibilidad?

—No. No soy tan ingenua como estás empeñado en creer.

—Ah —dijo él—. Ya sé que no eres nada ingenua. Por eso me siento cómodo diciendo sin rodeos lo que pienso, sobre todo con respecto a Rotham. Ahora, mira hacia arriba.

Justine lo hizo. Estaban delante del retrato de una mujer, y ella la reconoció al instante.

—Ana de Austria —susurró, con reverencia.

—¿La conoces?

—Sí.

—Impresiona, ¿verdad? Mira cómo sonríe.

Era el retrato de una antepasada de su madre que había sido reina de Francia hacía doscientos años. Ella había visto reproducciones, pero William tenía razón: el retrato original era impresionante. La dama llevaba un vestido de terciopelo azul con bordados de perlas. Tenía los labios de un ángel, una sonrisa inteligente y una mirada de astucia.

—Ah, Rubens.

Justine giró la cabeza y sonrió a Rotham.

—Alteza, por favor, discúlpeme por la interrupción. ¿Podría mostrarle un último detalle de los frescos del techo? Hay una pequeña sorpresa en la escena de la esquina más alejada de la galería.

—¡Sí puede! —respondió ella, alegremente—. Solo quisiera hablar un segundo más con lord Douglas antes de que vayamos a verlo.

Rotham hizo una reverencia, se alejó y se puso de espaldas a ellos. Sutherland aprovechó la oportunidad para conversar con él.

Justine se giró hacia William y empujó la copa contra su pecho, obligándolo a tomarla.

—No tienes que preocuparte por mí. Y, ahora, soy yo la que tiene un consejo que darte.

—Por fin —dijo él. Al tomar la copa, le agarró los dedos durante un segundo—. Estoy expectante.

—Lady Ellen no te quita los ojos de encima. Pero

deberías tener cuidado, porque cualquier joven que demuestre interés por ti estará buscando, casi con toda seguridad, una fortuna.

—¿Cómo dices? —preguntó él, y giró la cabeza para mirar.

Aquel fue el momento que aprovechó Justine para alejarse hacia Rotham de nuevo. No miró hacia atrás para ver si William la estaba observando.

Sabía que sí.

O, por lo menos, esperaba que sí.

Capítulo 9

Como princesa, Justine Ivanosen era desconcertante para William.

En su salón, con los lacayos en sus puestos como soldados de juguete, estaba segura de sí misma y resultaba majestuosa. En el carruaje, él se había quedado convencido de que ella le llevaba ventaja. Sin embargo, allí, en Stafford House, se había transformado en una persona nerviosa e insegura, siempre con una copa de champán en la mano. Si alguien le decía algo gracioso, se reía exageradamente y, al segundo, se inclinaba hacia delante con el ceño fruncido, como si fuera a echarse a llorar.

La futura reina de Wesloria tenía fobia a las aglomeraciones. ¡Increíble! Precisamente ella, que casi siempre iba a verse entre multitudes.

También le resultaba increíble no haberse dado cuenta de eso hacía ocho años, cuando Justine estaba en Londres. La noche del juego de la silla vacía hubiera podido servir para explicar su comportamiento; sin embargo, ella solo tenía diecisiete años, y parecía que las cosas que hacía eran fruto de la inexperiencia.

Se preguntó, distraídamente, cuánto champán habría bebido para soportar la situación, pero por sus mejillas sonrojadas y el mechón de pelo que se le había soltado del peinado y se le rizaba sobre uno de los ojos, estaba ebria. Tenía que intentar que los demás no se dieran cuenta, puesto que no podía permitir que todo Londres empezara a chismorrear que la princesa Justine se había emborrachado y había ido tropezándose por todo Stafford House.

Lo primero que tenía que hacer era conseguirle algo de aire fresco a la muchacha. Sugirió que fueran a dar un paseo por el jardín. Había un estanque pequeño con una hermosa fuente, y todo estaba lleno de flores.

A Sutherland le pareció una gran idea y, tal y como él había imaginado, Justine estaba desesperada por salir de aquella abarrotada sala. Pero el aire libre no logró lo que él esperaba, porque todo el mundo siguió a la princesa heredera, rodeándola con las faldas de miriñaque y chaquetas oscuras. Él nunca había visto tropezarse a tanta gente a la vez.

Además, cometió el error de no ser lo suficientemente rápido, y Rotham se situó con mucha destreza en el lugar del protector de la futura reina. Varios caballeros más, la mayoría solteros y deseosos de su atención, bajaron corriendo las escaleras de la terraza detrás de ella.

En el descansillo, Justine aceptó el abanico que alguien le ofrecía y empezó a abanicarse la cara con fuerza. Él tuvo la impresión de que algo iba a salir mal, y estaba pensando en cómo sacarla de aquel rellano abarrotado de gente cuando la princesa Amelia apareció de repente a su lado con un brillo inusual. Como no la había visto llegar, la miró con desconfianza; aquel brillo solo surgía después de unas buenas relaciones sexuales, o de una buena comida, o de una buena bebida, y él no se atrevía a adivinar cuál.

—¿Dónde estaba? —le preguntó.

Ella chasqueó la lengua.

—Usted no es mi padre.

—Y ambos lo agradecemos, ¿no? —respondió él, y le ofreció el brazo—. Tómelo.

—¿Qué? —preguntó ella, con altivez, mirando el brazo en el aire.

Sin embargo, obedeció, y él le dijo:

—Tenemos que rescatar a su hermana.

La princesa Amelia dio un gruñido.

—¿Otra vez? ¿Por qué? ¿Qué ha hecho?

—Ha bebido champán. Algo así como un cubo. Y está en medio de una multitud de jóvenes admiradores.

—¿Dónde? —preguntó la princesa, y giró la cabeza.

Entonces, vio a Justine rodeada de gente que, claramente, quería hablar con ella. El grupo ni siquiera había llegado a pisar el césped.

—Tiene razón —dijo ella—. Tenemos que estar cerca de mi hermana.

Los dos bajaron los escalones con la intención de interceptar a Justine y a su acompañante antes de que llegaran al césped. Ella se dio cuenta y los miró desconfiadamente.

Entonces, Rotham se giró y, al ver a la princesa Amelia, le lanzó una sonrisa resplandeciente.

—¡Aquí estás, hermanita! —exclamó Amelia, en voz alta.

La gente le abrió paso para que pudiera reunirse con Justine. Entonces, Amelia proclamó con deleite, para que todos pudieran oírlo, que hacía un día maravilloso para dar un paseo por el jardín, y que estaba muy contenta de ver a su hermana disfrutando.

—Sí —dijo Justine.

A él le pareció que estaba un poco inclinada hacia la derecha. Dios, no estaría a punto de caerse, ¿verdad?

—¿Me permites que te presente a lord Rotham y... —Justine miró a su alrededor, a los hombres que estaban mirando a Amelia, y movió la mano en su dirección—... a sus muchos amigos? Mi hermana, la princesa Amelia.

—Su Alteza Real —dijo Rotham, inclinándose ante ella—. Es un gran honor conocerla.

Avanzó un paso, adelantándose a los demás caballeros que querían llegar hasta ella. Amelia soltó el brazo de William y se movió hacia Rotham con la mano extendida de un modo encantador. Rotham la tomó y, mientras hablaba efusivamente de todo el placer que le proporcionaba el hecho de conocerla, William se colocó junto a Justine.

—¿Estás bien? —le susurró.

—Sí, ¿por qué no iba a estarlo? —respondió ella.

La princesa Amelia señaló el pequeño lago que había un poco más allá, por cuya superficie se deslizaba serenamente una bandada de ocas. Rotham le ofreció el brazo y, al instante, la princesa Amelia y el alegre grupo de caballeros comenzaron a bajar los escalones hacia el césped.

—Estás más pálida que una sábana, y agarras la copa de champán como si fuera el mazo de croquet —le dijo él a Justine, mientras los veían alejarse.

Justine se miró la mano y, al darse cuenta de que tenía una copa, se bebió lo que quedaba de champán y le dio la copa a William. Él la tomó y la alejó de sí hasta que un sirviente se acercó a llevársela.

—¿Te gustaría ir con tu hermana y los demás, o prefieres un descanso de las multitudes? —le preguntó, y le ofreció el brazo.

—Gracias, pero no necesito descansos a la hora de cumplir con mi deber, y nunca los necesitaré.

—Eso es una fanfarronería que, seguramente, volverá como un mal resfriado.

En aquel momento, Rotham debió de acordarse de que había estado encandilando a una princesa heredera, y se dio la vuelta.

—¡Su Alteza Real! —exclamó, y comenzó a subir las escaleras de nuevo—. Le pido perdón, pensaba que venía usted con nosotros.

—¡Ya voy! —respondió Justine, alegremente, y murmuró—: Que Dios me ayude.

Rotham estaba a medio camino por las escaleras cuando se oyó un grito. El conde se detuvo y se giró para ver qué ocurría.

Lo que ocurría era que la princesa Amelia se había acercado al estanque y le había ofrecido una mano vacía a una de las ocas. Ahora, todas las ocas habían subido al césped y estaban aleteando, graznando con impaciencia, a la espera de compartir lo que pensaban que era una golosina. Cuando se dieron cuenta de que no había comida, empezaron a graznar y a correr furiosas detrás de la gente. Y, de repente, todos empezaron a gritar y se formó un tumulto.

Uno de los caballeros tomó a la princesa Amelia de la mano y la apartó del camino de las ocas, mientras ella se reía con deleite. Todos estaban intentando escapar de los agitados animales que, con una velocidad y una agilidad sorprendentes, empezaron a intentar morder traseros, pellizcando la tela en algunos casos.

William vio que uno de los hombres se agarraba el muslo porque había recibido un buen pellizco.

—¡Dios mío! —exclamó Rotham—. Douglas, ¿puede ayudarme? —gritó, mientras bajaba corriendo las escaleras para calmar la situación.

—Me temo que no. Tengo dolor de espalda —dijo él.

—A ti no te pasa nada en la espalda —le dijo Justine.

—No —respondió William—. Ni tampoco me duele el orgullo. Y tengo intención de que las dos cosas sigan así.

Tenía razón al pensar en que aquello sería un desastre, porque las ocas estaban persiguiendo a todo el mundo con las alas extendidas y bramaban con especial interés en los traseros de las damas, porque estaban cubiertos de telas de colores que les llamaban mucho la atención y porque estaban a la altura de sus picos. Cuanto más gritaban y corrían las señoras, más se enfurecían las ocas.

La princesa Amelia y su salvador habían desaparecido detrás de un seto, y los otros caballeros trataban de reunir a las ocas y llevarlas de nuevo al estanque. Sin embargo, más de uno de aquellos valientes se vio obligado a huir de un atacante.

Justine y William estaban en el rellano, hombro con hombro, presenciando la escena.

Sutherland apareció con sus sirvientes. Uno de los mozos portaba un arma y disparó hacia el cielo. Todos gritaron y empezaron a chocar unos con otros y con las ocas al tratar de huir frenéticamente. Algunos cayeron sobre los arbustos.

—Dios Santo —dijo Justine—. Es un caos.

—Es divertido, ¿no?

—Es lo más entretenido que he visto en mucho tiempo —dijo ella, y lo miró con una sonrisa.

William también le sonrió.

Después, vio que Rotham se daba cuenta de que había perdido a las dos princesas y comenzaba a buscarlas, girándose a un lado y otro. Entró rápidamente al laberinto en busca de la princesa Amelia y, sin duda, en pocos minutos subiría las escaleras para buscar también a Justine.

—¿Qué piensas? ¿Debería ir a buscar a Amelia? —le preguntó Justine, tambaleándose un poco. Sí, la princesa estaba tan borracha como un marinero en su primer día de vuelta a puerto, y a William se le escapó una sonrisa.

—No. No creo que puedas bajar las escaleras. Si sigues bebiendo champán de esta manera, vas a acabar llamando la atención, que es precisamente lo que quieres evitar.

Tal vez fuera a causa del brillo del sol, pero el color ámbar de los ojos de Justine se intensificó.

—¿Por qué estás tan preocupado por mí? Lady Ellen no te ha quitado los ojos de encima desde que hablaste con ella. Te crees que sabes muy bien cómo se juega a este juego, pero ni siquiera reconoces a los jugadores.

William miró hacia atrás, por encima de su hombro, y vio enseguida a lady Ellen. Ella no estaba observando el trabajo de los sirvientes por reconducir a las ocas. Lo estaba mirando a él. Sonrió. Él también sonrió, y se giró de nuevo hacia Justine.

—Lady Ellen es una joven bien educada que siempre tiene una palabra amable para todo el mundo. Tú podrías aprender un par de cosas de ella.

—*Ja*. Que sea princesa por un día, y ya veremos si sigue siendo tan amable. Se vería obligada a asistir a reuniones como esta, en las que la gente la miraría fijamente y esperaría a que cometiera algún error.

—¿Eso es lo que crees que están haciendo? ¿Esperando a que tú cometas un fallo?

—De lo contrario, ¿por qué nunca dejan de mirarme?

Quizá, porque era bella, o porque iba a ser reina, o porque era interesante.

Se oyó otro disparo de escopeta, y los dos se agacharon. Sin embargo, surtió efecto. Las ocas volvieron revoloteando al estanque y se alejaron nadando, comportándose como si fueran el bando ofendido. La gente comenzó a recomponerse lentamente y a valorar los daños.

—Yo diría que esta visita ha terminado —murmuró William.

—Eso espero —respondió Justine—. ¿No te parece que hace mucho calor?

En aquel momento, la princesa Amelia salió del laberinto, del brazo de lady Constance. Iban seguidas por un grupo de jóvenes y se dirigían hacia las escaleras.

Y, después, llegó Sutherland, que subió las escaleras a saltos. Tras él, el conde Rotham.

Justine suspiró.

—Ya has tenido suficiente por hoy, ¿no? —le preguntó William, esperanzadamente.

—¿Es muy obvio?

—No, para los demás, no —respondió él, con sinceridad.

Justo cuando Sutherland, la princesa Amelia y Rotham llegaban al rellano, William se apartó un paso de Justine y dijo, en voz alta:

—Su Alteza Real, es ya muy tarde. Tengo la culpa de no haber sido más consciente de sus compromisos. Creo que la esperan en otro lugar. ¿Desea que pida que nos traigan el carruaje?

Al instante, su sugerencia provocó quejas y protestas.

—¡Pero si todavía estás en el rellano! —exclamó la princesa Amelia—. Ni siquiera has bajado al jardín.

—¡Es demasiado pronto! —dijo Sutherland—. No debe temer a las ocas, Su Alteza Real. Como ve, se han ido nadando al otro lado...

—Su Alteza Real, yo esperaba poder hablar con usted antes de que se fuera... —dijo Rotham, rápidamente.

—No puedes irte —le rogó Amelia—. Lady Constance nos ha invitado a cenar.

Justine se quedó desconcertada, mirándolos a todos. Por fin, dijo:

—Quédate, Amelia. Yo tengo que ocuparme de varias cosas.

La princesa Amelia sonrió al instante.

—¿Te importaría mucho?

—Nosotros la enviaremos a casa sana y salva, Alteza

—dijo Sutherland—. Enviaré a un ejército de lacayos para que la acompañen, no tema.

—Entonces, está resuelto —dijo Amelia, dando palmaditas. Se giró hacia lady Constance con una sonrisa y tomó de la mano a su nueva amiga. Las dos se alejaron, seguidas por el grupo de caballeros.

—¿Está segura de que no puede quedarse, Su Alteza Real? —le preguntó Rotham, quejumbrosamente.

Todos la estaban mirando, y a ella se le cortó la respiración.

—Me temo que no puedo —respondió, y se volvió hacia Sutherland—. Gracias por haber invitado tan amablemente a mi hermana. Y, en cuanto al tour por su galería de pintura, ha sido una maravilla. Voy a añadirla a la lista de mis lugares favoritos.

Sutherland también le dio las gracias por haber acudido a su humilde morada y por haberlos honrado a todos con su presencia. Cuanto más efusivamente hablaba el duque, más se encogía Justine. Qué criatura tan curiosa, pensó William, y se fijó en cómo miraba a Sutherland y a toda la gente que se acercaba para oír lo que decía. Cuando, por fin, Sutherland se dio la vuelta un momento para responder a alguien que le había hecho una pregunta, Justine le tocó la mano a William para llamar su atención. Era extraño que entendiera tan bien lo que necesitaba la princesa sin que ella tuviera que decirlo.

La multitud había aumentado porque todo el mundo quería ver a la princesa antes de que se marchara. Algunos le hicieron invitaciones propias.

—Gracias de nuevo, milord —le dijo él, con firmeza, a Sutherland.

Después, tomó a Justine del codo y la acompañó al interior de la casa. Atravesaron la galería y salieron al vestíbulo, donde estaba esperándolos el mayordomo con los sombreros.

Bajó las escaleras con ella mientras Sutherland los acompañaba sin dejar de hablar de un baile que iba a organizar y al que esperaba que pudiera asistir Su Alteza Real. Los guardias weslorianos ya estaban reunidos alrededor del carruaje. William abrió la portezuela y ayudó a subir a Justine. Cerró la puerta y se giró hacia Sutherland y hacia su imperecedera sonrisa.

—Sutherland, viejo amigo —le dijo, dándole unas palmaditas en el pecho—. Si esta noche ocurre algo que le dé motivos a cualquiera para calumniar a la princesa Amelia, yo personalmente te privaré de los cojones con mis tijeras de esquilar, ¿entendido? —le dijo, con una sonrisa.

Sutherland pestañeó.

—Por supuesto, Douglas, por supuesto.

—Buen chico —dijo él.

Y, con eso, abrió la puerta del carruaje y subió a la cabina.

Capítulo 10

En el carruaje, Justine se recostó en el respaldo del asiento y estiró las piernas. Posó una mano sobre el corsé, que estaba demasiado apretado. Estaba deseando que llegara el momento de poder quitárselo. Cerró los ojos y respiró varias veces profundamente. Estaba cansada y había bebido demasiado champán, aunque nunca lo reconocería delante del marqués, y lo único que quería era darse un baño.

Siempre se sentía igual después de un evento tan abarrotado como aquel, emocional y físicamente agotada. La presión que ejercía la gente, su escrutinio, sus nervios a flor de piel... Ojalá fuera como Amelia, que disfrutaba de la atención de los demás.

Pero ya había terminado y, después de haber bebido tanto, lo que necesitaba era comer algo. Estaba imaginándose qué podría ser cuando se abrió la puerta y, para su consternación, William Douglas subió al coche y se sentó frente a ella.

—Gracias, William, pero me gustaría estar a solas.

—Sería de mala educación enviarte de vuelta a casa sola.

—No. Estoy perfectamente bien y bastante acostumbrada a la falta de compañía. Baja.

Un lacayo, o alguien, cerró la puerta desde fuera.

—¿Qué clase de caballero sería si lo permitiera? —preguntó él, sonriendo.

Se quitó el sombrero y lo dejó a su lado, en el asiento. El coche se puso en marcha.

—Además, ya es demasiado tarde —añadió.

Ella dio un gruñido y arrojó la capa y el sombrero a un lado. Se puso a mirar por la ventanilla mientras el carruaje salía de Stafford House. Notaba que William la estaba mirando fijamente, y se giró hacia él.

—¿Qué ocurre?

William se encogió de hombros.

—Estaba observando lo majestuosa que estás ahora mismo, con el sol iluminándote la cara.

Ella pestañeó de la sorpresa.

—¿Por qué me hablas de esa manera?

—¿De qué manera?

—Como si fueras un pretendiente. No hace ni media hora me has dicho que estaba borracha.

—No, no. He dicho que habías bebido demasiado champán.

—Beber lo que quiera es prerrogativa mía, sin que tú tengas por qué hacer ningún comentario.

—Eso ya me lo has dejado perfectamente claro —dijo él, y le dio una patadita en el pie—. No me importa que te bebas un barril, Justine.

—Gracias, William, por darme permiso.

Él sonrió. Cuando sonreía así, ella se sentía un poco mareada. Era cierto. Había bebido demasiado champán.

—Sin embargo, me pregunto una cosa.

—¿El qué?

—¿Por qué tiemblas tanto?

Ella notó un calor en las mejillas.

—Me encantaría poder responderte a esa pregunta, pero no lo sé. Gracias por preguntarlo, de todos modos.

Se irguió un poco más en el asiento y miró de nuevo por la ventanilla. Pasaron por delante de un edificio que parecía un asilo. Le pareció una ubicación extraña para una institución así.

—¿Creías que no me había dado cuenta? —insistió él.

—No me importa si te has dado cuenta —replicó ella—. El único motivo por el que lo has notado es que tienes la mala costumbre de acercarte demasiado a mí y mirarme fijamente. Nadie ha dicho que tuvieras que ser la sombra de todos mis movimientos.

Él se echó a reír.

—Tengo que vigilarte. ¿Por qué tiemblas? —le preguntó, con curiosidad—. ¿Es alguna enfermedad?

—¿Una enfermedad? No. No sé cuál es el motivo, pero, si lo supiera, lo empleraría aunque solo fuera por librarme del confesor de mi madre, que cree que me curaría si rezo más y más —dijo Justine, y comenzó a quitarse los guantes. Necesitaba más aire en todas las partes de su cuerpo—. Son los nervios —dijo—. Cuando era pequeña, tuve una malísima experiencia en medio de una multitud. Es la primera vez que experimenté la sensación de no poder respirar. Por desgracia, ha empeorado con los años, y creo que es porque las aglomeraciones a mi alrededor son cada vez más grandes. Me sucede cuando estoy en un grupo muy grande de personas. Me han dicho muchas veces que mi nerviosismo es irritante, pero no puedo evitarlo. Se me acelera el corazón y me siento muy mal. El champán me tranquiliza. Ya lo sabes, William. Soy un manojo de nervios que solo se calma con el alcohol.

—No, muchacha. He visto lo que le hiciste a Mawley, así que no puedes ser un manojo de nervios. No habrías podido dominar un combate de esa forma si lo fueras. Yo me imagino que es insoportable estar en medio de una aglomeración, con tanta gente alrededor, compitiendo por tu atención.

Ella se quedó asombrada, porque no estaba oyendo las cosas que oía normalmente: que era muy afortunada por su posición, que tenía que tragarse los miedos y presentarse ante todos como una reina y que lo suyo era una tontería.

—Sí, es muy difícil —respondió, suavemente.

No le gustaba hablar de ello, porque le recordaba lo vulnerable que era. Su padre decía que debía transmitir calma y fortaleza en público. Miedo, nunca.

—A mí me ocurrió algo parecido —dijo William.

Ella se rio.

—¿Alguien intentó secuestrarte en medio de una multitud cuando eras una niña?

—No, pero cuando era pequeño, mi padre quiso enseñarme esgrima.

—¿Ah, sí? —preguntó ella, irguiéndose un poco más—. ¿Y por qué no me habías dicho que eres esgrimista?

—Porque no lo soy —dijo él, sonriendo—. En esa clase en particular, mi padre me estaba enseñando a hacer fintas, pero no era muy hábil, y me hizo un corte aquí —le explicó, y señaló su cara después de girar ligeramente la cabeza.

Ella distinguió una cicatriz que iba desde su mejilla hasta meterse debajo de la patilla.

—Desde entonces no he vuelto a tocar una espada. No puedo acercarme a ellas.

Qué curioso. No había conocido a ningún hombre que admitiera una debilidad, con la excepción de su padre, y su debilidad era la tuberculosis, que estaba a la vista de todo el mundo. Además, nunca había conocido a un hombre que intentara conseguir que ella se sintiera mejor. Le agradecía muchísimo aquel esfuerzo. Demonios, iba a ruborizarse otra vez.

—Entonces, tendré buen cuidado de no retarte en duelo —le dijo.

—Sería todo un detalle por tu parte —respondió él, sonriendo de nuevo.

¡Aquella sonrisa otra vez! Se sentía... confusa.

—¿Puedo preguntarte una cosa?

—Sí, lo que quieras.

—¿Por qué no te gusta lady Ellen?

Él se echó a reír.

—¡Ella no te quita los ojos de encima! Es muy guapa. ¿Por qué no te gusta?

—¿Y quién ha dicho que no me guste?

—Casi ni la has mirado —dijo Justine. De repente, se le ocurrió la respuesta, y se irguió completamente en el asiento—. ¡Te estabas haciendo de rogar!

—Yo soy incapaz de hacerme de rogar —respondió él, con un resoplido—. No la he mirado a ella porque estaba mirando a otra persona. A alguien que me parece más atractiva.

Justine abrió unos ojos como platos.

—Lady Constance.

—No, no es lady Constance.

—¿Amelia?

—Ay, no, no es Amelia, Justine. Eres tú.

Ella se quedó boquiabierta.

—¿Yo?

—Sí, tú. Tu belleza no me ha pasado desapercibida.

—Mi...

Un momento. ¿Por qué estaba haciéndole aquel cumplido? ¿Qué estaba ocurriendo? Le parecía algo equivocado. Amelia era la hermana guapa, y ella era la hermana estudiosa. Se frotó el cuello e intentó pensar algo que decir.

—Yo... estoy sorprendida.

—¿Por qué? Soy un hombre y sé apreciar una bonita figura femenina, y una cara preciosa —dijo él, y se encogió de hombros—. No es culpa mía que tengas una boca tan escandalosamente tentadora.

Justine se quedó muda. Tuvo ganas de reírse de él. Quiso decir algo conciso, inteligente y coqueto, pero a ella nunca se le ocurría nada por el estilo.

—¿Estás intentando ganarte mi simpatía?

Él dio un resoplido.

—Si quisiera congraciarme, lo haría mucho mejor. Solo estoy diciéndote lo que veo, y es la verdad. ¿Quieres saber lo que pienso, Justine Ivanosen? —le preguntó, inclinándose hacia ella.

—¡No, no quiero! Pero es obvio que tú estás deseando decírmelo, así que adelante.

—Creo que te gusta mi compañía. Creo que te gusta mucho.

Ella no estaba dispuesta a admitirlo ante sí misma y, mucho menos, ante él. Sonrió ligeramente y también se inclinó hacia él, y quedaron tan cerca que vio los puntitos azules y verdes que flotaban en el gris de sus ojos.

—¿Sabes lo que pienso yo? —le preguntó—. Pienso que estás muy enamorado de ti mismo.

Él fijó la mirada en sus labios.

—Ese puede ser el motivo por el que disfrutas tanto de mi compañía. Quizá yo sea el único hombre que conoces a quien no se le cae la baba con la posibilidad de conseguirte.

—Yo no he dicho nunca que disfrute de tu compañía. Y, por supuesto, eres el único hombre que conozco que piensa que tiene permiso para decirme cosas tan extravagantes.

—Lo cual también me hace bueno para ti —dijo él, y bajó los ojos hasta su pecho. A ella empezó a calentársele la piel bajo su mirada.

—Eres un sinvergüenza.

—Sí, ya me lo han dicho.

—Y yo ya he conocido suficientes sinvergüenzas. Uno estuvo a punto de destruirme.

—Entonces, estás de suerte. Yo ya no soy un sinvergüenza.

—No, seguro que no.

—Tengo muchas ocupaciones con mi familia y el patrimonio de los Hamilton, y eso me deja poco tiempo para hacer el sinvergüenza.

—Umm... —murmuró ella—. ¿Sabe lady Ellen que has dejado de serlo? Tal vez esa sea la explicación del interés que siente por ti.

—Cualquier interés que lady Ellen sienta por mí ha sido dictado por su madre.

—Oh, pobrecito —dijo Justine, sonriendo.

William también sonrió, y le miró los labios una vez más. Por un momento, ella pensó que iba a besarla. Esperaba que tuviera intención de hacerlo. Después, ella actuaría como si se hubiera ofendido, pero, realmente, esperaba que lo hiciera.

Pero, por desgracia, William suspiró y se recostó en el respaldo del asiento.

Siguieron mirándose, pero en silencio. Ella estaba hipnotizada, y sabía que ya no era debido al champán. Se le había pasado el efecto del alcohol. También estaba bastante segura de que no se había sentido así desde... Bueno, desde Aldabert.

El carruaje giró para entrar en la finca de Prescott Hall y recorrió dando tumbos el camino hacia la casa.

—¿Te gustaría que hiciéramos una apuesta, Justine? —preguntó William.

—Depende de la apuesta.

—Como soy el único hombre al que conoces que no se queda paralizado en tu presencia, puedo ofrecerte consejo sobre tus pretendientes.

—No quiero tus consejos.

—Pero los necesitas.

—Umm... ¿y qué tipo de consejos me darías?

—Te explicaría si el caballero en cuestión es un buen partido para ti, o no.

Ella se echó a reír.

—¿Y cómo vas a saber tú quién es un buen partido para mí?

—Puede que sepa mejor quién no es un buen partido para ti. Tengo buena cabeza para esas cosas.

—¿De verdad? —preguntó ella. No podía dejar de reírse, porque le causaba asombro que él tuviera tanta confianza en sí mismo—. Es una pena que no hagas de casamentero. Muy bien, ¿y qué ganarías tú?

—Si tengo razón y el caballero no es buen partido... gano un beso tuyo.

Justine se quedó boquiabierta.

—¿Lo ves? Eso es propio de un buen sinvergüenza.

—De un sinvergüenza reformado. Antes de dejar de serlo, no me habría apostado el beso, te lo habría robado en cuanto hubiese notado que tus sentimientos hacia mí se suavizaban.

Se lo imaginó tomándola entre sus brazos y besándola, y notó un pequeño escalofrío por la espalda, algo que la alarmó.

—Mis guardias te habrían arrastrado y encadenado.

—Hay que correr ciertos riesgos.

—¿Y si gano yo?

—Puedes ser tan petulante como quieras en todas las ocasiones y restregármelo por las narices, y no me quejaré.

Al instante, ella sonrió.

—Eso me encantaría.

—Ya lo sabía. Entonces, ¿trato hecho?

Ella miró sus labios y se imaginó todo tipo de besos. Besos desesperados y apasionados. Era una boba.

—Eres tan presuntuoso...

—Es una apuesta limpia. Además, ¿qué tiene de

malo hacer que todo este proceso de los pretendientes sea un poco más divertido?

Tenía razón. Ella lo pensó hasta que el coche se detuvo delante de la casa.

—¿Solo un beso?

Él alzó la mano derecha.

—Solo un beso, por mi honor.

—De acuerdo.

Al ver que a William le brillaban los ojos, ella se dio cuenta de que no esperaba que aceptara. Seguramente, pensaba que iba a rechazar su propuesta recatadamente, como hubiera debido una princesa. Él le tomó la mano y le besó los nudillos, y ella tuvo un escalofrío.

—Estoy deseando empezar con este reto, Su Alteza Real.

—Pues no se haga ilusiones, lord Douglas. Tengo toda la intención de ganar.

Él sonrió, y su sonrisa le provocó a Justine una llamarada de calor por todo el cuerpo. William había sonreído como si ya hubiese ganado la apuesta y le estuviera siguiendo la corriente.

Se abrió la puerta del coche, y un sirviente bajó la escalerilla. William salió en primer lugar y le tendió la mano a Justine. Cuando ella bajó de la cabina, se le olvidó recoger sus cosas. Él las tomó del asiento y se las entregó. Ella agarró la capa y los guantes con una mano y alargó la otra para tomar también la capota. Sin embargo, William no soltó el sombrero inmediatamente. Le acarició uno de los dedos con el pulgar.

Justine alzó la vista.

—¿Qué haces?

—Imaginar.

—Pues deja de imaginar.

—Imposible. Esta tarde ha resultado ser muy divertida, a pesar de que te hayas bebido todo el champán de las bodegas de Sutherland.

—Pues para mí, la tarde ha sido insoportable, a pesar de haberme bebido todo el champán de las bodegas de Sutherland. ¿A que es raro que dos personas puedan ver de manera tan distinta la misma situación?

—Si te ha parecido tan desagradable el evento, te compensaré por ello.

Ella se echó a reír y le arrebató la capota de la mano. Mientras hablaban, el cochero dio la vuelta con el carruaje para recoger de nuevo a William.

—Tal vez, con otra invitación. Un grupo mucho más pequeño.

Justine se rio de nuevo. Aquel hombre la hacía reír, y eso no había vuelto a ocurrir desde Aldabert. Se acordó de que también la había hecho reír ocho años antes, cuando ella había estado en Londres. No recordaba exactamente por qué, pero sí que se había reído a menudo en cenas y fiestas.

No sabía qué pensar de lo que estaba sintiendo.

—Organizaré algo y te enviaré un mensaje, ¿de acuerdo?

Ella sonrió con coquetería.

—Envía todos los mensajes que quieras. A mí, a Robuchard, incluso a Bardaline. Ah, y, si quieres, dile al primer ministro que, en mi primera salida, me las he arreglado para no provocar una guerra ni echar por tierra mis perspectivas de matrimonio. Se pondrá muy...

—Su Alteza Real, le pido disculpas.

Curiosamente, ni William ni ella habían oído que se acercaba Bardaline. Era como si estuvieran en su pequeña porción de terreno iluminado por el sol, en la que nadie más podía entrar. Sin embargo, allí estaba él, alto, delgado y de barbilla puntiaguda, con cara de satisfacción por el hecho de que ocurriera algo en Prescott Hall. Justine se dio cuenta de que había un segundo carruaje detrás del de William.

—¿Sí? —preguntó.

—Ha llegado lady Aleksander.

Se abrió la puerta del segundo carruaje y de él bajó una mujer atractiva, de unos cuarenta años, que se puso las manos en la espalda y se inclinó hacia delante.

—¡Dios mío! Mi espalda ya no aguanta los viajes en carruaje. Creo que debería trasladarme siempre a pie.

—¿Quién es? —susurró William.

Vieron a Bardaline dirigirse a la mujer, y a la mujer tratar de escucharlo mientras, al mismo tiempo, le pedía al cochero que tuviera cuidado con su equipaje.

Justine miró a William como si le estuviera pidiendo ayuda al cielo.

—Es la casamentera.

Capítulo 11

Lila había hecho el viaje sin complicaciones desde Dinamarca hasta Londres. Allí fue recibida efusivamente por lord Bardaline, cuya demanda de atención quedó patente desde el principio, puesto que, mientras un par de lacayos acompañaban a la princesa de inmediato al interior de la residencia, ella tuvo que permanecer en el camino.

Sabía bien que aquella joven era la princesa Justine porque le habían enviado varias copias de retratos suyos.

Mientras estaba haciéndole sus comentarios, Bardaline notó que ella se fijaba en la joven y, rápidamente, le aseguró que habría una audiencia en cuanto la princesa estuviera instalada. Y, a ella, ¿no le gustaría descansar antes unos minutos? ¿Conocía ya a Su Alteza Real?

Después, le pidió ayuda a su esposa, y ambos la acompañaron a la casa. ¿Necesitaba algo, lo que fuese? ¿Quería, tal vez, tomar un poco de vino u oporto? Los Bardaline estaban insufriblemente ansiosos por complacer. Ella desconfiaba de ese tipo de personas porque no podía quitarse de la cabeza que después, en algún momento, exigirían algo a cambio de tanto agasajo.

La llevaron a la suite donde iba a alojarse. Había un dormitorio pequeño, pero bien amueblado, una sala de estar y un vestidor. Las paredes estaban empapeladas con un papel de flores en tonos amarillos y, desde las altas ventanas, se divisaba todo el parque que rodeaba la residencia.

Deshizo su equipaje mientras pensaba en todo lo que tenía que hacer allí, en Valentin, a quien ya echaba de menos terriblemente, en las cosas que había aprendido sobre Wesloria durante el viaje, y en el joven príncipe italiano que iba a llegar al día siguiente.

Y, quizá, en lo más importante... ¿Quién era el caballero que estaba con la princesa en la entrada de la casa? Se trataba de un hombre bastante guapo, eso era lo primero en lo que se había fijado. Sin embargo, después se había dado cuenta de que debía de conocerlo de algo, puesto que le resultaba muy familiar.

La princesa y él estaban junto a un magnífico carruaje tirado por cuatro caballos, con penachos de plumas rojos en cada una de las cuatro esquinas. Estaban juntos, hablando tan privadamente que no habían oído llegar su propio coche. Fuera quien fuera el caballero, el instinto le decía que había algo entre ellos, aunque no supiera qué.

—Bueno, bueno, bueno, Su Alteza Real —murmuró—. ¿Quién es su conocido? ¿Ha hecho usted el trabajo por mí?

Cuando terminó de deshacer el equipaje, aún no la habían llamado para reunirse con la princesa. Decidió dar un paseo por los jardines de Prescott Hall, que eran célebres. Descubrió que eran tan maravillosos como se decía, llenos de colores vibrantes, como a ella le gustaba. Iba a disfrutar mucho de sus paseos matutinos por allí.

Se estaba poniendo el sol, y ya había pasado la hora de tomar el té. Se preguntó si la princesa Justine tenía intención de recibirla aquella noche. Volvió a su suite e intentó leer un poco mientras esperaba algún mensaje. Al poco tiempo, alguien llamó a la puerta.

—Adelante.

Entró una doncella e hizo una reverencia.

—Lady Bardaline me ha pedido que le informe de que Su Alteza Real la recibirá en el salón verde.

Ya era hora.

—¡Magnífico! —exclamó.

Tomó su chal verde, se lo colocó sobre los hombros y se puso en camino.

Lord Bardaline la estaba esperando al final de la escalinata.

—Aquí está usted —dijo, con su sonrisa tonta. Le señaló una puerta cerrada al otro lado del vestíbulo y se dirigió hacia allí.

—Milord, si no le importa que pregunte, ¿quién era el caballero que ha acompañado a casa a Su Alteza Real?

—El marqués de Douglas.

Lila pestañeó. Por supuesto. No era de extrañar que le resultara familiar. No lo conocía personalmente, pero había oído hablar de él. Era un aristócrata escocés que había recorrido el continente y frecuentado las mejores casas. Lo había visto en la boda de la princesa Charlotte de Prusia con el príncipe Georg de Saxe-Meiningen. Lo que no recordaba era si había asistido solo o en compañía de alguien.

—¿Es un pretendiente? —preguntó, mientras llegaban a la puerta del salón.

—¿Qué? —preguntó Bardaline, sorprendido por aquella pregunta—. No, por supuesto que no. Es un conocido de Robuchard y, según tengo entendido, ha aceptado acompañar a Su Alteza Real para enseñarle Londres.

Ajá. Lila no conocía a Douglas, pero sí conocía a

Robuchard, y solo había un motivo por el que el primer ministro le encargaría a alguien que le enseñara Londres a la princesa. Ese motivo era enterarse de cómo progresaban las cosas. Lo cual significaba que Douglas era un espía. Aquella era una información que tendría en mente y que usaría en beneficio propio si surgía la oportunidad.

Bardaline abrió la puerta y la anunció.

La princesa Justine estaba en el centro de la habitación, con las manos en la cintura. La primera impresión de Lila fue que se trataba de una joven alta, esbelta y muy bella. Ella atravesó el salón e hizo una reverencia.

—Su Alteza Real, le agradezco que me haya recibido.

—Sí, por supuesto.

Lila se incorporó. La princesa tenía una espléndida figura y una cara bonita, pero sus rasgos más llamativos eran el mechón de pelo blanco y los ojos de color ámbar que había heredado de su padre. Y, como su padre, tampoco parecía que sonriera con facilidad. Estaba observándola, intentando tomarle la medida.

—Bienvenida, lady Aleksander —dijo, por fin, y le señaló una silla.

Lila no creía que pudiera haber un recibimiento más frío, pero no se amedrentó.

—Gracias —dijo, y se sentó en la silla que le habían indicado.

La princesa se sentó frente a ella y posó las manos en el regazo. Estaba rígida. Lila pensó que, probablemente, se debía a que no quería que le buscaran marido. ¿Y quién podía reprochárselo? No había nada más árido y menos romántico que un emparejamiento formado en las clases altas de la sociedad. Su Alteza Real no era la primera mujer reticente a la que tenía que buscar marido, y no sería la última.

—No sabía que iba a venir tan pronto —dijo la princesa.

—¿No? Creía que el primer ministro, Robuchard, le había enviado un mensaje para avisarla.

La princesa bajó la mirada hacia sus manos.

—No leo todas las comunicaciones del primer ministro.

Lila estuvo a punto de reírse.

—Supongo que yo tampoco lo haría, si fueran a entregarme al mejor postor como si fuera una yegua de cría.

Aquello hizo que la joven levantara la cabeza. La miró con horror, con los ojos dorados muy abiertos.

—¿Disculpe?

—Oh, querida, veo que la he dejado espantada. Mi marido dice que soy demasiado directa con gente a la que acabo de conocer. Supongo que debería endulzar las cosas, pero usted es una joven inteligente y sospecho que agradecerá la sinceridad. Si me permite ser atrevida... Sugiero que prescindamos de fingimientos y reconozcamos que le asignarán a alguien que pueda proporcionarle buenas conexiones a Wesloria y a quien usted, a cambio, pueda corresponder. ¿Está de acuerdo?

La princesa se estaba sonrojando.

—Yo... eh... yo...

—Y eso no es precisamente el matrimonio soñado, ¿no? —continuó ella—. Supongo que piensa que lo mejor que puede esperar es un matrimonio en el que pueda surgir el amor, con alguien que sea al menos agradable a la vista y que no sea cruel.

La princesa Justine miró a Lila con una mezcla de horror, fascinación y enorme curiosidad. Carraspeó.

—Esto no es precisamente lo más positivo que me han dicho sobre mi matrimonio.

—Seguro que es cierto. Debió de creer que, cuando me llamaron para ayudar, todo estaba perdido. Pero he venido a decirle que tuvo una gran suerte cuando su madre decidió solicitar mis servicios.

La princesa sonrió irónicamente.

—¿Ah, sí?

—Sí, señora. Porque voy a conseguir que se empareje con alguien compatible con usted, con la mujer, y, al mismo tiempo, con el trono. Nadie más puede hacer eso por usted.

La princesa miró a Lila con frialdad.

—¿Está diciendo estas cosas para hacerse agradable a mis ojos?

Inteligente y sarcástica. ¡Qué delicia! A Lila le gustó que aquella mujer fuera todo un reto.

—En absoluto. No espero que esté de acuerdo o en desacuerdo con lo que yo diga, pero lo que yo diga será la verdad.

La princesa miró hacia abajo y emitió un sonido de duda.

—Quizá le sorprenda saber que, una vez, yo fui como usted. Bueno, no exactamente como usted, claro. Dios sabe que yo nunca habría podido soportar el peso de una corona. Pero me libré, por poco, de un matrimonio de conveniencia, cuando mi padre cayó en desgracia.

La princesa alzó la vista. Sentía interés de nuevo.

—Mi padre era un constructor naval muy importante. Construía barcos de guerra y buques mercantes que compraban muchas naciones.

La princesa no dijo nada, pero siguió mirándola fijamente.

—Yo tenía buenas perspectivas de matrimonio. Éramos ricos y muchos aristócratas británicos necesitan riqueza para mantener sus patrimonios, que están vinculados a sus títulos desde hace muchas generaciones.

Mi padre se imaginaba que iba a tener un yerno de la nobleza, alguien que le hiciera entrar en los círculos más altos de la sociedad. Seguro que entiende el tipo de hombre al que me refiero.

La princesa asintió casi imperceptiblemente.

—Hizo una lista de caballeros que le harían sentirse orgulloso. No me pidió opinión, y creo que no le importaba si el pretendiente en cuestión era compatible conmigo. Lo más importante eran los contactos. Me dijo que uno se casaba para prosperar y que el amor llegaba después. Aunque, sinceramente, no creo que él llegara a querer a mi madre, ni mi madre a él. Lo que él quería era acceso a las altas esferas. Poder.

—Mi padre no es así —dijo la princesa Justine, a la defensiva—. Mis padres no son así.

—No, no me lo parece. Su padre parece un hombre muy bueno y atento con su madre.

—Así es.

—Sin embargo, mi situación era parecida a la suya, ¿no lo cree?

La princesa pensó en una respuesta.

—Un poco —admitió—. ¿Se casó con alguno de ellos?

Lila hizo un gesto negativo. Era tan feliz con Valentin que casi no pensaba en aquellos años.

—No es que fueran hombres horribles. Algunos eran agradables. Pero mi padre era un corrupto, que Dios le perdone, y se descubrió que estaba sobornando a miembros del Parlamento para que le concedieran contratos a su astillero excluyendo a otros competidores. Lo juzgaron y condenaron por ello, y se arruinó. Yo perdí toda posibilidad de contraer un buen matrimonio.

—Oh —dijo la princesa—. Qué terrible para su familia y para usted.

—Sí, fue terrible.

—¿Tan terrible como para que ahora quiera vengarse con gente como yo?

Lila se echó a reír, y la princesa sonrió un poco.

—Yo ayudo a gente como usted, Su Alteza Real. Como me ayudé a mí misma.

—¿Qué quiere decir?

—Bueno, creo que era un poco incorregible, como todas las mujeres. Cuando me di cuenta de que no iba a conseguir el matrimonio que siempre había pensado que tendría, caí en el abatimiento. ¿Qué podía hacer? ¿Trabajar de ama de llaves solterona durante el resto de mi vida? Eso no era para mí. Como no tenía a nadie que me ayudara, me hice cargo de mi situación.

—¿Y cómo lo hizo?

—¡Yo misma me busqué pareja! Hice una lista con mis candidatos y me propuse concertar un matrimonio.

A la princesa se le escapó un jadeo de sorpresa. Después, se echó a reír.

—Tiene que ser una broma.

Lila hizo un gesto negativo.

—Al final, me comprometí con un barón danés, y llevo dieciséis años felizmente casada con él. Se llama Valentin.

La princesa Justine se inclinó hacia delante con intriga.

—¿Cómo lo consiguió?

—Prueba y error, supongo. Empecé con la lista de mi padre —dijo Lila, y se echó a reír—. Él siempre apuntaba muy alto, y Valentin estaba en la lista. Averigüé todo lo que pude sobre los caballeros, descarté a algunos por motivos de compatibilidad y, después, se me ocurrieron formas de conocer a quienes no conocía ya.

—Pero estaba arruinada, ¿no? ¿Cómo pudo hacerlo?

—Oh, bueno, tuve que perfeccionar las invitaciones,

sin duda, y no siempre me salió bien. Algunos de los que figuraban en la lista rechazaron mis intentos. Otros tenían curiosidad, como parece que le sucede a usted. Y dos de ellos eran hombres con personalidad, que no me consideraron culpable de los delitos que había cometido mi padre. Uno de esos dos hombres se enamoró de mí —dijo Lila, y sonrió al recordar la noche en que había conocido a Valentin.

Había sucedido en una fiesta en casa de unos amigos que habían seguido a su lado después del escándalo. Aún se acordaba del momento en que sus miradas se habían encontrado en el salón. Ella nunca había sentido semejante cosquilleo en todas las venas. Seguía sucediéndole cuando se miraban a los ojos.

—Solo es necesario uno.

—Entonces, yo diría que tuvo mucha suerte —comentó la princesa—. Pero ¿qué tiene eso que ver conmigo?

—Todo. Aprendí a encontrar una pareja idónea y creé mi propia felicidad de las cenizas. Cuando una conocida se enteró de lo que había hecho por mí misma, me preguntó si podría ayudar a su hijo, que también había sufrido un escándalo público. Me preguntó si podría dar los mismos pasos y encontrarle una pareja que le hiciera feliz.

—Los hombres alardean de sus escándalos —dijo la princesa—. ¿Acaso no tenía dinero?

Lila sonrió al percibir su ironía.

—Sí, y mucho. Pero, por desgracia, no era guapo.

—Ah —dijo la princesa, y asintió.

—Por suerte para él, no todas las mujeres desean una cara guapa. Algunas desean tener una unión estable y sólida. Otras desean ser amadas. Echando la vista atrás, creo que el suyo fue uno de los matrimonios más fáciles de conseguir, porque él deseaba ante todo tener una mujer a la que pudiera adorar. Durante estos años he tenido que conseguir emparejamientos mucho más difíciles. Ahora, mis servicios son muy demandados.

—Mi vida no está hecha cenizas, lady Aleksander. Todo lo contrario. Voy a ser reina dentro de poco tiempo —dijo la princesa, y se irguió como si admitirlo le causara incomodidad—. Puede que se quede decepcionada al ver la facilidad con la que lleva a cabo su tarea.

—Me alegra mucho saber que su vida no está destrozada, Su Alteza Real. Pero, tal vez, sus posibilidades de encontrar a un buen candidato no son tan amplias como antes de su desafortunado noviazgo.

La princesa Justine se puso muy colorada.

—Vaya, parece que el primer ministro no ha omitido ni un solo detalle.

—Creo que fue muy inteligente al revelarlo. Puede que surja.

—¿Por qué motivo?

—Es posible que algunos de los candidatos tengan preguntas sobre su... ¿pureza? Pero, sea cual sea la respuesta a esa pregunta, no es un asunto insalvable.

La princesa Justine se echó a reír.

—¡Maravilloso! Mi error por haber confiado en alguien no es un asunto insalvable. Resulta que me he estado preocupando innecesariamente.

La princesa se levantó, y Lila también. No había querido ofenderla, pero tenía que ser sincera con aquella joven.

—Ha sido un día muy largo, lady Aleksander.

—Por supuesto —dijo Lila, e hizo una reverencia—. Muchas gracias por recibirme.

La princesa no respondió. Miró a Lila por última vez, con curiosidad, y se marchó con la mano frotándose la nuca.

—Buenas noches, Su Alteza Real —dijo Lila.

La princesa no miró atrás ni respondió.

—Ah, se me había olvidado mencionar una cosa...

A regañadientes, la princesa se detuvo y se dio la vuelta.

—Su primer pretendiente vendrá a visitarla mañana.

—¿Cómo?

—Da la casualidad de que estaba en Londres antes de que yo llegara. Se trata del príncipe italiano Gaetano di Aggiani. Tiene una enorme fortuna.

La princesa se quedó mirándola un largo instante y, después, se dio la vuelta y salió por una puerta que le abrió un lacayo. Lila permaneció en pie, mirando la puerta, mientras el sirviente esperaba pacientemente. La princesa Justine iba a ser un desafío. Tenía la inteligencia suficiente como para odiar aquel proceso, pero no podía negarse al matrimonio. En realidad, Gaetano no era un pretendiente. Era un señuelo para que Lila supiera cómo tenía que trabajar con la princesa. Pensó en el libro que tenía en su habitación, lleno de nombres y detalles de todos los buenos partidos de Europa. Le encantaría repasar la lista aquella noche.

Y era necesario que recabara más información sobre William Douglas.

Capítulo 12

Justine se sobresaltó al oír que alguien llamaba suavemente a la puerta, pero era Seviana, que fue de puntillas hasta la ventana para abrir las cortinas. Justine gimió y rodó por la cama para tumbarse boca arriba.

—¿Qué hora es? —preguntó.

—Buenos días, señora —dijo Seviana—. Son las ocho y media.

Después, salió de la habitación. Pronto volvería con el café y las tostadas, como cada mañana.

Ella se preguntó si merecía la pena levantarse. ¿Qué tenía que hacer, salvo preocuparse por Amelia? Bostezó y estiró los brazos por encima de la cabeza.

Había soñado con que perseguía a Amelia por los jardines de Stafford House, pero su hermana era más rápida y ella no conseguía alcanzarla. Vio a William Douglas cerca del seto, cruzado de brazos.

—¿Qué haces? —le preguntó él—. No vas a poder atraparla nunca.

Seviana había interrumpido el sueño y había impedido que ella le diera una buena respuesta, que era lo que seguramente habría hecho.

Se sentó en la cama y se apartó el pelo de los ojos. Aquel hombre ya se le aparecía hasta en sueños, diciéndole lo que tenía que hacer, con los ojos grises muy brillantes por una mezcla de diversión y petulancia. Y ella no podía dejar de pensar en la apuesta que habían hecho. ¿Quién pensaba Douglas que era?

Y, en cuanto a sí misma, tenía que abstenerse de beber champán, porque era una tonta al haber aceptado.

Seviana volvió con un té y una tostada.

—Lady Bardaline me ha pedido que le diga que lady Aleksander va a desayunar a las diez y media, por si quiere desayunar con ella.

Dios, se le había olvidado la casamentera.

—Lo que quiero es dormir, Seviana.

Seviana le dio la taza de té, y Justine se apoyó en el cabecero de la cama para darle un sorbito.

—Si pudiera, no iría a desayunar —le dijo a la doncella—. Yo no he invitado a esa mujer a Prescott Hall. Sin embargo, debo ir si no quiero provocar un incidente internacional. Me pondré el vestido amarillo claro del ribete verde.

Seviana hizo una reverencia y salió prácticamente corriendo hacia el vestidor. Seguramente estaba loca de alegría por tener algo que hacer y librarse de las quejas de su señora. Al levantarse, ella siempre estaba un poco gruñona, sobre todo cuando se interrumpían sus sueños con William Douglas.

Seviana volvió con la ropa de Justine y con lo necesario para peinarla. Ella se levantó de la cama con un resoplido. Mientras se estaba vistiendo, Seviana abrió aún más las cortinas.

—Oh, Dios mío —murmuró—. Debería ver las flores, señora.

—Ya las he visto —dijo Justine.

—Debe de haber cinco carretas llenas.

¿Cinco carretas? Justine se acercó a la ventana y se asomó.

Seviana no estaba hablando de los jardines. Había cinco carretas en la entrada, llenas de flores de color rojo, dorado, rosa y amarillo, y el espectáculo bajo el sol matinal era muy alegre. Justine nunca había visto tantas flores juntas.

—¿Para qué son? —preguntó.

—No sabría decirle, señora.

El té, el sol y las flores mejoraron su estado de ánimo. Cuando bajó a desayunar vio más flores en el piso bajo. El vestíbulo estaba lleno de cajas y jarrones con flores. El olor era abrumador. Y los sirvientes estaban llevando más flores a la terraza. Justine se detuvo a mirar las que estaban sacando y se encogió de hombros. Después, entró en el comedor.

Lady Aleksander ya estaba allí, inclinada sobre el bufé, inspeccionando la comida. Se detuvo para hacerle una reverencia a Justine, y dijo:

—¡Buenos días, Su Alteza Real! ¡Tiene un aspecto magnífico!

Mentirosa. Estaba pálida y tenía ojeras a causa de la falta de sueño.

—Gracias —dijo.

Lady Aleksander se alejó del bufé, sonriendo, a la espera de que Justine tomara un plato y la precediera. Algunas veces, el protocolo era un verdadero fastidio.

—Por favor, continúe —le dijo Justine, y miró a su alrededor en busca del mayordomo—. ¿Carlton? ¿Podría tomar un café?

—¡Oh, qué buena idea! A mí también me gustaría tomar un poco, por favor —dijo lady Aleksander.

Justine asintió hacia el mayordomo, quien, a su vez, asintió hacia uno de los lacayos. Después, mientras sacaba una silla para que ella se sentara, le preguntó si quería algo del bufé o si prefería algo en particular.

—Solo quiero una tostada, por favor —dijo Justine. Le interesaba demasiado lo que estaba haciendo lady Aleksander como para pensar en sus propias elecciones.

En aquel momento, lady Aleksander estaba preguntándole a un sirviente cuáles eran los ingredientes de uno de los platos. Parecía que no le gustaban demasiado las especias. Por fin, la dama se sentó a la mesa con un plato lleno de comida, cuya cantidad dejó asombrada a Justine.

—¿Ha dormido bien, señora?

—He dormido fatal, gracias —dijo Justine—. ¿Y usted?

—¡Muy bien! Es un sitio muy relajante, debo decir.

En aquel momento, uno de los lacayos entró en el comedor con una carta sobre una bandeja. Se la acercó a Justine y se inclinó. Ella tomó el sobre y lo abrió, mientras lady Aleksander daba un buen bocado a un pedazo de morcilla.

Justine buscó los anteojos en su bolsillo y se los puso. La nota estaba escrita con descuido y tenía una mancha de tinta. Estaba firmada por lord Sutherland. ¿Hasta qué punto estaba borracho cuando la había escrito?, se preguntó Justine, y comenzó a leerla.

Su Alteza Real, anoche, la princesa Amelia, lady Constance, mi esposa y yo llegamos a la conclusión de que era mejor que la princesa Amelia se quedara a pasar la noche en nuestra casa, puesto que es peligroso transitar por las carreteras a una hora tan tardía. Estaremos encantados de devolvérsela hoy mismo, sana y salva.

—Tiene que ser una broma —murmuró. Se quitó los anteojos y se pellizcó el puente de la nariz.

—¿Va todo bien? —preguntó lady Aleksander.

—Amelia se está divirtiendo —respondió Justine, y dejó a un lado la nota y los anteojos—. Parece que en el último momento decidió quedarse a pasar la noche en Stafford House.

—Oh, qué bien —dijo lady Aleksander, sin titubear. Tomó un buen bocado de morcilla y añadió—: Está deliciosa.

Entonces, se giró hacia el lacayo.

—Por favor, dígale a la cocinera que la comida está deliciosa, y que la morcilla es espectacular.

El sirviente se quedó asombrado, como si no supiera si debía salir corriendo a la cocina en aquel momento para transmitirle el mensaje a la cocinera. Pobre hombre. Allí nadie hablaba nunca con los lacayos. Más bien, les hablaban. En todo caso.

Finalmente, él inclinó la cabeza para dar a entender que iba a hacerlo, pero se quedó exactamente donde estaba. No se movería hasta que se lo pidiera Justine.

—¿No se alarma usted por el comportamiento de mi hermana? —le preguntó Justine a lady Aleksander.

La dama volvió la cabeza hacia ella.

—En absoluto, Su Alteza Real. Por supuesto que no.

—Hay otros en esta casa que sí lo harán. Yo no, claro. Como he dicho muchas veces, Amelia es perfectamente capaz de cuidar de sí misma.

—¡No tengo ninguna duda! Tiene que probar estos huevos, señora. Están cocinados por una mano experta. Mi marido se quedaría extasiado.

En aquel momento, Carlton sirvió un plato de tostadas a Justine.

—A propósito, anoche tuve ocasión de revisar mi lista de candidatos —dijo lady Aleksander, como si fuera perfectamente apropiado hablar de su matrimonio durante el desayuno, cuando apenas se conocían.

Justine no quería oírlo. No quería pensar en ello. Quería evitar aquel desgraciado asunto.

—Ummm —murmuró, y comenzó a comer rápidamente para poder salir cuanto antes de aquella sala.

—Y he tenido noticias del príncipe Aggiani. Vendrá hoy —prosiguió lady Aleksander—. Le he pedido a lord Bardaline ayuda con su programación.

Justine se tragó todo el café.

—Bien, un príncipe. Qué... idóneo. ¿Carlton? Puede llevarse esto.

—¿Cómo? —preguntó lady Aleksander, sorprendida—. Pero si apenas ha comido.

—He comido una tostada. Tiene usted razón, la comida es muy buena —dijo Justine, y se dirigió al lacayo—. ¿Podría decirle a la cocinera que yo también le envío mis cumplidos?

Lady Aleksander se limpió la boca con la servilleta.

—¿Por qué tanta prisa?

—Oh... eh... Yo quería ir a buscar a Amelia —dijo Justine. Era lo primero que se le había ocurrido para poder salir de allí—. No ha obrado bien.

—¡Maravilloso! ¿Le importaría que fuera con usted? —preguntó lady Aleksander, y se puso rápidamente en pie, aunque se inclinó para tomar un último bocado de huevos.

Justine sintió una punzada de pánico.

—¿Para qué?

—Para ver Londres, claro. Hacía siglos que no venía. ¿Unos diez años? No, once, creo. Si me lo permite, voy a tomar mi...

De repente, se abrió de nuevo la puerta del comedor, y Bardaline entró a buen paso.

—Su Alteza Real —dijo, sin aliento, al tiempo que hacía una marcada reverencia—. Debería...

—Estoy hambrienta —dijo Amelia, que entró inmediatamente tras él.

Le entregó la capa como si fuera un sirviente y atravesó la habitación. Llevaba un vestido que Justine no había visto nunca, y no sabía si lo había comprado o se lo habían prestado.

Su hermana se dirigió al bufé. No se había percatado de la presencia de lady Aleksander, y estuvo a punto de chocarse con ella. Se sobresaltó y dio un paso atrás.

—¿Quién es usted?

—Amelia, te presento a lady Aleksander —dijo Justine.

A Amelia se le escapó un jadeo.

—¿La casamentera?

Lady Aleksander hizo una reverencia.

—Es un gran placer conocerla, Su Alteza Real.

—Pero... ¿cuándo ha venido? —inquirió Amelia—. ¿Y por qué no nos han informado? No nos han informado, ¿verdad? —le preguntó a Justine, como si quisiera compartir su indignación.

Bardaline, que tal vez presintió que le iban a interrogar, salió en aquel preciso instante del comedor con la capa de Amelia.

—Bueno, no nos informaron del momento preciso en el que llegaría —dijo Justine—. Yo te lo habría dicho en cuanto me enteré... pero tú te lo estabas pasando muy bien en Stafford House, ¿verdad? De verdad, Amelia, ¿en qué estabas pensando? ¿Te imaginas lo que va a decir la gente?

—¿Y por qué no podía quedarme con lady Constance? Es muy divertida.

Justine iba a decirle que tenía que preocuparse más por las apariencias, como si su madre estuviera viviendo en su cabeza, cuando se oyó una voz grave en el comedor.

—Buenos días.

Justine y lady Aleksander se giraron hacia la puerta al mismo tiempo. Amelia, no.

William Douglas entró en la sala como si fuera el comedor de su casa. Hizo una reverencia o, más bien, inclinó ligeramente la cabeza, y sonrió directamente a Justine.

—¿Qué está haciendo aquí? —le preguntó ella—. ¿Dónde está Bardaline?

—La última vez que lo he visto estaba en el armario de los abrigos, murmurando para el cuello de su camisa.

—¿Ha entrado usted sin anunciárselo a nadie?

—Yo no diría eso. He venido a devolverle a su hermana, y se lo dejé bien claro al mayordomo. Y al mozo que vino a atender a los caballos. Y, por supuesto, a la propia princesa. Pero creo que todos ellos están un poco abrumados por la cantidad de flores que hay en la casa. Espero que no haya muerto nadie.

—Yo no quería venir con él. Me ha escoltado en contra de mis deseos —dijo Amelia, desde la mesa del bufé. De repente, dio un jadeo—. ¿Se ha muerto alguien? ¿Quién ha...?

—No —dijo Justine—. También te lo habría dicho inmediatamente.

—Ah, claro. Entonces, ¿por qué hay tantas flores?

—Son regalo de un admirador —dijo lady Aleksander.

—¿Qué? —preguntó Justine, al mismo tiempo que Amelia se giraba desde la mesa del bufé con la cara iluminada de placer—. ¿Para quién?

—Para Su Alteza Real, la princesa Justine —dijo lady Aleksander.

Amelia hizo un sonido de desaprobación y se volvió hacia la mesa.

¿Un admirador? ¿Qué admirador? ¿Y por qué se había presentado William allí? De repente, tenía demasiadas cosas que asimilar.

Decidió asimilar a William en primer lugar.

—¿Se quedó usted en Stafford House toda la noche? Él se echó a reír.

—Por supuesto que no —dijo—. He visitado al duque esta mañana y me encontré a toda la familia debatiendo sobre cuál era el mejor modo de enviar a la princesa Amelia de vuelta a casa. Me ofrecí voluntario.

Aquello no tenía sentido. ¿Por qué había ido a visitar a Sutherland aquella mañana? ¿Acaso se había enterado, por algún medio, de que Amelia estaba en su casa, y había ido a verla? Su hermana era muy bella y los caballeros siempre se habían sentido atraídos por ella. No sería sorprendente que a William le ocurriera lo mismo. Entonces, ¿se había imaginado lo que sucedió entre ellos la noche anterior? ¿Qué pasaba con las cosas que le había dicho él? ¿Qué pasaba con su apuesta?

Se enfadó con él.

—¿Y pasó por Stafford House casualmente?

—Bueno, casualmente, vivo muy cerca.

—La enorme casa de color rojo —dijo Amelia, por ayudar—. Ya sabes, la que está en la parte alta de la calle.

Justine se acordaba perfectamente del edificio.

—¿El edificio de color rojo, tan sencillo? Yo solo he visto un asilo, o un sanatorio, que coincida con esa descripción.

—No es un asilo, por el amor de Dios, y le aseguro que es mío.

—¿Es una casa? —preguntó Justine, un poco avergonzada—. No dijo que fuera su casa.

—Usted no lo preguntó.

—¿Y por qué iba a preguntar yo si esa casa era suya?

—No lo preguntó porque estaba medio borracha y abrumada —dijo Amelia, mientras iba con su plato hacia la mesa—. Siempre está confusa cuando acaba de estar entre una multitud. Justine, no has presentado a nuestros invitados.

—Los nervios y la confusión no son lo mismo, y estaba a punto de hacerlo, Amelia —dijo Justine, y se frotó la frente con la palma de la mano—. Lady Aleksander, le presento a lord Douglas de Hamilton.

Lady Aleksander sonrió e hizo una reverencia.

—Un placer volver a verlo, milord.

—¿Volver a verme? No creo, señora... Yo me acordaría de haber conocido a una dama tan encantadora, sin duda.

—Dios Santo —dijo Justine, entre dientes.

Pero William estaba mirando a lady Aleksander como si pensara que era posible que la hubiera conocido.

—En la boda de la princesa Charlotte y...

—¡El príncipe Georg! Claro —dijo él—. ¿Cómo es posible que se me haya olvidado?

—Hace mucho tiempo —dijo lady Aleksander, amablemente.

—Es cierto.

Se acercó a ella para saludarla.

—Es un placer verla de nuevo, milady. ¿Está bien? ¿Y su esposo?

—Oh, los dos estamos maravillosamente bien, gracias. ¿Y usted? ¿Y su padre?

Justine vio que se sonreían al reconocerse. Estaban recordando la boda, riéndose por algo que había ocurrido allí, y ella se sintió excluida.

—¡Bueno! —exclamó, en voz alta—. Ahora que han recuperado su amistad, los dejo para que compartan sus recuerdos —añadió, y se dirigió hacia la puerta. Le sorprendía su irritación. No era propio de ella, porque estaba acostumbrada a las desilusiones.

—Su Alteza Real, ¿si me permite? —dijo lady Aleksander.

No, no quería permitírselo, pero apretó los dientes y se volvió hacia ella.

—¿Sí, lady Aleksander?

—Es la mañana perfecta. He pensado que podríamos dar un paseo todos juntos por el jardín.

—Yo no —dijo Amelia, sentada ante su desayuno—. Anoche bailé tanto que me duelen los pies.

—Gracias —respondió Justine—, pero hoy tengo una agenda muy apretada.

—Sí, sé que tiene muchos deberes. Pero he pensado que, quizá, ahora que su programación está un poco más despejada, podríamos tomar un poco al sol, ya que lord Douglas ha traído a su hermana a casa. Tal vez podríamos disfrutar del aire libre.

Amelia alzó la vista.

—¿De qué está hablando?

—Su Alteza Real se disponía a ir a buscarla a Stafford House, pero lord Douglas le ha ahorrado la molestia.

—Yo no soy una molestia —dijo Amelia, aunque, por lo menos, tuvo la decencia de usar un tono de duda.

—Hace un día precioso... —murmuró William.

Justine lo fulminó con la mirada.

—¿Esto? —dijo, señalándolos alternativamente a lady Aleksander y a él—. Esto es precisamente el tipo de cosa que le dije que no era asunto suyo.

—Le ruego que me perdone, entonces —respondió él, con calma—. Tal vez lady Aleksander y usted puedan ir en una dirección, y yo puedo ir en otra distinta, y así todos tomaremos aire fresco en privado.

—¡Tonterías! ¡Vamos todos juntos! —exclamó alegremente lady Aleksander.

¿Qué podía decir ella? En realidad, le parecía muy petulante negarse a algo tan intrascendente como dar un paseo. Además, a ella le gustaba caminar; lo que no le gustaba era que le tendieran una emboscada para hacerlo. ¿Era aquello el tipo de cosas que debía esperar cuando fuera reina? ¿Qué la gente la manipulara para que hiciera lo que ellos querían, solo porque no podía pensar con rapidez qué decir?

En aquel momento, todos la estaban mirando, esperando su respuesta.

—Augh... —dijo, mirando al cielo—. Está bien. ¡Está bien! Pero un paseo corto. Tengo que trabajar, después de todo —añadió, y miró a Bardaline.

Él estaba observando un punto de la alfombra y no captó su sutil sugerencia de inmediato.

—Ah... sí, Su Alteza Real. El trabajo de la corona, por supuesto. Mucho trabajo. Reuniones.

—¿Qué trabajo? —preguntó Amelia, desde la mesa—. ¿Por qué nunca ha habido ningún trabajo para mí?

Justine se dirigió hacia la puerta, y notó que lady Aleksander la seguía de cerca.

—Espérenme —dijo Amelia, olvidando lo mucho que le dolían los pies. Se levantó de un bote y pasó por delante de Bardaline para reunirse con los demás.

Justine caminó con decisión por el largo pasillo que llevaba a la terraza, pasando junto a macetas de flores. Los lacayos se apresuraron a abrir las puertas, a quitar cualquier hoja que hubiera podido caer al suelo por descuido, a decirles a los jardineros que se escondieran, a apartar los cubos de flores... Para que, cuando Justine saliera, no hubiera nada más que una vista serena y deslumbrante del jardín lleno de colores, y el olor dulce de los ramos de flores que llenaban la terraza.

—¿Todas estas flores son para Justine? —preguntó Amelia—. ¿Quién las ha mandado? ¿Por qué hay tantas?

A Justine no le importaba de quién fuesen. Se detuvo en el primero de los escalones y tomó aire mientras admiraba las vistas.

William también se detuvo.

Ella lo miró. Él la miró a ella. Justine estuvo a punto de sonreírle, algo que él no merecía, o de hacer algún comentario conciso y expresivo. Sin embargo, antes de que pudiera hacer cualquiera de las dos cosas, lady Aleksander apareció entre ellos y se puso la mano en el estómago.

—¡Desde luego, este paseo es muy necesario! Creo que he tomado mi peso en comida durante el desayuno. Los viajes en mar tienen algo que me abre el apetito.

Justine se giró de nuevo a mirar los jardines, y contuvo un suspiro, el suspiro que llevaba conteniendo ya varias semanas.

Capítulo 13

¿Acaso nadie más veía lo que a sus ojos estaba tan claro?, se preguntó Lila.

Miró a la princesa Amelia, pero la joven no había dejado de hablar ni un segundo, recordando hasta el último detalle del tiempo que había pasado en Stafford House. Caminaba junto a ella, pasando los dedos sobre los arbustos, por las enredaderas, tan perdida en su pequeño mundo que casi no levantaba la vista para ver si su acompañante estaba escuchando. Mucho menos iba a fijarse en su hermana mayor y en el marqués, que iban por delante de ellas.

Bardaline tampoco se había dado cuenta, a juzgar por lo desdeñoso que había sido al hablar de Douglas cuando ella le había interrogado, el día anterior.

Pues, bien, ella sí había notado que se estaba gestando algo entre la princesa Justine y el marqués. No se le había escapado cómo se rozaban sus dedos, accidentalmente, cuando se habían detenido para que él lanzara una moneda en una fuente. Dijo que deseaba que ella encontrara un buen partido cuanto antes. Ella respondió que mejor lo deseara para sí mismo.

Tampoco se le escapó a Lila que la princesa no dejaba de mirar al marqués por el rabillo del ojo, con una sonrisa encantadora y atrevida. Ni que él la miraba a ella con total atención y se esforzaba por disimular lo encantado que estaba.

Lila se preguntó si ellos mismos se daban cuenta de todo aquello. Por experiencia, sabía que aquella atracción mutua no siempre era reconocida por quienes la sentían. Los asuntos del corazón hacían que cualquier persona se cuestionara todo lo que pensaba o sabía, podían confundir incluso al más pragmático.

Decidió ponerlos a prueba. Apresuró el paso para alcanzarlos, y la princesa Amelia, al darse cuenta de que se quedaba sin público, se apresuró también.

—Un día espléndido, ¿verdad? —comentó, alegremente, mientras se colocaba entre los dos y los tomaba a ambos del brazo.

—Sí, sí que es espléndido —dijo Douglas.

—No se podría pedir un día mejor para recibir a un invitado especial.

—¿Quién es nuestro invitado? —preguntó Amelia, con deleite.

—Un caballero a quien le gustaría mucho conocer a Su Alteza Real, la princesa Justine. Un príncipe.

—¿Solo a ella? ¿Y por qué solo a ella? Hay dos princesas reales en Prescott Hall, por si se le ha olvidado a alguien.

—No se le ha olvidado a nadie, Amelia —dijo la princesa Justine—. Es imposible olvidarlo con tus recordatorios diarios. Pero yo soy la que necesita casarse.

—Pues estoy muy contento por usted, Su Alteza Real —dijo Douglas—. Estoy deseando ver al caballero que consiga su mano. Aunque, si me lo pregunta...

—Cosa que no he hecho...

—Pero, si lo hiciera, le aconsejaría que se reservara para un rey. Podría unir naciones en su lecho... entre otras cosas.

Lila y la princesa Amelia se echaron a reír.

—Claramente, usted no entiende cómo funcionan estas cosas —dijo la princesa Justine, con una sonrisa.

—Lo entiendo perfectamente —replicó Douglas.

—Pues, entonces, usted también debería contratar a lady Aleksander, si lo entiende tan bien. Sus servicios son muy recomendados.

—Qué amable por su parte decir eso, señora —dijo Lila—. Estaría feliz de poder ayudarlo, milord.

—Gracias, pero no será necesario. Creo que soy perfectamente capaz de conseguirlo por mí mismo.

—Lo dirá usted —respondió la princesa Justine, alegremente—. Pero, sin embargo, aquí está, a punto de llegar a la mediana edad...

—Ni por asomo...

—Y sin ninguna perspectiva a la vista.

La princesa se inclinó para sonreír a Douglas, y el efecto fue muy agradable. Justine era una mujer muy bella. No era tan llamativa como la princesa Amelia, pero su encanto aumentaba cada vez que uno la miraba.

Amelia se abrió paso para ocupar un lugar en el grupo.

—Bueno, yo sí entiendo cómo son estas cosas. ¿Quién va a venir?

—El príncipe Gaetano di Aggiani —dijo Lila.

—¿Cómo? —preguntó Douglas, y miró a Lila—. ¿Ha dicho Aggiani?

—¿Oh, se conocen? ¡Vaya, es maravilloso! Puede sernos muy útil cuando aparezca. No hay nada tan tranquilizador como una cara conocida en medio de un grupo.

—Por favor, lady Aleksander, a mí no se me ocurre nada más inquietante que encontrarme la cara familiar de lord Douglas en medio de un grupo de gente —dijo la princesa Justine.

Y, con aquella protesta fingida, Lila supo que la

atracción era más fuerte de lo que pensaba. Se alegró muchísimo. Era muy posible que la princesa y el marqués estuvieran hechos el uno para el otro. En aquel momento solo era una impresión, pero, como decía a menudo Valentin, ella tenía una gran intuición. No sabía cómo adivinaba aquellas cosas, pero se le daba muy bien, y sabía lo que aquellos dos no sabían.

Aún.

Lila se agarró las manos a la espalda.

—¿Cómo conoció al príncipe Gaetano, milord?

—Nos hemos visto un par de veces en casa de un amigo común.

—Maravilloso. Entonces, tal vez usted pueda dar fe de la excelente pareja que sería el príncipe para Su Alteza Real.

—No es necesario que el dé fe —intervino la princesa—. ¡Ese hombre no es un rey, solo es un príncipe! ¿Qué más necesitamos saber?

—Creo que hay algunos detalles que sí tenemos que saber —dijo Amelia—. ¿Es guapo? ¿Es rico?

—Directa al grano, Su Alteza Real —dijo William, riéndose—. Sí, es guapo.

—Y, sí, es rico —confirmó Lila.

—Entonces, estoy deseando conocerlo —dijo la princesa Amelia—. Si Jussie no lo quiere, tal vez me lo quede yo.

—Amelia —dijo Justine.

—¿Qué?

—No es un pelele para que podamos pasarlo de una hermana a otra.

Lila observó disimuladamente a lord Douglas mientras la princesa Amelia argumentaba que su propuesta era justa, ya que todas las princesas de Wesloria tenían que casarse, al final.

Lila sospechaba que Douglas sí cumpliría con los requisitos financieros de Robuchard; era heredero del ducado de los Hamilton, así que tenía fortuna propia y no arrasaría con las arcas del estado para su diversión.

Sin embargo, Douglas tenía algo que la intranquilizaba un poco. Existía la sombra de un rumor, una información que ella había olvidado y que hacía que sospechara que tenía una reputación escandalosa. ¿Qué era lo que estaba intentando recordar?

Fuera lo que fuera, necesitaba saberlo, por si acaso se trataba de algo que pudiera impedir su candidatura.

En realidad, a ella no le importaba. Estaba muy acostumbrada a pulir reputaciones y borrar escándalos, y era muy habilidosa haciéndolo. Lo que más le importaba era el brillo de los ojos de la princesa Justine al mirar a lord Douglas, y el hecho de que él no pudiera quitarle la vista de encima. Aquellos dos pensaban que estaban en desacuerdo, lo cual era un deleite para ella. Un hombre y una mujer que se creían enemigos solían formar la unión más fuerte, una unión gobernada por la pasión. Lo único que tenía que conseguir era que ellos también se dieran cuenta, pero procurando que pensaran que siempre había sido idea de ellos dos.

Estaba tan entusiasmada con aquel avance que casi tropezó por el camino.

—¿Señora? ¡Lady Aleksander!

Todos se detuvieron y se giraron. Bardaline caminaba hacia ellos con una tarjeta de visita en la mano. Cuando alcanzó a la princesa Justine, le hizo una reverencia y se la entregó. La princesa la tomó y entrecerró los ojos. Alejó todo lo que pudo la tarjeta para poder ver algo, pero Amelia terminó por quitársela y la leyó.

—¡Es el príncipe! —exclamó con emoción.

—¡Magnífico! —dijo Lila—. Lord Bardaline, ¿podríamos tomar el té? Creo que sería perfecto hacer las presentaciones en la terraza, entre las flores.

Bardaline volvió a inclinarse y se alejó. La princesa Amelia fue corriendo tras él, seguramente, para echarle un vistazo al príncipe.

—Bien, pues entonces ha llegado el momento de que me vaya a casa —dijo Douglas.

—¡Por supuesto que no, milord! Tiene que venir a saludar a su amigo —dijo Lila.

—Yo no lo llamaría «amigo». Apenas lo conozco.

Y no iba a hacerse amigo suyo aquel día, tampoco. Lila tomó del brazo al marqués.

—Seguro que se quedará decepcionado al no poder verlo. Por favor, al menos venga a saludarlo.

—Haré lo que prefiera Su Alteza Real —dijo Douglas, mirando a Justine.

—No, haga lo que usted prefiera —le dijo ella, y comenzó a caminar por delante de ellos.

Douglas frunció el ceño mirándola. Después, sonrió a Lila.

—Entonces, iré a saludar al príncipe.

Capítulo 14

William estornudó.

Trató de evitarlo, porque los estornudos interrumpían sus vistas, y no podía creer lo que estaba presenciando. Justine se estaba riendo y moviendo las pestañas e inclinándose para escuchar mejor al simpatiquísimo Aggiani hablando de nada. No había ni rastro de nerviosismo. Se había convertido en su hermana, que también estaba moviendo las pestañas y soltando risitas e inclinándose hacia el caballero cuando él hablaba. Todo aquello habría bastado para que cualquier hombre quisiera darle un puñetazo al italiano.

Justine no podía estar tan embelesada con aquel hombre. ¿Lo estaba fingiendo para molestarlo a él? ¿Para ganar la estúpida apuesta que él mismo le había hecho?

¿En qué pensaba? ¿Qué se estaba haciendo a sí mismo? Su objetivo no debía ser otro que terminar aquel encargo tan rápidamente como fuera posible, volver a su vida e impedir que su padre acabara con toda la riqueza de la familia. Él había abandonado su vida de libertino... pero Justine estaba tan encantadora en aquella carroza, al volver de Stafford House, que su libido había desarrollado una voluntad propia. En aquel momento, había deseado desesperadamente darle un beso. Todavía lo deseaba.

Cuando había entendido que Gaetano di Aggiani sería el primer pretendiente, había estado a punto de echarse a reír. Por suerte, pudo contenerse, pero empezó a redactar mentalmente la carta que iba a enviarle a Robuchard: «Milord Robuchard, espero que la corona wesloriana no haya gastado una cantidad exorbitante para contratar los servicios de la casamentera, porque el primer pretendiente que ha presentado es, posiblemente, el peor candidato de toda Europa. ¡Cualquier bruja podría haber conjurado a un hombre ligeramente mejor con unos cuantos gnomos y unas cuantas setas!».

O algo por el estilo.

Él sabía que Aggiani no era más que un mujeriego deshonesto con las mujeres. Tenía la intención de hablar en privado con lady Aleksander en cuanto pudiera, y decírselo. Empezó a sospechar que la casamentera no tenía ni idea de lo que estaba haciendo, y pensó que debía volver por donde había llegado. Él mismo se ofrecería voluntario para acompañarla al puerto más cercano.

Volvió a estornudar. Llevaba estornudando desde que se habían hecho las presentaciones y habían tenido que empezar a pasearse por la terraza entre enormes ramos de flores. Aquel olor tan dulzón era agobiante para él. Le parecía que tenía la nariz del tamaño de una manzana.

Volvió a estornudar.

—Salud, Douglas —le dijo Aggiani, mirando hacia atrás.

William frunció el ceño a la espalda del hombre de pelo rizado y negro en cuanto se dio la vuelta.

—Por desgracia, debe de haber alguna flor que no le sienta bien. Uno no sabe lo que va a obtener en concreto cuando compra todo Covent Garden —dijo el italiano, mirando a Justine para asegurarse de que lo había oído bien.

—¿Todo Covent Garden? —preguntó la princesa Amelia—. ¿De verdad?

—Sí, cinco carretas llenas hasta arriba. Ha sido todo un viaje hasta Prescott Hall. Los ciudadanos de Londres salían de sus casas para mirar, porque son magníficas, ¿no le parece?

—Son espectaculares —dijo Amelia.

Aggiani miró astutamente a Justine.

—Sí, verdaderamente lo son —dijo ella.

William volvió a estornudar. Aggiani les ofreció un brazo a cada hermana para pasearse con ellas entre los ramos y poder observar cada una de las flores, y él los siguió de mala gana. Lady Aleksander se quedó un poco rezagada para poder pasear con él.

—Creía que había dicho que casi no conocía al príncipe, pero él lo ha saludado con mucha efusividad.

—Casi no nos conocemos —repitió él.

Aggiani le había saludado con falsedad, y le sorprendía que lady Aleksander no se hubiera dado cuenta.

El trío desapareció entre un grupo de puestos florales y se oyó la risa de Justine. Él nunca la había oído reírse con tanta alegría, y se sorprendió.

—¡Me satisface tanto ver que la princesa Justine aprecia al príncipe! —comentó lady Aleksander.

William dio un resoplido.

—Si yo fuera usted, no estaría tan seguro de que ella piense nada en concreto sobre ese príncipe.

—¿De veras? Pues parece que ella lo está pasando muy bien —dijo lady Aleksander, con más entusiasmo del que merecía la situación.

Como si quisieran confirmar lo que había dicho la

dama, las princesas se echaron a reír. William y lady Aleksander rodearon un arreglo floral especialmente grande justo a tiempo para ver que la princesa Justine posaba una mano en el hombro de Aggiani, ligeramente, mientras se agachaban para examinar una flor.

William volvió a tener un ataque de estornudos. Se secó la nariz y los ojos con el pañuelo.

—Creo que a ella le cae muy bien —susurró lady Aleksander, cuando comenzaron a avanzar de nuevo.

—¿Porque se ha reído? La gente se ríe también cuando están enfadados o aburridos.

—Bueno, puede ser, pero la mayoría de la gente se ríe cuando está contenta —replicó lady Aleksander y, con una sonrisa, se apartó de su lado para hablar con la princesa Justine—. Su Alteza Real, ha llegado el té. ¿Lo tomamos? —preguntó, y señaló una mesa que acababan de servir, con un mantel de lino, cubiertos de plata y vajilla de porcelana.

—Sí, gracias —dijo Justine, y caminó con Aggiani hacia la mesa.

William se metió el pañuelo en el bolsillo y, de mala gana, hizo lo mismo.

—A nadie le gustan tanto las flores como a los italianos —dijo Aggiani, mientras sacaba una silla para ofrecérsela a Justine—. Lo llevamos en la sangre. Mujeres bellas, flores bellas, buen vino, buena comida... todo italiano —dijo, y se besó las puntas de los dedos. Después, arrojó el beso al cielo.

—Qué ridículo —murmuró William.

—¿Perdón? —preguntó Aggiani.

—He dicho que su sangre italiana no tiene nada que ver con eso.

Aggiani se echó a reír.

—Es por culpa de mi inglés, que no es perfecto —dijo, en un perfecto inglés—. Me refiero a que los italianos vivimos para la belleza. Ah, tendría que haber visto las caras de los comerciantes, Su Alteza Real —le dijo a Justine—. Les dije que no quería nada menos que lo mejor para la futura reina de Wesloria.

—Son preciosas —dijo de nuevo Justine, y acarició con las yemas de los dedos los pétalos de una de las rosas del enorme ramo que había sobre la mesa.

—Sí —dijo Aggiani, mirando a su alrededor por la terraza, admirando su obra de arte.

La princesa vio a William con el ceño fruncido, como si estuviera estornudando a propósito para molestarla.

—Se le están hinchando los ojos, milord. Tal vez debería echarse un rato.

William la ignoró.

—Les contaré un secreto —dijo Aggiani, y llamó a las princesas con el dedo. Justine y Amelia se inclinaron hacia delante.

Mientras Aggiani le susurraba algo al oído a Justine, lady Aleksander también le susurró algo a William.

—No puede negar que hacen muy buena pareja. ¿Se imagina los niños tan preciosos que traerían al mundo?

Él la miró con asombro.

—Eso es adelantarse mucho, ¿no le parece? Creo, milady, que no conoce a mi viejo amigo tan bien como piensa.

—¿De veras? Entonces, cuéntemelo todo sobre ese hombre, aunque casi no lo conozca, pero acabe de referirse a él como «mi viejo amigo».

William le clavó una mirada fulminante, pero no tuvo mucho efecto, porque el mayordomo llegó en aquel momento para servir el té. William estornudó una vez más. Tenía los ojos llorosos y la nariz hinchada. Debía tomar una decisión: o quedarse allí y ver cómo Aggiani iba ganándose un trono, o marcharse antes de perder la capacidad de respirar.

Bueno, podía prescindir de la respiración unos minutos más.

—¿Alguna vez habían olido algo tan fragrante? —preguntó Aggiani, señalando el ramo del centro de la mesa.

—Yo no —dijo Justine.

Cerró los ojos e inhaló el olor de las que, supuestamente, eran las flores más perfectas que se hubieran cultivado nunca.

La princesa Amelia la imitó.

—El olor es divino —dijo, y sonrió a Aggiani, que correspondió a su sonrisa.

—Nadie ha venido a traer tantas flores, ¿verdad? —preguntó Aggiani.

Justine tamborileó ligeramente con los dedos en la mesa, y William se animó. Tenía la sonrisa un poco más tirante.

—No, nunca.

¡Ajá! Ella ya estaba cansada de aquello.

Él volvió a estornudar, y con bastante fuerza. Sin embargo, fue un estornudo con sabor a triunfo, porque, por supuesto, había estado en lo cierto todo el tiempo: Aggiani no era adecuado para Justine.

El mayordomo sirvió los scones en una fuente y los dejó sobre la mesa. Aggiani se movió en su silla y William no pudo verlo más, porque quedó detrás de las malditas flores. Sin embargo, lo oía perfectamente. Dominó la conversación. Habló sobre su familia y sobre sí mismo, y sobre su país, sobre el palacio de su familia, sobre el cariño que sentía por Wesloria. Volvió a mencionar las flores. La princesa Amelia lo escuchaba atentamente con la barbilla apoyada sobre las manos. Le preguntó cómo era su palacio, y él le dijo que estaba construido sobre un acantilado con vistas al mar, que el suelo era de mármol y los techos estaban cubiertos de pan de oro. Y que sus viñedos eran de los más antiguos de Italia y producían algunos de los mejores vinos del mundo. Que las flores que crecían en sus tierras eran tan preciosas como las que podían verse en Covent Garden.

La princesa Amelia estaba embelesada, pero William no era capaz de descifrar la expresión de Justine. Sin embargo, ella escuchaba atentamente y, cada vez que Aggiani se inclinaba hacia delante y la miraba fijamente con sus ojos castaños y dulces, él estornudaba.

Por fin, lady Aleksander sugirió que volvieran a pasear por el jardín. Naturalmente, él quedó relegado al papel de mero espectador y tuvo que caminar detrás de las princesas y del príncipe de nuevo, junto a la casamentera. Pero mantuvo los ojos bien abiertos a la espera de que surgiese la oportunidad de poder hablar con su protegida.

Bueno... no era su protegida, sino, más bien, su responsabilidad. Algo como eso, una carga sobre sus hombros.

Su momento llegó cuando Bardaline fue a buscar a lady Aleksander. Había llegado un mensajero a buscarla, y ella tuvo que dejar el grupo y volver a la casa. Ellos continuaron el paseo por el pequeño laberinto que había en el jardín. Los dos guardias que siempre los acompañaban se colocaron en la entrada del laberinto para que nadie pudiera entrar mientras las princesas lo recorrían.

Él había dejado de estornudar, gracias a Dios. Iba paseándose tras ellas, malhumorado, cuando la princesa Amelia le arrebató el sombrero a Aggiani y salió corriendo, entre carcajadas, por delante de él. El príncipe la siguió, riéndose y diciéndole que no debía jugar con él.

William aprovechó el momento para alcanzar a Justine.

—Bueno —le dijo.

—Bueno, ¿qué?

—Podemos terminar rápidamente con este si me permites que te dé un consejo amistoso.

—No, gracias. ¿Estás bien? Tienes los ojos tan hinchados que casi se te han cerrado, y la nariz completamente roja.

—Estoy bien, sí. ¿De verdad te dejas llevar por un mar de flores?

Ella suspiró.

—No seas tonto. Se supone que él tiene que cortejarme.

—Oh, sí, y lo hará. Y será lo que más estimes de él, créeme. Será encantador, solícito y demasiado admirador de sí mismo.

Justine lo miró con los ojos entrecerrados.

—¿De qué estás hablando?

William se dio cuenta de que lo estaba haciendo todo mal.

—¿Cuántas veces te has visto obligada a darle las gracias por las flores?

Justine lo pensó un momento y alzó un dedo.

—Te concedo que está muy complacido con su regalo.

—¡Complacido! Prácticamente, te ha pedido que te arrodillaras para alabar las flores.

—No, no ha hecho eso —dijo ella, y aceleró un poco el paso—. Parece muy amable. Y es muy guapo. En estas cosas no se presta la atención debida a la belleza, en mi opinión.

William dio un resoplido para expresar su opinión.

—¿Eso es lo que quieres? ¿Alguien que sea amable y guapo?

Justine se echó a reír.

—¿Debería preferir a alguien que está enfadado y no me trae flores y es del montón?

—¿No deberías preferir a alguien que sea compatible con tu persona y que sea encantador solo con un ramo? Un ramo es manejable. Cinco carretas suponen un problema. Este hombre no es adecuado para ser tu compañero de vida. Seguramente, dejaría secas tus bodegas, Justine. Además, tú eres demasiado... demasiado suave para él.

Ella se quedó sorprendida.

—¿Suave?

—Suave.

Justine frunció el ceño.

—¿Por qué piensas que yo soy suave?

—Puede que seas una princesa, pero eres una mujer, y no eres tan diferente del resto de las de tu sexo.

Ella frunció aún más las cejas.

—¿Y qué significa eso, si no te importa explicármelo?

—Que las mujeres, en general, son fáciles de conquistar por un hombre.

Ella se quedó boquiabierta.

—¡Eso no solo es mentira, sino que es lo más absurdo que has dicho hasta la fecha!

—No me has respondido. ¿Quieres un marido a quien tengas que alabar a cada momento? Y, cuando se haya acostumbrado a conseguir eso de ti, ¿qué será lo siguiente? ¿Sentarse en tu trono? ¿Acudir a las reuniones con tus ministros?

Ella se detuvo y lo miró con estupefacción.

—¿Has ido desde las flores a la usurpación?

Él dio un gruñido. Sí, lo había hecho, pero solo para explicar la situación.

—Lo único que digo es que todo esto será mucho menos doloroso si sigues mis consejos. No lo digo para alardear, pero tengo una buena cabeza para estas cosas.

—Y yo también tengo una buena cabeza para calibrar el verdadero carácter de una persona. ¿Por qué no iba a admirar que un hombre tenga la seguridad necesaria en sí mismo para pedir lo que quiere? Pienses lo que pienses tú, nadie puede cambiar el hecho de que la reina seré yo. Yo ocuparé el trono, no él.

William se puso las manos en la cintura.

—Hazme caso, Justine. Lamentarás el día que lo has conocido.

—Eres un arrogante —dijo ella—. A mí me parece perfecto.

—No piensas eso. Lo dices solo para molestarme, y te diré que lo has conseguido. Estoy intentando ayudarte.

—William, mi madre ha encargado a una experta casamentera, lady Aleksander, que se ocupe de este asunto, y le habrá costado una gran suma de dinero. Tú no sabes nada.

—Vaya, tendré una gran empatía hacia cualquiera que acabe a tu lado, porque puedes llegar a ser muy imperiosa.

—¡Le dijo la sartén al cazo! —respondió ella, con una carcajada.

Echó a andar hacia la curva por donde habían desaparecido Amelia y el príncipe, pero, de repente, se detuvo, y él estuvo a punto de chocar con ella. William miró por encima de la cabeza de Justine para saber cuál era el motivo por el que se había parado tan bruscamente, y se quedó mudo. El hombre más tonto de la tierra y la princesa Amelia estaban apoyados en el seto, abrazados, besándose como si fueran viejos amantes.

—¡Amelia!

La pareja se separó. Aggiani se quedó pálido como la nieve.

—Su Alteza Real, puedo explicarlo —dijo. Se apartó de Amelia y añadió—: Me besó ella.

La princesa Amelia dio un jadeo y se puso como un tomate.

—¡No es verdad! —exclamó, y miró a su hermana pidiendo ayuda.

—Amelia, vete de aquí —le dijo Justine, con calma, y alzó la mano.

La princesa Amelia fulminó al italiano con la mirada, se alejó rápidamente y tomó la mano de Justine. Justine le rodeó la cintura con la mano y las dos se fueron, enfadadas por distintos motivos.

William miró a Aggiani. Parecía que el príncipe se iba a desmayar.

—Vaya, vaya, una metedura de pata, ¿eh?

Aggiani suspiró.

—¿Y me culpa a mí? De las dos, la pequeña es la verdadera belleza.

—Pero... ¿es completamente tonto?

—Eso parece —reconoció Aggiani, malhumorado.

Los dos comenzaron a salir del laberinto, y Aggiani suspiró varias veces al tomar conciencia del error que había cometido. Cuando se acercaban a la casa, dijo:

—Vaya gasto de dinero por las flores. ¿Las ha visto? No las verá mejores.

William no respondió. Solo podía pensar en la apuesta, y en cómo iba a cobrarla.

Capítulo 15

Amelia subió corriendo a su habitación. Estaba avergonzada por lo que había hecho e indignada por que Aggiani la hubiera culpado. Eso podía manchar su reputación. Justine no entendía por qué le preocupaba su reputación, si ella era la parte ofendida.

Parecía que a su hermana se le había olvidado que Aggiani, supuestamente, era su pretendiente. Ella no tenía ningún interés en aquel hombre, por supuesto, pero le molestaba que fuera tan obvio que él, tampoco.

Le pidió a lady Aleksander que despidiera inmediatamente al príncipe y, por supuesto, tuvo que explicarle lo que había ocurrido mientras el príncipe hablaba por encima de su voz, insistiendo en que todo había sido un malentendido y que era Amelia la que lo había besado a él.

Aquellas protestas cobardes consiguieron que Justine lo detestara aún más.

Lady Aleksander, por supuesto, había accedido a echar al príncipe de inmediato. Después, se había llevado a Aggiani a un pequeño recibidor que había justo al lado de la entrada, para hablar con él.

Justine se quedó mirando la puerta cerrada. Le asombraba que Aggiani no se hubiera llevado una buena reprimenda. Se volvió hacia Bardaline, que evitó su mirada.

¿Acaso ella no tenía ni la más mínima autoridad?

Necesitaba tomar el aire.

Se giró y se dirigió hacia la puerta principal, ordenándoles a los guardias que no la siguieran. Pero, por supuesto, ellos lo hicieron. Sin embargo, cuando Justine atravesó el camino de grava de la entrada y llegó a una valla de piedra, se volvió hacia ellos.

—No me sigan, bajo condena a muerte, ¿entendido?

Los dos guardias se miraron, como si estuvieran debatiéndose entre el cumplimiento de su deber y la vida.

Justine se agarró el bajo de la falda y salió corriendo por el jardín. Ojalá pudiera escapar de Prescott Hall y de todos los símbolos de su nacimiento. Sin embargo, no podía huir, y tampoco podía correr demasiado, porque el corsé no le permitía tomar aire suficiente. Se inclinó hacia delante y apoyó las manos en las rodillas para respirar profundamente. Miró hacia atrás y vio que casi no había recorrido nada de distancia. Se irguió y empezó a caminar, presionándose el abdomen con una mano mientras intentaba recuperar el aliento.

Pensó en sus padres, que se habrían quedado horrorizados si hubiesen sido testigos de lo que había pasado. Su madre se habría enfurecido con Amelia, tanto, que posiblemente se habría olvidado de ella por completo.

Pero su padre...

Su padre le habría dicho que era afortunada de haber descubierto el modo de ser de aquel hombre cuando todavía no era demasiado tarde, y que no era digno de ella. Y después, habría señalado la impetuosidad de Amelia y le habría dicho que tenía que mantenerla a su lado hasta que estuviera casada con el hombre adecuado, para ahorrarles a todos problemas y escándalos.

Justine siguió caminando por el parque. Pasó junto a un rebaño de ovejas que no le dedicaron ni una mirada, y se dirigió hacia un pequeño lago que había en los confines de la finca. Junto a la orilla había un par de bancos.

El paseo le estaba sentando bien. Su ira y su vergüenza iban apagándose. Cuando llegó al lago, se puso las manos en la cintura y volvió a respirar profundamente unas cuantas veces, e inclinó la cabeza para que el sol de la tarde le acariciara el rostro.

Cuando era niña, no sabía que la desilusión se iba a convertir en algo constante en su vida. Había asumido ingenuamente que, al ser la reina, todos los de su alrededor querrían complacerla. Ahora ya sabía que la decepción siempre la acompañaría. Nunca podría confiar en gente que no estuviera muy unida a ella. Nunca sabría si alguien quería su favor, o su tiempo, o su aprobación. ¿Cómo iba a estar alguna vez cómoda con tanta desconfianza?

Se sentó en uno de los bancos, se inclinó hacia delante y se tapó la cara con las manos. En palabras de su padre, a nadie le hacía bien estar tan deprimido. Él le había dicho que cada momento de abatimiento era un momento perdido para el bien del reino.

—Qué fácil es decirlo —murmuró.

Sin embargo, alzó la cabeza. Realmente, no tenía sentido deprimirse en aquella ocasión. No sentía ningún afecto por Aggiani; simplemente, se había quedado embelesada por su belleza y le había hecho ilusión que alguien tan guapo y majestuoso pudiera desearla. No había sufrido ningún daño y se alegraba de librarse de él.

Pero iba a hablar seriamente con lady Aleksander; si aquel era el tipo de pretendientes que iba a presentarle, la despediría.

Se puso en pie, se recogió la falda y respiró profundamente. Al darse la vuelta, vio que William estaba a pocos metros, apoyado en el tronco de un árbol.

—¿Cuánto tiempo llevas ahí?

—Un momento.

Justine miró alrededor, pensando que habría más gente.

—Si estás buscando a tus guardias, los han llamado.

—No te creo. ¿Por qué?

—Porque tu hermana ha elegido este momento para enfrentarse a su acusador.

—Oh —dijo ella, y se encogió al imaginarse cómo habría salido todo aquello. Amelia era muy volátil—. ¿Ha ido muy mal?

—Si consideras los gritos y las lágrimas algo malo, sí.

Justine suspiró.

—Me alegro de habérmelo perdido.

William se apartó del árbol.

—¿Cómo estás tú?

—Debería preguntártelo a ti. Estás menos hinchado que antes, pero sigues un poco rojo.

—Qué amable por tu parte al darte cuenta. ¿Y tú?

—Yo estoy bien —dijo ella, y se frotó distraídamente el lóbulo de la oreja. Tal vez no estuviera perfectamente bien, pero sí estaba bien.

Él ladeó la cabeza.

—¿Un poco enfadada, quizá?

—¿Qué te hace pensarlo?

—No lo sé... Que hayas salido corriendo de Prescott Hall. Eres más rápida de lo que había pensado.

—¿Tú no estarías enfadado?

—¿Enfadado? No. Tendría intenciones asesinas. Debe de ser exasperante para ti.

—¿Qué?

William se detuvo a medio metro de ella y se encogió de hombros.

—Todo, supongo.

Qué extraño. Era casi como si William estuviera en su cabeza.

Él dio un paso hacia ella.

—Me refiero a la responsabilidad que acompañó a tu nacimiento, y a lo que llegará cuando ocupes el trono. A la imperiosa necesidad de encontrar un marido y tener un heredero. Este proceso parece... contrario al verdadero curso de la felicidad marital. Pero tal vez sea necesario, teniendo en cuenta tu nacimiento.

—¿De veras piensas eso, o lo dices para aplacarme?

Él se echó a reír.

—¿Alguna vez te he dicho algo para aplacarte?

—No.

William levantó la mano y le quitó algo del pelo. Se lo mostró. Era el frágil pétalo de una flor.

—Para mí no es desconocido este tipo de cortejo. Mi hermana sufrió lo mismo que tú.

Justine hizo un mohín.

—¿Una casamentera?

—Peor aún. Mi madre. Estaba desesperada por ver a Susan casada con alguien que ella considerara a la altura del ducado de Hamilton. Hubo un desfile de escoceses ricos hasta que decidió quién podía cumplir sus requisitos. Siempre pensé que era como elegir una vaca lechera.

Justine se echó a reír, a pesar de todo.

—¿Y tú, Douglas? Seguro que tu madre está igual de desesperada por verte casado a ti. Después de todo, tú eres el que debe tener a los herederos.

—Se menciona con frecuencia —dijo él, sonriendo.

—Entonces, ¿por qué no te has casado todavía? Cuando estuve en Londres, hace ocho años, recuerdo que todos hablaban de tus supuestos intereses. Y vi con mis propios ojos el número de señoritas que se fijaban en ti.

—¿Ah, sí? —preguntó él, con agrado—. Pues yo no lo recuerdo.

—¿Por qué no te has casado todavía?

—Ay —dijo él—. Hay asuntos que complican el matrimonio para mí, muchacha. Yo soy el heredero, como tú.

—Pero... ¿nunca te ha atraído nadie?

Él sonrió ligeramente.

—Yo no he dicho eso. Hace muchos años hubo alguien, pero otro ya le había llamado la atención. ¿Y a ti? ¿No hay ningún caballero que te haya robado el corazón?

Al instante, ella pensó en Aldabert, y aquel doloroso recuerdo le atravesó el corazón. ¡Con qué facilidad y rapidez se había enamorado! Cómo le había creído y cómo había confiado en él. Amelia le había dicho que era porque ningún hombre le había prestado atención en ese sentido, y no tenía experiencia.

—Hubo alguien que tuvo mi corazón en sus manos —dijo—. Pero lo aplastó.

William frunció el ceño.

—Me duele oír eso.

Justine movió la mano para restarle importancia.

—Ya terminó todo. Tal vez así entiendas mejor por qué mi madre se empeñó en lo de la casamentera. No confía en mí.

—Suena como mi madre. Tal vez tú y yo seamos más parecidos de lo que creemos.

—No, me parece que no —dijo ella, aunque sonreía—. Por ejemplo, tú eres molesto, y yo no.

—Sí, eso no puedo negarlo. Pero me gustaría que, al menos, me consideraras un amigo.

—Umm... Lo pensaré.

—¿No confías en mí?

—De ninguna manera —respondió Justine, riéndose.

Él también sonrió.

—De todos modos, hay algo más que tengo que abordar.

—¿De veras?

—Es el pequeño asunto de una apuesta que se hizo justamente.

En medio de todo el caos, ella se había olvidado de su absurda apuesta, pero William no, y obviamente le había gustado darle aquella sorpresa, porque sonrió de una manera que a ella le provocó calidez.

—Yo no...

La voz de Justine se apagó. Ella cumplía su palabra, y había aceptado la apuesta en el calor del momento, pero pensaba que la ganaría.

—Parece que te has quedado desconcertada. Tú también hiciste la apuesta, y me gustaría cobrarla.

—No puedes exigirlo.

—No lo estoy exigiendo. Solo te lo recuerdo. Aggiani no es apropiado en absoluto, ¿no te parece?

—¡Claro que sí! Era inadecuado en todos los sentidos.

—Entonces, reconoces que tengo razón y que debes pagarme la apuesta.

En sus ojos grises había un brillo de alegría y de calor, y Justine notó un chisporroteo que le bajó por todo el cuerpo, hasta el vientre.

—Ya estás otra vez diciéndome lo que tengo que hacer. Y no me gusta cómo has subrayado eso de que tú tienes razón y yo no.

—Umm... A lo mejor es que te dan miedo las consecuencias de tu apuesta.

—Ciertamente, no.

No tenía miedo, por el amor de Dios, pero su pura masculinidad le causaba nerviosismo. Aldabert era menos... viril.

—¿Entonces?

No ayudaba nada que su sonrisa fuera tan seductora. Carraspeó. Se frotó la mejilla, porque notaba un cosquilleo sin ningún motivo. Se agarró las manos a la espalda y levantó la cara.

—Muy bien, adelante.

Él se quedó confundido.

—¿Qué haces?

—Ofrecerte mi cara.

Él frunció el ceño.

—No acepto.

Ella lo miró boquiabierta.

—¡Estoy pagando la apuesta! ¿Por qué no ibas a aceptarlo?

—Porque pagar es tu deber, no el mío. Y estás más rígida que un palo. Uno no presenta la cara así para recibir un beso.

—Ah, ¿es que entonces ahora hay reglas?

Ella podía ser muchas cosas, pero rígida no. Dio un paso adelante, posó las manos en sus brazos y se puso de puntillas, y le rozó los labios con los suyos, deteniéndose en ellos uno o dos segundos. Después, se apoyó de nuevo en los talones.

El contacto con sus labios confirmó sus expectativas: eran suaves y firmes al mismo tiempo. Se suponía que aquel leve roce no debía de hacer que sintiera nada del otro mundo, pero, sin embargo, de repente se sintió muy acalorada.

Lo había hecho, de todos modos. Estuvo a punto de sacudirse las manos.

—Ya está. He pagado mi deuda.

William la estaba mirando como desconcertado. Se puso las manos en las caderas.

—¿Ha sido una broma?

—¡No!

Él se pasó una mano por el pelo.

—Eso no ha sido un beso, Justine.

Ella temió, de repente, que besar en Escocia fuera algo completamente distinto a lo que ella había experimentado y nadie se lo hubiera dicho. Sería su segunda humillación de aquel día.

—¡Sí ha sido un beso!

Él hizo un gesto negativo. La acarició la mejilla con delicadeza, y Justine notó que el hormigueo se extendía por su piel como si fuera líquido. Él se adelantó. Ella notó que le rodeaba la cintura con un brazo.

—No ha sido un beso —dijo él, en voz baja.

Movió la mano y posó la palma en su cuello, rozándole la comisura del labio con el pulgar. Ella notó su calor y percibió su olor a almizcle y clavo. Él le miró los labios y, después, la miró a los ojos mientras inclinaba la cabeza. Justine no pudo pensar... se ahogó en el beso de William. Abrió la boca y notó que él deslizaba la lengua entre sus dientes y la entrelazaba con la de ella. Le tomó la cara con ambas manos y se la inclinó ligeramente, y le mordisqueó los labios.

A ella le latía el corazón a toda velocidad. Aquel beso estaba lleno de placer, de deseo e impaciencia, de una sed que no podía saciarse en aquel jardín, ni aquel día... Pero ella soñó con el futuro, pensó en cuándo, cómo y dónde podrían satisfacerse sus deseos. Estaba apretada contra su pecho fuerte, y su respiración y su pulso latían erráticamente...

Y, entonces, William puso fin al beso. Le soltó la cintura y se retiró. Tenía los ojos de color gris oscuro, como si fueran nubes de tormenta.

—Ahora sí ha pagado su deuda, Su Alteza Real.

Una vez, su padre le había dicho que siempre tuviera buen cuidado de comprender las condiciones de una negociación. Claramente, no había entendido las consecuencias de aquella apuesta; se sentía como si estuviera vadeando un río caudaloso y no tuviera ningún control.

—Muy bien —dijo—. Me alegro.

Se tocó la nuca, sin saber qué hacer.

Por su sonrisa, se notaba que William sabía que ella había calculado mal, que sabía cómo la afectaba, y que estaba disfrutando de ello.

—¿Volvemos a la casa?

—Claro. A la casa y al alboroto que hay allí.

William le ofreció el brazo.

Justine lo aceptó. Comenzaron a caminar como si no se hubieran besado. Ella lo miró por el rabillo del ojo. Su sonrisa se había transformado en un gesto de completa satisfacción.

—Esto no significa que puedas darme consejos. Yo me aconsejo a mí misma.

—No se me pasaría por la cabeza.

—Y no debes pensar que significa que puedes decirme lo que tengo que hacer.

—Nunca, porque tú serás la reina, la gran sacerdotisa de todos.

Ella sonrió sin poder evitarlo.

—Exacto. Esta vez has tenido suerte.

—Sí, ha sido por pura suerte. Tanta suerte, de hecho, que podría haber estado ciego y, aun así, haberme dado cuenta de que él no era para ti.

—Sí, bueno, yo no te aconsejo que des por hecho que vas a tener la misma suerte otra vez.

—No lo haría nunca —respondió él. Posó la mano sobre la de ella y se la apretó con suavidad—. Sería un tonto si cuestionara los consejos que te das a ti misma —le dijo, y le guiñó un ojo.

A Justine se le aceleró el corazón frenéticamente.

Capítulo 16

La princesa Justine volvió a la casa un poco despeinada. Lila notó que se había dejado a lord Douglas en el camino de entrada, y que a él también le había revuelto el pelo el viento mientras esperaba a que uno de los sirvientes le llevara el sombrero y la capa de montar.

Sin embargo, ella tenía otras cosas en las que pensar en aquel momento. Las princesas estaban furiosas. La princesa Amelia se había declarado una víctima de las insinuaciones de Aggiani, como si su honor hubiera sufrido una mella. Se negaba en redondo a admitir la idea de Justine de que, tal vez, ella había ayudado a mellarlo. La princesa Amelia defendía inflexiblemente su versión de lo ocurrido: que ella no había hecho nada impropio. Además, se quejó airadamente de que a nadie le importaba lo que ella pudiera pensar.

La princesa Justine estaba igualmente disgustada, pero por otros motivos. En cuanto su hermana pequeña salió de la habitación, clavó sus ojos de color miel en ella.

—¿Por qué no lo echó de aquí inmediatamente, tal y como le pedí?

—Le pido disculpas, Su Alteza Real, pero era necesario hacer ciertas negociaciones.

—¿Qué tipo de negociaciones?

—Él estaba preocupado por si el incidente llegaba a oídos de su padre.

La princesa se quedó mirándola fijamente, pero, después, miró a lady Bardaline, que estaba escuchando con suma atención todo lo que decía. Lila se dio cuenta de que no quería hablar delante de su dama de compañía, lo cual le resultó curioso, porque no había tenido ningún problema para decir todo lo que pensaba delante de lord Douglas.

—Lady Bardaline... ¿podría ocuparse del servicio de la cena? —le pidió ella.

Lady Bardaline la miró.

—Ah...

Era evidente que no quería que la despidieran, pero sopesó cuáles eran las opciones. Al final, asintió con tirantez.

—Por supuesto.

Salió de la habitación y dejó a Lila a solas con la princesa Justine, que la estaba mirando con enojo.

—Su Alteza Real...

—Antes de que diga otra palabra —dijo la princesa—, debe saber que lo ocurrido hoy es una calamidad de primer orden. Ha sido un desastre en todos los sentidos.

—Cierto —dijo Lila, e hizo una reverencia para pedir disculpas—. Es verdaderamente reprobable.

La princesa enarcó las cejas.

—Entonces, ¿por qué lo invitó a venir?

—¿Nos sentamos?

—¡No! Dígame por qué.

—Bien.

Lila sabía que tenía que conducirse con cautela. Por supuesto, ella no podía saber que Aggiani iba a comportarse como un idiota. Ella sabía que a la princesa no iba a gustarle, pero tampoco esperaba que lo sorprendieran besándose con su hermana, por el amor de Dios. Valentin se iba a reír mucho cuando le contara la historia.

Sin embargo, necesitaba que la princesa olvidara el terrible error de Aggiani para poder proseguir con lo que tenía planeado.

—Hay un método para conseguir un buen emparejamiento que, tal vez, sea difícil de entender para una persona lega en la materia. Pero, algunas veces, es útil tener a alguien que pueda poner a prueba la compatibilidad con un sujeto de varias formas.

La princesa frunció el ceño.

—¿Qué?

—Es la forma en que estoy buscando la pareja perfecta para usted, Alteza. Nunca esperé que pensara que Aggiani era algo más que un caballero con demasiadas flores. No creía que le sirviera más que para pasar una tarde agradable.

La princesa la fulminó con la mirada.

—¿Me está tomando el pelo, lady Aleksander?

—No. Ahora puedo decir, con seguridad, que he visto unas cuantas cosas que...

—¿Qué cosas?

—Bueno, por ejemplo, yo no sabía con certeza si la infidelidad era algo que pudiera preocuparle.

Como era de esperar, la princesa se quedó boquiabierta.

—¿Está loca?

Lila se agarró las manos con fuerza.

—Espero que no.

La princesa Justine frunció aún más el ceño.

—A algunas personas en su posición solo les importa la fortaleza de las alianzas nacionales que se puedan forjar con un determinado pretendiente, y no la compatibilidad conyugal.

A la princesa se le quedaron los ojos muy abiertos de pura incredulidad.

—Y yo no estaba segura de si... de si usted era una de esas personas.

—No, no lo soy —dijo la princesa, con enfado—. ¿No podría habérmelo preguntado, sin más? Para mí es muy importante la compatibilidad en todas sus formas. ¡Dijo que encontraría a alguien compatible conmigo!

—Y eso es exactamente lo que voy a hacer. Le pido perdón por no haberle explicado claramente cómo iba a hacerlo. Yo también estoy aprendiendo cosas sobre usted, espero que lo comprenda.

—No, no lo comprendo, señora. ¡Esto es una locura! ¿Qué voy a pensar? ¿Quién será el próximo? ¿Va a ser otra clase de examen?

—Por supuesto que no.

—Por supuesto que no —repitió la princesa, desdeñosamente—. ¿Quién es el próximo?

Lila tenía a alguien viajando hacia Londres mientras hablaban. Era un buen candidato, alguien que podría ser muy adecuado para la princesa en caso de que fallara su impresión sobre Douglas. Sin embargo, no estaba segura de si sería el próximo.

Tenía bastante trabajo y, cuanto más tiempo siguiera allí, disculpándose por lo que había ocurrido con Aggiani, menos tiempo tendría para pensar.

—No puedo decirlo aún, porque tengo que revisar unas cuantas cosas para asegurarme de que es alguien que pueda hacerla feliz.

—Sinceramente, por el bien de las dos, espero que su siguiente candidato sea más compatible que el primero.

—No tenga duda de que así será —dijo Lila, con la experiencia de haber tenido que tranquilizar a muchos clientes cuando ni siquiera ella sabía lo que iba a ocurrir—. ¿Quiere que quitemos las flores?

—Creo que sería lo más apropiado —dijo la princesa, de mal humor, y salió de la habitación.

En cuanto se cerró la puerta, Lila se dejó caer en una silla y cerró los ojos. Aquel día había sido un completo desastre, pero, al menos, había confirmado una cosa: que la atracción entre la princesa heredera y lord Douglas era innegable. Necesitaba recabar más información sobre él. Y sabía quién era la persona que podía dársela.

Capítulo 17

Beckett Hawke, lord Iddesleigh, conocido por todo Londres como Beck, saludó a Lila en la puerta de su casa.

—¡Lila! —gritó.

Tenía apoyada en su hombro a una niña que había estado durmiendo, pero que se despertó con el alarido y se echó a llorar del susto. Parecía que Beck no oía sus lloros. Agarró a Lila con un brazo y la estrechó contra sí, y tiró de ella para que entrara en el vestíbulo de su casa de Upper Brook Street, en Mayfair.

—Me alegro muchísimo de verte después de tantos años. Te has mantenido alejada de los problemas, ¿no? —le preguntó él, riéndose.

Lila sonrió.

—Eso fue hace mucho, Beck.

—Los escándalos nunca pasan, querida. ¡Entra, entra! No conoces a mi mujer.

Lila se había criado en una casa al lado de la de Beckett y su hermana Caroline. Cuando eran pequeños, jugaban juntos muchas veces. Cuando Beck se marchó a la universidad, les llevaba regalos a las dos al ir de vacaciones a casa. Una vez, Caroline intentó emparejarla a ella con Beck, pero cuando Beck lo descubrió, reprendió a su hermana y le dijo que Lila era como una prima para él y que, además, no tenía ni la más mínima intención de casarse nunca.

Lila lo siguió a un gran salón pintado de verde claro y con muebles tapizados en amarillo claro. Había una mesa en el centro de la estancia y, sentado en ella, un hombre increíblemente guapo que estaba leyendo el periódico. Lila pensó que rara vez se veía tanta belleza en un hombre. Había dos niñas debajo de la mesa, cerca de él, jugando con muñecas. Estaban despeinadas, como si hubieran estado corriendo. Y había otra niña pequeña tirando de un carrito rojo de juguete con una cuerda, alrededor de la mesa.

—Te presento a nuestra niñera, el señor Donovan —dijo Beck—. Donovan, mi querido amigo, permite que te presente a lady Aleksander.

El señor Donovan dejó el periódico en la mesa y se levantó.

—Prefiero niñero —dijo.

Pasó por encima de las niñas, sin mirar, y se acercó con una sonrisa encantadora.

—Lady Aleksander, es un placer —dijo. Se inclinó sobre su mano, y sus miradas se encontraron mientras le besaba los nudillos. Pero luego, él la soltó rápidamente y se giró—. Niñas, venid a conocer a la invitada de vuestro padre.

Las dos mayores miraron hacia arriba como si acabaran de darse cuenta de la presencia de Lila. Se levantaron de un salto y corrieron hacia ella, de modo que más rizos castaños y rubios se soltaron de sus lazos. La más pequeña se abrazó a las piernas de Lila y estuvo a punto de hacer que perdiera el equilibrio.

—¡Oh!

El señor Donovan agarró a la niña del cuello del vestido y la arrastró hacia atrás.

—Un poco menos de entusiasmo, Maren.

—Te pido perdón —le dijo Beck, y dejó a la que tenía en brazos en el suelo. La pequeña se alejó a gatas—. Esa es un poco demonio —añadió, señalando a Maren.

—¡No soy eso, papá! —protestó la niña, entre risas.

—¿Y qué soy yo, papá? —preguntó la mayor.

—Mathilda, mi amor, tú eres una sinvergüencilla.

—¡Yo, papá! —pidió la niña de la carretilla roja, que cruzó rápidamente la habitación y se chocó con su hermana mayor.

—Maisie, tú eres una patata.

La más pequeña miró a sus hermanas para que le aclararan si eso era bueno.

—¡No es una patata! —exclamó Maren, riéndose.

—¿Y qué es Meg? —preguntó Mathilda.

Beck miró a la bebé que andaba a gatas por el suelo.

—Meg es un ángel, porque todavía no habla.

Las tres niñas se echaron a reír.

El señor Donovan se agachó y recogió a la que llevaba la carretilla, y la sujetó cabeza abajo.

—Bueno, vamos, todas vosotras. Es la hora de la merienda —dijo.

Atravesó el salón con la niña colgada boca abajo, riéndose, y se agachó para recoger también a la bebé. En el otro extremo de la estancia había una mesa infantil con un juego de té para niños. Aquella era una preciosa escena doméstica que Lila nunca hubiera pensado que vería en casa de Beck. La última vez que lo había visto, él prefería estar en los clubes masculinos y en los salones de anfitrionas nobles de Londres, y no en su casa.

—Me alegro mucho de volver a verte, Lila —le dijo él—. ¿Cómo está Valentin?

—Muy bien, gracias. Va a venir pronto a reunirse conmigo.

Beck le señaló el sofá y los dos se sentaron.

—Me encantó recibir tu nota. Le dije a Blythe, mi mujer, de soltera Blythe Northcote, que le vas a caer muy bien. Ella es la única que siempre ha podido convencer a Caro de que haga lo que no quiere hacer.

Lila se echó a reír.

—Recuerdo que Eliza Tricklebank también podía convencerla de lo que no conseguía Hollis, su hermana. Yo era una mera espectadora.

—Erais todas incorregibles.

En aquel momento llegó una mujer regordeta, de hombros anchos, con tirabuzones de color pelirrojo, que estaba embarazada. Se acercó a Beck, le puso las manos sobre los hombros y le dio un beso en la mejilla.

—¿Es esta la incomparable Lila Aleksander? ¿Incomparable?

—Sí, permíteme que te presente a mi amiga lady Aleksander.

Lila se puso de pie, y lady Iddesleigh se acercó y la miró sonriente.

—¡Qué bien está usted! Cariño, no me habías dicho que era tan guapa. Es usted guapísima, lady Aleksander.

—Ah... gracias.

—Lila y yo somos amigos de la infancia —dijo Beck.

—Entonces, ¿por qué nunca me la habías presentado? —preguntó su esposa.

—Ahora vivo en Dinamarca con mi marido —explicó Lila.

—¡Oh, qué bien!

—Se vio obligada a dejar Londres por culpa de un escándalo —añadió Beck.

Lila abrió unos ojos como platos.

La mujer de Beck se sentó en una butaca y se inclinó hacia delante, todo oídos, con los ojos brillantes de interés.

—¿Qué clase de escándalo?

—Después te lo cuento —dijo Beck.

Una de las niñas, Maisie, se había escapado del juego de la merienda y trepó por la espalda del sofá en el que estaba sentado Beck. Después, empezó a descender por su cuerpo, desde la cabeza hasta cubrir la cara de su padre con la falda y la combinación. Él apartó la tela con una mano.

—Tienes que decirnos qué te trae por aquí.

—¿Maisie? El té está servido —anunció el señor Donovan.

La niña rodó por el brazo del sofá y aterrizó en... Bueno, ella no pudo ver dónde aterrizó, pero, al segundo, la criatura se había levantado, y salió corriendo al otro lado del salón. Lila vio, fascinada, que el señor Donovan se ponía una servilleta sobre el brazo y permanecía en pie mientras las hermanas mayores discutían sobre quién iba a servir el té. Maisie, que había llegado tarde para entrar en liza, le sacó un mechón de pelo a una de sus hermanas de la coleta.

Al oír los aullidos que comenzaron en aquel momento, Lila estuvo a punto de caerse del asiento.

Los padres de las niñas no se dieron cuenta o ignoraron el griterío del otro lado del salón.

Lila trató de hacer lo mismo.

—¿Cómo está Caroline? ¿Está bien?

—Maravillosamente —respondió Beck—. Ahora es jardinera, y está casada con un príncipe, como sabrás. Va a venir a Londres la semana que viene, ¡así que tienes que venir a verla! ¿Cuánto tiempo vas a estar aquí?

—Creo que unas semanas más.

—Sí, sí. Entonces, tienes que venir. Y, en cuanto a eso... ¿qué estás haciendo en Londres, querida?

—He venido a ofrecer mis servicios a una princesa de Wesloria —respondió Lila, y añadió, para información de lady Iddesleigh—: Soy casamentera.

—¡Ah, sí! —dijo Beck—. He oído hablar de la princesa.

—¿Sí? —preguntó Lila.

—¡Todo el mundo ha oído hablar de ella! —exclamó su esposa, alegremente—. Se sabe que ha venido a Londres en busca de un rey.

—De un príncipe consorte —puntualizó Lila.

—Bueno, es lo mismo —dijo lady Iddesleigh.

Pero no era lo mismo. Uno era un gobernante, y el otro, el esposo de una gobernante.

—¡Claro, por eso has venido! —exclamó Beck, de repente—. ¡Estás buscando un buen partido para la princesa! Pues conozco a uno. Es un joven de Birmingham. ¿Cómo se llamaba, cariño? El vizconde que acaba de heredar una fortuna.

—Edward —dijo lady Iddesleigh, frunciendo el ceño—. Se llama Edward... Edward...

—Northrup —dijo el señor Donovan, desde el otro lado del salón.

—¡Northrup! —gritaron los Iddesleigh, al unísono.

Ella sonrió con calma.

—Lo tendré en mente. Pero tengo unos cuantos candidatos elegidos. He seleccionado a uno en concreto, y creo que lo conocéis bien. Me gustaría preguntar... con toda discreción, por supuesto...

—Por supuesto —le aseguró Beck, rápidamente.

—Somos la discreción personificada —dijo lady Iddesleigh—. ¿De quién se trata?

—De lord Douglas, el marqués de Hamilton.

Se hizo el silencio. Lila acaparó la atención de los tres adultos y de, como mínimo, una de las niñas.

—William Douglas —repitió Beck, con asombro.

—¿Sí? —dijo Lila, ante la sorpresa generalizada—. ¿Ocurre algo?

Beck miró a su esposa y se echó a reír. Donovan también se rio. Incluso las niñas estallaron en risitas, aunque estaba claro que no sabían por qué. Se levantaron de su mesita de té en miniatura y comenzaron a corretear.

—¡William Douglas! —repitió Beck, y tosió entre carcajadas—. ¡El más inesperado!

—¿Por qué? —preguntó Lila.

—Oh, querida —dijo Beck, tratando de calmarse—. Empezó con mal pie ya hace unos años. No creo que le importe la princesa.

Lila frunció el ceño con desconcierto. ¿Acaso ellos habían confundido al hombre a quien ella se refería con otro Douglas?

—¿Crees que no?

—Querido, no sabes lo que estás diciendo —le dijo lady Iddesleigh a su marido, entre risitas—. Algunas veces, parece que a un caballero no le importa una mujer cuando, en realidad, le importa mucho.

—Eso no tiene sentido, mi amor —respondió Beck.

—Sí, ella tiene razón en eso —intervino Donovan.

—Lady Aleksander, ¿qué es lo que querría saber sobre Douglas? —preguntó lady Iddesleigh.

—Debo hablar con confidencialidad —dijo Lila.

—Sí, sí —respondió la dama, y le hizo un gesto para animarla a que continuara.

—Papá, ¿qué significa «conficialadaz»? —preguntó la mayor de las niñas, mientras se subía al regazo de Beck.

—Significa que no es para tus orejas, cariño.

Maren también subió al sofá y empujó a Mathilda para quitarle el sitio. Mathilda gritó.

—Ven aquí, Mathilda —dijo la esposa de Beck.

La niña, que se había caído al suelo, se levantó de un salto y corrió entre sollozos hacia su madre. Beck dejó a la otra en el suelo.

—Vete, Maren. Marchaos todas. Y, por supuesto, Lila, lo que tú digas no saldrá de estas cuatro paredes.

—Umm... —murmuró Lila.

No estaba muy segura de ello. Miró a su alrededor. Los adultos, atentos, las niñas, interesadas en algún nuevo contratiempo que había surgido bajo la mesa grande...

Beck también miró la escena.

—Sí, entiendo tu preocupación —dijo—. ¿Donovan?

—Bien —dijo el guapísimo señor Donovan—. Vamos, niñas, es hora de ir a ver al pony.

—¡El pony! ¡Yo primero! —gritó Maren.

—¡No, yo! —gritó Mathilda.

—¡Yo! —gritó Maisie.

Donovan recogió a la bebé del suelo, sonrió a Lila y se llevó a las niñas del salón.

—Espero que el siguiente sea un niño —dijo Beck, con melancolía, mientras las veía salir—. Bueno, Lila...

De repente, ella podía pensar con mucha más claridad, y se irguió en el asiento.

—Creo que lord Douglas sería muy buena pareja para Su Alteza Real, pero tengo que estar al tanto de si hay algo que deba saber sobre él.

Los Iddesleigh se miraron fijamente.

—No lo digas —le ordenó lady Iddesleigh a su marido.

En aquel momento, entró el mayordomo con un servicio de té de verdad, y comenzó a repartir tazas.

—Bueno, parece que sí hay algo que debo saber —dijo Lila.

—No, no, nosotros no sabemos mucho, en realidad, ¿verdad, querida? —dijo Beck—. Estamos aquí siempre, encadenados a nuestro salón por la presencia de las cuatro niñas —explicó, mientras tomaba su taza de manos del mayordomo—. Pero sí he oído decir que su padre no es competente con las finanzas, y que toma decisiones cuestionables.

—Sí, querido, pero recuerda que creemos que Douglas tiene sus propios fondos —dijo lady Iddesleigh.

—Estoy seguro de que así es —dijo Beck.

Lila tomó su taza de té.

—¿Y esa es la única causa de preocupación? —preguntó.

—Bueno... —dijo lady Iddesleigh—. Hay un rumor...

Lila se echó a reír.

—Siempre hay un rumor.

—Sí, pero este... —la dama cabeceó.

Lila miró a Beck, y él hizo un gesto de contrariedad.

—Hubo un rumor sobre una joven de Escocia. Su familia ha hecho... acusaciones.

—Oh, vaya —dijo Lila—. ¿Qué tipo de acusaciones?

—Las típicas —dijo Beck, y dio un sorbo a su té—. ¿Específicamente?

—No lo sabemos —dijo lady Iddesleigh, bruscamente.

—¿No? —preguntó Beck.

—No —respondió su esposa, firmemente—. No hemos oído nada más que chismes, en especial, de alguien a quien conocemos, y de quien sabemos que está dispuesta a inventarse una historia si no tiene ninguna que contar. No deberíamos repetir calumnias sobre ese hombre, querido. Hemos oído un rumor, y no tenemos ni idea de si es cierto, así que no vamos a decir más.

Beck se encogió.

—Sí, pero...

—Lo siento mucho, lady Aleksander, pero es todo lo que sabemos —insistió lady Iddesleigh.

—Pero no me has dado la oportunidad de hablar... —se quejó Beck.

—No la necesitas, querido.

—Bueno, amor, pero, por lo menos, deja que opine sobre si merece la pena investigar sobre ese rumor. Podría pedirle a Donovan que indague...

—Oh, no, no, gracias —dijo Lila, rápidamente. No quería que el «niñero» de Beck fuera por la ciudad haciendo preguntas—. Por eso he acudido en primer lugar a ti, Beck, porque siempre sabes lo que ocurre y confío en tu discreción. Te agradezco mucho tu sinceridad. Y, como es lógico, estos asuntos requieren mucha delicadeza —añadió, con una sonrisa.

—Lo entiendo. Y soy conocido por mi discreción —dijo Beck.

Lila asintió. Dio un sorbito a su taza de té mientras se devanaba el cerebro para dar con una solución.

—¿Tal vez tengas un amigo cercano que sepa un poco más? —preguntó.

—El señor Jonathan Ashley —dijo lady Iddesleigh—. Él dice que conoce muy bien a Douglas.

A Beck se le escapó un jadeo.

—Bhythe, querida, no. A Ashley, precisamente, no.

—¡Pero si fueron juntos a St. Andrew's!

—Sí, y ahora no se soportan. Tuvieron una pelea horrible hace años y nunca se han reconciliado. Es mejor dejar a ese en paz.

Lila memorizó aquel nombre.

—Yo no conozco a nadie más —dijo lady Iddesleigh—. De verdad, querido, no es bueno hacer especulaciones —añadió, y se giró hacia Lila con una sonrisa—. Cuéntenos, milady, ¿cómo es la princesa de verdad? Recuerdo que su hermana es toda una belleza, y que ella era... Bueno, lo cierto es que no me acuerdo de ella.

—Es una joven estupenda —respondió Lila—. Será una magnífica reina.

Empezó a hablar de Justine, pero ya estaba pensando en el trabajo que tenía que hacer con respecto a William Douglas.

Capítulo 18

El último telegrama que William preparó para Robuchard fue recibido con resistencia por Ewan MacDuff. William no sabía cuándo habían cruzado la línea, cuando había empezado a pensar su ayuda de cámara que podía leer sus mensajes, pero allí estaban los dos. El día anterior, él había redactado su informe de manera breve pero directa.

¡Debe despedir inmediatamente a la casamentera! ¡Ha demostrado que es incapaz de llevar a cabo su cometido! ¡Si no lo hace, acabará con un réprobo como príncipe consorte! ¡Haga caso de mi consejo!

Ewan tenía el papel en la mano y estaba leyendo el contenido del telegrama con los ojos entrecerrados.

—¿Qué sucede? —preguntó William.

—Las marcas, milord. No los permiten.

—¿Los signos de exclamación?

Ewan señaló el texto con el dedo.

—En la oficina de telégrafos no lo aceptarán.

William se cruzó de brazos.

—Esas marcas, como tú las llamas, son necesarias para transmitir la intensidad de mis sentimientos sobre este tema tan importante. Díselo al encargado.

—Sí, milord —respondió Ewan, y se alejó.

Los dos sabían que no iba a decirle nada al encargado y que quitaría los signos de exclamación. Ojalá Robuchard captara la intensidad de sus sentimientos tan solo con las palabras.

Aquel día iba a ir a Prescott Hall. Había acordado con el duque de Grafton que le permitiera utilizar su palco en la ópera, y estaba orgulloso de sí mismo por haber tenido aquella idea. La entrada a la zona de palcos era diferente a la del público general, así que la princesa no se vería en medio de una turba de mirones. Estaría por encima de ellos, por decirlo de algún modo. Lord y lady Grafton los recibirían en su palco a él y a las dos princesas, y William estaba impaciente por contarle a Justine lo que había hecho.

Llegó a Prescott Hall poco después de la hora de la comida para comunicar su invitación.

Lord Bardaline lo saludó en el salón de visitas.

—Ah —dijo, como si esperara a cualquier otra persona, y puso cara de decepción al encontrarlo allí de pie—. Su Alteza Real está haciendo ejercicio.

Acompañó a William por el largo pasillo, por suerte, ya libre de flores, y por la terraza trasera. Una vez allí, le señaló otra terraza inferior.

Justine, con su traje de esgrima, avanzaba hacia un hombre que la doblaba en tamaño. Tenía un juego de pies muy torpe, y no dejaba de tropezarse mientras intentaba esquivar los ataques.

—¿Quién es su contrincante?

—Lord Mawbley.

—¿Otra vez?

Bardaline se encogió de hombros.

—Parece que le gusta el deporte.

—No estoy seguro de que sea eso lo que le gusta —murmuró William.

Justine obligó a Mawbley a retroceder de nuevo.

—Es muy buena, ¿verdad?

—Umm... —murmuró Bardaline, como si no le convenciera el asunto. Cuando William lo miró, se encogió de hombros—. No me parece una actividad apropiada para una futura reina. Sobre todo, si tiene que vestirse de ese modo.

William pensó que no se podía practicar la esgrima con un vestido de falda larga y unas enaguas.

—A mí me parece que a los súbditos de Wesloria les gustará saber que su reina sabe manejar la espada y que no se amedrentará a la más mínima señal de que hay problemas. Que su reina es capaz de dirigir la carga.

—Muy buenas cualidades para una reina medieval —replicó Bardaline, con un resoplido.

De repente, apareció un perrito pequeño de pelaje blanco y marrón. Subió rápido los escalones y fue corriendo hacia los pies de William. Él se agachó para saludar al perro. No era un cachorro, pero tampoco era mayor. Le lamió la mano y William jugueteó con él un momento. Era una perrita.

Levantó la vista justo cuando Justine inmovilizaba a Mawbley con la punta de la espada en el cuello. Este dejó caer su arma y extendió los brazos para rendirse. Después, hizo una marcada reverencia y la aplaudió.

William oyó la risa de Justine, que también se inclinó.

Bardaline bajó las escaleras para hablar con ella y dejó a William a solas en la terraza. A él no le gustó que lo dejara allí como si fuera un pretendiente más, así que bajó los escalones. Vio a Justine quitarse la máscara, y una larga trenza de cabello oscuro, con una franja blanca, cayó por su espalda. A él le resultó muy difícil no comérsela con los ojos con su traje de esgrima. Le hizo falta la fuerza de diez mil mulas. Envidiaba a Mawbley por llevar máscara.

Justine escuchó lo que le decía Bardaline, pero emitió una exclamación de alegría al ver a la perrita, y se agachó para tomarla en brazos. Al incorporarse, lo vio a él y sonrió. Tenía los ojos brillantes como el oro. Y William se quedó asombrado al notar cómo le afectaba aquella sonrisa. Fue como saltar a un lago helado; se le despertaron todos los sentidos.

Ella le entregó la espada y la máscara a Bardaline.

—Buenas tardes, milord.

—Su Alteza Real —dijo él, y se inclinó—. Le preguntaría qué tal está, pero ya veo que está muy bien.

—Gracias, sí —dijo ella, y alzó a la perrita—. Le presento a Dodi.

Él le acarició las orejas.

—Encantado de conocerte, Dodi.

—Es un regalo de lord Mawbley —dijo ella, y sonrió a su oponente.

—Qué amable por su parte —dijo William.

Mawbley se quitó la máscara y le lanzó una sonrisa petulante a William.

—Su Alteza Real echa de menos a sus perros.

William tuvo que contener un fuerte deseo de decirle que eso ya lo sabía. En vez de eso, le dijo:

—Lord Mawbley, ¿cómo está?

—Muy bien. Si ha venido a practicar la esgrima, le advierto que Su Alteza Real me ha vencido en todos los combates.

Y si lo que él quería era molestarle dándole a entender que había pasado mucho tiempo con Justine, lo había conseguido.

—No me sorprende. Creo que todos esperamos que nos atraviese cuando tiene una espada en la mano. Y su juego de pies no es tan bueno como debería.

Mawbley enarcó una ceja y se rio con tirantez.

—Cierto, milord. Pero, al menos, yo he tomado el florete y lo he intentado. ¿Y usted?

—No, él, no —dijo Justine, alegremente, mientras acariciaba a la perrita.

—Tal vez tema la derrota.

—No, no la temo. Sé que es inevitable. Lo que sucede es que nunca aprendí a combatir.

—¿No? —preguntó Mawbley—. Creía que todos los escoceses dominaban la espada y el lanzamiento de tronco.

—¡Yo puedo enseñarle, lord Douglas! —exclamó Justine, encantada—. Me refiero a la esgrima. No sé qué es el lanzamiento de tronco. Pero la esgrima es muy estimulante, sobre todo cuando ganas.

William y Mawbley se rieron cortésmente.

—Sería un honor —dijo William, y sonrió a Mawbley que, por supuesto, no hubiera pensado que estaba dándole a la princesa un motivo para pasar más tiempo en compañía de William.

—Lord Mawbley, le agradezco en el alma que haya sido mi oponente de esgrima hoy. Gracias —dijo Justine, y metió la cabeza en el cuello de la perrita—. Y, de nuevo, no sé cómo agradecerle que me ha regalado a Dodi. Me encargaré de que hoy cene como una reina. Gracias por venir.

Mawbley se quedó sorprendido al ver que se despedía de él.

—Su Alteza Real, si vuelve a necesitar un contrincante...

—Sí, gracias —dijo ella, alegremente, pero William se dio cuenta de que miraba a Bardaline. Su gentilhombre de cámara se interpuso entre lord Mawbley y ella cuando Justine empezó a caminar por la terraza con la perrita en brazos.

Sin dudarlo, William la alcanzó.

—Aquí estás otra vez —le dijo Justine. Parecía que le agradaba.

—Sí —dijo él, y le rascó la barbilla a la perrita—.

¿Otra vez Mawbley? Y ¿dónde está tu casamentera? Esperaba encontrarme una cola de caballeros en el camino de la entrada.

—No sé dónde está. Lleva fuera más de un día, lo cual me viene de perlas, porque no quiero que haya una fila de caballeros a la puerta de mi casa. Espero que haya encontrado un bote y se esté llevando a Aggiani, a remo, para alejarlo de estas costas.

—Entonces, estamos unidos en nuestras esperanzas.

Justine se echó a reír y se detuvo un momento. Se puso a juguetear con la perrita, haciéndole cosquillas con el extremo de su trenza. Dodi intentó morderle el pelo.

—Sí mencionó que voy a conocer a dos pretendientes la semana que viene —dijo, y subió los escalones. William la siguió—. Según ella, hay uno que es un príncipe muy rico con una gran reputación. Europeo, como yo.

—Eso debe de ser muy de tu agrado. ¿Te dijo cómo se llama?

—Sí, pero se me ha olvidado —dijo ella, y se echó la trenza detrás del hombro.

—¿Y quién es el otro caballero?

—Tampoco lo recuerdo. Seguramente, otro príncipe europeo. Será rico, importante y digno de mi atención —dijo ella, y sonrió con descaro—. Ya sabes cómo son.

—Sí, sí.

Dos caballeros ricos y con buenas recomendaciones en una semana. A William le parecía que Justine no debería conocer a más de un pretendiente a la semana, porque necesitaba tiempo para evaluar a los candidatos. Tendría que decírselo a lady Aleksander: la dama debía hacer más lenta la progresión de pretendientes.

—No debes de estar muy entusiasmada, si no puedes ni recordar sus nombres.

—Estoy muy entusiasmada. Da la casualidad de que me encantan las sorpresas.

—Las sorpresas casi siempre rebotan de una manera incómoda.

Llegaron a la terraza superior, y ella se detuvo con una sonrisa.

—Tonterías, William. Las sorpresas pueden ser muy divertidas. Mírala a ella: tú eres una sorpresa perfecta, ¿verdad, Dodi?

De nuevo, enterró la cara en el pelaje de la perrita y, después, se la entregó a William. Él no pudo resistirse y empezó a acariciarla, y le murmuró que era una perrita preciosa. Después, la dejó en el suelo. Dodi fue corriendo a olisquear unos macetones en los que había plantados unos árboles.

—Solo te lo preguntaba porque, si sabes quiénes son los pretendientes, podría darte información sobre ellos.

—¿Debería divertirme o desconcertarme el hecho de que todavía quieras darme consejos, cuando te he dicho claramente que no los quiero?

—No son consejos. Es conocimiento, ayuda. Por ejemplo, si hay alguno que te guste, podría hacerte sugerencias sobre cómo atraerlo.

Justine abrió unos ojos como platos. Después, estalló en carcajadas.

—¿Crees que necesito consejos para atraer a un hombre? Voy a ser reina, William. ¿Qué más atractivos necesito? Tu atrevimiento me asombra constantemente.

—Ay, pues yo creo que te gusta —dijo él—. Vas a ser reina, sí, y eres muy atractiva, y sí, podrías atraer al hombre más difícil de todos. Sin embargo...

—¿Sin embargo?

—Sin embargo, cuando tu hermana está presente, tiendes a... encogerte.

—¿A encogerme?

—Como una violeta.

Ella frunció el ceño.

—¿Cómo es posible que, justo cuando creo que seguramente puedo considerarte un amigo, me dices algo tan absurdo?

—¿No tengo razón? —le preguntó él, en un tono de desafío.

—No.

William sonrió.

—Deja de sonreír como si fueras un oráculo.

—¿Cómo no voy a sonreír? Tu buena disposición a reconocer que tengo razón es una de las cosas que más admiro de ti.

—No he dicho que tuvieras razón. No sonrías así, me desagrada. Pones cara de estar demasiado satisfecho contigo mismo. ¿Solo has venido para decirme esto, William? ¿Qué mi hermana me eclipsa en todo momento? No tenías que haberte molestado. Eso lo sé desde que éramos pequeñas, cuando un general del ejército de mi padre le llevó un pony de regalo a Amelia aunque era mi séptimo cumpleaños. Casi no podía apartar la vista de ella y les dijo a mis padres, varias veces, que era una niña preciosa. Y eso fue solo el comienzo. Así que, no, no es necesario que me digas que Amelia me eclipsa.

William se quedó horrorizado.

—Yo no te he dicho eso, Justine. He dicho que te encoges. Quiero dejar claro que tú superas a tu hermana en todo. Y ese general era un idiota.

Ella lo miró dubitativamente.

—¿Qué significa esa mirada? ¿Acaso un hombre no puede demostrar su admiración por una mujer sin que se sospeche mala intención por su parte?

—No.

—Escéptica —dijo él, asintiendo. Distraídamente, le acarició el brazo, y añadió, mientras entrelazaba sus dedos con los de ella—: Eso te será útil para tu reinado.

—Sí, lo creo. Es mejor ser escéptica que demasiado confiada.

Justine se apartó de él y separó sus manos.

—Bueno, ¿cuál es el consejo que has venido a darme?

—No he venido a darte ningún consejo para que tú puedas desdeñarlo. He venido a invitarte a la ópera.

A ella se le escapó un jadeo.

—¿A la ópera? Me encanta la ópera.

La perrita había vuelto con ellos, y Justine se agachó para tomarla en brazos.

—Qué coincidencia. Es un montaje nuevo. *Il Trovatore*, de Verdi.

—Me encantan las óperas de Verdi. Su compañía representó *Rigoletto* en el palacio de St. Edys para mis padres.

—Entonces, estás de suerte. Es en el Royal Italian Opera de Covent Garden. Pensé que tal vez quisieras hacerme el honor de venir conmigo...

Ella ladeó la cabeza, mirándolo con curiosidad.

—¿Voy a conocer a alguien?

—Yo no soy la casamentera. Es solo para tu disfrute.

—¿Y habrá mucha gente?

—Claro, por supuesto. Pero tú serás la invitada de los duques de Grafton, y verás la ópera desde su palco. Por encima del público. Y hay una entrada privada al teatro.

—¿Quién más va a venir?

William lo pensó.

—¿Lord y lady Bardaline?

Ella arrugó la nariz.

—¿Lady Aleksander?

Justine chasqueó la lengua con desaprobación.

—¿Cuándo?

—El domingo por la noche. ¿Te parece bien?

A ella le brillaron los ojos de placer. Le dio un beso en la nariz a la perrita.

—Nos viene bien, ¿verdad, Dodi? Gracias.

—¿Estará disponible la princesa Amelia?

—Amelia va a irse al campo este fin de semana con lady Holland.

William vaciló. Él había pensado que llevaría a las dos princesas. Pensó en qué le parecería a todo el mundo que ella acudiera con él a la ópera sin su hermana.

—¿No deberíamos pedirle a alguien que te acompañara?

—¿Una carabina? —preguntó Justine, con una risita—. Pero ¿la carabina no eres tú? El mismo primer ministro de Wesloria te eligió para el papel.

Cuando iba a explicarle que por supuesto no lo era, lady Bardaline se acercó apresuradamente con un traje sobre el brazo.

—Tiene que acompañarte alguien —le dijo él—. En esta ciudad hay muchas malas lenguas, y hablan mucho.

—Umm...

—Su Alteza Real —dijo lady Bardaline, con una reverencia, y le entregó la bata a Justine.

—Gracias —dijo ella, y puso a Dodi en brazos de William. La perrita le lamió la cara. Justine se ajustó la bata a la cintura y respondió—: Si piensa que debo llevar carabina, milord, la llevaré.

—¿Una carabina? ¿Para qué? —preguntó lady Bardaline, mirando a William.

—Lord Douglas me ha invitado a la ópera —dijo Justine, mirándolo a los ojos—. Debe de pensar que soy vulnerable a sus encantos y me ha sugerido que lleve una carabina.

—No, eso no ha sido lo que he dicho...

Ella se rio de él.

—No se preocupe, milord. Lo organizaremos todo para que sea respetable. Gracias por la invitación. Lady Bardaline le transmitirá a mi madre y al primer ministro Robuchard que es usted muy competente en su trabajo. Estoy deseando que llegue el domingo.

Se dio la vuelta y se alejó, y lady Bardaline, con cara de mortificación, la siguió.

William se quedó allí plantado unos instantes, desconcertado.

Y, entonces, se dio cuenta de que tenía a la perrita en brazos.

Justine también se dio cuenta. Se detuvo en la puerta y se giró.

—¡Dodi!

Él dejó a la perrita en el suelo, y Dodi salió corriendo en dirección a la princesa, aunque se detuvo un par de veces a inspeccionar los macetones.

La perrita estaba tan confusa como él.

Capítulo 19

Dante Robuchard recibió dos telegramas de Londres en un día. El primero era de lady Aleksander. El segundo, del marqués de Hamilton.

Llegó un tercer telegrama, pero aquel estaba dirigido a la reina. Por supuesto, era de lady Bardaline, y era largo, a juzgar por el rato que permaneció la reina con la cabeza inclinada sobre el papel, frunciendo el ceño. Dante sabía que iba a intranquilizarse mucho.

Estaba con los reyes en la terraza privada de la familia real. Los médicos le habían recomendado al rey que tomara el sol, puesto que era beneficioso para él, y el monarca estaba tendido en una *chaise longue*, tapado con mantas para mantener el calor. La reina estaba sentada a su lado, leyendo. Debajo de ellos, en el jardín privado de los reyes, había ocho bailarines danzando al son de tres músicos de cuerda. Era un pequeño espectáculo para entretener al rey.

De repente, la reina se levantó y comenzó a pasearse de un lado a otro.

Dante se apoyó en el respaldo de su asiento. Estaba con algunos de los más fieles sirvientes de la familia real, el ayuda de cámara del rey, una enfermera, una dama de compañía y uno de los mayordomos. También estaba presente el secretario de la reina. Todos tuvieron buen cuidado de mantenerse fuera del camino de la soberana.

—No deberíamos haber enviado a Amelia a Londres —le dijo la reina a su marido—. Ya dije que era un error.

No había dicho tal cosa, por lo menos, a él, no. Sin embargo, no era tan tonto como para contradecirla, y el rey, tampoco.

—¡Hay que tenerla vigilada, Maksim! ¡Es tan guapa! No me extraña que se meta en líos.

La belleza, pensó Dante, estaba en los ojos del espectador. Por supuesto, la princesa Amelia era una joven muy atractiva, pero él pensaba que la princesa Justine era tan guapa como su hermana. Era grácil. Sin embargo, a la reina no se lo parecía. Además, no era tan benevolente cuando la princesa Justine tenía problemas. Decía a menudo que su hija mayor era irresponsable e ingenua. Nunca iba a perdonarle que hubiera tenido aquella aventura con Aldabert Gustav.

La reina se detuvo delante de su marido y lo miró. Bajo ellos, el director del recital trató de conducir a los bailarines hacia un lado para que el rey siguiera viéndolos. Por desgracia, eso llevó a una de las parejas a un seto. A la bailarina se le enganchó el pelo en las ramas de un árbol, y su compañero intentó desenredárselo mientras los demás seguían danzando.

Los reyes no se dieron cuenta. El rey tenía muy mal color, su piel estaba grisácea. Dante le había consultado cuál era el pronóstico al médico real, y no era favorable.

—Cada día está más débil —dijo el médico, y añadió, en voz baja—: Morirá antes de que acabe el año, salvo que ocurra un milagro.

—Tenemos que traerla a casa —dijo la reina.

—Eso no es aconsejable, querida —respondió el rey.

La reina ignoró su respuesta, como hacía a menudo.

—¿Drakkia? Tome nota —le dijo a su secretario.

El caballero se adelantó con papel y lápiz. El rey tosió tapándose la boca y la nariz con un pañuelo.

—Envíeles esto directamente a mis hijas: «Amelia, vuelve a casa inmediatamente. Tu comportamiento con el príncipe Aggiani es decepcionante y conflictivo. ¿Acaso quieres seguir los pasos de tu hermana?».

—Quita esa última frase —le ordenó el rey—. Es de una dureza gratuita, y pensaba que habíamos acordado que no hablaríamos de lo ocurrido.

—Muy bien. Entonces, escriba: «¿En qué estabas pensando? Ese caballero estaba allí como pretendiente de tu hermana, no tuyo».

Miró al rey. El rey asintió.

—Siguiente frase: «Justine, les has fallado a tus padres al permitir que Amelia se comporte de esa manera. ¡Debes ser responsable! Tu pueblo debe saber que eres competente y que no te dejas llevar por las ideas que Amelia te meta en la cabeza».

—Justine no tiene la culpa de que Amelia sea tan impetuosa —dijo el rey.

—No es culpa suya, pero, si no se hace responsable, ¿qué esperanza tendrá Wesloria cuando nosotros ya no estemos?

—Nuestras hijas tendrán un consejo de sabios y el apoyo de sus maridos —dijo el rey—. Agnes, amor mío, no debes hacer nada que interrumpa el proceso de emparejamiento. Es muy importante que Justine encuentre un buen consorte antes de que ocurra lo inevitable.

La reina se ablandó.

—No digas eso, Maksim —le pidió, y se arrodilló a su lado.

—¿Prefieres que finja? —preguntó él, débilmente—. Cuanto antes encuentren al candidato idóneo, antes podrán volver a casa y antes podremos llevar a cabo la abdicación. ¿No es así, Robuchard?

—Sí, Majestad —dijo Dante, en voz baja. A él tampoco le gustaba pensar en aquello.

—Me gustaría ayudar a Justine en la medida de lo posible antes de que llegue el final. Deja que la casamentera haga lo que tiene que hacer.

La reina no respondió. Se levantó lentamente y asintió mirando a Drakkia. Su secretario se marchó de la terraza.

Después, Dante escribió sus propios mensajes. El primero, para lady Aleksander. Ella le había contado que el príncipe Aggiani no era un buen partido. Él no conocía a lady Aleksander tan bien como le habría gustado, pero le preocupaba que la casamentera pensara que lo que había ocurrido se debía simplemente a que «Aggiani no era un buen partido». Le escribió que las noticias que habían recibido en St. Edys eran preocupantes, y que esperaba que consiguiera un candidato más apropiado. Le recordó que ella les había asegurado que tenía mucha experiencia y conocimientos para lograr un buen matrimonio real y, de nuevo, expresó su sincero deseo de que el pretendiente que él había elegido, el príncipe Michel de Miraval, tuviera un trato favorable. Él tenía relación personal con el príncipe y pensaba que una unión con su pequeña nación a orillas del mar Mediterráneo sería muy beneficiosa para Wesloria por muchas razones, entre ellas, las económicas.

A William Douglas le escribió una respuesta escueta: *Ella se queda.*

Capítulo 20

Durante los tres días que había pasado fuera de Prescott Hall, Lila había conseguido mucho, empezando por que le presentaran al señor Jonathan Ashley. Eso había sido fácil, porque había algunos amigos de su padre caído en desgracia que todavía querían ayudar a la hija. Y, sinceramente, era fácil conseguir que le presentaran a gente cuando una estaba preparando el compromiso de una futura reina. La noticia del encargo en el que estaba trabajando ya había llegado al campo.

El señor Ashley le pareció encantador y amable, y guapo. Tenía el pelo rubio dorado y los ojos marrones, era alto y estaba en forma. Sería un buen marido para cualquier mujer, sin duda.

Sin embargo, ella no lo quería para la princesa. Lo necesitaba por otros motivos.

Antes de ponerse en contacto con el señor Ashley, había ido a visitar a una antigua conocida de su madre que siempre estaba al tanto de los detalles de cualquier escándalo, Rose Maugham, lady Radcliff, de Mayfair. Hacía unos años, ella había tratado de emparejar a su hija, Katherine, con un príncipe aluciano que después había ocupado el trono de su país. Por supuesto, había fracasado, porque aquellas cosas requerían delicadeza y, bueno, el príncipe se había visto envuelto en un escándalo causado por un asesinato y lady Radcliff quedó sobrepasada por la situación.

La dama nunca se había recuperado del fracaso de no haber podido casar a su hija con un príncipe y prestaba muchísima atención a lo que ocurría en Mayfair. En particular, a lo que ocurría con los solteros. Mientras tomaban el té le contó lo que sabía: que la mala relación entre Douglas y Ashley tenía que ver con una mujer. ¿Por qué no podían ser más interesantes los hombres? Parecía que sus problemas siempre tenían que ver con una mujer...

Lady Radcliff no conocía los detalles, y no sabía quién se había enamorado de la joven y quién se había entrometido y había destruido cualquier posibilidad de conseguir la felicidad verdadera. Y, después, le dijo algo curioso: que aquello ya no tenía importancia a la luz de lo que había ocurrido hacía poco tiempo en Escocia.

—¿Qué ha ocurrido en Escocia? —le preguntó Lila.

—No lo sé con exactitud, pero he oído que el escándalo del marqués es bastante malo.

—¿Muy malo?

Lady Radcliff asintió.

—Pero, si ha sido tan malo, alguien debe de saber de qué se trata, ¿no? Los escándalos siempre viajan muy deprisa.

—La única persona que conozco que sabe más que yo sobre algunas cosas es el conde de Iddesleigh. Pero ahora tiene tantas hijas que... —dijo lady Radcliff. Se encogió de hombros y le dio un sorbito a su té.

Beck. Por supuesto que él lo sabía, pero su mujer había insistido en que no dijera una palabra.

—Bueno, no es muy importante. Es que tenía curiosidad. Quien me interesa es el señor Ashley.

—Él sí que es un joven honorable —respondió lady Radcliff.

En realidad, aquella información sobre Douglas sí era muy importante, y el hecho de que no se hablara del escándalo la tenía desconcertada. En cuanto pudiera, iría de nuevo a visitar a Beck.

Después de su reunión con lady Radcliff, Lila había concertado una cita para conocer al señor Ashley y se había asegurado, por medio de su madre, de que el joven sí tenía los medios y los contactos necesarios para casarse con una mujer como la princesa Justine. A la señora se le habían iluminado los ojos al darse cuenta de cuál era el objetivo de Lila. Cuando ella le preguntó al señor Ashley el motivo de su enemistad con lord Douglas, este se había quedado sorprendido y le había dicho que no lo sabía, puesto que se habían tratado muy poco y hacía varios años, y que su desacuerdo había sido insignificante.

Lila no lo creyó. Los hombres no mantenían rencores por un desencuentro sin importancia con alguien a quien apenas conocían. Sin embargo, el señor Ashley era un caballero y no iba a estropear aquella oportunidad que se le presentaba.

Él dijo que estaba bastante contento con su vida y que, seguramente, no tenía cualidades suficientes para interesar a una princesa real, pero que, de todos modos, estaría feliz de conocer a Su Alteza Real.

Así pues, había llegado la hora tenía que poner las cosas nuevamente en marcha.

Al día siguiente del regreso de lady Aleksander, Justine y Amelia pasaron la mañana y parte de la tarde en el castillo de Windsor, con la reina Victoria. Tejieron calcetines para los soldados y, después, la reina dijo que le gustaba dibujar. Amelia se había ido con la princesa Victoria a hacer algo divertido, y ella se había quedado con la reina y había intentado dibujar lo que el mayordomo había puesto sobre la mesa: una tetera, una taza de té y un platillo, artísticamente colocados delante de un jarrón con flores del jardín. La reina Victoria le había regalado un cuaderno de dibujo.

—Ya verás como, si dibujas todos los días, mejorarán tus habilidades. Pero tienes que ser aplicada.

—Sí, Majestad.

Lady Aleksander estaba en el salón cuando las hermanas volvieron a Prescott Hall. Ella se puso en pie, hizo una reverencia y exclamó, con deleite:

—¡Un cuaderno de dibujo!

Justine se miró la mano.

—Sí.

—No sabía que era pintora.

—Tal vez, porque no lo soy —dijo la princesa, y le mostró a lady Aleksander lo que había dibujado. La dama frunció el ceño al mirarlo, e incluso inclinó la cabeza hacia un lado.

—¿Es un...?

—Una taza de té.

—¡Ah! Es cierto.

—A Su Majestad le gusta dibujar.

—Y hablar —añadió Amelia.

Justine la miró fijamente. Amelia suspiró.

—No se lo he dicho a lady Bardaline. A lady Aleksander no le importa lo que yo diga.

—Eso no lo sabes —dijo Justine.

Amelia dio un suspiro de impaciencia. No le gustaba que la corrigieran.

Lady Aleksander cambió de tema para evitar cualquier discusión.

—¿Le resultan útiles las reuniones con la reina? —le preguntó a Justine.

—Por supuesto —respondió Justine, automáticamente. Al contrario que Amelia, que aparentemente cada vez se preocupaba menos por el decoro, ella sabía lo que debía responder para que no le formularan más preguntas.

—¿De qué hablan?

Justine miró a lady Aleksander. Parecía que ella tampoco se preocupaba por el decoro. ¿Acaso pensaba que era apropiado interrogar a una princesa sobre cualquier cosa? En Wesloria, nadie le hablaba a menos que fuera invitado a hacerlo. Y, por supuesto, aparte de sus padres y de sus asesores más cercanos, nadie la cuestionaba.

Claro que, en realidad, no sabía por qué se irritaba, salvo porque aquello no estaba de acuerdo con sus costumbres.

—Pues la reina tenía mucha curiosidad por saber cómo va el proceso de emparejamiento. Cree que hace mucho que debería estar resuelto y que, si sigue pasando el tiempo, los posibles candidatos pensarán que debo de ser una persona muy difícil, porque mi aspecto no tiene nada de malo.

Lady Aleksander abrió mucho los ojos a causa de la sorpresa. Después, se echó a reír.

—¡Vaya bobadas!

Amelia y ella se miraron con asombro.

—¿Qué ocurre? —les preguntó la dama, al ver sus caras—. Son bobadas. Después de que usted se case, nadie se acordará de a cuántos caballeros evaluó. Que la reina Victoria se enamorara a primera vista no significa que a usted tenga que sucederle también.

—¿Ella se enamoró a primera vista? —preguntó Amelia.

—Bueno, ella dirá otra cosa —respondió lady Aleksander, mientras se sentaba y apoyaba las manos en los brazos de la butaca—. Dirá que él no le interesaba y que le pareció un hombre demasiado callado, o algo por el estilo. Sin embargo, se enamoró del príncipe Alberto en cuanto lo vio. ¿Qué más dijo?

Justine dejó el cuaderno de dibujo a un lado.

—Dijo que yo debía adoptar la costumbre de dar limosnas. Que, como reina, debo estar con mi pueblo, con todo el mundo, y no solo con los ricos y los guapos. Que mis súbditos debían verme preocupándome por los menos afortunados, o que terminarían por tenerme resentimiento.

—Ese es un buen consejo —dijo lady Aleksander.

—A mí también me lo pareció —respondió Justine, que estaba sentada al borde de una silla. Estudió a la casamentera y le dijo—: Ojalá pudiera hacer más.

—Pero eres muy nerviosa, Jussie. Seguramente, te morirías de miedo entre los pobres.

—No es porque sean pobres, Amelia. Es porque son personas —dijo ella, sonriendo con timidez a lady Aleksander—. Me siento incómoda entre la multitud. Pero ya está bien de este tema... Me da la impresión de que está usted de muy buen humor.

La sonrisa de lady Aleksander se iluminó.

—Tengo noticias que espero sean de su agrado. He concertado una cita para que conozca usted al señor Jonathan Ashley de Kent esta tarde.

Justine hizo un mohín, pero Amelia dio un jadeo de entusiasmo.

—Es atractivo —añadió lady Aleksander.

—¿De verdad? ¿Mucho? —preguntó Amelia.

—Querida, ¿cuándo te marchas al campo con lady Holland? —le preguntó Justine a su hermana.

—A las cuatro en punto, ¿por qué?

—¿No deberías estar haciendo el equipaje, entonces?

—Ya lo ha hecho Seviana. Parece que quieres librarte de mí.

Amelia, algunas veces, era muy obtusa.

—Yo nunca quiero librarme de ti, pero creo que, después de la visita del último caballero, debo enviarte lejos de Prescott Hall antes de que llegue cualquier otro. ¿A ti no te lo parece?

Amelia se quedó mirándola boquiabierta.

—¿Vas a echarme eso en cara cada vez que vengan de visita? ¿Por qué nadie se preocupa por mí en esta familia?

—No creo que puedas decir que nadie se preocupa. Claramente, mamá sí —le dijo Justine, y enarcó una ceja para recordarle el telegrama que habían recibido el día anterior.

Amelia estuvo a punto de responder, pero no lo hizo, porque en el telegrama se incluía la amenaza de llevarla de vuelta a St. Edys. Por una vez, sabiamente, lo pensó mejor. Se levantó y dijo, con tirantez:

—Buenos días, lady Aleksander.

Después, salió de la estancia sin decir nada más.

Justine miró a lady Aleksander.

—Le pido disculpas.

—No es necesario, Su Alteza Real. La princesa Amelia tiene que sobrellevar sus propias cargas. Con un poco de experiencia, en un lugar donde no sea la siguiente en la sucesión al trono, se dará cuenta de que es princesa por sí misma. Es como un buen vino; sus matices y virtudes mejorarán con la edad.

—A lo mejor deberíamos meterla en un barril hasta entonces.

Lady Aleksander se echó a reír. Justine también sonrió un poco.

—Me tiene en vilo —dijo—. ¿Quién es el señor Ashley?

—Creo que le va a agradar mucho. Estudió en St. Andrew's, en Escocia.

A Justine no le importaba en qué escuela hubiera estudiado y, si lady Aleksander iba a empezar la descripción con aquello, ya era bastante aburrido.

—Su padre es un industrial muy rico. Un magnate del acero.

Justine dio un resoplido.

—Eso haría que Robuchard se echara a llorar de alegría.

—¿A que sí? —preguntó lady Aleksander, con una sonrisa—. El primer ministro tiene sus intereses. Pero yo también tengo los míos. El señor Ashley es muy agradable. Un verdadero señor.

—Dijo lo mismo del último pretendiente —comentó Justine, y miró por la ventana.

Lady Aleksander no se dejó desanimar por la falta de entusiasmo de la princesa.

—Entiendo que su confianza haya disminuido; tiene buenos motivos. Si no me cree a mí, tal vez confíe más en la palabra de su amigo, lord Douglas.

Justine no se esperaba oír el nombre de William, y miró a lady Aleksander.

—No es mi amigo...

—¿No? Pues parece que se llevan muy bien.

No iba a negarlo, por temor a verse obligada a hablar de lo bien que se llevaban.

—¿Y por qué iba a preguntárselo a él?

—Lord Douglas asistió a St. Andrew's con el señor Ashley. Creo que se conocen desde hace mucho.

Justine pestañeó. ¿Acaso no había nadie a quien no conociera William?

Lady Aleksander sonrió como si le hubiera leído el pensamiento.

—Lord Douglas conoce a mucha gente, ¿verdad?

—Sí, quizá a demasiada —respondió Justine.

De todos modos, había algo que le parecía extraño. Comenzó a girar la pulsera de oro que llevaba en la muñeca. Le daba la impresión de que la casamentera no se lo estaba diciendo todo.

—Lady Aleksander...

—Por favor, señora, me gustaría mucho que me llamara Lila.

Justine estuvo a punto de poner los ojos en blanco.

—¿Para que pueda considerarnos como amigas?

—Para que pueda considerar que estamos unidas por un objetivo común. Creo que nuestra asociación sería más fácil si pudiéramos ser un poco menos formales la una con la otra —respondió la dama, con serenidad.

Aquella mujer era inalterable, pensó Justine, y admiró aquello, de mala gana.

—De acuerdo, Lila. ¿Cómo sabe que Douglas conoce a tanta gente? ¿Es que le dio una lista?

Lila se echó a reír.

—No, señora. Mi oficio requiere que sepa quién tiene buenos contactos y quién no. Y, para bien o para mal, lord Douglas está muy bien relacionado. El señor Ashley también tiene buenos contactos y está muy contento de poder conocerla. Me comentó que se había quedado decepcionado al no poder conocerla cuando estuvo en Londres, hace ocho años.

Hacía ocho años, ella estaba embelesada con William. Casi no recordaba a nadie más de quienes había conocido.

—El señor Ashley dice que nunca ha estado verdaderamente enamorado, pero que está dispuesto a dejarse llevar. Sabe mucho sobre usted, porque ha seguido las noticias durante todos estos años.

Justine palideció.

—¿Qué noticias?

Lila se corrigió rápidamente.

—No esas noticias —dijo. Se inclinó hacia delante, miró de reojo al lacayo que estaba junto a la pared y añadió, en voz baja—: Si me lo permite, Su Alteza Real, ese incidente no es lo que la define a usted. Tiene muchas más facetas.

A Justine se le escapó una carcajada de amargura.

—Fue más que un incidente, señora. Y no tengo

más facetas, no estoy ciega. Toda mi vida la he pasado protegida, confinada en un corsé, en una corona, entre los muros de un palacio. No sé nada del mundo, tal y como me demostró Aldabert, a mí y al resto de la gente. Algunas veces, casi no me conozco a mí misma.

Y mucho menos sabía cómo iba a gobernar una nación. Pero eso se lo calló.

Miró al lacayo. Se había quedado sorprendida por haber dicho aquello en voz alta. Su padre le había inculcado que nunca revelara sus puntos débiles. La debilidad era una invitación a la corrupción, según él.

—Sabe más de lo que cree —dijo Lila—. Lo que pasa es que no le han permitido ver por sí misma cuánto sabe. Ninguna mujer normal aprende esgrima cuando lo tiene todo en contra. Ha leído mucho y es una mujer con una gran educación. Es usted reflexiva y amable y, si me lo permite, en la vida se consiguen más cosas siendo buenos que siendo malos. Se enamoró, sí, ¿qué mujer no se ha enamorado? Eso no es una culpa ni un defecto. Es la esencia de la humanidad.

Justine sonrió un poco.

—Habla usted igual que mi antigua institutriz.

—Debía de ser una mujer sabia.

Sí, Carlotta era una mujer sabia. Pero, cuando ella cumplió los diez años, la despidieron. Ese era el tiempo que una institutriz podía permanecer con una princesa real, y esa tradición era inamovible, por mucho que hubiera rogado Justine. Ella aún lamentaba el momento en que vio marcharse a Carlotta.

Justine siguió mirando la pulsera y moviéndola alrededor de su muñeca.

—Estaba diciéndome por qué piensa que el señor Ashley es un buen partido para mí.

—Es rico, es educado y es amable. Creo que a él le gustaría mucho su dibujo de la taza de té.

Justine se echó a reír.

—Es un hombre que busca a una mujer que comparta su visión del mundo. No quiere que lo valoren solo por su apellido, al igual que usted no quiere que la valoren solo por el suyo.

Justine no había dicho nunca eso, y le resultó incómodo que alguien pudiera leerle tan acertadamente el pensamiento.

—Si es tan buen partido, ¿por qué yo no había oído hablar de él?

—¿Se refiere a por qué no está en la lista de su madre? —preguntó Lila, con una sonrisa irónica.

—Exacto.

—Mi lista es más amplia, contiene más nombres que los de los caballeros que se han ganado el favor de sus padres. El mundo de un soberano a veces es un poco reducido. Por lo menos, ¿no le resulta un poco emocionante no saber nada de él?

—Tal vez, un poco. ¿Va a venir hoy?

—Lo he invitado a comer. Con el beneplácito de Bardaline, por supuesto.

—Entonces, por favor, discúlpeme. Tengo que asegurarme de que Amelia está lista para su viaje al campo. Y no he visto a mi perra.

—Por supuesto.

—Y, a propósito, el domingo por la noche voy a ir a la ópera con lord Douglas y sus amigos, lord y lady Grafton. Por favor, no me presente a nadie más hasta entonces.

—La ópera. Qué delicia —dijo lady Aleksander.

Por su sonrisa, estaba claro que se sentía satisfecha de haberla sorprendido. El sentimiento era mutuo, porque ella también se alegraba de haber sorprendido a la dama. Sin embargo, mientras salía de la habitación, no iba pensando en lo que se pondría para ir al teatro, sino en su decepción por el hecho de que William no estuviera allí para conocer a su nuevo pretendiente, tan guapo y amable. Le decepcionaba que él no pudiera encontrarle defectos y que, por lo tanto, no tuviera motivos para hacerle una apuesta.

Pero, por supuesto, le diría lo equivocado que estaba en cuanto lo viera para ir a la ópera, dentro de pocos días.

Capítulo 21

MacDuff estaba perdiendo cualidades. Había seleccionado tres pañuelos para el cuello y ninguno de ellos se complementaba bien con el color azul claro de su chaleco. William levantó un pañuelo verde oscuro hasta el cuello de la camisa y se giró hacia su ayuda de cámara.

—¿Estás ciego, Ewan?

—No. ¿De qué color es? —preguntó Ewan, entornando los ojos.

William bajó la mano y miró fijamente a su viejo compañero.

—¿Es que no ves el color? ¿Cómo es que yo no me había dado cuenta después de todos estos años?

—Ay —dijo Ewan—. A usted no le importan cosas como los colores. Y yo distingo muchos de ellos.

—Esto lo explica todo —dijo William.

Se acercó a su cómoda, hurgó en los cajones y encontró un pañuelo negro y sencillo para el cuello. Se lo puso. Cuando terminó de arreglarse para la ópera, se miró al espejo. Todavía tenía la cintura delgada, aunque no tan elegante como antes. Era más alto que la media, algo que siempre le había agradado... pero no tan alto como MacDuff. Debería cortarse un poco el pelo y las patillas. Le pediría a MacDuff que se ocupara de eso al día siguiente.

Extendió la mano con la palma hacia arriba, y Mac-Duff depositó en ella un sombrero de copa. William se lo puso y se volvió hacia Ewan.

—Tiene muy buen aspecto, milord.

—¿No me ves demasiado mayor?

Ewan dio un gruñido.

—Aún es un hombre joven.

—¿Tú crees que aún puedo ser atractivo para las mujeres?

MacDuff movió en el aire su gruesa mano.

—Sí, milord, lo que no cace su bolsillo, lo cazará su cara, seguro.

William sonrió y le dio unas palmadas en el hombro.

—Por eso sigues a mi servicio después de tantos años. Recuérdame que te suba el suelo, ¿de acuerdo?

—De acuerdo, milord, lo haré.

No iba a hacerlo. Una vez, Ewan se quejó de que tenía más que suficiente, y dijo que más sería una vergüenza. Y había que admirar a un hombre que decía cosas como esa.

William se dirigió a la puerta.

—No me esperes levantado. De hecho...

William hizo una pausa y sacó algunos billetes de su cartera. Se los entregó a Ewan.

—Que te lo pases bien esta noche.

Ewan se quedó mirando el dinero.

—¿Haciendo qué?

—No lo sé, Ewan. Una cena, un pub, un burdel.

El hombretón palideció al oír mencionar un burdel.

—Yo nunca haría algo así.

William sonrió con afecto. Aquel hombre, más que un ayuda de cámara, era como un tío para él. Era otro de los motivos por los que le apreciaba tanto.

—Entonces, haz algo interesante, ¿de acuerdo?

—Sí —dijo Ewan, aunque se había quedado perplejo.

De camino a Prescott Hall, William se agobió con

la cadena de su reloj de bolsillo, que se le había enganchado en uno de los botones del chaleco. Recordó por qué no le gustaba llevar aquel reloj.

Pero, por lo demás, estaba de buen humor. Había esperado con impaciencia que llegara aquella noche, aunque no estuviera dispuesto a reconocerlo ante nadie. No era aficionado a la ópera aunque, de vez en cuando, sí disfrutaba de ella. Lo que quería en realidad era ver a Justine. Quería saber cómo iba a reaccionar a aquella obra, ver su sonrisa, o que le dedicara aquella mirada suya de exasperación y buen humor. Y, sobre todo, quería volver a besarla.

Cuando llegó a Prescott Hall, el mayordomo le pidió que esperara en el gran vestíbulo y fue a anunciar su llegada a la princesa. Él oyó la risa de Justine desde el fondo del pasillo, ligera como un tintineo. William dio unos pasos hacia delante y ladeó la cabeza para poder oír mejor. Otra mujer. Más de un hombre.

Se abrió una puerta y se cerró de nuevo. Después, se oyó el taconeo de los zapatos del mayordomo, que se acercaba de nuevo a él.

—Su Alteza Real lo recibirá ahora —le dijo, y lo condujo hasta un salón que él no conocía.

Lo primero que vio fue a Dodi, que fue corriendo hacia él como si fueran viejos amigos. Le puso las patas en una pierna, y él se inclinó para acariciarla y rascarle las orejas. Entonces, giró la cabeza y vio a Justine. No esperaba encontrársela tan... majestuosa, y tuvo que contenerse para no abrir la boca.

Era como un sueño. Llevaba un vestido de seda dorada con bordados de hilo de oro y plata. Las mangas le llegaban justo por debajo de los hombros, y el corpiño tenía un adorno en forma de guirnalda de flores. Sobre el pecho llevaba una insignia real, y en el cuello, un collar de diamantes a juego con la tiara que le sujetaba el pelo.

Él hizo una reverencia.

—Su Alteza Real.

—Lord Douglas —dijo ella, y le ofreció la mano enguantada.

Él se inclinó y le rozó los nudillos con los labios, mientras buscaba la piel del interior de su muñeca con el dedo pulgar y se la acariciaba suavemente. Alzó la cabeza.

—Si me lo permite, está usted maravillosa esta noche.

—Qué amable —dijo ella.

Estaba alegre, feliz y hermosa, y él nunca se había sentido tan complacido de acompañar a alguien a la ópera. O a cualquier sitio.

—¿Le importaría que le presentara a mi carabina?

—¿Disculpe?

Ella se echó a reír.

William giró la cabeza y se encontró con la cara petulante y desagradable de Jonathan Ashley.

Jonathan Ashley.

El hombre que había intentado deshonrar a la única mujer a la que él había querido en la vida, y que había estado a punto de conseguirlo. No entendía qué estaba haciendo allí.

Se sintió alarmado, porque estaba seguro de que Ashley estaba allí por algún error. Se le revolvió el estómago.

Dodi le dio un golpecito en la pierna con la pata. Justine se agachó y la tomó en brazos.

—Lord Douglas, cuánto tiempo —dijo Ashley, y se acercó despreocupadamente a saludarlo—. Es un placer volver a verlo.

William se quedó mirándolo sin decir nada. Se dio cuenta de que iba vestido formalmente. Se giró hacia Justine y vio su sonrisa.

—¡Creo que son ustedes viejos amigos! —exclamó ella.

—¿Disculpe?

—Le dije que encontraría una carabina —respondió Justine, riéndose. Y Ashley también se rio. En voz muy alta—. Lord y lady Bardaline también vienen con nosotros. Se empeñaron, por supuesto. No pueden dejar que una princesa salga sola al mundo real.

Aquella fue la primera vez que él vio a los Bardaline en la habitación.

—Si me lo permite, Su Alteza Real —dijo Bardaline, y dio un paso adelante. William se fijó en que el caballero también iba vestido con formalidad. Lord Bardaline le dijo—: Amablemente, Lord Grafton nos invitó también a mi esposa y a mí a la ópera, para que los acompañáramos a Su Alteza Real y a usted. Espero que no sea mucha molestia.

—¿Disculpe? ¿Conoce usted a lord Grafton? —preguntó él, con incredulidad.

Bardaline sonrió ligeramente.

—Lady Aleksander nos presentó.

Claro, cómo no. William se sintió como si hubiera bebido demasiado y tuviera visiones. Había imaginado cómo iba a ser aquella noche, y sus imaginaciones no incluían a los Bardaline y, mucho menos, a Ashley.

—Y, cuando se enteró de que el señor Ashley estaba en Londres, lo invitó a él también.

William miró a Justine. Ella evitó su mirada jugueteando con la perrita.

—Ahora que Douglas ya ha llegado, ¿nos vamos? —preguntó Ashley, y le ofreció el brazo a Justine. Ella dejó a la perrita en el suelo y lo tomó.

William buscó con la mirada a la casamentera para expresar sus quejas, pero, por supuesto, ella no estaba presente. Sin embargo, no se iba a librar de que le dijera unas cuantas cosas cuando la viera, a la muy intrigante.

Hubo algo de alboroto por los carruajes y por quién

viajaría con quién hasta el teatro. Al final, se decidió, aunque no por William, que la princesa iría con los Bardaline. Aquello le causó aún más enojo, puesto que él era quien había hecho la invitación y debía tener un voto a la hora de organizar la salida. Sin embargo, tuvo que aceptar de mala gana el viaje con el despreciable Jonathan Ashley.

Subió al carruaje detrás de su enemigo y se sentó frente a él.

—Asqueroso desgraciado —le dijo.

Ashley se echó a reír. Se sacó una petaca de la caña de la bota y dio un trago. Se la ofreció a William, pero este hizo un gesto negativo.

—Vamos, Douglas. No pensarás que tú eres el único que puede encontrar la forma de entrar al salón de una princesa, ¿no?

—Ella es mi amiga. Y tú eres un canalla. Esas dos cosas no son compatibles.

—¡Tu amiga! —exclamó Ashley, riéndose—. ¿De verdad esperas que me lo crea?

Por supuesto que no, porque la amistad estaba más allá de los límites de Jonathan Ashley.

—Creo que tienes envidia, Douglas.

William dio un resoplido.

—Deberías. Ella me aprecia.

—No estés tan seguro.

Ashley se alisó el extremo del pañuelo que llevaba al cuello.

—Ya veremos si conservas su amistad cuando yo sea el rey.

Era obvio que estaba intentando sacarlo de sus casillas y, en cualquier otra circunstancia, él se habría echado a reír. Sin embargo, Ashley tenía algo que le enfurecía de un modo irracional.

—No serías rey, idiota, serías príncipe consorte.

A Ashley se le apagó un poco la sonrisa, como si

creyera que él le estaba tomando el pelo pero no pudiera estar seguro.

William se inclinó hacia delante.

—Entonces, ¿piensas que quizá serías capaz de verla como una mujer, y no solo como el medio para conseguir tus fines?

Ashley puso los ojos en blanco.

—Tan elevado y noble como siempre, ¿no, Douglas? Y eso, viniendo de un tipo sobre el que corren tantos rumores con respecto a las mujeres. Como si ella no fuera un medio también para ti.

William se quedó helado. No sabía con certeza a qué rumores se refería Ashley, y no cometió la tontería de preguntárselo. Sin embargo, temía que se tratara del problema que había tenido en Escocia hacía unos meses. No había vuelto a pensar demasiado en aquello desde que había regresado a Londres. No. Era imposible. No había forma de que Ashley hubiera oído nada al respecto.

Sin embargo, William se apoyó en el respaldo del asiento y miró por la ventanilla, ignorando las carcajadas amargas de Ashley.

Conocía a Jonathan Ashley desde hacía muchos años. Era un hombre afable y deseado. Él había descubierto hasta qué punto era deseado unos diez años antes, cuando estaba cortejando a una mujer con la que quería casarse. Entonces, había aparecido Ashley, y ella había caído bajo su hechizo. Él no sabía exactamente qué había sucedido entre los dos, pero, de repente, Clara se había vuelto fría con él. Y, como Ashley era un sinvergüenza, había tratado de arrebatarle la virtud. O, por lo menos, eso era lo que la madre de Clara le había contado. No fue la propia Clara quien se lo contó porque, para entonces, habían terminado su cortejo, y él se había quedado hundido.

Al final, Ashley había desaparecido de la vida de

Clara. Le había roto el corazón, igual que a él; y, entonces, él había intentado romperle el corazón a Ashley
con sus puños.

Eso era lo que hacían dos jóvenes, por supuesto:
pelearse. Él se había enfrentado con Ashley, le había
vencido en la pelea e incluso le había roto la nariz.

Sin embargo, no había conseguido resolver nada.
El corazón de Clara no cicatrizó y la opinión pública
se volvió en contra de él. Se dijo que él era el canalla,
que la paliza que le había dado al pobre Jonathan Ashley era el comienzo de sus años más libertinos.

Sí, tal vez aquel hubiera sido el principio. A partir
de aquel momento, le resultó muy difícil abrir el corazón a cualquier mujer, mientras que Ashley había seguido metiéndose en los salones de las jóvenes solteras
alegremente, tomándose todas las libertades que podía hasta que alguien le paraba los pies.

Bien, pues él no iba a permitir que le hiciera lo mismo a Justine, aunque eso significara perder el afecto
de la princesa y futura reina.

Capítulo 22

Los duques de Grafton ya estaban en su palco, acompañados por la duquesa viuda, que estaba tan encorvada por la edad que Justine pensó que tendría que hacerle una reverencia para poder mirarla a los ojos.

Después de las presentaciones, lady Grafton sugirió que las damas ocuparan los asientos delanteros y que los caballeros se sentaran tras ellas. Lady Bardaline dijo que le parecía una idea excelente.

Justine estaba desesperada por decirle a su dama de honor que dejara de asfixiarla. Lady Bardaline siempre estaba presente y dando su opinión, aunque nadie se la hubiera pedido. Si Justine hubiera podido salirse con la suya, se habría sentado con William a un lado y con el señor Ashley al otro. Por primera vez en su vida estaba en compañía de dos hombres guapos sin que Amelia estuviera allí para distraerlos, y quería disfrutar de la ocasión.

Por desgracia, lady Grafton tenía otras ideas. Colocó a Justine entre lady Bardaline y la duquesa viuda. Cuando estuvo sentada, miró hacia abajo. Al instante, tuvo una opresión en el pecho. Todos los asistentes estaban mirándola desde el patio de butacas.

Distraídamente, hizo girar la pulsera de oro por su

brazo. Lógicamente, se esperaba suscitar aquella atención, como le ocurría siempre. Sin embargo, en aquella ocasión, era peor de lo esperado. Se apoyó en el
respaldo de la silla y notó una sensación de calor por
la nuca. Por suerte, los tirabuzones le caían por la espalda, porque Amelia decía que, cuando se ponía nerviosa, parecía que tenía la nuca manchada.

Giró con más rapidez la pulsera e intentó mantener
una expresión de serenidad, con la mirada fija en el
escenario y en el telón de terciopelo. Notó la presencia
de alguien a su espalda, tan cerca, que sentía su respiración. Entonces, oyó un suave susurro.

—Es como si estuvieran a kilómetros de distancia
por debajo de ti, ¿no te parece? No son nada más que
hormigas.

Ella asintió ligeramente para que William supiera
que lo había oído. Le agradecía que le hubiera recordado que, allí arriba, en el palco, no tenía nada que
temer.

Entonces, él se inclinó aún más hacia delante y
dijo:

—Lady Grafton, me alegro de verla tan bien.

La viuda giró la cabeza en dirección a él.

—¿Umm?

Pero William ya se había acomodado de nuevo en
su asiento para responder a una pregunta que le había
hecho lord Grafton.

La duquesa viuda miró a Justine con curiosidad.

—Me alegro mucho de haber venido —dijo Justine.

—¿Disculpe?

Justine se inclinó hacia delante.

—Que me alegro mucho de haber venido.

—¿Eh? —preguntó la anciana, poniéndose la mano
detrás de la oreja.

—¡Que me alegro mucho de haber venido! —exclamó Justine, en voz alta.

La mujer se sobresaltó.

—Ah, sí.

Justine sonrió y asintió. Después, giró la cabeza y, al hacerlo, estuvo a punto de chocar con lady Bardaline.

—¡Dios mío! —exclamó, sorprendida por lo mucho que se había inclinado hacia ella su dama de compañía.

Lady Bardaline era todo sonrisas y emoción. Le susurró a Justine:

—El señor Ashley es muy guapo, ¿verdad? ¿Qué piensa usted de él?

Todas las preguntas que hacía aquella mujer eran en nombre de la reina Agnes.

—Pienso lo mismo que pienso de todos los demás —respondió, y se concentró en el escenario. Si su madre quería saber lo que pensaba de cualquiera de los pretendientes, que se lo preguntara a ella.

La apertura del telón la libró de tener que pensar en su madre y sus espías.

Las primeras notas le causaron un estremecimiento en el corazón. Y, al instante, se perdió en la magia de la actuación. Se le llenó la cabeza de música y de historia, y olvidó al público que había por debajo de ella, observándola con sus gemelos mientras ella veía la ópera. Se olvidó de lady Bardaline y de la duquesa viuda, que se quedó dormida en la obertura y empezó a roncar. Se echó a reír cuando el señor Ashley se inclinó hacia ella y le preguntó si no temía que se rompieran los cristales de las ventanas si la soprano daba otra nota aguda. Justine no hablaba italiano con fluidez, pero entendía lo suficiente como para que se le llenaran los ojos de lágrimas en el segundo acto, cuando Il Conte di Luna cantó el aria al objeto de su amor, *Su sonrisa brilla más que una estrella*. Fue la primera en empezar a aplaudir al terminar el segundo acto y siguió aplaudiendo mientras bajaba el telón. Dejó de hacerlo al darse cuenta de que el público del patio de butacas se giraba hacia ella con renovado interés

Durante el intermedio, Justine se apoyó en el respaldo de su butaca para alejarse de los ojos curiosos. Lady Grafton le preguntó si no quería salir del palco para tomar un poco el aire; Justine se dio la vuelta y se percató de que todos, salvo William, habían salido al pasillo. Él estaba sentado con las piernas cruzadas y las manos en el regazo, mirando al escenario. Ella no tuvo ganas de salir al estrecho corredor, porque sabía que habría mucha gente esperando una presentación. Así pues, miró a su derecha, donde la duquesa viuda seguía durmiendo con la barbilla apoyada en el pecho, y dijo:

—No, muchas gracias. Me quedo aquí con Su Excelencia.

Lady Grafton asintió y salió del palco.

Justine miró a la anciana y, con cuidado para no molestarla, se movió un asiento más allá. Notó que William también se movía y lo vio deslizarse en la butaca que había quedado entre la duquesa y ella. Él también se quedó mirando a la anciana, le levantó la barbilla y se la apoyó en el hombro, donde ella continuó dormitando. William miró a Justine con los ojos brillantes.

—Es muy amable por tu parte —le dijo ella.

—Lo he hecho porque estaba tan inclinada que me da miedo que se convierta en una bola y salga rodando por encima de la barandilla.

Justine sonrió. Miró hacia atrás, hacia la puerta, esperando a que apareciera el señor Ashley. Seguramente, él entraría al palco a preguntarle si necesitaba algo.

—¿Te está gustando la ópera?

Volvió a mirar a William y asintió.

—Muchísimo. Tengo que darte las gracias otra vez por haberme invitado.

—¿Otra vez? ¿Me las habías dado?

Ella sonrió irónicamente.

—Tal vez no. No estoy acostumbrada a darles las gracias a mis cuidadores.

—Ah, entonces, sigo siendo tu cuidador. Pensaba que tal vez tu carabina había ocupado mi lugar.

—¡Imposible! Él no sería capaz de sacarme de quicio tanto como tú.

—Me alegro mucho de que aprecies mis servicios.

—No te importa que haya venido, ¿verdad? —le preguntó ella. Lila le había dicho que William y el señor Ashley eran amigos.

—Pues sí —dijo él, con una sonrisa torcida.

—¿De verdad?

—Es el peor para ti.

Justine chasqueó la lengua.

—Dijiste lo mismo del príncipe Aggiani.

—Ah, sí, pues con Aggiani me equivoqué, porque ahora ha llegado uno peor.

Justine se rio de él.

—¡Ha sido muy amable conmigo! Y no me ha pedido halagos ni una sola vez.

William entrecerró los ojos.

—¿Te ha regalado un perro? ¿Un caballo? ¿O, tal vez, algo más práctico, como una cabra?

—Estaría encantada si lo hubiera hecho.

—Umm... ¿Cuántas veces has estado en su compañía?

—Esta noche es la tercera. La primera apenas pude conocerlo, porque fue muy breve. Fue a la casa para hablar con lady Aleksander. La segunda vez, lady Aleksander lo invitó a tomar el té.

Mientras hablaba, Justine se preguntaba dónde estaba el señor Ashley y cuándo pensaba regresar al palco.

—Y hoy, por supuesto —dijo ella.

—¡Tres veces! Y no me lo contaste la última vez que nos vimos, hace cuatro días.

—En ese momento no le daba ninguna importancia. Ya sabes cómo son estas cosas.

Aquellas cosas, según estaba descubriendo, se desarrollaban según el capricho de lady Aleksander.

—A finales de esta semana va a venir otro caballero. Tampoco te lo había mencionado, pero lo hago ahora.

William apartó la mirada un instante. Después, volvió a mirarla.

—Justine...

Se irguió bruscamente, como si se hubiera olvidado de que tenía la cabeza de la duquesa viuda apoyada en el hombro. Ella se despertó al quedarse de repente sin almohada, y los miró pestañeando.

—¿Qué sucede?

—¡Estamos en el intermedio! —le gritó William .

—Ah —dijo la anciana. Tomó un abanico y comenzó a abanicarse.

William se giró hacia Justine.

—Ashley es un... Canalla es demasiado suave para él. ¿Degenerado? Sí, eso es. Es un degenerado.

—¡Por el amor de Dios, William! ¿Vas a ponerles pegas a todos los pretendientes que me visiten? Puedes escribirle un informe a Robuchard esta noche, diciéndole que, en resumen, ninguno de ellos va a servir.

—Te doy mi palabra de que esa no es mi intención. No voy a desacreditarlos a todos, pero, si tu casamentera no mejora sus servicios, puede que yo sí lo haga. Tú no conoces a ese hombre como lo conozco yo.

—Pero... si ha sido un perfecto caballero hasta el momento.

William se estremeció.

Ella se contrarió al verlo, y se irguió en el asiento.

—¿Sabes que me trajo flores cuando vino a verme? No como Aggiani, sino un ramo atado con un lazo precioso. Hemos hablado de música y de libros. Estuvo cantando mientras yo tocaba el piano. Canta muy bien.

William se quedó confuso.

—¿Y eso es lo que quieres? ¿Alguien que te lleve flores y que te cante?

¿Era eso lo que quería? Por lo menos, era un comienzo.

—Claro que sí. ¿No es eso lo que quiere todo el mundo? Supongo que incluso a ti debe de sonarte maravilloso poder compartir el resto de tu vida con alguien que tenga tus mismos intereses. ¿O es que tienes algo en contra de las flores y de la música?

—No, me gustan mucho las dos cosas. Estoy en favor de las flores, los perros y el arte. Son intereses que comparto contigo. Incluso me gustan los libros, Justine.

—¡Sus intereses también son sinceros! —insistió ella. El señor Ashley había sido un modelo de cortesía y caballerosidad y, si volviera al palco, podría demostrárselo personalmente a William.

—¿Qué te pasa? —le preguntó—. Creía que querías verme felizmente comprometida para poder librarte de la odiosa tarea de ser mi amigo.

—Sabes muy bien que no es una tarea odiosa. Sinceramente, disfruto mucho de ella. Y quiero verte feliz, Justine, más de lo que te imaginas. Por eso te estoy diciendo que no serás feliz con él. Te hablo por experiencia personal.

Justine notó una presencia a su espalda. Se giró sonriendo, segura de que era el señor Ashley. Sin embargo, era lady Bardaline, con los ojos muy brillantes y las orejas desplegadas en dirección a ella. Los demás también estaban empezando a entrar al palco, charlando, a esperar a que llegara el momento de ocupar sus asientos.

Justine se inclinó hacia William para poder decirle una cosa en voz baja.

—¿No crees que puede que estés celoso?

Él se quedó mirándola fijamente. Después, respondió, también en un susurro:

—Nunca estaré celoso de un réprobo. Mira, Justine, hazme caso. Él tratará de tomarse libertades contigo y, si de todos modos te casas con él, tendrá una fila de amantes de dos kilómetros de largo.

Ojalá su respiración cálida no le hiciera tantas cosquillas en la piel.

—Eres horrible —le dijo.

Y, después, se rio con fuerza, para que nadie se diera cuenta de lo alterada que estaba con William en aquel momento. William también se echó a reír y, después, se inclinó de nuevo hacia ella.

—Mira, si no quieres, no me creas. Otra vez.

—No, no te creo —susurró ella, con ferocidad—. La primera vez tuviste suerte. La segunda vez estás celoso.

—Permíteme adivinar cómo son sus atenciones para contigo. Te halaga sin cesar. Te dice que tus ojos son como el oro bruñido —le dijo él, y pestañeó con coquetería, mirándola fijamente.

Justine chasqueó la lengua. Sin embargo, el señor Ashley le había dicho algo parecido. Le había dicho que el vestido que llevaba aquella noche era lo único que podía hacerle justicia al color dorado de sus ojos.

—Eres tan culta que se siente inferior por su educación.

Justine se quedó mirando fijamente a William. El señor Ashley no le había dicho aquellas palabras exactamente, pero se había preguntado cuántos caballeros podrían competir con la educación de una princesa heredera.

—Eres una mujer que inspiras el amor en un hombre.

Ella notó un pequeño escalofrío por la espalda. El señor Ashley le había dicho que no podía imaginar la suerte que tendría el hombre que se casara con ella, alguien tan elegante y sereno como ella; qué orgulloso estaría aquel hombre de llevarla del brazo.

William vio que vacilaba y enarcó una ceja.

—¿Te ha dicho también que tu belleza es incomparable?

Ella dio un resoplido.

—No ha dicho nada de eso.

—Pues es más tonto de lo que yo pensaba.

—Es evidente que me admira.

—¿Ah, sí? Porque yo admiro esas cosas de ti, y más. Pero no las digo para ganarme tu favor, Justine. Las digo porque las creo.

Ella tuvo un cosquilleo en el estómago, en el corazón. Se dio cuenta de que la gente estaba sentándose porque iba a comenzar el tercer acto, pero no parecía que William se percatara. Él siguió mirándola a los ojos y le dijo, suavemente:

—Puede que te aprecie de verdad, pero nunca te será fiel.

Aquello la irritó. ¿Por qué nunca iba a serle fiel? ¿Acaso ella no se lo merecía? Aquella seguridad de William le causó un gran enfado.

—Me estima de verdad. ¿Te gustaría hacer una apuesta también sobre esto?

Él sonrió lenta, sensualmente, y la miró de la misma manera que cuando se habían besado, y a ella empezó a hervirle la sangre.

—Su Alteza Real, está a punto de comenzar el tercer acto —le dijo lady Bardaline.

William se puso las manos en las rodillas.

—Sí, Su Alteza Real, tengo muchas ganas de apostar. Me encantaría.

—Pues trato hecho.

Él todavía estaba sonriendo cuando se puso de pie y volvió a la segunda fila.

Justine se apoyó en el respaldo de la butaca. Tenía el corazón acelerado. Ella también deseaba aquella apuesta.

—¿De qué trata la apuesta? —preguntó lady Bardaline,

con una ligereza que no encajaba con lo que estaba sintiendo Justine en aquel momento.

—Es sobre la ópera —dijo ella, y miró hacia atrás.

El señor Ashley aún no había vuelto al palco. William le guiñó un ojo.

Ella se giró hacia delante. Aquel hombre pensaba que lo sabía todo, y no sabía nada en absoluto. Estaba empeñada en demostrárselo. Iba a ganar aquella estúpida apuesta y haría que se arrodillara ante ella y, si no... Bueno, no le importaría volver a besarse con él.

Empezó el tercer acto. A ella todavía le latía aceleradamente el corazón y, en aquella ocasión, la música no tenía nada que ver.

Capítulo 23

El señor Ashley, que se había declarado un gran aficionado a la ópera, y que consideraba que el gusto de Justine por ella era una muestra de su superioridad intelectual, no volvió al palco hasta el comienzo del cuarto acto. Ella había mirado hacia atrás un par de veces, preguntándose dónde estaba e ignorando la sonrisita de satisfacción de William. Después, se concentró en la música. Aquella ópera era demasiado buena como para permitirse distracciones.

El señor Ashley volvió en medio de la escena en la que Leonora tomaba el veneno para morir con su amante. Su regreso causó algo de revuelo en la segunda fila, porque lord Grafton y lord Bardaline tuvieron que dejarlo pasar y, después, William tuvo que moverse una butaca más allá para permitirle sentarse lo antes posible. Y, entonces, el hombre tuvo la frescura de susurrarle algo, bastante alto, a otro de los caballeros. Aquel comportamiento perturbó a Justine. ¿Cómo podía perderse el final? Y ¿cómo podía hacer que los demás se perdieran aunque solo fuera un detalle? ¿Cómo se atrevía a no dedicarles a aquellos artistas su atención?

Al terminar la ópera, Justine se puso de pie con los ojos llenos de lágrimas y aplaudió con toda la fuerza que le permitieron los guantes. Se giró, pensando que iba a ver al señor Ashley, pero se encontró con la mirada de William.

Le sorprendió que él también estuviera un poco lloroso y pensó que también le había conmovido la escena final.

—¿A que ha sido maravilloso?

—Soberbio —dijo él.

Parecía que iba a decir algo más, pero el señor Ashley se interpuso, todo sonrisas, preguntándole solícitamente cuál era su opinión sobre la ópera y con ganas de continuar la velada en casa de los duques de Grafton.

—Nos han invitado a todos a ir —dijo, con entusiasmo.

Con demasiado entusiasmo. Justine se dio cuenta de que olía a whisky, y comprendió que estaba un poco borracho.

Lord Grafton se acercó a invitar a Justine a ir a su casa a tomar un refrigerio. A ella le resultó difícil rehusar, después de lo amable que había sido al prestarles su palco. Sin embargo, estaba muy nerviosa mientras salieron del teatro y la llevaron al carruaje con los Bardaline. Al menos, estaba agradecida de que los Grafton no hubiesen invitado a una horda de gente para que se la comieran con los ojos en su salón. Solo habían extendido su invitación a los presentes en el palco.

Su residencia era grandiosa, como parecía que eran todas las casas de Mayfair, con un salón enorme y muebles tapizados en seda. Había tres gatos paseándose por allí, con la cola levantada, frotándose contra las faldas de las damas. Habría sido la reunión social perfecta para ella, puesto que había pocos asistentes. Quizá hubiera podido disfrutar de la velada de no haber sido por la agobiante actitud de lady Bardaline. No se apartaba de su lado, como si fuera a fugarse con el señor Ashley.

Justine no daba crédito a lo que estaba pensando, pero ojalá estuviera allí Amelia para ser el centro de atención. Así, podría hacerse a un lado y respirar. Por desgracia, era ella la que ocupaba ese lugar. Cuando se sirvió el refrigerio, los Grafton le hicieron muchas preguntas: ¿cómo era St. Edys? ¿Cuándo pensaba que iba a volver a Wesloria? ¿Le resultaba un desafío la perspectiva de ser reina?

Ella consiguió responder con aplomo, aunque intentó cambiar de tema en dos ocasiones hablando de la ópera y del talento de la soprano.

—Sí, la actuación ha sido excepcional —dijo William.

Sin embargo, el duque de Grafton dijo que, según tenía entendido, Wesloria iba a construir más vías de tren en su territorio, y preguntó si era cierto.

Al final, se sirvió vino y whisky con la tarta. Parecía que todo el mundo estaba de buen humor, charlando animadamente, y ella dejó de ser el centro de atención y pudo relajarse. Fue el señor Ashley quien ocupó el lugar de Amelia y acaparó las miradas con su risa y sus comentarios encantadores para todos los presentes. Se tambaleaba un poco y, cuando el mayordomo le ofreció rellenarle la copa, él derramó un poco de líquido en la alfombra con la prisa por aceptar.

Justine le estaba explicando a lady Grafton que el pedazo de tela verde que llevaba prendido al traje era un símbolo de Wesloria cuando el señor Ashley la interrumpió.

—¿Y su esposo se verá obligado a llevar también la tela verde? —le preguntó, jovialmente—. ¿Será obligado a renunciar a su país?

¿Obligado?

—No, en absoluto —dijo ella, acariciando la tela de color verde—. Esto solo es una señal de orgullo nacional, nada más.

—Qué manos tan elegantes tiene, señora —dijo él, como si no hubiera escuchado su respuesta—. No es de extrañar que sea tan virtuosa al piano.

—Son unas manos muy corrientes, señor, y yo no soy una virtuosa en absoluto. Mi madre, por otra parte, sí es una gran pianista —respondió ella, y evitó la mirada de William, porque sabía que él estaba anotando todos aquellos halagos inútiles que le estaba haciendo el señor Ashley.

—Usted no tiene nada que pueda ser corriente, Su Alteza Real. Seguro que también baila muy bien, ¿a que sí? Lady Grafton, necesitamos música.

—Oh, no, gracias —dijo Justine, rápidamente. Prefería tirarse por la ventana a tener que bailar en aquel salón.

—Es una buenísima idea —dijo lord Grafton, y le indicó a su mujer que debía sentarse al piano—. Lady Bardaline, ¿me concede el honor?

Justine tuvo ganas de meterse debajo del sofá, pero lady Grafton se levantó rápidamente y se dirigió hacia el piano. Empezó a tocar una melodía muy animada.

El señor Ashley le ofreció la mano a Justine. Ella vaciló.

—Vamos, Alteza —le dijo, alegremente.

Justine tomó su mano y se puso de pie. Al instante, él la hizo girar y empezó a bailar.

Ella conocía los pasos de la polca y sabía seguirlos, pero él no dejaba de cometer fallos y, después, se reía a carcajadas, echándole encima su respiración y los vapores de una destilería. Estuvo a punto de colisionar con lord Grafton y lady Bardaline, pero no pareció que le importara, porque la hizo girar de nuevo, bruscamente. Y otra vez. Y una vez más, cada vez más rápido y con más fuerza. La hizo girar tan rápidamente que la tiara se le desprendió del pelo y salió disparada, y ella gritó. Aquella tiara era un regalo que le había

hecho la emperatriz Catalina de Rusia a su antepasada, la reina Elena. El hecho de que saliera disparada de
su cabeza era casi profético.

De repente, los giros cesaron. William había conseguido interponerse entre el señor Ashley y ella.

—Ya es suficiente, Ashley —le dijo, suavemente.

Después, se giró hacia ella y le entregó la tiara.

—Gracias —dijo Justine.

—¿Qué estás haciendo? —le preguntó el señor Ashley a William, con la respiración agitada—. La princesa se lo estaba pasando bien. ¿No ves cómo sonríe?
Con esa sonrisa, podría iluminar la más oscura de las
habitaciones.

Le hizo una reverencia con floritura de muñeca in-
cluida.

Dios Santo, estaba tan borracho que daba vergüenza ajena. Al ver que nadie le respondía, se incorporó y miró a su alrededor. Después, clavó los ojos en
William.

—¿Qué ocurre, Douglas? ¿No estás de acuerdo?
¿Acaso te parece que la sonrisa de Su Alteza Real es...
apagada?

—Por favor, señor Ashley —dijo Justine.

—Le pido disculpas, señora, pero no se me ocurre
una combinación más encantadora de rasgos para
sentarse en un trono: una reina con una sonrisa encantadora y un intelecto superior al de cualquiera que
yo haya conocido.

Ella se avergonzó y se dio la vuelta. Incluso lady
Bardaline parecía mortificada.

—Dile que tengo razón, Douglas.

—A mí no se me ocurre ninguna otra princesa más
adecuada, no.

—Los dos son muy galantes, caballeros —dijo lady
Grafton, intentando arreglar lo que hubiera pasado
allí.

Sin embargo, no parecía que el señor Ashley comprendiera que todo el mundo estaba intentando impedir que hiciera aún más el ridículo. Y estaba concentrado en William de una manera extraña.

—¿Sigues viajando por el continente, Douglas? ¿O has vuelto a casa por los recientes acontecimientos?

Justine no sabía a qué se refería, pero William frunció el ceño, y lady Grafton palideció.

—¿Qué recientes acontecimientos? —preguntó.

El señor Ashley se echó a reír.

—Los chicos son chicos y hacen cosas de chicos, según dice el dicho, Su Alteza Real. ¿Sabe lo que significa? Es como... un proverbio.

Sí, sí sabía lo que significaba, porque hablaba perfectamente inglés y tenía cerebro, y había un dicho parecido en Wesloria. No le gustó que él tuviera la necesidad de explicárselo, ni tampoco la insinuación de que William hubiera hecho algo infantil. Parecía que quería desacreditarlo.

Miró a lady Bardaline con la esperanza de que la dama captara su expresión y pudieran marcharse de allí.

—¿Quieres ser tú quien baile con la princesa, Douglas? —le preguntó el señor Ashley, mientras se acercaba a la mesa del bufé en busca de un vaso limpio—. Conoces los bailes de salón, ¿no? ¿O solo los bailes de pueblo de Escocia?

—Conozco los dos —dijo William—. En Escocia nos gusta más de un tipo de entretenimiento.

—Sí, a ti parece que sí —murmuró el señor Ashley.

En el tenso silencio que siguió a sus palabras, Justine intentó de nuevo transmitirle su deseo a lady Bardaline, pero la dama, claramente, no la entendía.

—Pues sí, señor —dijo William—. Soy muy afortunado por haber podido disfrutar de la vida como lo he hecho.

El señor Ashley se echó a reír de nuevo, pero no fue una risa de alegría. Sonaba oscura, y a Justine no le gustó. Ya no le gustaba nada de aquel hombre. Miró fijamente a su dama de compañía.

Fue lord Bardaline quien la comprendió.

—Su Alteza Real —dijo—. Se está haciendo tarde.

Justine estuvo a punto de darle un beso.

—¡Es cierto! Gracias, lord Grafton, lady Grafton, por su hospitalidad. Lord Douglas, gracias por la invitación. La ópera me ha parecido divina.

William hizo una reverencia.

Ella miró al señor Ashley.

—Buenas noches, señor Ashley.

—¿Tan pronto? Pero si ni siquiera hemos bailado un vals.

—En otra ocasión —dijo ella, con sequedad.

El mayordomo la precedió por el pasillo, junto a uno de los gatos, y ella caminó deprisa sin mirar atrás. Tenía la esperanza de que los Bardaline la siguieran. Lo único que quería era salir de allí, llegar a Prescott Hall y enterrarse bajo las sábanas.

Tenía muchas esperanzas con el señor Ashley, pero él las había hecho trizas a causa de sus idioteces de borracho.

Cuando el carruaje emprendió la marcha, miró por la ventana, temiendo que el señor Ashley fuera corriendo tras ellos. Sin embargo, no era su silueta la que estaba recortada en el hueco de la puerta de Grafton House. Era William.

A ella se le aceleró el corazón, e hizo un esfuerzo por concentrarse en los Bardaline, que iban quejándose de lo mucho que había bebido el señor Ashley.

Cuando llegaron a Prescott Hall, Justine se dio cuenta de que ya no llevaba en la muñeca la pulsera que le había regalado su padre.

Capítulo 24

Al día siguiente, Lila encontró a la princesa en el jardín, con un sombrero de paja y una cesta de mimbre. Su perrita, Dodi, estaba persiguiendo mariposas a su alrededor, y la princesa estaba cortando dalias y poniéndolas en la cesta. De vez en cuando, también cortaba un puñado de aliso y lo dejaba junto a las dalias.

—¡Buenos días, Su Alteza Real! —exclamó Lila—. No esperaba verla levantada tan temprano hoy.

—No es temprano. Son las tres y media.

La princesa no la miró. Siguió con su estudio de las flores para elegir las que quería. Llevaba la trenza suelta por la espalda, lo que dio a entender a Lila que no le había pedido a Seviana que la arreglara. Así pues, había salido allí para estar a solas.

—Sí, bueno, pero me he enterado de que los Bardaline y usted llegaron de la ópera casi a las tres de la mañana. ¿Qué le pareció?

—¿La ópera? Increíblemente buena —dijo Justine. Cortó otra flor y la dejó en la cesta.

—¡Maravilloso! —exclamó Lila. Se detuvo un momento para acariciar a Dodi, que había dejado su persecución de mariposas para ir a saludarla.

—¿De veras, Lila? —preguntó la princesa, mirándola

por debajo del ala del sombrero—. A usted no le importa lo que a mí me pareciera la ópera. Quiere saber lo que me parece el señor Ashley.

La princesa estaba de muy mal humor. Y ella no podía culparla, después de haberse enterado por medio de lady Bardaline de todo lo que había ocurrido la noche anterior. Le hizo una seña a la perrita para que se alejara, y Dodi se fue hacia un seto y comenzó a excavar.

—Sí me importa lo que le pareciera la ópera, porque es algo que me encanta. Pero si prefiere hablar del señor Ashley, estaré encantada de escucharla. ¿Le gustó a él la ópera? ¿Cree que es un interés que tienen en común?

La princesa Justine dejó las tijeras, apartó la cesta y se incorporó con las manos en las caderas, mirándola fijamente. Entonces, ella supo que la velada con el señor Ashley había ido peor aún de lo que esperaba.

Le disgustaba mucho que el caballero hubiera resultado ser un borracho. ¿Cómo iba a saberlo ella? Algunas veces, aquellas cosas salían a relucir después de que ella hubiera hecho todo lo posible por descubrir las peores facetas de una persona.

—No sé si al señor Ashley le gustó la ópera —dijo la princesa, con frialdad—. A mí, sí. A lord Douglas, también. Pero no sé si al señor Ashley le gustó. ¿Y quiere saber por qué no lo sé?

—Sí.

—Porque se ausentó del palco de lord y lady Grafton durante toda la segunda parte. Y dobló el codo tantas veces que, seguramente, hoy tendrá que llevar el brazo en cabestrillo.

—¿Cómo?

—Que ha resultado ser un idiota.

—Oh, vaya —dijo Lila, y arrugó la nariz para mostrar su consternación por aquella noticia.

—Lord Douglas me lo advirtió. Me dijo que Ashley era una persona horrible y yo no lo creí. Pero él tenía razón.

—¿Lord Douglas se lo advirtió?

—¡Sí! Ha acertado con respecto a sus dos candidatos, Lila. Y usted ha fallado estrepitosamente.

Lila se encogió de hombros.

—Digamos que son... ensayos. Esto es un proceso.

La princesa se quedó mirándola con la boca abierta.

—¡Un proceso defectuoso! No quiero volver a ver al señor Ashley. Fue cruel con lord Douglas y tan descuidado con sus bailes, que me hizo perder la tiara y la pulsera que me regaló mi padre. Solo recuperé la tiara.

—Si no quiere volver a verlo, no lo hará, tan sencillo como eso. Lamento mucho lo de su tiara. ¿Quiere que envíe a Bardaline a buscar la pulsera?

La princesa no respondió. Estaba mirando a Lila como si no la entendiera.

—Dejaremos atrás al señor Ashley, Su Alteza Real.

—Gracias —respondió Justine, y se agachó a tomar de nuevo las tijeras. Después, se giró hacia la dalia.

—Pero...

La princesa se volvió de nuevo hacia ella.

—¿Pero?

—Pero... si le gustó o apreció algo de él, sería útil saberlo.

—¿Por qué?

—Para que yo pueda seguir evaluando sus gustos. Por ejemplo, le gustaron las flores de Aggiani.

—Me gustan las flores, pero no cinco carretas llenas. Eso me parece un desperdicio.

—Y parece que le gustó hablar de libros y practicar música con el señor Ashley.

La princesa entrecerró los ojos.

—Me gustan los libros y me gusta la música. Seguro que mi madre le hizo llegar una lista con las cosas que ella querría que me gustaran y las que querría que dejaran de gustarme.

Aquella joven era astuta. Lila había descartado aquella lista hacía mucho tiempo.

—Bien, la buena noticia es que viene un nuevo candidato hoy mismo.

Justine se quedó boquiabierta.

—¿Ha perdido el juicio? Sea quien sea, cancele la visita. No quiero conocerlo.

—Creo que este caballero va a ser el adecuado para usted.

—Lady Aleksander, usted no me inspira confianza, precisamente.

—Se trata del príncipe Michel de Miraval, un hermoso principado del Mediterráneo que creo que le gustaría mucho en verano.

La princesa Justine emitió una exclamación de angustia. Se agachó, recogió a la perrita y tomó la cesta con la mano libre. Después, se encaminó hacia la casa. Lila la siguió apresuradamente.

—Es un caballero —le dijo—. Es bondadoso y ama a los animales. Tiene cabras, gallinas, perros y gatos. Y también le gusta leer. La última vez que estuve con él, hablamos de la obra de Voltaire.

—¡No diga una palabra más! —le espetó la princesa.

—*¡Cessez!* —gritó uno de los guardias que siempre acompañaban a la princesa.

—¡Lo siento, no hablo wesloriano! —respondió Lila, mirando hacia atrás.

—¡Wesloriano! ¡Está hablando en francés, y le está ordenando que se detenga.

—El príncipe Michel tiene hermanos menores, y es muy bueno con ellos. Será un padre excelente. Y, aunque tiene una buena estatura y un físico agradable, no es tan guapo como para que tenga que preocuparse de que las mujeres se tiren a sus pies, como le habría ocurrido con el señor Ashley.

La princesa aceleró el paso, y Lila también.

—Tiene un año más que usted, y es el heredero de una enorme fortuna proveniente del comercio marítimo.

La princesa Justine se detuvo para dejar a Dodi en el suelo y comenzó a subir los escalones de la terraza. La perrita corrió tras ella. Lila ya no pudo seguirle el ritmo, y gritó tras ella:

—¡Va a venir a tomar el té!

Después, tomó aire.

La princesa Justine entró en la casa con la perrita, y ella se quedó en la terraza. Cuando recuperó el aliento, decidió dar un paseo para tomar un poco el sol. Siguió un camino que ya conocía bien, que rodeaba la residencia y llevaba al bosque. Cuando torció una de las esquinas de la casa, vio a alguien que acababa de llegar a caballo.

Se detuvo y se puso una mano sobre los ojos. Al darse cuenta de quién era, sonrió.

—Vaya, vaya, milord. No puede estar alejado de ella, ¿eh?

William Douglas le entregó las riendas del caballo a un sirviente. Llevaba algo en la mano... un libro. Iba a llevarle un libro a la princesa. Caminó hacia la casa y subió los escalones de la entrada de dos en dos.

Lila sonrió. Cómo le gustaba que sus planes salieran bien.

Había llegado la hora de preparar a Robuchard para un emparejamiento que no figuraba en las listas. Empezó a escribir la carta mentalmente mientras caminaba hacia el bosque.

Antes de llegar a Prescott Hall, William había estado muy ocupado.

Lo primero que había hecho al levantarse había sido enviar un telegrama a Robuchard.

¡Su casamentera es deplorable! ¡Menos mal que estoy yo aquí para evitar las catástrofes! ¡Le sugiero que la despida inmediatamente!

Ewan le señaló, nervioso, los signos de exclamación.

—No les van a gustar las marcas, milord. El encargado del telégrafo se pone rojo de rabia cuando las ve.

—Esas marcas, como tú las llamas, son parte necesaria del lenguaje escrito, Ewan —respondió William, y sacó una corona de su monedero—. Toma, dale esto. Dile que es importante que las marcas se queden en su sitio, porque sirven para transmitir la urgencia de la situación.

Ewan suspiró. Después, se alejó murmurando entre dientes.

Lo siguiente que había hecho William había sido ir a casa de Beck. Sin avisar, lo cual era de mala educación, pero no le importaba, porque estaba en medio de una crisis.

Lo llevaron al jardín, donde estaba la familia Hawke al completo. Sinceramente, así era como los encontraba cada vez que iba a verlos. La mujer de Beck estaba sentada, hojeando una revista de moda, con el vientre hinchado por otro embarazo.

Beck estaba tendido boca arriba en la hierba, con tres niñas pequeñas encima, y movía los miembros y las extremidades para adaptarlas a lo que ellas estuvieran haciendo. La cuarta niña, que era la más pequeña, estaba tumbada en la hierba, junto a su padre, chupándose el dedo.

Y Donovan, el misterioso niñero... y amigo, suponía él, estaba sentado debajo de un árbol leyendo un libro.

William los saludó a todos.

—Douglas —dijo Beck, alegremente—. ¿A qué debemos el extraordinario placer de tu visita?

—Necesito consejo.

—¡Consejo! Necesita que lo aconsejemos, amor mío —dijo Beck, como si su mujer no lo hubiera oído.

—Todos necesitamos que nos aconsejen de vez en cuando —dijo ella—. Yo necesito consejo sobre cuál es el vestido que debo encargar. Hay demasiados diseños entre los que elegir.

—Perdona, pero yo te he ofrecido mi consejo amablemente y tú lo has rechazado —dijo Donovan.

Lady Iddesleigh bajó la revista.

—Donovan, ya te he dicho que no me voy a poner nada amarillo. ¿No ves que soy pelirroja?

—Por eso, precisamente, deberías llevar el color amarillo —dijo Donovan.

William estaba en medio de una misión, y no quería distracciones. Pero ¿quién era aquel hombre?

—Douglas, ¿la pregunta que traes es apropiada para cuatro pares de orejas enormes? —preguntó Beck.

La mayor de sus niñas, Mathilda, alzó la vista.

—¿Quién tiene unas orejas enormes, papá?

—Tú. Tan grandes como las de un elefante. Míralas ahora, movidas por el viento.

—¡Yo no tengo las orejas de elefante! —gritó la niña. Entonces, las tres hermanas atacaron a su padre y se pusieron a saltar sobre su estómago y sus piernas, mientras Beck hacía sonidos de consternación y movía exageradamente los brazos.

Aquella familia era deliciosa y, si él no tuviera tanta prisa, se habría maravillado, porque Beckett Hawke era el último hombre del mundo a quien se hubiera imaginado así.

—Ah... no —dijo.

Beck lo ignoró, porque había empezado a hacerles

cosquillas a sus hijas. Al final, fue lady Iddesleigh quien se apiadó de él.

—Bueno, pequeñas mías. El caballero necesita hablar con papá. ¡Katy! Katy, ¿dónde estás? ¿Por qué siempre desapareces? —dijo, llamando a una de las sirvientas.

Donovan dio un resoplido.

—Si es lista, estará limpiando la habitación más lejana de la casa.

Cerró el libro y se puso en pie, y se acercó a las niñas y a su padre. Lady Iddesleigh se levantó de la silla y llamó a sus hijas.

—Bueno, vamos, queridas.

Al oír el sonido de la voz de su madre, las tres abandonaron a su padre sin darle siquiera un beso. Donovan pasó por encima de Beckett y tomó al bebé en brazos, y siguió a las niñas y a la madre.

Cuando, por fin, quedaron a solas, William le ofreció una mano a Beck para ayudarlo a levantarse de la hierba. Beck iba en mangas de camisa. Dio un salto y comenzó a sacudirse las briznas de hierba de los pantalones. Se acercó a una mesa y se sirvió un vaso de agua.

—Me van a matar —dijo—. Y pensar que temía la muerte a manos de Caro, Eliza y Hollis. Comparadas con mis hijas, eran unos patitos.

Se bebió el agua y miró a William.

—Bueno, dime. ¿Qué clase de consejo necesitas, amigo mío?

—Necesito saber cómo puedo librarme de una casamentera.

Beck se echó a reír. Él, no. Se dio cuenta de que Donovan había vuelto al jardín, y no quería tener audiencia en aquella conversación. Sin embargo, quería llegar a Prescott Hall antes de que fuera demasiado tarde.

—Le ha presentado a la princesa los peores candidatos del mundo. Príncipe di Aggiani. Jonathan Ashley.

—¡Ashley! Ese es un canalla. Una vez intentó visitar a mi hermana Caro. No le permití que entrara, claro.

—Tiene que haber algo que pueda hacerse —dijo William.

Beck ladeó la cabeza.

—¿Qué puede hacerse? ¿Y por qué te importa tanto con quién se case la princesa?

—Yo... No me importa —dijo él, tartamudeando un poco—. Bueno, sí me importa, porque es mi amiga. Pero solo por eso.

—Umm, ummm —murmuró Donovan.

William se frotó la nuca.

—Beck. Ayúdame.

—Sí, claro que sí, porque está claro que necesitas mi ayuda. Te voy a dar este consejo como amigo, ¿entendido, Douglas?

William asintió y le indicó con un gesto de la mano que podía continuar.

—Mi consejo es que te quites de en medio y dejes que lady Aleksander encuentre un marido para la princesa. Ella debe casarse, y pronto, si son ciertos los rumores sobre la salud de su padre. Y a ti te apartarán de su círculo dentro de poco, porque el rumor de un escándalo en Escocia está empezando a llegar a Londres.

A William se le paró el corazón.

—¿Qué rumor?

Beck sonrió.

—¿De verdad no lo sabes? ¿Te gustaría que repitiera todo lo que he oído decir sobre ti? Porque es mucho. Bueno, tal vez pudiera repetir solo las partes más jugosas.

Donovan se echó a reír.

Él se había temido lo peor después de oír los desvaríos de borracho de Ashley, pero la esperanza había conseguido bloquear sus miedos.

—¿Un rumor... sobre mi padre?

Beck hizo un gesto negativo.

—Sobre ti y una chica del campo.

William notó que se quedaba sin sangre en la cara. Su padre había pagado una fortuna para mantenerlo en secreto, aunque él le había dicho que no serviría de nada.

—Yo no hice nada, te doy mi palabra. No ocurrió nada, salvo que yo intenté ayudarla.

Beck alzó una mano para ahorrarle a su amigo la vergüenza de tener que seguir balbuceando.

—No tienes que decir nada más. No soy yo a quien tienes que convencer.

De repente, William se quedó horrorizado por la posibilidad de que aquellos rumores llegaran a oídos de Justine. Se le encogió el corazón a causa del sentimiento de injusticia y de desesperación. Preferiría morir antes de permitir que ella pensara algo malo de él. Quería que lo estimara. Quería que... lo amara.

Tanto como él a ella. Más, a cada día que pasaba.

No podía soportar la idea de que lo apartaran de su círculo, pero sabía que eso podía ocurrir en un abrir y cerrar de ojos. Él disfrutaba en su compañía, y no podía soportar nada de aquello.

—Parece que está enfermo, milord —dijo Donovan.

—Creo que me está fallando el corazón —admitió William.

—Tengo una idea —dijo Donovan.

William lo miró.

—Muchas gracias. Pero ¿quién es usted? Aparte del tutor de las niñas.

Beck se echó a reír.

—No es un tutor, Douglas —le dijo.

—Digamos que soy un viejo amigo de la familia —respondió Donovan—. ¿Quiere que le cuente mi idea, o no?

William estaba dispuesto a aceptar cualquier idea en aquel momento. Le hizo una señal para que siguiera hablando.

—Invite a la casamentera a tomar el té. Dígale lo que sabe de los candidatos a quienes ella elija, y ofrézcale su ayuda. Como es usted un tipo guapo, ella aceptará.

—Una espléndida idea, Donovan —dijo Beck—. Por supuesto que es lo que debe hacer. No se va a ganar su favor si la desafía, así que lo mejor es que la engatuse.

Capítulo 25

Aquel día, cuando llegó a Prescott Hall, William estaba un poco deprimido. Eso no era propio de él, porque era un hombre pragmático y contenido en sus emociones, y siempre había sabido lo que sentía por la gente y por las cosas en diferentes situaciones. Nunca había tenido motivos para cuestionarse sus sentimientos, siempre había sabido interpretarlos, pero en aquella ocasión no era capaz de conseguirlo y no podía evitar que la incertidumbre lo desanimara. Sin embargo, al mismo tiempo, sentía una gran esperanza. Estaba preparado para lo peor y, aun así, sentía un dolor curioso en el pecho...

Bajó del caballo con el regalo que le había llevado a Justine. Él, llevándole un regalo a una mujer que no era su amante.

El mayordomo lo recibió en la puerta y tomó su sombrero.

—Su Alteza Real está cortando flores en el jardín —le dijo—. Está en los parterres de la zona este —añadió, señalándole uno de los caminos que rodeaban la casa—. El guardia lo anunciará.

En una de las esquinas del edificio había un guardia apoyado en el muro, aburrido, medio dormido. Caminó en dirección a él. El guardia se irguió y le cortó el paso.

—*Stat* —le dijo.

Aunque no sabía lo que significaba aquello, supuso que era la orden de detenerse.

—El mayordomo me envió hacia aquí, muchacho.

—*Las ta lebi!* —dijo una mujer.

William se inclinó para mirar más allá del guardia. Justine estaba a pocos metros, con un enorme sombrero de paja y una trenza cayéndole por la espalda. Llevaba un delantal de jardinería sobre un vestido azul.

El guardia se hizo a un lado y le permitió pasar, pero lo miró con una expresión huraña, como si no estuviera de acuerdo con la orden que le habían dado. William fue hacia la princesa.

Justine dejó la cesta en el suelo y se quitó los guantes. Se apartó un mechón de pelo de los ojos.

—¿Por qué se empeña todo el mundo en venir a buscarme al jardín? —preguntó.

—¿A lo mejor es porque estás aquí? —dijo él, y pensó que Justine estaba muy guapa vestida de jardinera—. ¿Dónde está Dodi?

—La pobrecita está agotada. La he dejado con lady Bardaline —respondió Justine, y miró fijamente a William—. Supongo que vienes a regodearte.

—Su Alteza Real... yo nunca haría tal cosa. No. En realidad, he venido a devolverte esto —dijo él.

Se metió la mano al bolsillo y sacó la pulsera.

A Justine le cambió la expresión de la cara. Se le escapó un jadeo de sorpresa y lo miró con una sonrisa de gratitud.

—La has encontrado.

—Sí.

—¡Gracias! —exclamó ella, y le tendió la mano para que él le entregara la pulsera—. Estaba muy apenada. Mi padre me la regaló cuando me invistieron princesa heredera. Mira, ¿lo ves? Estas son nuestras iniciales, están entrelazadas. El rey y su heredera.

—Sí, ya lo he visto.

—¿Dónde la encontraste?

—En el salón de los Grafton, cerca de donde cayó tu tiara —dijo él.

Se metió el libro bajo el brazo y le quitó la pulsera de la palma de la mano. Se la puso en la muñeca y, al cerrar el broche, le acarició la piel con el dedo gordo. Lo hizo porque quería sentir su calor, saber si su piel era tan suave y sedosa como parecía.

Ella bajó la mirada lentamente.

—¿Qué ha sido eso? —preguntó Justine.

—Nada —dijo William. Le soltó la mano y se sacó el libro de debajo del brazo.

—¿Y eso, qué es? —preguntó Justine, señalando el libro.

—Ah... he pensado que... quizá... te gustaría...

Justine le quitó el libro de la mano y le ahorró tener que decir que era un regalo.

—Como te gustan los libros, he pensado que... —William carraspeó—. William Thackeray es un novelista inglés que...

—Sí, lo conozco —dijo ella, mirando el lomo del libro.

—Se titula *La historia de Henry Esmond*. Me parece que es una historia muy inglesa. A mí me gustó.

—¿Lo has leído? —le preguntó ella, con una expresión dubitativa.

—Creo que debería sentirme ofendido. Sé leer, señorita. Y, como a ti, me gusta.

—Pero es que yo nunca había conocido a un caballero a quien le guste leer obras de ficción.

—Todas las obras escritas son obras de ficción. Varían en el grado.

Ella se echó a reír. Se sacó los anteojos del bolsillo y se los puso. Abrió el libro.

William pestañeó. No se lo esperaba, pero Justine estaba... encantadora con los anteojos. Sin ellos, era elegante, refinada, bonita. Una reina. Pero, con ellos... estaba adorable.

Ella miró hacia arriba y frunció el ceño con curiosidad.

—¿Por qué me miras así? ¿Es que nunca habías visto a nadie con anteojos? Aunque parezca tonta con ellos, los necesito para leer. No puedo evitarlo.

—No pareces tonta. Te quedan mejor que a ninguna otra persona que yo haya visto.

—No me tomes el pelo.

—No te estoy tomando el pelo, Justine. Estás... encantadora.

—¿Encantadora? —preguntó ella, con los ojos muy brillantes, y se echó a reír.

Entonces, William ya no pudo evitarlo más. Le tomó la cara con ambas manos y la besó.

Justine gritó contra su boca y lo empujó hacia atrás.

—¡Has perdido la cabeza! —susurró, y miró hacia donde estaba el guardia.

—Sí, puede ser —respondió él, con sinceridad.

—Pensé que se suponía que soy yo la que debe pagar mi deuda.

—Eso no ha sido por la apuesta —dijo él. Se sentía molesto consigo mismo.

—Entonces, ¿por qué? Debes de estar muy satisfecho, porque volviste a acertar.

—No estoy satisfecho. Me enfada mucho que te presentaran a Ashley.

—Tenía que haberte hecho caso —dijo Justine. Se dio la vuelta y se adentró más en el jardín—. Pero parece que vas a tener otra oportunidad de demostrar tu enorme capacidad de análisis e informar a Robuchard. Esta tarde va a venir otro pretendiente, el príncipe Michel de Miraval. ¿Lo conoces?

—No. Nunca había oído hablar de Miraval, ni de su príncipe.

—Miraval es un pequeño principado a orillas del Mediterráneo. Mis antepasados lo gobernaron una vez, hasta que fueron expulsados por los españoles.

—¿Un país pequeño? Ese es motivo suficiente para descartarlo.

Justine se rio de nuevo y caminó hasta el final de un seto que había sido tallado en forma de mariposa. Miró al guardia y, después, a William, y se metió detrás de la mariposa. El guardia estaba apoyado en el muro, de espaldas a ellos. En dos pasos, William se metió también detrás del seto. Allí había un banco, y en el seto había un pequeño hueco, recortado en los arbustos, que permitía ver el otro lado.

Justine se dejó caer sobre el banco y se quitó el sombrero, que quedó colgando por su espalda, sujeto a una cinta.

—Ese es el guardia más perezoso de todos. Ni siquiera se va a dar cuenta —dijo.

—¿Estás segura?

Ella asintió y estrechó el libro contra su pecho.

—Esto también es muy amable por tu parte, William. Me gusta leer, y he leído obras muy buenas, no solo de ficción. Yo...

Él se sentó a su lado y le quitó los anteojos. Los plegó cuidadosamente.

—¿Y qué haces ahora?

—Has mencionado que perdiste la apuesta.

—Claro. Yo siempre cumplo mi palabra.

—Me alegro —dijo él.

Le acarició la mandíbula y le besó la mejilla. Ella suspiró suavemente.

—Voy a ser reina. Es muy importante que cumpla mi palabra. Si la gente perdiera su buena opinión sobre mí, se volverían contra mi gobierno.

—¿Eso también lo has leído? —preguntó él, y le besó la otra mejilla. Después, bajó hacia su cuello.

Ella inclinó la cabeza a un lado para facilitarle el acceso.

—No, me lo dijo mi padre. En realidad, él me ha enseñado todo lo que sé.

—¿Y no te aconsejó nunca que no hicieras apuestas si tenías miedo de perderlas?

William posó una de las manos en su rodilla y la deslizó hacia abajo, hasta que encontró su tobillo por debajo de todos aquellos metros de tela. No apartó la mirada de su cara; se fijó en las pecas de su nariz y en que tenía una de las cejas ligeramente más alta que la otra. El sol se reflejaba en sus ojos dorados.

—No tengo miedo de perder —dijo ella—. Tengo miedo de que se me pase la vida sin ningún sentido.

—Eso no va a suceder si tú no lo permites.

William se inclinó hacia delante y le besó el cuello. Justine inclinó la cabeza hacia atrás. Lentamente, él deslizó la mano por su pierna, hacia arriba, notando la seda de la media, hasta que llegó a la piel desnuda de su rodilla. Ella tomó aire bruscamente, y él la besó en los labios.

—Te estás tomando muchas libertades con mi persona —dijo Justine, y correspondió a su beso. Le acarició el rostro con los dedos, y los metió entre su pelo.

—Porque no puedo resistirme a ti. ¿Prefieres que pare?

Ella sonrió seductoramente.

—Yo no he dicho eso.

Él siguió su camino hacia arriba y acarició el encaje de sus bragas, y llegó a su muslo. Al tocarle la parte interior, supuso que ella le apartaría la mano, pero, por el contrario, Justine separó un poco las piernas.

William sintió una inmediata avalancha de deseo que le impidió controlarse. Justine se estremeció al notar su caricia y jadeó dentro de su boca, e incluso le mordió el labio inferior. Él siguió moviendo la mano hacia arriba.

—No podemos hacer esto —le susurró Justine, al oído.

—Voy a parar...

—¡No! —dijo ella—. Quería decir que... Bueno, no importa. No quiero que pares.

Aquello fue como si se desnudara de repente y se colocara ante él. William la besó con lujuria y deseo y metió los dedos bajo su ropa interior. Encontró los pliegues de su carne.

A ella se le escapó un jadeo casi inaudible, y él volvió a pensar que debería detenerse... ¿cómo podía ser tan estúpido?

Fue casi como si Justine pudiera leerle el pensamiento, porque lo besó con dureza, le acarició los hombros, se estrechó contra él y arqueó la espalda.

A él se le pasó por la cabeza, brevemente, que estaban en el jardín, que podía aparecer cualquiera y sorprenderlo devorando a la futura reina de Wesloria. Eso sería un desastre para los dos. Sin embargo, Justine lo animó, y él no era ni un héroe ni un santo. Sentía el mismo deseo que ella.

Estaba loco por Justine. La deseaba tanto que se alarmó. Hubiera dado el patrimonio de los Hamilton solo por acariciarla y sentir la respuesta que ella le provocaba. Hacía mucho tiempo que no se sentía tan excitado; notaba la sangre corriéndole por las venas y tenía el corazón acelerado. Siguió acariciándola y girando el dedo sobre su carne, y deslizándose en su interior, una y otra vez. Justine se apretó contra su mano, moviéndose contra él, siguiendo su ritmo.

Ella no debería desear aquella seducción. Se suponía que debía pensar en otras cosas, debería estar por encima del deseo que él sentía por ella. Sin embargo, se las había arreglado para provocar un calor furioso y ansioso en su interior, un calor que no podía extinguirse. Y él no sabía qué hacer.

Cuando le acarició el centro del cuerpo con el dedo gordo, ella jadeó de nuevo y se alzó contra él, hasta que emitió un ruido amortiguado de placer contra su hombro. William notó que se derretía alrededor de él, y la sujetó con un brazo para que no se cayera del banco. Cuando Justine se quedó completamente inmóvil, él retiró la mano y sacó un pañuelo de su bolsillo.

Justine abrió los ojos y lo miró fijamente. Tenía los ojos tan dorados y cálidos como el sol. Ella le posó la palma de la mano en la mejilla, y él notó una corriente de emociones entre ellos, algo que parecía afecto mutuo.

William recogió los anteojos de la princesa y se los puso. Justine se inclinó hacia delante y lo besó con delicadeza. Después, se puso el sombrero.

—Si te preguntara qué estamos haciendo tú y yo, ¿qué dirías?

—Buena pregunta —respondió William, cabeceando—. Yo... siento estima por ti, Justine. Disfruto mucho de tu compañía. Y me pareces increíblemente atractiva.

Ella sonrió.

—¡Y a mí me pasa lo mismo! Esto es una locura, William. Vine a Inglaterra para concertar un buen matrimonio, no para mantener una aventura que puede empeorar las cosas. Sin embargo, no me veo capaz de dejar de hacer estas apuestas.

—Es culpa mía. Yo no soy capaz de controlarme contigo.

—No, no es culpa tuya. Yo estaba exactamente igual de dispuesta a... apostar —dijo ella.

—Justine, yo...

—¡*Princia! ¡Princia!*

Parecía que el guardia sí había notado su ausencia, después de todo. Justine se puso en pie de un salto.

—Me están buscando —dijo.

Se inclinó para recoger el libro que le había regalado William y, con una mirada de consternación por haber terminado aquella conversación, se alejó, ajustándose el sombrero mientras caminaba.

William también estaba consternado. No sabía lo que iba a decir.

«No conozcas a más pretendientes. Mírame a mí. Tengo que decirte una cosa sobre mí que va a echar por tierra todas mis esperanzas, pero te deseo. Te quiero».

Siguió en aquel banco un rato más, enfrentándose consigo mismo y con el mundo como nunca lo había hecho en su vida.

Capítulo 26

Cuando Justine apareció desde detrás del seto en forma de mariposa, el guardia tenía una expresión de pánico. En aquel tiempo, a ella podrían haberla secuestrado y decapitado, y haber expuesto su cabeza en una pica. Aunque no iba a protestar, porque no había ocurrido nada semejante y, obviamente, si el guardia hubiera aparecido un poco antes, ella hubiera perecido de mortificación.

Al pensarlo, se ruborizó. Recogió la cesta y se preguntó si su expresión dejaba traslucir lo que había sucedido realmente detrás del arbusto.

—Su Alteza Real, la requieren —dijo el guardia, con cierta ansiedad, e hizo una marcada reverencia.

—Como siempre —respondió ella.

Hubiera preferido poder pasar unos momentos a solas hasta que hubiera cesado la efervescencia de su sangre, poder sentarse y reflexionar sobre lo que había pasado, sobre el hecho de no haber tenido la más mínima duda sobre lo que quería. Lo que quería era estar con William, saber si él sentía aquella misma efervescencia. Miró hacia atrás. Él también había salido de detrás del seto y la seguía.

—Milord...

—Su Alteza Real, ¡la hemos encontrado!

Justine dio un suave gruñido al oír la voz de Lila. Sonrió con pesar a William y se giró hacia la casamentera, que llegaba acompañada por lady Bardaline.

—Le pido disculpas por la interrupción —dijo Lila—, pero ha llegado el príncipe Michel.

—¿Ya? —preguntó Justine.

Al mismo tiempo, William preguntó:

—¿Aquí?

—Le pido disculpas, milord —dijo lady Bardaline, adelantándose—. La princesa tiene un compromiso...

—Sí, ¡y es una suerte que lord Douglas esté aquí! Milord, tiene que quedarse a cenar. La cocina ha preparado un menú delicioso en honor a nuestro invitado. Tengo entendido que es un menú francés.

Justine no sabía qué le gustaba más, si el hecho de que Lila invitara a cenar a William o que lady Bardaline, de repente, tuviera una cara tan agria.

—Gracias, pero no debería interferir...

—¡No es ninguna interferencia! —insistió Lila, y miró a Justine para que ella lo confirmara.

Parecía que William estaba incómodo, como si no supiera qué decir.

—Por favor, milord, quédese. La cena será más animada con usted presente. Y no tengo duda de que podrá darme consejos muy útiles.

William la miró directamente a los ojos, casi como si quisiera llegar hasta su corazón.

—Y yo no tengo duda de que serán beneficiosos para usted —dijo, con una sonrisa.

Justine estaba de acuerdo.

—Pues, bien, si Su Alteza Real desea contar conmigo, estaré encantado de unirme a ustedes —dijo William.

—Pero... ¿no sería mejor...? —balbuceó lady Bardaline. Parecía que estaba a punto de echarse a llorar. De repente, miró la cesta de Justine—. ¿Qué es eso?

Justine miró hacia abajo. Obviamente, era un libro. Sin embargo, Lila también se había fijado y estaba sonriendo. ¿Por qué provocaba la desconfianza de lady Bardaline y la sonrisa de Lila? ¡Solo era un libro, por el amor de Dios!

De repente, Justine se puso nerviosa, como cuando su madre descubrió la verdad sobre Aldabert Gustav. A ella no le gustaba pensar en que pudiera repetirse aquella escena, así que irguió los hombros y dijo:

—Lady Bardaline, ¿sería tan amable de ocuparse de que lord Douglas esté atendido?

Y, con aquello, se dirigió hacia la casa. No iba a responder preguntas ni aguantar miradas subrepticias. Iba a darse un baño y a leer su libro, y a acariciar a su perrita, y a pensar en aquello tan extraordinario que había sucedido en el jardín.

Seviana la convenció de que se pusiera el vestido de rayas rosas y blancas. A ella le recordaba a una muñeca de porcelana que había tenido de niña. Llevaba un collar de perlas y una peineta a juego. El sultán de Omán había hecho aquel regalo a Wesloria durante una visita de estado.

Por fuera, parecía alguien que se tomaba muy en serio las cosas. Una mujer que ya estaba lista para gobernar. Una digna descendiente de la reina Elena.

Por dentro se sentía como una niña, temblorosa, acalorada. No le importaban ni el decoro ni la moralidad. Era la mujer que había permitido a William hacer lo que habían hecho detrás del seto como si no tuviera ni la más mínima preocupación en la vida.

Ojalá tuviera el valor de ser esa mujer por dentro y por fuera. Alguien que disfrutaba de la vida, a quien no afectaba lo que pudiera decir la gente.

Recogió a Dodi y le revolvió el pelaje.

—Tú nunca pensarías nada malo de mí, ¿verdad, cariño? —le susurró a su perrita.

Dodi movió la cola con entusiasmo.

Justine la dejó en el suelo y se puso en camino hacia el salón. La perrita caminó a su lado alegremente.

Cuando llegó al salón, todo el mundo le hizo una reverencia. Dodi se adelantó a saludar a todo el mundo y comenzó a olisquear el aire en busca de olores interesantes. Ella sonrió forzadamente y se acercó a los presentes para desearles una buena noche, mientras trataba de controlar el nerviosismo.

Lila fue la primera en recibirla, por delante de lady Bardaline, que, claramente, quería hacer las presentaciones.

—Su Alteza Real, permita que le presente a Su Alteza Real, el príncipe Michel de Miraval —dijo Lila.

El príncipe se adelantó e hizo una reverencia.

—Su Alteza Real, es todo un honor conocerla.

Hablaba un perfecto inglés, sin acento.

—Gracias.

Él sonrió amablemente. Tenía una mirada bondadosa. Era esbelto y no demasiado alto, unos cinco centímetros más que ella. Tenía la piel oscura, los ojos marrones y las pestañas espesas, y una sonrisa tan agradable, que ella se calmó al instante.

—¿Lleva muchos días en Londres, Alteza? —le preguntó ella.

—Solo una semana. Mi abuela vive en Belgravia.

—¿Es inglesa?

—Sí —dijo él, mientras se agarraba las manos a la espalda—. Yo me eduqué aquí, bajo su tutela.

No era el hombre más guapo que hubiera visto, pero, sinceramente, prefería una mirada amable y una sonrisa agradable a una cara bella. Justine miró a William, que estaba un poco retirado de los demás. Sin embargo, oyó un trino que le llamó la atención, y se giró hacia la ventana.

—Ah, creo que ha oído mi regalo —dijo el príncipe Michel, con timidez.

—¿Disculpe?

—Si me permite...

El príncipe iba a buscar lo que había llevado, pero Lila ya les había indicado a los lacayos que acercaran el regalo. Era un bulto bastante grande cubierto con una tela de seda azul. Dodi empezó a ladrar con toda aquella actividad, y lady Bardaline la sacó rápidamente del salón. Entonces, el príncipe Michel apartó la tela y dejó a la vista una jaula en cuyo interior había dos preciosos pájaros. Tenían el cuerpo verde y la cara naranja. Justine nunca había visto unas aves tan coloridas.

—¡Son una belleza!

—Temía que no sobrevivieran al viaje en barco, con los mares agitados.

—¿Y se pusieron malos durante la travesía?

—En absoluto. Parece que fui yo el único que estaba a punto de morir. Pero, cuando el mar se calmó de nuevo, abrí los ojos y estas dos preciosidades me estaban mirando con curiosidad.

Justine se echó a reír.

—¿Qué pájaros son?

—Agapornis. Los elegí por su belleza –dijo el príncipe, y se rio suavemente, con azoramiento—. Uno desea causar una buena impresión.

—Eso es lo que me ha dicho mi amigo lord Douglas en muchas ocasiones. ¿Lo ha conocido?

El príncipe Michel se giró y sonrió a William.

—Sí, por supuesto. Hemos descubierto que tenemos un amigo común.

—¿De veras? —preguntó ella, mirando a William.

—El conde Jurgen de Bavaria —dijo él.

—¿De verdad? ¿Y cómo es que los dos conocen al conde Jurgen?

—Él viaja con frecuencia entre Miraval y París —respondió el príncipe.

—Yo lo conocí durante un verano que pasé en París —dijo William.

Justine cabeceó maravillada.

—De veras, lord Douglas, me pregunto si queda alguien en el continente a quien usted no conozca.

—Bueno —dijo el príncipe Michel—, este es nuestro primer encuentro.

—Pero creo que no será el último, Su Alteza —dijo William.

Lord Bardaline interrumpió la conversación al anunciar que iba a servirse una copa de vino en el invernadero antes de la cena. Todos se trasladaron a aquella habitación y dos lacayos empezaron a servir el vino. El príncipe Michel se fijó en el trozo de tela verde que Justine llevaba prendido en la hombrera del vestido, y en el color verde que llevaban los lacayos, y dijo que le parecía una preciosa costumbre wesloriana. Que ojalá en Miraval hubiera una tradición como aquella.

Dijo que había leído la historia completa de Wesloria, y que le parecía sorprendente que el país hubiera estado gobernado por tantas reinas mucho antes que otras naciones europeas. Dijo que le parecía que las mujeres tenían el don de la justicia cuando ocupaban un trono, y destacó el mandato de su tatarabuela en Miraval, explicándole a Justine que había acometido reformas muy necesarias para el avance de su pequeño principado.

Era un acompañante encantador. Le hizo preguntas sobre ella y demostró interés en Wesloria. Justine no dejaba de mirar a William para intentar descifrar su expresión. Se preguntó si estaba pensando en lo que había ocurrido aquella tarde, y si tenía los mismos sentimientos que ella. Se preguntó qué pensaba él del príncipe Michel, que, a primera vista, parecía perfecto.

Cuando lord Bardaline se acercó para hablar con el príncipe, ella miró de nuevo a William, que estaba conversando con Lila. Observó su mano y recordó cómo la había acariciado. Aldabert y ella se habían acariciado más allá de lo apropiado, pero él siempre tenía mucha prisa. Con William no había sido igual. Había sido...

—¿Alteza?

Justine se sobresaltó. Lord Bardaline estaba inclinándose ante ella, excusándose, informándola de que la cena estaba servida.

Ella sonrió al príncipe Michel con una expresión de disculpa. Si se había dado cuenta de cómo estaba mirando a William, era tan caballeroso que no lo demostró.

Lord Bardaline los reunió a todos, y ella tomó el brazo del príncipe para ir hasta el comedor. Estaba sentado entre Lila y ella, y William había sido desplazado al otro extremo de la mesa, donde apenas podía verlo. Justine sospechó que, como lady Bardaline no había podido echarlo, lo había colocado tan lejos como había sido posible.

Sin embargo, como el grupo no era muy grande, todo el mundo participó en la conversación. El príncipe Michel dijo que había oído decir que las flores alpinas de Wesloria eran extraordinarias.

—Son muy bellas, pero no tanto como las flores italianas, según tengo entendido —respondió Justine. Al otro lado de la mesa, William se atragantó con un sorbito de vino.

El príncipe Michel dijo que Miraval era famoso por su vino, y que esperaba que a ella estuviera gustándole, puesto que tenía entendido que lo habían servido para aquella cena. William dijo que estaba delicioso, y el príncipe Michel aprovechó la oportunidad para comentar que Miraval tenía la esperanza de llegar a ser para el vino lo que Escocia era para el whisky. Eso dio pie a una animada conversación entre los dos caballeros, que hablaron sobre cuál era el mejor whisky escocés.

Al final de la cena, el grupo volvió al salón. Lady Aleksander aprovechó la oportunidad para mostrarle al príncipe uno de los cuadros que adornaban la habitación, y William se acercó a Justine.

—¿Y bien? —susurró ella—. ¿Qué advertencias tienes para mí?

—Para mi consternación, ninguna. Es un verdadero señor y una persona encantadora. ¿A ti qué te parece?

—Creo que no tiene nada sospechoso.

Los dos vieron reírse al príncipe mientras hablaba con lady Bardaline.

—¿Crees que es él? —preguntó Justine, suavemente.

—¡Es demasiado pronto! —respondió William—. Dale tiempo. La verdad saldrá a la luz. Esta noche se está comportando de la mejor manera posible.

—Pero es que no tengo tiempo.

—Entonces, tal vez deberíamos ponerlo a prueba.

—¿Cómo?

—Ponlo en situaciones distintas para ver cómo reacciona. Por ejemplo, te ha regalado pájaros, pero a Dodi no la ha mirado apenas. ¿Le gustan los perros?

Justine dio un resoplido.

—Eso es demasiado fácil. A todo el mundo le gustan los perros.

—No, no a todo el mundo. ¿Querrías estar casada hasta el fin de tus días con alguien a quien no le gusten?

—No —respondió ella, con horror—. En St. Edys hay perros en todas las habitaciones.

—Deberíamos asegurarnos de cuáles son sus diversiones favoritas. Cabe la posibilidad de que no tengáis ninguna afición en común. ¿Y si él odia la esgrima?

—No es necesario que le guste la esgrima. A ti no te gusta.

—No, pero me encanta ver cómo derribas a hombres que son el doble de grandes que tú.

—¿Y el tiro con arco, quizá?

William giró la cabeza y la miró.

—¿Tú practicas el tiro con arco?

Justine alzó la barbilla.

—No me gusta presumir, pero da la casualidad de que soy muy buena.

Él enarcó las cejas.

—Increíble.

—¿De verdad? Las mujeres tienen puntería, William.

—Claro que sí. Y no solo con el arco.

—Tú tampoco eres arquero, ¿verdad?

—Lo dices como si pensaras que no soy capaz de acertarle ni a una casa.

—Pero eres muy buen pastor —dijo ella, y se tapó la boca con la mano para disimular sus risitas.

—Otro talento que podríamos añadir a tu lista. Eres ingeniosa.

Ella contuvo una carcajada.

—Estoy deseando desafiarte a una competición.

—¿De ingenio?

—No, de tiro con arco.

—Yo nunca voy a rehuir un desafío, pero el objetivo es desafiarlo a él.

Ella miró al príncipe Michel.

—Cierto. ¿Lo invito a que vuelva mañana?

—Creo que sí.

—Y tú también vas a venir, ¿verdad?

—Si tú quieres...

—No soy capaz de evaluarlo sola.

—No, está claro que no.

Ella miró a William, y él sonrió afectuosamente.

—Me da miedo pensar en lo que podría parecerte aceptable si yo no estuviera aquí para guiarte.

—Imagínate —murmuró ella.

Un movimiento detrás de William la distrajo. Justine se inclinó para ver de qué se trataba y se encontró con la cara de desaprobación de lady Bardaline.

—Ah, el deber me llama —dijo.

Sonrió a William y se marchó a hablar con el príncipe Michel.

—Su Alteza Real, el príncipe Michel estaba diciendo que va a volver a Miraval dentro de quince días —le contó Lila.

—¿Tan pronto? Pero, entonces, va a pasar muy poco tiempo en Inglaterra.

—Ay, pero me necesitan en casa. Y, sinceramente, me gustaría cruzar el Canal de la Mancha antes de que comiencen las tormentas. El capitán del barco me ha informado de que lo que experimenté esta última vez no es nada comparado con lo que ocurre en verano. Yo sufro muchos mareos en el mar —dijo, y se echó a reír—. Vaya recomendación para un príncipe de una nación marítima.

Los Bardaline y William, que estaban cerca, rieron amablemente al oír la broma.

El príncipe Michel se giró hacia Justine e hizo una reverencia.

—Su Alteza Real, la velada ha sido maravillosa, pero debo marcharme. Mi abuela me está esperando.

—Entonces, tiene que volver usted mañana.

Al príncipe se le iluminó el semblante.

—Me gustaría muchísimo.

—Está haciendo muy buen tiempo. ¿Le apetecería que hiciéramos un picnic?

—¡Qué idea tan buena! —exclamó Lila—. Yo me encargaré de que lo preparen todo.

—Gracias, milady, pero yo me haré cargo —dijo lord Bardaline, con un gesto muy digno.

—Puede que llueva —dijo lady Bardaline—. Es frecuente en esta época del año.

Justine tuvo que contenerse para no poner los ojos en blanco.

—Nos arriesgaremos, ¿verdad, Alteza?

—¡Sí! —respondió él, con entusiasmo—. Un buen chaparrón es algo que todavía no me ha causado mareos en tierra firme. Gracias. Le agradezco muchísimo la invitación —dijo.

Después, hizo otra reverencia y se dirigió hacia la puerta.

—Yo también debo marcharme —dijo William.

—Y también debe venir a nuestro picnic, lord Douglas —dijo Justine, rápidamente—. Será más divertido cuantos más seamos.

—Pero... —dijo lady Bardaline, y miró a William—. Lord Douglas, ¿no lo esperan en...?

—En ningún sitio —respondió William—. No me esperan en ningún sitio y me encantaría venir.

—Sí, milord, debe venir con nosotros —dijo el príncipe Michel, y parecía sincero en sus deseos de compartir el rato con William.

Justine se dio cuenta de cómo miraban a Lila los Bardaline. Lady Aleksander ignoró al matrimonio.

—¿Los acompaño a la salida, caballeros? —preguntó Lila, y caminó hacia ellos con los brazos abiertos, como si quisiera recogerlos y llevárselos hacia la puerta. William miró de reojo a Justine al pasar, y ella trató de no sonreír.

Cuando los señores se marcharon, Justine notó que

los Bardaline la estaban fulminando con la mirada. Ella se giró lentamente.

—¿Qué sucede?

—Su Alteza Real —dijo lady Bardaline—. Tal vez el picnic fuera más adecuado para usted sin la presencia de lord Douglas.

—Será más adecuado con amigos.

La mujer abrió la boca, pero ella ya se estaba alejando.

—¿No puede esperar, señora? Estoy muy cansada.

Subió a su habitación, le dio la noche libre a Seviana y se acostó con el libro que le había regalado William. Antes de abrirlo, pasó los dedos por el lomo.

Estaba sonriendo. Tenía muchas ganas de volver a verlo al día siguiente.

Incluso tenía ganas de ver al príncipe Michel.

Capítulo 27

Cuando William le dijo a Ewan que necesitaba un chaleco limpio para ir a un picnic y rechazó los tres primeros que le mostró, el hombretón lo miró como si se hubiera vuelto loco.

Tal vez fuera cierto. En aquel momento no podía descartar nada. Nunca había cuestionado la elección de vestuario que hacía Ewan; se ponía lo que le llevara, incluso cuando le parecía inadecuado. Nunca le había preocupado ser más viril o más guapo que otro hombre. Nunca había permanecido despierto toda una noche pensando en una mujer, recordando todas las palabras que ella le había dicho.

Ewan estaba ante él, con la boca abierta, con un chaleco en cada mano.

—No quiero ofenderte, Ewan, pero estos —dijo, señalando vagamente los chalecos— no valen para la ocasión de hoy.

—¿Y la ocasión de hoy, milord, es un... picnic?

—Sí, MacDuff. Un picnic. ¿Tiene algo de malo ir a un picnic?

—No, milord, en absoluto. Solo quiero aclararlo para refinar más la selección de su chaleco —respondió el ayuda de cámara, y se marchó hacia el vestidor.

Hacía siglos que no iba a un picnic, en realidad,

desde que era joven y las mozas organizaban meriendas campestres a las que acudían todos los muchachos de la zona de Hamilton. Pero aquel picnic era diferente. Alguien tenía que vigilar al príncipe Michel, y no podía confiar en que lo hiciera lady Aleksander. Solo había que ver los candidatos que le había presentado a la princesa hasta el momento para saber que no podía confiarse en ella. Aunque el príncipe Michel pareciese el pretendiente perfecto, William no iba a confiar en él después de un solo encuentro.

Ewan volvió con un chaleco de color amarillo y verde, que iba perfectamente con su chaqueta de color verde oscuro.

—Este vale, Ewan —dijo William, con agrado.

Ewan le ayudó a ponérselo y, después, frunció el ceño mientras William revisaba su colección de sombreros y elegía un bombín, el que le pareció más apropiado para protegerse del sol. Entendía que Ewan no lo reconociera; francamente, él tampoco se reconocía a sí mismo.

No podía dejar de pensar en Justine. No podía dejar de darle vueltas a cómo podía acabar con aquel desgraciado proceso de emparejamiento. Obviamente, ese no era su cometido, pero no podía quitarse de la cabeza que el pretendiente perfecto para Justine era él, aunque también sabía que nunca lo tomarían en consideración por muchos motivos relacionados con la familia y el pequeño lío en el que se había metido en Escocia.

Sin embargo, eso no le impedía pensar. Imaginar. Soñar.

En su afán, salió con media hora de antelación y fue el primero en llegar. Le entregó las riendas del caballo a un mozo y, mientras subía los escalones, se abrió la puerta principal y salió el mayordomo. Tras él apareció lady Aleksander, y él se sintió aliviado al no ver a los Bardaline. La presencia de aquel matrimonio le resultaba opresiva.

—¡Lord Douglas! —exclamó alegremente lady Aleksander. Después, miró el reloj que llevaba abrochado en la pechera—. Ha llegado antes de lo que esperábamos.

—Eh... sí, hace tan buen tiempo, que se me ocurrió adelantarme un poco.

La sonrisa de la dama le dio a entender que no creía su excusa.

—Sí, ¿verdad? Hace un día espléndido para un picnic. Por favor, entre, milord.

Una vez dentro, William dijo:

—Esperaba que los Bardaline me estuvieran esperando en la puerta y me echaran.

Ella se echó a reír.

—¿Se ha quedado decepcionado?

—No.

—Me temo que hoy no los verá. Han ido al campo a recoger a la princesa Amelia.

William intentó sacar alguna conclusión de la expresión facial de la dama, pero no encontró ninguna pista.

—Espero que no sea nada grave.

—Eso depende de la perspectiva de cada uno. La princesa envió un mensaje diciendo que tenía la intención de quedarse con lady Holland toda una semana, y a lady Bardaline le pareció una malísima idea —dijo lady Aleksander, y sonrió con ironía—. Cree que la princesa no tiene sentido común.

Pues en ese punto, lady Bardaline y él coincidían. William vio la oportunidad perfecta. Miró a los dos lacayos que siempre estaban en aquel salón y alzó un dedo.

—En realidad —dijo, mientras daba un paso hacia delante para hablar con ella más confidencialmente—, quería hablar con usted sobre este mismo asunto.

Ella enarcó una ceja.

—¿Quería hablar conmigo sobre la falta de sentido común de la princesa Amelia?

—No, no. La princesa Amelia es joven y tiene mucha libido. Eso es de esperar.

—Oh, vaya —dijo lady Aleksander, y se echó a reír.

—Pero, si me lo permite, le haré una sugerencia...

—Por favor —dijo ella, y le señaló uno de los sofás para que se sentaran, como si le pareciera que aquello les iba a llevar algo más de tiempo.

—He llegado a la conclusión de que sería más prudente que usted dirigiera sus esfuerzos hacia la princesa Amelia, en vez de a Su Alteza Real.

—¿De verdad?

Él no supo decir si aquello la había sorprendido o la había divertido.

—Es más probable que sea la princesa Amelia quien cause un escándalo para su familia, ¿no cree? Pero su hermana es... sensata.

—Sensata —dijo ella, como si nunca hubiera oído aquella palabra. Después, miró por la ventana pensativamente—. Estoy de acuerdo en que la princesa Justine es muy sensata.

William no esperaba aquella respuesta, y no sabía qué más decir para no parecerse al viejo chismoso que vivía cerca de Hamilton Palace. Apretó los labios y, como no se le ocurría ninguna otra cosa aceptable que decir, se encogió de hombros para quitarle importancia.

—Solo hablo en calidad de amigo de Su Alteza Real.

—Naturalmente. Como amigo —dijo lady Aleksander. Parecía que estaba a punto de echarse a reír.

—¿He dicho algo gracioso?

Ella hizo un gesto negativo con la cabeza.

Él asintió, sin saber qué más decir.

—Es solo que me resulta curioso que usted haya recuperado esta amistad —dijo ella—. He oído decir que usted habría corrompido a la princesa si hubiera surgido la oportunidad cuando ella solo tenía diecisiete años.

William se quedó pálido.

—¿Disculpe?

Ella se encogió de hombros ligeramente.

—Solo son viejos rumores. Sin embargo, tiene razón.

—¿De veras?

—Tiene razón en preocuparse por la princesa Amelia. Seguramente, debería escribirle una carta a Robuchard para contárselo. Es decir, a menos que usted prefiera tener el honor.

—¿Yo? —dijo él, y se echó a reír—. No, gracias. Apenas hablo con él.

—¿No? Bueno, de todos modos, me ha hecho pensar, milord. Tal vez deba posponer la visita del próximo candidato hasta que Su Alteza Real haya tenido unos días para orientarse.

William se quedó asombrado.

—¿Hay otro?

Lady Aleksander se echó a reír.

—Siempre hay otro hasta que el asunto está resuelto. El siguiente es un industrial americano que está pasando el verano en Londres.

—Uff —dijo William, sin darse cuenta.

—¿Disculpe?

Él pestañeó.

—¿Qué? Eh, no, nada... Es solo que he oído decir que los americanos comen con las manos —dijo, y se estremeció—. No son muy civilizados.

—No me diga. Bueno, este parece civilizado. Se llama Henry Thompson. Es muy rico y ha viajado mucho. ¿Lo conoce?

—No.

Se oyó la llegada de un carruaje por el camino de

entrada, y los dos miraron por la ventana. Lady Aleksander se puso de pie. A William se le estaba escapando aquel momento.

—Lady Aleksander... mis intenciones son buenas y sinceras.

—Oh, de eso no tengo ninguna duda. Gracias por sus consejos y su preocupación, milord. Es importante que me lo haya transmitido, a pesar del escándalo que lo rodea. Me imagino que la situación no debe de ser fácil para usted.

De repente, William se sintió como si el suelo se abriera bajo sus pies.

—¿Disculpe?

Ella sonrió mientras pasaba a su lado hacia la puerta.

—En Londres se corre la voz rápidamente. Creo que ha llegado el príncipe Michel. Si me disculpa...

Al instante, William tuvo miedo de que los rumores llegaran a oídos de Justine. ¿Cómo era posible que hubieran llegado desde Escocia? Si Justine creía las habladurías, lo expulsaría de su círculo. Él no quería eso. No podría soportarlo.

Era tonto; debería haber estado preparado para algo así. Sabía que la noticia llegaría a Londres, pero no tan pronto. Antes de que él hubiera tenido la oportunidad de...

¿De qué?

Se dejó caer en el sofá.

De nada. Estaba en una situación imposible de arreglar. Tenía treinta y tres años, estaba soltero y se había pasado los años de juventud codeándose con la realeza europea y sin preocuparse mucho de las cuestiones morales. En aquellos momentos, eso era preferible a estar en Hamilton Palace. Sin embargo, aquellos últimos años los había pasado solventando los problemas que provocaba su padre y tratando de impedir que arruinara a toda la familia. Adoraba a su impetuoso padre, a su madre y a su hermana. Y su deseo más grande era ser útil al nombre y al patrimonio de los Hamilton. Sin embargo, eso era muy difícil cuando su padre siempre estaba causando desastres y alguien lo acusaba a él de un acto reprobable.

Por Dios, su única intención había sido ayudar...

Hacía varios meses, cuando él estaba en Londres, un terrateniente de la zona, el señor Simpson, había ido a ver a su padre y había acusado a William de dejar embarazada a su hija durante las Navidades. Cuando él volvió a casa y se enteró de la noticia, le juró a su padre que era completamente falso. Aunque no era demasiado cuidadoso con su propia virtud, no comprometería la de otra persona.

—Pero ¿la conoces? —le preguntó su padre, desconfiado.

Sí, la conocía. Y le juró de nuevo a su padre, por la tumba de su abuelo, que no la había tocado nunca.

—Tengo mucho cuidado, padre. Sé cuáles serían las consecuencias para la familia y para mí si me viera involucrado en algo así, y soy muy precavido.

—Entonces, ¿por qué diablos ha dicho eso? —preguntó su padre, desconcertado.

William había tratado de explicárselo. Él había ayudado a la señorita Althea Simpson dándole dinero y un caballo, pero nada más.

—¿Un caballo? ¿Para qué? —le preguntó su padre, rascándose la cabeza.

Y William había empezado la historia por el principio.

Conocía a Althea, pero solo lo bastante como para saludarla, en realidad. Tenían más o menos la misma edad y habían ido juntos a algunas fiestas de residencias de su zona cuando eran más jóvenes. Un día, cuando él estaba en el pueblo de Hamilton, se la había encontrado en el parque central, agarrada al respaldo de un banco, inclinada hacia delante y presionándose el estómago con una mano. Estaba enferma, y parecía que iba a vomitar en cualquier momento. Él la ayudó a sentarse y le llevó un poco de agua del pozo.

—¿Y qué le ocurría? —preguntó su padre.

—Estaba embarazada. Y no está casada, motivo por el que su padre había amenazado con matarla. Ella me dijo que quería reunirse con su amante, el padre del niño, y fugarse con él.

El duque se quedó pensándolo.

—Bueno, es la solución más sensata, ¿no?

—Eso me pareció a mí —dijo William.

Él le había pagado una habitación en la posada para que pasara allí la noche y durmiera un poco. Le había dado algo de dinero y había alquilado un caballo para que pudiera ir al lugar de encuentro al día siguiente. Ella le había asegurado que iba a estar bien y él se había marchado. Sin embargo, su padre la había encontrado en algún momento y se la había llevado a casa a la fuerza. Desde entonces, la tenía encerrada.

Después de escuchar la explicación de su hijo, el duque suspiró cansadamente.

—Todo esto es una chapuza, ¿no?

—Sí, pero es la verdad.

—Por desgracia, no importa si es verdad. Cuando uno es un hombre con un título nobiliario y con fortuna, los demás encontrarán la forma de extorsionarlo.

William todavía no sabía si su padre le creía o no.

Le había dicho que quería enfrentarse al señor Simpson, pero su padre respondió que solo iba a conseguir empeorar la situación. Le dijo que había pagado al hombre y que el hombre se había marchado después de chantajearlo, y que, si se implicaba a aquellas alturas, suscitaría más preguntas. Así que él se había marchado al continente.

Entonces, hacía unas semanas, su padre le había

llamado para que volviera a casa y le había dicho que, como había solucionado su problema, aunque William sostenía que no era problema suyo, porque no había hecho nada, él tenía que cumplir sus órdenes.

Y esa era la razón por la que su padre había podido encargarle aquella tarea de ayudar a la corona de Wesloria.

William quería contarle a Justine lo que les había ocurrido a la señorita Simpson y a él, pero no tenía ninguna esperanza de que lo creyera, y no era capaz de destruir el afecto que había surgido entre ellos. Pensó que lo mejor sería guardar el secreto y rezar para que el rumor no llegara a sus oídos hasta que hubiera conseguido un marido y hubiese vuelto a St. Edys.

Lo único que podía hacer era rezar.

Capítulo 28

La tarde no se estaba desarrollando como había previsto Lila cuando se había puesto a organizar el picnic con entusiasmo. Habían surgido algunas complicaciones.

La primera complicación fue un poco sorprendente. Lord Douglas le había sugerido que dirigiera sus esfuerzos a emparejar a la princesa Amelia. Lila tuvo que hacer un esfuerzo por contener la risa; el pobre hombre no habría podido delatarse más ni aunque lo hubiera intentado a propósito. Y ella se quedó muy satisfecha. Naturalmente, había dejado que Douglas creyera que la estaba convenciendo. Siempre era mejor dejar que las personas creyeran que estaban ganando un juego, porque, si alguien pensaba que tenía la sartén por el mango, era más fácil de doblegar.

Sin embargo, se sintió mal por el príncipe Michel. Era todo un caballero, y sería un excelente marido algún día, quizá tan bueno como Valentin. Lila seguía opinando que era perfecto para la princesa, pero aún no había conseguido asimilar por completo la información que le había dado Beck cuando había ido a visitarlo, de nuevo, el día anterior.

Al llegar a su casa, se había encontrado a Beck a solas, salvo por la presencia de una de sus hijas menores, que estaba tendida boca abajo en el suelo, pataleando y llorando inconsolablemente.

Beck y ella la miraron fijamente.

—¿Está bien? —preguntó Lila.

—Perfectamente. Está castigada por sus travesuras, y parece que el castigo consiste en estar encerrada en el despacho conmigo.

—¿No deberíamos hacer algo?

—¿Y qué hacemos? —preguntó él, casi como si tuviera la esperanza de que ella supiese la respuesta.

No la sabía. Así que Beck y ella se habían alejado hacia la otra parte del despacho. Lila le había hecho la pregunta a Beck, en voz baja, consciente de que la niña estaba allí con ellos.

—Oh, Lila... Ya sabes que Blythe no me deja hablar.

—Lo entiendo. Pero es de vital importante que lo sepa.

Él la miró con recelo.

—¿Por qué?

Lila no le había respondido, pero lo había mirado de una forma que transmitía su perentoria necesidad.

Beck miró al techo y dio un gruñido.

—No me gusta repetir los rumores.

—Eso no es verdad.

—Me refiero a este tipo de rumor.

—Lo entiendo. Pero, por favor, repítelo antes de que te agarre del cuello y te lo estruje para sonsacarte.

—Está bien, pero me estás obligando. Dicen que dejó embarazada a una chica, y la abandonó en Escocia sin esperanza ni ayuda. Eso es lo que se rumorea.

Lila se quedó tan asombrada que se apoyó en el respaldo del asiento y se quedó mirándolo boquiabierta.

—No me cuadra nada de eso con el marqués. Puede que sea un libertino, pero no es un canalla.

—Yo tampoco me lo creo, Lila, pero ocurrió algo. Conozco a Douglas desde hace mucho tiempo. Él me dijo que no había hecho nada salvo tratar de ayudar a la muchacha, y yo lo creo. Pero ya sabes, querida, que a nadie le importa la verdad.

Lila se dio cuenta de que la niña había dejado de aullar. Se había metido un dedo en la boca y tenía los ojos cerrados. Se había quedado dormida sobre la alfombra. Ella se giró hacia Beck.

—¿Crees que es inocente?

—¿Inocente? —preguntó Beck—. William siempre ha sido un ligón o, por lo menos, lo fue. Estos últimos años ha estado muy tranquilo. Pero lo que sí sé es que siempre ha sido honorable cuando de verdad era importante.

Lila también tenía esa impresión del marqués.

—En realidad, yo le tengo mucho afecto. Siempre me pareció que era un hombre pragmático.

Lila asintió. Estaba de acuerdo con su amigo.

—¿Crees que se puede salvar su reputación? —le preguntó.

Beck se echó a reír.

—¿Quién sabe? El asunto está en Escocia. Y, como ya he dicho, a nadie le importa la verdad.

—Al contrario. En este caso, conozco a alguien a quien puede importarle muchísimo.

Ella necesitaba saber la verdad antes de llegar mucho más lejos, pero ¿cómo iba a descubrirla? Había elegido el camino de conseguir un matrimonio para aquellas dos personas que estaban enamoradas y, ahora, tenía que hacer que todo funcionara, o no la contratarían nunca más. Y, si no volvían a contratarla, ¿dónde dejaría eso a la difícil princesa Amelia? Lila estaba muy segura de que aquella muchacha también iba a necesitar los servicios de una casamentera.

La segunda complicación era que aquel día, el día del picnic, ella había recibido un telegrama avisándola de la llegada de Valentin. El entusiasmo que sentía por volver a ver a su marido la estaba distrayendo de su tarea. Y, entonces, surgió la tercera complicación: Su Alteza Real salió botando de Prescott Hall con su perrita.

La princesa saludó afectuosamente a los dos hombres y le preguntó al príncipe Michel si le gustaban los perros.

—Sí, me gustan mucho —dijo él, y le acarició la cabeza a la perrita.

—Esta es mi compañera, Dodi. Le caen muy bien los hombres. No le importa, ¿verdad? —le preguntó ella, mientras le entregaba a la perrita.

—En absoluto.

Y pareció que no le importaba, ciertamente, puesto que tomó en brazos a Dodi y empezó a rascarle la barbilla.

Los tres empezaron a caminar por el sendero, y Lila se quedó rezagada, observándolos. El príncipe Michel llevaba un montón de pelusa blanca bajo el brazo. Ella los siguió a cierta distancia hasta el laberinto del jardín. En aquel momento, el príncipe se cansó de llevar a la perrita en brazos y la dejó en el suelo. A Dodi le llamó la atención algo debajo de un seto y comenzó a olisquear a su alrededor. Mientras el grupo avanzaba, Lila se dio cuenta de que la perrita intentaba meterse debajo del seto. Claramente, estaba persiguiendo algo. Pensó que, tal vez, debería hacérselo notar a la princesa, pero sus compañeros y ella se habían dirigido hacia el lago. Eran dos hombres tratando de conseguir la atención de una mujer, y una mujer que quería recibir la atención de los dos. Tanta actividad requería que se concentraran.

Lila pensó en volver a la casa. No necesitaban que los cuidara, pero, como hacía calor, los tres regresaron por el sendero. Lila se adelantó para cerciorarse de que la merienda estaba bien servida. Al final de los jardines había un tejo muy viejo y, bajo sus ramas, en el césped, los sirvientes habían colocado una gran colcha con cojines turcos para que todo resultara cómodo. También habían puesto dos sombrillas y habían dejado allí champán, pollo frío, moras y frutas de verano.

Cuando llegaron al lugar de la merienda, Lila oyó a la princesa, que dio un jadeo.

—¿Dónde está Dodi? —preguntó—. ¡Dodi! ¡Dodi!

Lila miró hacia atrás con la esperanza de ver a la perrita llegar corriendo por el camino. Los dos caballeros se pusieron en pie. Lord Douglas miró al príncipe Michel, que dijo:

—Creo que sé dónde puede haber ido. Permítame ir a buscarla, Su Alteza Real.

—Voy con usted...

—No, por favor, quédese a la sombra. Yo la recojo. Tardaré pocos minutos.

—Gracias —dijo la princesa.

Y, entonces, lord Douglas, Justine y ella misma vieron al príncipe bajar apresuradamente la suave cuesta del camino en busca de la perrita.

A los pocos instantes, la princesa miró a lord Douglas, y él la miró a ella. Lila casi sintió la corriente de electricidad que había entre ellos. Y era evidente que ellos también la sentían, porque no podían dejar de mirarse. Era como si todo lo demás hubiera dejado de existir.

Se mantuvo a distancia, tratando de pasar desapercibida, mientras el marqués y la princesa se sentaban y empezaban a cuchichear y a reírse, olvidándose de todo.

No se sabía adónde había ido el príncipe Michel a buscar a Dodi, pero cuando volvió con la perrita, tenía los pantalones mojados y manchados de barro, y le caían gotas de sudor por la frente. Dodi también estaba manchada de barro y tenía el pelo enredado. La princesa Justine no se dio cuenta de que el príncipe se acercaba con la perrita hasta que estuvieron casi al lado de ellos.

Al verlos, Justine se puso en pie rápidamente, como si la hubieran sorprendido en una situación inapropiada.

—Dodi, pequeña traviesa, ¿dónde habías ido?

—Creo que estaba intentando jugar a algo con un conejo —dijo el príncipe Michel—. Debajo de un seto.

—¡Dodi! —exclamó la princesa. Trató de utilizar un tono de severidad, pero terminó riéndose—. Muchísimas gracias, señor. Espero que no haya sido mucha molestia.

—No —dijo él, aunque estaba claro que sí.

La princesa le pidió a uno de los lacayos que se llevara a la perrita para que le dieran un baño. El príncipe Michel se sacudió la tierra de las rodillas del pantalón y se sentó a conversar y merendar con ellos. Lila permaneció allí, un poco alejada, fingiendo que estaba admirando las rosas.

La princesa procuró hacerle preguntas al príncipe y escuchar sus respuestas. Lo cual era mucho más de lo que estaba haciendo Douglas, que no podía dejar de mirarla.

El marqués mencionó que la princesa era una experta en el deporte de la esgrima, y el príncipe Michel dijo que a él se le daba muy bien, pero que era bastante mejor en el tiro con arco. Preguntó cómo había llegado a ser la princesa tan competente en aquel deporte.

—Lo aprendí muy temprano —dijo Justine—. Conocí la historia de una de mis antepasadas, una reina guerrera, y quise ser como ella. Parecía una persona tan... segura de sí misma... La esgrima era lo más cercano que yo podía estar de liderar una batalla. Y, cuando aprendí, me di cuenta de que cuando tenía un florete en la mano, me sentía como si tuviera el control absoluto sobre mi entorno. Y creo que esa sensación me gusta mucho —terminó diciendo, y se echó a reír como si fuera una tontería.

Lila sintió un poco de lástima por ella.

—Puede que no lo sepa, Alteza —dijo Douglas—, pero la princesa dice ser tan experta con el arco como con el florete. Yo no lo he visto por mí mismo, pero ahí tiene, una futura reina que sabe manejar tanto el arco como la espada.

—Lo dice como si no me creyera, lord Douglas. Tal vez debiéramos intentarlo —dijo la princesa, alegremente—. He pedido que nos prepararan un pequeño campo de tiro como diversión. Podría enseñarle a tirar, si quiere.

Douglas se echó a reír.

—No creo.

—¿Piensa que no soy capaz? ¿Acaso le gustaría hacer una apuesta?

Aquello hizo que Douglas alzara la cabeza.

—¿Está dispuesta a perder, señora?

—Dios mío —dijo el príncipe Michel—. Quizá deberíamos hacer una ronda como diversión y...

—Yo siempre estoy dispuesta a perder —dijo la princesa Justine—. Pero casi nunca lo hago.

Se alejó de Douglas y sonrió al príncipe Michel.

—Estoy de acuerdo, hagamos una ronda, ¿quiere usted? Como distracción. ¡Será divertido! —exclamó la princesa, y se puso en pie de un salto antes de que ninguno de los dos hombres pudiera ofrecerle ayuda cortésmente.

Lila quería dejarlos para ir a prepararse y recibir a su marido, pero decidió seguir al pequeño grupo hasta el campo de tiro con arco. El primero en tirar fue lord Douglas, que les pidió que se mantuvieran alejados para no correr el peligro de que les alcanzara una flecha perdida. Y estuvo bien que lo hiciera, porque sus tiros fueron tan malos que ella pensó que estaba intentando perder a propósito.

La princesa se reía con deleite.

—Tiene que tirar hacia la diana, señor. ¡Hacia el blanco!

El príncipe Michel tiró en segundo lugar. Era bastante bueno. No dio en el centro de la diana, pero sí consiguió algunos puntos.

Quedó claro que la princesa Justine estaba deseando demostrar su habilidad. Adoptó una posición elegante y tiró. Parecía que sus flechas eran pájaros que salían del arco, y acertó con facilidad en la diana. Cuando hizo sus tres tiros, los demás aplaudieron educadamente. Ella se giró con una sonrisa.

—Le toca de nuevo, milord —le dijo a Douglas—. ¿Quiere que nos apostemos algo en esta ronda?

—Eso no es justo —dijo el príncipe Michel, riéndose.

—Umm... —murmuró Douglas—. ¿Qué le gustaría apostarse, Su Alteza Real?

—¿Qué podría apostarme con él? —le preguntó la princesa al príncipe Michel—. ¿Mi reino?

El príncipe se rio nervioso.

—¿Qué le parece una o dos libras?

—Umm... eso es demasiado poco. Me apuesto mi reino, milord. Y, si gano, me quedo con su residencia de Escocia.

—Ay, el palacio no es mío. No puedo apostarlo.

—Entonces, ¿qué ofrece?

Él tensó el arco apuntando hacia abajo.

—Me ofreceré como vasallo al servicio de la reina. ¿Le parece bien? Estaré a su completa disposición hasta que ya no lo desee.

La princesa Justine se echó a reír encantada.

UN PRETENDIENTE PARA UNA REINA 313

—Esperaba algo más grande, pero acepto.

Lord Douglas se colocó en posición de tiro y lanzó la flecha, que se clavó en el anillo central. La princesa Justine gritó de asombro. El príncipe Michel aplaudió con entusiasmo.

—Qué suerte, milord —dijo Justine.

—Sí.

Douglas tomó otra flecha y repitió el acierto. En aquella ocasión, nadie le aplaudió. Y, cuando lo hizo por tercera vez, la princesa Justine gritó, pero a modo de protesta. Corrió hacia la diana y Douglas la siguió, y los dos se pusieron a discutir sobre quién había ganado el mayor número de puntos.

El príncipe Michel no fue con ellos. Lila se acercó a él, y los dos observaron a la princesa y al marqués mientras discutían. La princesa acusó a Douglas de engañarla. Él no lo negó y dijo que aquel era el truco más viejo del mundo para ganar apuestas, y le preguntó cómo era posible que no lo hubiese sospechado. Dijo que no tenía ni idea de qué podía hacer él con un reino entero. Ella quiso examinar las flechas para asegurarse de que no había hecho más trampas, pero el marqués las mantuvo fuera de su alcance y siguió tomándole el pelo.

Dios Santo, aquellos dos tórtolos estaban totalmente enamorados, mucho más de lo que ella pensaba.

—Bueno —murmuró, sin saber qué decir.

El príncipe Michel frunció el ceño.

—El juego se ha vuelto muy serio.

—Oh, no, creo que no —le aseguró ella, rápidamente—. Son amigos. Ya sabe cómo pueden llegar a ser los amigos unos con otros.

Él miró a Lila y sonrió con tristeza.

—Sí, ya lo sé —dijo—. En realidad, lo sé muy bien.

—Alteza...

Lila iba a decir algo, pero en aquel momento se acercó un lacayo y la interrumpió.

—Lady Aleksander, ha llegado su esposo, lord Aleksander.

A ella se le escapó una exclamación de alegría.

—¡Ha llegado muy pronto! Por favor, acompáñelo a mi suite y dígale que estaré allí lo antes posible —le pidió al sirviente. Después, se giró hacia el príncipe Michel—. Mi marido ha llegado desde Dinamarca.

—Entonces, debe marcharse, señora.

—Gracias, pero él estará perfectamente hasta que...

—Insisto —dijo el príncipe—. Es decir, si la princesa está de acuerdo. Yo prefiero que usted vaya a saludar a su marido a que se quede aquí viéndonos discutir por un punto —dijo, amablemente.

El príncipe Michel era un buen hombre. Algún día, ella iba a encontrarle la pareja perfecta, quisiera o no quisiera Su Alteza.

—Gracias —le dijo, y vio que se dirigía hacia el marqués y la princesa, que estaban examinando las flechas.

Ella se encaminó hacia la casa para recibir a Valentin.

Tenía una cosa clara: el emparejamiento estaba hecho. Iba a pedirle a su marido consejo sobre cómo podía resolver el problema de los rumores que corrían sobre William Douglas, porque, realmente, eran terribles.

Capítulo 29

—¿Cómo ha podido suceder? —preguntó Justine, frenéticamente—. ¿Cómo es posible que hayamos perdido a un príncipe?

—¿Y cuándo lo hemos perdido? —preguntó William, desconcertado—. Estaba en la última ronda de tiro.

—Ha estado en las cuatro rondas, William. Y, después, ha estado presente en la conversación sobre el libro. ¿Crees que estará en el laberinto?

—¿Dónde iba a estar, si no? Hemos buscado por todo el jardín y el parque.

—No lo entiendo —dijo ella, mientras iban hacia la entrada del laberinto, seguidos por los guardias.

—Yo, tampoco. Nunca había conocido a nadie que pudiera desaparecer así.

—Quiero decir que no parecía que conociera la historia de Henry Esmond. Dijo que era un ávido lector y que creía que iba a gustarle la obra de Thackeray, ¿no?

—Creo que sí —respondió William, con una expresión de remordimiento—. Quizá deberíamos haber dejado esa conversación para otro momento.

Justine también tenía remordimientos. No le había prestado al príncipe Michel la atención que hubiera debido. Estaba tan concentrada en William, que casi se había olvidado de que el príncipe también estaba allí. Y, ahora, Michel había desaparecido.

De repente, William la tomó de la mano y la obligó a detenerse. Al sentir el contacto de su mano, recordó cómo le había acariciado el cuerpo. De nuevo. Aquel era un recuerdo que aparecía en su mente a la menor oportunidad.

Alzó la vista para ver qué era lo que le había llamado la atención a William, y vio que Lila se acercaba a ellos a buen paso, como si tuviera algo importante que decirles. William y ella se miraron con preocupación, y Lila se detuvo en su camino.

—Lila, gracias a Dios —dijo Justine—. Me temo que hemos perdido al príncipe. ¡No lo encontramos por ninguna parte! Creemos que ha entrado al laberinto, y estábamos a punto de echar un vistazo.

—Bueno, Su Alteza Real, el príncipe Michel ha desaparecido, sí, pero no en el laberinto. Está ya en Belgravia, y su barco zarpará hacia Miraval muy pronto.

—¿Disculpe?

—¡Que se marcha de Inglaterra! ¡Vuelve a Miraval!

Justine miró a William alarmada. William la miró a ella con asombro.

—Pero... pero ¿por qué? Lo hemos invitado a cenar. ¿Se ha marchado sin despedirse? ¡No lo entiendo!

Lila frunció el ceño.

—Señora, creo que si lo piensa detenidamente, sí lo entenderá. En cuanto a la cena, tendrán que cenar ustedes solos. Qué pena.

—¿Por qué solos? ¿Y usted?

—Mi marido acaba de llegar de Dinamarca, y he pedido que nos lleven la cena a la habitación.

A Justine no se le permitía cenar a solas con un hombre que no fuera de su familia. Sus padres eran muy estrictos en los asuntos del decoro.

—Pero... los Bardaline están...

—No vuelven hasta mañana, lo sé —dijo Lila—. Lo siento muchísimo, señora, pero el príncipe no se sintió especialmente bien acogido. Por lo tanto, solo quedan ustedes.

Lila se dio la vuelta y volvió hacia la casa, y ellos dos se quedaron callados hasta que la dama desapareció de su vista.

—Me siento mal, William —dijo Justine—. Hemos sido maleducados.

—Bueno, no lo hemos hecho a propósito —dijo William, aunque no parecía muy convencido. De repente, sonrió—. En realidad, no importa, ¿no crees? Él no era para ti.

—Vaya, vas a darme otra vez tu opinión, ¿no? Bien, continúa. Dime por qué motivo el pretendiente más amable y caballeroso al que he conocido no me convenía.

—Tú misma lo has dicho: porque era demasiado amable.

Ella dio un resoplido desdeñoso y comenzó a caminar hacia la casa.

—No se puede ser demasiado amable. O se es amable, o no se es amable.

—No me malinterpretes. El príncipe es un buen hombre. Me habría gustado haberlo tenido como amigo. Era apropiado para mí, pero no era apropiado para ti.

—Entonces, te ruego que me digas quién es apropiado para mí.

—No cualquiera que tenga un título, querida. Tú eres única. Necesitas cierto tipo de hombre a tu lado. Un hombre que sea sincero y no se deje intimidar por tu estatus. Alguien que respete el trono que tú vas a ocupar, pero que no tenga miedo de decirte las cosas buenas y las malas.

—¿Y tú crees que el príncipe Michel no hubiera respetado mi trono?

—Sí, sí lo habría hecho. Pero creo que se habría sentido intimidado.

—Yo creo que no.

—¿Ah, no? Si no se hubiera sentido intimidado, estaría aquí, ¿no?

Ella se rio.

—No creo que se haya marchado porque le diera miedo mi trono.

—Es una de muchas teorías posibles —dijo él—. Y, ahora, ¿qué?

—Supongo que habrá que esperar al próximo.

—Si es que lo hay —dijo Justine, y subió los escalones de la terraza—. Seguro que ya he acabado con las existencias de pretendientes adecuados para el puesto de príncipe consorte. ¿Cuántos puede haber?

—Por lo menos, uno más. Lady Aleksander lo mencionó.

—¿Sí? ¿Te mencionó a alguien? ¿Quién?

—Un industrial americano.

—Ufff...

Él asintió.

—Lo mismo que dije yo. Los americanos comen con las manos. No son completamente civilizados.

A ella se le escapó un jadeo.

—¿De verdad?

—Eso es lo que he oído.

—Yo he oído que son demasiado orgullosos. De verdad, William, ¿por qué soy tan difícil de emparejar?

—Tú eres fácil de emparejar. Los difíciles de emparejar son los hombres privilegiados de este mundo.

Justine se echó a reír. Le encantaba su sentido del humor, porque siempre se basaba en la verdad. Habían llegado a la terraza, y ella le preguntó:

—¿Te vas a quedar a cenar?

—¿Quieres que me quede?

—Sí. Por raro que parezca, al final disfruto de tu compañía.

Él sonrió lentamente.

—No me sorprende. Ya te advertí que, en las circunstancias favorables, soy encantador. Y me gustaría mucho cenar contigo, porque tú también eres encantadora. Y, si me lo permites, está el asunto del pago de la apuesta.

—¿Te refieres a la apuesta que ganaste mediante el engaño?

—Me refiero a la apuesta del tiro con arco —dijo él.

Su mirada había adquirido un brillo que coincidía con el calor que ella sentía en la piel, que provenía de su interior.

—Y los dos sabemos que eres una mujer que no teme perder —añadió William, y sonrió seductoramente.

El fuego, según estaba aprendiendo ella rápidamente, era muy profundo en todo lo relacionado con William.

La cena se sirvió en un salón pequeño justo cuando empezaba a llover suavemente. La chimenea estaba encendida y los sirvientes habían abierto dos ventanas para permitir que circulara el aire.

Justine se había puesto un sencillo vestido azul oscuro y una gargantilla de zafiros y perlas. Cuando se reunió con William, él la recorrió con la mirada, y ella notó un cosquilleo en el pecho.

Se sentaron a la mesa y observaron la tercera silla, que se había quedado vacía.

—No puedo creer que se haya marchado sin decir una sola palabra —dijo Justine, al recordar al príncipe Michel.

—Tengo otra teoría, por si quieres oírla —le dijo William.

—Sí, por favor. Te lo ruego.

—Creo que tal vez se haya marchado después de ver cómo chupabas el limón, como si fueras un pequeño demonio, durante el picnic. No me imagino lo ácido que estaba.

Justine se echó a reír.

—Pues mi teoría es que se marchó porque tú pisaste el tarro de miel y se le derramó un poco en el zapato.

—Me disculpé, ¿no? Las abejas estaban revoloteando alrededor del tarro, y yo descubrí, en ese preciso instante, que me dan miedo.

Justine se rio de nuevo.

—Creía que tenías fuego en los pantalones, porque te pusiste en pie de un salto.

Se echaron a reír los dos al recordar aquel momento. Sin embargo, William se puso serio y frunció un poco el ceño.

—El príncipe Michel se rio de las abejas, ¿no? Dijo que no les tenía especial cariño, o algo por el estilo.

—Creo que sí —respondió Justine, y metió la cuchara en la sopa—. Lamento muchísimo lo que ha pasado. Debería haber sido más... cortés.

—El culpable soy yo. Tenía que haber dejado que lo recibieras a solas.

Ella metió de nuevo la cuchara en la sopa, pero la dejó allí.

—Pero ¿crees que era adecuado como príncipe consorte? Quiero decir que... Imagínate que desapareciera mientras estamos recibiendo al representante de otro estado.

William ladeó la cabeza.

—¿He oído algo que...? ¿Podría ser que hayas dicho algo parecido a que tengo razón?

Ella sonrió.

—¿Te acuerdas de cuando te ordené que no me dieras consejos?

—Me acuerdo de ello todos los días.

—¿Qué habría hecho yo si no me los hubieras dado?

—Sí, cualquiera sabe —respondió William—. No es mi intención desacreditar a lady Aleksander, pero Robuchard no podía haber elegido peor casamentera.

—Estoy de acuerdo —respondió ella, y volvió a tomar la cuchara—. Supongo que se lo habrás dicho a tu viejo amigo.

—¿Mi viejo amigo?

—¿No lo es?

Él bajó la cuchara lentamente.

—¿Puedo ser completamente sincero contigo, Justine?

Ella asintió.

—Lo que quiero decirte es que mi padre tiene algunas... dificultades.

Dificultades. Justine no sabía a qué podía referirse, pero no le gustaba cómo sonaba aquello. Esperó a que él continuara.

—Que él mismo se ha creado.

Ella asintió.

—Financieras —dijo William—. Por eso organizó esto con Robuchard —añadió, señalándolos a los dos con un movimiento de la mano—. Hace tiempo tuvo una importante deuda y ahora ha empezado a hacer negocios en Wesloria con ayuda de tu primer ministro. Pero a mí me obligó a aceptar este papel como favor a Robuchard.

—¡Lo sabía! —exclamó ella—. *Ja*. Eres un espía y, por una vez, soy yo la que tengo razón.

—Sí, la tienes.

Justine tragó saliva.

—Entonces, tu compañía de estos días...

—Dios, no —dijo él, y le tomó la mano rápidamente—. No, Justine. He disfrutado hasta del último momento. Más de lo que puedo explicar. Más de lo que puedo entender, en realidad.

—¿Por qué no me lo dijiste desde el principio? Yo te lo pregunté.

—Creía que no iba a durar mucho en esta tarea. Y... por vergüenza, supongo. ¿Me permites que te lo explique?

Ella asintió. Él le soltó la mano y comenzó a hablarle de los problemas financieros de su padre y de los gastos en los que incurría. De lo mucho que costaba pagar las ampliaciones del palacio familiar y de los negocios que había hecho su padre sin otro motivo más que la simpatía que pudiera sentir por las personas que se los proponían. Le explicó lo que había supuesto la incapacidad de gestión de su padre para el patrimonio de los Hamilton y le habló de sus intentos por impedir que todo se perdiera.

A medida que él hablaba, Justine se ponía más y más nerviosa.

—Entonces... ¿eres pobre?

—No. Personalmente, yo soy solvente, en parte, gracias a la herencia que me dejó mi abuelo. Sin embargo, el patrón de conducta de mi padre ha ido empeorando de una forma preocupante con los años. Esto lo sabe únicamente la familia y los administradores del ducado. La gente piensa muchas cosas sobre mí, cuando, en realidad, saben muy poco.

Ella asintió.

—A mí me sucede lo mismo. Una vez oí decir a alguien que yo era una imbécil y que el palacio me tenía escondida para que nadie descubriera la verdad sobre mí.

—Dios mío —dijo él, y se rio con incredulidad—. Se van a llevar una sorpresa cuando sepan que eres lista y astuta, ¿no crees? Vas a ser una gran soberana. Escribirán sobre ti durante muchas décadas.

Ella sonrió con timidez.

—No creo que eso sea cierto.

—Pues yo sí. No tengo ninguna duda. ¿Por qué no confían en ti?

—¿Te refieres a mis padres?

Él asintió.

—Los Bardaline te vigilan sin descanso, y Robuchard está obsesionado con saber lo que haces... Eso sugiere incertidumbre.

Era cierto. Nunca iban a perdonarle su transgresión.

—Es una larga historia... —dijo ella. Habían terminado la sopa, así que ella esperó hasta que el mayordomo sirvió el segundo plato y le preguntó, tratando de aparentar despreocupación—: ¿De verdad no te has enterado?

—He oído hablar bastante sobre ti... y quizá, en particular, sobre una aventura amorosa.

Justine dio un resoplido.

—No fue una aventura. Lo que pasó fue que un mentiroso me engañó cruelmente. Se llamaba... Aldabert Gustav —susurró ella, mirando de reojo a los sirvientes.

Entonces, comenzó a explicarle la historia en voz baja. Aldabert y ella se habían conocido en los jardines de palacio, durante una fiesta. Él le había prometido que nunca querría a otra, que prefería morir a estar sin ella.

—Yo era muy joven y no tenía experiencia, y se me llenó el corazón con todas aquellas declaraciones de amor. Le dije todo lo que sentía por él... como si él fuera capaz de entender que yo hubiera esperado tanto tiempo para querer a alguien y ser querida.

William no sonrió ni se rio. Se limitó a escucharla en silencio.

Justine le contó que, mientras que ella había

descubierto lo poderoso que era el deseo, lo que impulsaba a Aldabert era otro tipo de poder. Todo era una mentira, un plan ideado por él y por su ambicioso padre para ponerla en un compromiso y poder ocupar su sitio junto al trono.

William palideció.

—Una pesadilla.

—Exacto. Aprendí una lección muy dolorosa: que nadie me ve como una mujer, o como una esposa, sino como un medio para conseguir sus fines.

—Justine, eso no es cierto.

—Sí lo es.

—No, Justine. Hay muchos interesados en el mundo... pero también hay muchos hombres que te querrían como mujer o como esposa.

Justine no estaba tan segura de eso. Miró a William con curiosidad.

—¿Por qué no te has casado? La verdad.

—Una vez estuve a punto. Estaba muy enamorado de una joven e iba a ofrecerle todo Hamilton Palace y el futuro papel de duquesa.

—¿Y por qué no lo hiciste?

—No tuve la oportunidad. Jonathan Ashley, a quien yo consideraba mi amigo, la cortejó y se ganó su interés. Y, por desgracia, le resultó muy fácil conseguirlo.

Justine pestañeó.

—¿El señor Ashley hizo eso? ¿Quería hacerte daño intencionadamente?

—Sí. A él le pareció todo una broma muy graciosa.

—Oh, William... ¿Por qué no me contaste todo sobre él?

—No sabía si ibas a creerme. Y supongo que, también, por orgullo. A nadie le gusta que le sean infiel —dijo él, con una sonrisa de timidez—. Creo que esperaba que tú vieras por ti misma cómo es.

Y eso era lo que había sucedido, pero solo porque William la había avisado desde el principio.

—Debió de ser muy doloroso.

—Sí —dijo él, y tomó un poco de carne, sin apartar los ojos del plato.

—¿Y desde entonces?

—¿Desde entonces? He sido un chico malo. He viajado por el continente, he ahogado mis penas en alcohol, he satisfecho mi lujuria y me he mantenido distante de los demás.

—Pero tú me dijiste que ya no eras un libertino.

—No, ya no. Al final, me di cuenta de que no podía seguir lamentándome por algo que no podía ocurrir.

—Esa mujer fue una boba, William. Tú eres bueno, considerado e inteligente. Eres mucho más deseable que el señor Ashley en todos los sentidos.

Justine tuvo la sensación de que sus palabras le daban esperanza a William.

—Creo que has tomado demasiado vino —dijo él.

Ella apenas había tocado la copa. La tomó de la mesa y dijo:

—Pues no ha sido suficiente.

Él también tomó su copa, y la hizo chocar con la de Justine. Después de brindar, bebieron un poco.

—Ahora, cuéntame un secreto sobre ti. Algo que no sepa nadie. Ni tu hermana.

Justine se echó a reír.

—No hay prácticamente nada que Amelia no sepa sobre mí.

—Tiene que haber algo. Vamos, los amigos se cuentan secretos.

Ella notó de nuevo aquel aleteo en el pecho, al pensar en los pocos secretos que guardaba.

—¿Te gustaría saber cuál es mi mayor secreto?

—Sí, mucho.

Ella se inclinó hacia delante.

—Pues allá va. Te estimo mucho. Yo...

Justine trató de encontrar una palabra que pudiera transmitir lo que sentía, pero lo único que se le ocurrió fue «te quiero». Solo así podía describir lo que sentía.

—Te estimo —dijo, de nuevo—. Creía que no iba a suceder esto, que iba a odiarte, pero es lo contrario. Así que espero que sigamos siendo amigos. Que vengas a Wesloria. Espero...

En realidad, esperaba mucho más que eso.

—Espero que lo hagas —dijo, al final, con la voz apagada.

—Ese es un gran secreto, Su Alteza Real. ¿Le gustaría saber cuál es el mío?

—Se lo ordeno.

Él sonrió suavemente.

—Yo también te estimo. Tengo la sensación de que eres la persona a la que estaba esperando. Este chaleco es el cuarto que me he probado esta mañana. Nunca, en toda mi vida, había pensado dos veces en el chaleco que me ponía, pero ha ocurrido. Quería que te gustara.

A ella se le iluminó la mirada. De repente, en la habitación hacía calor, y ella tomó aire.

—Me encanta, William. Nunca había visto un chaleco tan bonito.

Él le tomó la mano, y sus dedos se entrelazaron.

—¿Qué nos ha pasado?

Ella le apretó la mano.

—¿William?

—Justine.

—¿Por qué ha tenido que ser así?

—No lo sé. Pero vamos a dejar que sea así durante todo el tiempo que podamos.

Sí, todo el tiempo que pudieran. Ella le soltó la mano y se puso en pie. William se quedó desconcertado. Justine fue hacia la puerta y la abrió.

—*Lassan nus* —les dijo a los sirvientes. «Marchaos».

Al instante, ellos empezaron a salir. El mayordomo trató de recoger la mesa, pero ella hizo un gesto negativo. De mala gana, el hombre siguió a los lacayos. Justine cerró la puerta con llave. Se imaginó lo rápidamente que iba a correr la voz en toda la casa de que ella los había echado a todos de allí para quedarse en compañía de un caballero. Los Bardaline iban a enterarse en un abrir y cerrar de ojos. Pero ella tenía aquella noche, y lo que ocurriera después no le importaba.

William enarcó una ceja. Se había quedado sorprendido.

—¿Qué estás haciendo? —le preguntó.

—Es que tenemos que solucionar el asunto de la apuesta.

—Ah, sí —dijo él. Se puso en pie y dejó la servilleta en la mesa—. Creo recordar que me debes un reino.

Se acercó a ella y la besó. Después, se inclinó y la tomó en brazos.

Justine dio un grito y se echó a reír.

William la llevó hasta uno de los sofás y la depositó allí. Después, se tendió sobre ella.

Justine lo miró a los ojos y le acarició la frente. Esperaba no olvidar nunca su imagen de aquella noche.

—Cuánto deseo que las cosas pudieran ser distintas.

—No pienses ahora en ese deseo, *leannan*. Vive este momento conmigo —dijo él, y la besó.

—¿Qué significa esa palabra?

—Significa... —dijo él, y la miró a los ojos—. Mi amor. Mi corazón.

El cosquilleo se extendió por todo su cuerpo. Iba a vivir aquel momento con él, por supuesto. Deseaba con toda su alma hacer el amor con él. Había esperado mucho tiempo a que alguien la acariciara así, a que la quisiera solo a ella. Y, por algún motivo, sabía que él la quería.

William le acarició el pecho, el cuerpo, mientras le

besaba el cuello, las orejas y la garganta. Deslizó las manos hacia abajo y las metió bajo su falda. Comenzó a subir por sus piernas al tiempo que deslizaba la boca hasta su pecho, por la tela de su vestido, incluso más abajo.

Cuando él le subió la falda del vestido por las caderas, Justine tuvo un momento de pánico. No podía permitir lo que estaba a punto de suceder, no podía traicionar a su país... Pero no fue su cuerpo lo que él situó entre sus piernas, sino la cabeza. Al notar su lengua entre los pliegues de su sexo, a Justine le faltó el aire. La sensación fue tan exquisita, tan increíblemente placentera, que fue como si flotara, como si estuviera tendida sobre una nube y no le preocupara dónde podía aterrizar. Los sonidos que oía a lo lejos provenían de su propia garganta.

Él la sujetó con fuerza y la exploró, rozó con delicadeza el centro de su deseo y entró más profundamente en su cuerpo.

La presión que estaba aumentando en su interior se convirtió en algo explosivo, y sus gruñidos de placer se convirtieron en jadeos. Él siguió acariciándola, succionó su carne, la mordisqueó hasta que ella se rompió en mil pedazos de euforia.

Todavía estaba jadeando, tratando de tomar aire, mientras le pasaba los dedos por el pelo. Hizo que subiera para besarlo. Quería gritar, o reírse. No quería quedarse sin aquello, nunca, no quería estar sin él. Notó la dureza de su cuerpo y deseó, más que nada en el mundo, seguir con lo que habían empezado.

—Lo siento muchísimo —dijo.

—Nada de disculpas.

—Pero es que no es...

—No digas nada, cariño. Tú tienes una responsabilidad mucho más grande que contentar a un hombre mortal —dijo él, y le besó la frente.

Ella le acarició la cara.

—¿Eres el mismo hombre que me tiró de la silla hace tantos años?

—Soy el mismo hombre que te ganó en el juego de la silla. ¿Eres tú la misma mujer que protestó diciendo que era juego sucio?

—Soy la misma mujer que declaró su victoria.

Se echaron a reír. Él la besó de nuevo y le acarició el rostro. Aquello era la felicidad. Aquello era la paz, la satisfacción, y ella se quedó asombrada al reconocerlo, porque hasta aquel momento, nunca lo había sentido. Él siguió acariciándole la cara, admirándola.

—Pensé que iba a tener que verte una o dos veces y que ahí terminaría mi encargo. Pero, cuando estaba contigo, no dejaba de descubrir cosas sobre mí mismo, cosas que no sabía que me estaba perdiendo. Facetas que no sabía que existían. Ahora ya no puedo imaginarme sin ti.

—Yo tampoco. ¿Quién me va a dar consejos en contra de mi voluntad? ¿Quién me dará opiniones que no quiero? ¿Quién me dará lo que necesito, cuando ya tengo de todo?

—Nadie, estoy seguro. Me veré obligado a escribirte largas cartas.

—Eso me gustaría mucho. Las leeré mientras me paseo por el salón del trono, indignada por tu cara dura.

Él se echó a reír. Volvió a besarla.

Y otra vez.

Y otra vez.

Y, cuando ya no podían seguir besándose para no correr más riesgos, hablaron. Conversaron sobre su niñez, sobre las esperanzas que tenían para el futuro. Sobre los hijos, los caballos y los perros. Sobre el tiro con arco y las hermanas, los padres, los sueños extraños...

Hablaron de todo.

William se fue a las dos y media de la madrugada. Justine subió las escaleras con el pelo medio suelto y el pecho enrojecido de tantos besos, con los labios hinchados y una sonrisa tan grande que tuvo que metérsela en el corazón.

En algún momento, Lila se levantó para dejar que el aire entrara en la habitación. Estaba desnuda y tenía el pelo suelto. Abrió la ventana e inhaló profundamente.

Entonces fue cuando vio a lord Douglas, que se dirigía al establo.

Valentin, también desnudo, se acercó a ella y la abrazó por la cintura, apretándole la dureza del cuerpo contra la espalda, posando la boca en su cuello.

—Te he echado de menos, mujer.

—Yo, también, amor mío —murmuró ella.

—Casa ya a la princesa y vuelve a tu hogar.

—Estoy a punto de conseguirlo —dijo Lila.

Y, cuando vio a Douglas desaparecer en el interior del establo, se giró entre los brazos de su marido y lo besó.

El primer ministro Robuchard recibió un telegrama mientras esperaba, sentado, a que comenzara su reunión vespertina con el rey.

El telegrama era de Douglas, que le informaba de que el príncipe Michel era un buen hombre, pero no tenía nada que ofrecerle a la princesa Justine. Eso era imposible: el príncipe Michel tenía un principado entero para ofrecerle a la princesa. Él nunca hubiera pensado que Douglas pudiera ser tan poco útil.

Cuando lo acompañaron a la habitación del rey, la reina estaba paseándose de un lado a otro, y dio un jadeo justo cuando él entraba.

—¿Qué ocurre? —preguntó el rey, con la voz ronca.

—¡Es Amelia! —gritó la reina, y agitó el telegrama en dirección a Robuchard—. Tienen que volver inmediatamente a casa. Amelia se fue al campo con lady Holland, y los Bardaline tuvieron que ir a recogerla. ¡Le dije que iba a causar problemas, Robuchard, pero usted se empeñó! ¡Esto es culpa suya! ¡Drakkia! Quiero que vayan a buscarlas y las traigan a casa inmediatamente.

—Querida, ¿crees que...?

El rey intentó intervenir, pero su pregunta se convirtió en un ataque de tos.

Dante se metió su telegrama en el bolsillo. Le enviaría una respuesta a Douglas exigiéndole que convenciera a la princesa de que se casara lo antes posible con alguno de los pretendientes, por el amor de Dios.

Capítulo 30

Justine fue a visitar a la reina Victoria un día después, durante la prueba de un vestido que llevaría a un viaje al Palacio de Versalles. El vestido era exquisito, de seda blanca con ribetes en azul. La modista estaba ajustándole la banda real sobre el pecho para que quedara perfecta.

—Pronto aprenderá, querida, que todos los adornos de un trono están diseñados para los hombres. Las bandas, las coronas, los vestidos, incluso el cetro, todo ello es demasiado grande y pesado para una mujer. Será inteligente por su parte que ensaye y camine con ellos antes de aparecer en público. A nadie le gusta que un símbolo como la corona caiga de la cabeza de un rey. Como todos sabemos, una vez que cae la corona, la cabeza va después —dijo Victoria, y se echó a reír.

Justine se quedó tan horrorizada con aquella imagen, que ni siquiera pudo sonreír.

La reina empezó a preocuparse por el ribete de una de las mangas, y Justine se refugió en el maravilloso mundo de sus recuerdos. No podía dejar de pensar en William ni en las cosas que habían hecho, ni en lo que sentía por él.

Habían estado juntos mucho tiempo aquella noche, y habían hablado mucho, pero ella tenía la sensación de que solo habían tocado la superficie cuando él le dijo que tenía que marcharse.

Ella no quería que se marchara. Quería que se quedara, quería tenerlo todo de él. Su cuerpo, su corazón y su mente. Quería hacer el amor con él, hablar con él, reírse con él, jugar con él y quedarse en silencio a su lado.

—Bien, querida mía, ¿ha hecho algún progreso en su búsqueda de marido? —le preguntó la reina, devolviéndola al presente.

—Ah... Todavía no he tenido éxito.

—Yo he oído decir que hay hordas de pretendientes.

Justine se estremeció. Entonces, todo Londres estaba hablando de ello.

—No, no ha habido tantos. Solo unos pocos, y ninguno apropiado.

—¿Por qué no son apropiados?

—Uno de ellos era amable, pero... —Justine se quedó callada, porque no sabía cómo explicar que el rechazo al príncipe Michel había sido culpa suya—. Era amable. Otro era un borracho.

—Apártese de eso. Si la riqueza de un hombre depende completamente de usted, él se sentirá inútil. El alcohol hará que sus penas sean mayores de lo que parecen, y la culpará a usted de todo.

—Oh, Dios mío —dijo Justine, asombrada.

—Me sorprende que su madre no le haya dicho esto. ¿Quién más?

—Hubo otro que necesitaba muchas alabanzas. Y voy a conocer a un americano.

—No —dijo la reina, rotundamente—. ¿Y quién más?

—Que yo sepa, nadie más.

—Umm...

La reina se subió a una caja para que la modista y su ayudante pudieran tomarle el bajo al vestido.

—Mi consejo —dijo— es que encuentre a alguien con quien disfrute en el lecho conyugal.

Justine se quedó tan asombrada que estuvo a punto de atragantarse con el agua que estaba bebiendo. Empezó a toser.

La reina no le prestó atención.

—Eso puede hacer que los días más largos sean agradables, al final.

—Umm...

Justine se pasó un dedo por el labio inferior para recoger el agua que se le estaba derramando por la barbilla.

—No se escandalice, querida. Es algo lógico: cuanto más compatible sea un matrimonio en el dormitorio, más compatible lo será en la vida.

Tanto la modista como su ayudante miraron a Justine.

—Pero cómo... Es decir, no hay manera de saberlo.

—En eso tiene razón. No hay forma. Yo tuve mucha suerte —dijo la reina, y se miró al espejo alzando la barbilla—. Mucha suerte. Pero tenga cuidado. Si la compatibilidad es muy grande, habrá muchos embarazos.

Justine se sentía mucho menos animada al salir de la visita a la reina Victoria que cuando había llegado. Solo pensar en compartir el lecho conyugal con alguien que no fuera William le causaba angustia. Disfrutaba del sexo, pero, cuando pensaba en algún otro de sus pretendientes, no podía imaginárselo.

Tenía la cabeza llena de William, solo de William. Veía sus ojos grises, su sonrisa, su pelo oscuro y espeso... ¿Por qué no podía ser él?

¿Podría ser él?

Una idea empezó a abrirse paso en su cabeza.

Ella había pensado que no era posible a causa del problema con el ducado de Hamilton. De lo contrario,

Douglas habría estado en la lista de Lila. Pero... ¿no podría ser él?

Durante todo el camino de vuelta a Prescott Hall fue pensando en ello, pero, al llegar a casa, se encontró con que Amelia había regresado con un drama propio. Estaba tendida en la *chaise longue* de su habitación, esperando a su hermana mayor, con un brazo puesto sobre los ojos.

—¿Qué te pasa? —le preguntó Justine.

—Todo. Los Bardaline son nuestros carceleros. ¿Por qué fueron a buscarme, Justine? Lo estaba pasando maravillosamente bien. Me encanta Inglaterra y no quiero volver a Wesloria.

A veces era mejor no hacerle caso a Amelia y cambiar de tema.

—¿Qué tal el campo?

—Precioso —respondió Amelia. De repente, se incorporó, se apoyó en un codo y miró a Justine—. He conocido a alguien.

Por supuesto.

—Es maravilloso. Un hombre considerado e interesado en mí. Dimos un paseo.

A Justine no le gustó aquello. Se sentó lentamente.

—Un paseo.

—Sí, Jussie, un paseo. Por un sendero en mitad del bosque.

—¿Y qué hiciste durante ese paseo?

Amelia se rio de un modo infantil.

—¡Nos besamos! Besa muy bien. Creo que lo quiero.

—Amelia, tú quieres a todos los caballeros a quienes conoces. No puedes hacer eso, y menos, aquí.

—¿Por qué no? ¿Qué tiene de malo?

—Tu reputación corre peligro, querida. ¿Es que tengo que decírtelo?

Amelia se dejó caer de nuevo en la *chaise longue* y movió una mano.

—Estamos en Inglaterra. No se va a enterar nadie. Solo lo dices porque eso te ocurrió a ti.

—Sí, Amelia, precisamente por eso. Mi reputación sufrió. Y, si tú crees que por estar en Inglaterra estás a salvo de eso, eres boba.

Amelia chasqueó la lengua y giró la cabeza hacia la ventana.

—A mí nadie me presta ni la más mínima atención. Tú siempre has sido la importante, y siempre lo serás. ¿Y qué me queda a mí? ¿Por qué no puedo divertirme y disfrutar de la vida?

—Te queda mucho, Amelia. Siempre te lo he dicho. Yo necesitaré siempre tu consejo, pero no puedo apoyarme en ti si te envían a un exilio en las montañas por tu mal comportamiento.

—No, me dejarás que me consuma, que sea una solterona que está siempre a tu lado.

—En primer lugar, conozco a algunas mujeres solteras, y ninguna de ellas se está consumiendo. Y, en segundo lugar, ¡eso no es cierto!

Amelia dio un gruñido. Se metió la mano en el bolsillo y sacó un papel amarillo. Lo agitó en dirección a ella. Justine lo tomó.

Era un telegrama de su madre.

Hijas mías, os ordeno que volváis inmediatamente a St. Edys. Amelia, has demostrado que eres incapaz de comportarte como es debido sin mi supervisión. Justine, has demostrado que eres incapaz de encontrar marido y vigilar a tu hermana. Te despedirás de la reina Victoria y volveréis a casa en cuanto hayáis leído mi carta.

—Dios Santo —dijo Justine—. ¿Lo ha visto lady Bardaline?

—Ella me lo trajo —respondió Amelia, y se sentó de

golpe, bajando los pies al suelo—. He oído algo bastante interesante sobre tu amigo en el campo.

—¿Qué amigo?

—¿Tienes algún otro amigo, aparte del marqués de Hamilton?

—Es verdad —dijo Justine—. ¿Qué has oído decir sobre él?

A Amelia le brillaron los ojos.

—Dicen que dejó embarazada a una chica del campo y que la abandonó.

Justine no lo asimiló en un primer momento. Después, frunció el ceño. Después, se echó a reír.

—¡Eso es absurdo! ¿Dónde te has enterado de eso?

—Hablaron de ello durante una cena, y ese es el rumor.

Justine tuvo la sensación de que todo se tambaleaba a su alrededor.

—Por mi parte, yo no me lo creo —prosiguió Amelia, alegremente—. Está muy seguro de sí mismo y es bastante imprudente con las cosas que dice, pero no me parece un canalla. ¿Y a ti? A mí me da la impresión de que, si hubiera dejado embarazada a una chica de su pueblo, no le importaría que se supiera, y se casaría con ella solo por darle en las narices a su círculo social.

La princesa hizo una pausa y miró a Justine con curiosidad.

—¿Qué pasa? Tú tampoco lo crees, ¿verdad?

—¡No! —exclamó ella, al instante.

No lo creía. Era imposible. Entonces, ¿por qué le daba vueltas la cabeza? No podía ser cierto. ¡No era posible que se hubiera equivocado tanto con él! La noticia era sorprendente y no sabía qué pensar, aunque apostaría la corona a que era falsa. Pero... ¿y si se había enamorado de otro mentiroso?

—¿Jussie? Estás muy pálida.

Justine se levantó, se acercó a la ventana y se asomó a tomar el aire. A su espalda se abrió una puerta y, al instante, se oyó la voz de Lila.

—¡Oh, espléndido! Están las dos aquí. Tengo el placer de comunicarles que nos han invitado a una cena.

—¡Una cena! —exclamó Amelia, animándose—. ¿Dónde? Nadie aburrido, ¿no? No será un anciano que fue almirante, ni un ministro con muchas historias que contar.

—Vamos a ir a cenar a casa de lord Iddesleigh.

Justine se giró lentamente y adoptó una expresión neutral. Pero Amelia dio un jadeo.

—¡Hemos estado allí! Fuimos a una fiesta magnífica cuando estuvimos en Londres hace ocho años.

—Pues volverá a ser una fiesta magnífica —dijo Lila.

—¿Cuándo?

—Dentro de dos días.

Amelia se levantó de la *chaise longue*.

—¿Y qué tengo que ponerme?

—Creo que, con todas las compras que has hecho, habrá algo en tu armario —dijo Justine, con tirantez.

—Sí, voy a echar un vistazo —dijo Amelia, y salió de la habitación de Justine rápidamente, emocionada con la perspectiva de disfrutar de otra actividad social.

Lila miró a Justine con curiosidad.

—¿Qué le parece la invitación?

—Si quiere saber la verdad, no tengo ninguna gana de asistir.

—Yo siempre quiero saber la verdad. ¿Quizá le interese más cuando sepa que va a asistir también su próximo candidato?

—Pues no, no estoy más interesada. No quiero a ningún otro pretendiente, Lila. Los primeros no han estado a la altura.

Lila frunció el ceño ligeramente.

—¿Va todo bien?

No, todo iba mal. Todo le parecía ridículo y malo.

—Perfectamente.

Lila se acercó unos pasos a ella.

—Su Alteza Real, si me permite...

—Lila, de veras... No, no se lo permito —dijo ella, con cansancio. Iba a volverse hacia la ventana de nuevo, pero Lila agitó la cabeza.

—Me temo que esto no va a funcionar.

—¿Disculpe?

—La petulancia.

—¿Cómo dice?

—La petul...

—Ya lo he oído, lady Aleksander. Pero no puedo creer que me esté hablando de esa manera.

—Umm... Yo tampoco, pero creo que alguien tiene que hacerlo. Se le da muy bien fulminarme con la mirada, Alteza, pero casi nunca dice lo que siente.

A Justine le asombró que alguien le hablara así, que lady Aleksander le dijera algo que siempre había sabido sobre sí misma. Se quedó tan anonadada, que no supo qué decir.

—¿Cuándo aprenderá a hablar, a decir lo que quiere?

Justine se quedó aún más asombrada. Lila Aleksander no tenía derecho a hablarle así.

—Ya he dicho lo que quiero, pero tal vez usted no estuviera escuchando, milady. He dicho claramente que no quiero a ninguno de los caballeros a cuya presencia me ha sometido.

—Sí, ha dicho claramente lo que no quiere. Pero no me dice qué es lo que sí quiere. Lo que quiere de verdad.

Justine lo tenía en la punta de la lengua, pero no podía decirlo. Necesitaba pensar, aclararse la cabeza.

—Tengo un libro de notas lleno de nombres de jóvenes. Si quisiera darme alguna indicación de lo que le gustaría, podría ayudarla.

Ella no necesitaba el libro de Lila. Sabía perfectamente a quién quería. Pero, aunque no existiera aquel horrible rumor, existiría el obstáculo de las deudas de la familia Hamilton. Sabía que su madre rechazaría la idea solo por ese motivo.

—Estoy segura de que sabe que no puede volver a St. Edys sin haber elegido a alguien. Porque, si no lo decide usted, lo decidirán por usted en cuanto pise el palacio. Nadie va a esperar a que llegue el caballero perfecto para usted, señora. Su elección solo estará guiada por el trono.

—No es necesario que me lo diga —respondió ella—. Soy perfectamente consciente de mi destino.

—¿De veras? —continuó Lila—. ¿Es consciente de lo que significa pasar toda la vida atada a alguien a quien no quiere, o que ni siquiera le cae bien? ¿Es consciente de lo difícil que le será gobernar su país si tiene que caminar de puntillas para no molestar a un marido malhumorado? ¿Es consciente de cómo será tener hijos con un hombre si no soporta que la toque? Usted va a estar en una posición en la que se encuentran muy pocas mujeres y, en este momento de su vida, tenemos la oportunidad de encontrar a un buen compañero, no a un lastre. Pero debe hablar claro, Su Alteza Real. Cuando lo haga, yo la ayudaré con todos los medios de que disponga. Pero, si no lo hace... Bueno, no me sorprendería que Robuchard ya hubiera convencido a sus padres de que acepten al candidato de su elección.

Justine se dejó caer en la *chaise longue* que había dejado libre Amelia.

Lila no se ablandó. Siguió mirándola fijamente.

—¿No va a hablar?

Justine se irritó.

—Tengo muchas cosas en las que pensar. ¿Le importaría dejarme a solas?

Parecía que Lila quería discutir, pero cerró la boca y salió de la habitación.

Justine se quedó luchando con sus demonios.

Capítulo 31

William recibió una carta, un mensaje y un telegrama en el mismo día.

—Cualquiera diría que el mundo está conspirando contra mí, Ewan.

—¿Disculpe, milord? —preguntó Ewan, mientras echaba más agua caliente en la bañera de William.

—No importa.

El mensaje era lo menos alarmante, así que empezó por él. Era de Beck.

Ven mañana por la noche a echarle un vistazo al americano. Lo hemos invitado a cenar. Siete y media para tomar una copa de vino.

Por supuesto que iba a ir a inspeccionar al americano. Ya desconfiaba de él por principios y, cuando lo conociera, encontraría todos los motivos posibles para despreciarlo.

—Ewan, contéstale a lord Iddesleigh que acepto con gusto su invitación a cenar mañana por la noche. ¿Qué tengo que llevar para una cena con un americano?

—¿Quiere que le proponga algunas opciones, milord? —le preguntó Ewan, en un ligero tono burlón, mientras salía de la habitación.

William se quedó con la carta de su padre, que llevaba un sello con el lacre de los Hamilton, y el telegrama.

En primer lugar, abrió el telegrama.

La princesa debe elegir. Su padre y yo dependemos de usted. DR

—Está claro que el primer ministro no es precisamente sutil —murmuró.

Tiró el papel por el borde de la tina al suelo y tomó la carta de su padre.

La leyó tres veces.

Y, después, se quedó allí metido hasta que el agua se enfrió, mirando las gotas de lluvia que caían en el cristal de la ventana.

Por fin, Ewan volvió con una selección de chalecos formales. Le mostró uno plateado con un bordado blanco.

—No.

Ewan lo miró.

—¿Es por el color? El azul está de moda.

—Sí, pero ese es plateado.

Ewan lo arrojó a un lado y le mostró uno rojo oscuro. William ladeó la cabeza.

—¿Piensas alguna vez en el matrimonio, Ewan?

Ewan se quedó pálido.

—¿En qué?

—En el matrimonio. ¿Cómo es que yo no sé si lo has hecho alguna vez?

Ewan se quedó mirándolo fijamente.

William suspiró y se hundió un poco más en el agua. Estaba empezando a tener frío.

—Déjalos. Voy a ponerme un chaleco negro y un pañuelo negro para el cuello. Distingues el negro del resto de los colores, ¿no? Dime, ¿has pensado alguna vez en casarte?

Ewan dejó los chalecos a un lado y se frotó las palmas de las manos en los pantalones.

—Sí —dijo, por fin.

William hubiera creído que no, así que su respuesta le dejó sorprendido.

—¿Y por qué no lo hiciste?

—No tenía dinero. No tenía casa propia. No tenía nada de valor que ofrecer, así que... la dejé escapar.

William se sentó y se cruzó de brazos al borde de la bañera.

—Pero, al final, sí tuviste una casa, y dinero.

—Sí, pero nunca conocí a nadie como ella. Ya no me valía nadie más, supongo.

William lo entendía completamente. Él tampoco había conocido nunca a nadie como Justine Ivanosen. Y no necesitaba que nadie le dijera que nunca iba a conocerla.

—¿No pensaste en volver con ella?

—Sí, muchas veces —dijo Ewan.

—¿Y?

—No tuve valor. Cuando, por fin, me atreví, era tarde. Ella ya estaba casada y tenía cuatro niños.

—Maldita sea.

—Sí, maldita sea, milord.

William se echó hacia atrás de nuevo en la bañera, y movió el agua con un dedo.

—¿Y te arrepientes?

Aquella pregunta debió de tocar una fibra sensible, porque Ewan empezó a recoger los chalecos a toda prisa.

—Si tuviera que hacerlo de nuevo, no la dejaría escapar. Si me está pidiendo consejo, milord, yo haría lo que fuera necesario. La vida es demasiado larga y demasiado solitaria como para desperdiciar las oportunidades. ¿Es todo?

—Sí, es todo. Gracias, Ewan.

Su ayuda de cámara se marchó de la habitación, y él salió de la bañera y comenzó a secarse con una toalla. Se puso una bata y pasó al dormitorio.

Aquella experiencia con Justine le había obligado a mirar otra faceta de sí mismo. Nunca había pensado en el matrimonio debido al desastre que era su familia. Además, tenía que admitir que siempre le había resultado muy agradable andar de un sitio a otro por el continente, en busca de la próxima fiesta.

Hasta que se había reencontrado con Justine, de adulta, y había visto a algunos hombres desfilar delante de ella. Justine se merecía a alguien mejor que ellos. Se merecía a alguien que la viera tal y como era: una mujer divertida, inteligente y bella que, casualmente, iba a ser reina. Disfrutaba de su compañía y se sentía muy bien a su lado, y quería verla todos los días. Les gustaban las mismas cosas, les asombraban las mismas cosas y se reían juntos. ¿Cuándo se habían hecho amigos? Y ¿cuándo se había convertido su amistad en algo más?

Dio un gruñido y se frotó la cara con las manos. No podía soportar la idea de que otro la tocara. Quería a aquella mujer para él solo.

Dios... se había enamorado. Sabía con certeza que estaba enamorado de ella, porque, sin la menor vacilación, se iría con Justine a Wesloria. Sería feliz viéndola ocupar el trono y disfrutaría observándola, a su lado, ayudándola en todo lo que pudiera.

Pero eso nunca iba a suceder. ¿Cómo iba a suceder, con los rumores que habían llegado desde Escocia? Tenía que decirle la verdad.

Tenía que contárselo todo, fueran cuales fueran las consecuencias. Porque eso era lo que ella se merecía.

Capítulo 32

William fue el primero en llegar a casa de los Iddesleigh, en Upper Brook Street. Claramente, había llegado con antelación, puesto que las cuatro diablillas y su niñero todavía seguían allí. Dos de las niñas estaban corriendo por el perímetro de la habitación, gritándose. La siguiente estaba en el suelo con la cara muy roja, llorando inconsolablemente. El bebé estaba intentando comerse la cola de un gato.

Donovan estaba en el sofá con un libro, con las piernas cruzadas, y no parecía que se diera cuenta de lo que hacían las niñas.

—¡Douglas! Eres un santo por venir pronto —dijo Beck. Se levantó de su escritorio y se le acercó rápidamente—. No podía soportar esto ni un minuto más.

Se giró a su alrededor, como si acabara de recordar que Donovan también estaba allí.

—¿Cuánto tiempo más debemos soportar esto?

Donovan miró el reloj.

—Creo que una media hora más —dijo, y posó el libro en el sofá—. O podría ponerles una gota de brandy en la leche antes de acostarlas.

—Cómo te atreves a mencionar eso —dijo Beck, y miró de reojo a Douglas—. Solo empleamos ese método en las circunstancias más terribles.

—Que son todos los fines de semana —dijo Donovan. Bostezó, estiró los brazos por encima de la cabeza y se puso de pie—. Milord, me las voy a llevar a dormir a Tricklebank House. La gata ha tenido gatitos.

La mayor, Mathilda, se detuvo tan bruscamente que su hermana se chocó con ella.

—¿Kiki ha tenido gatitos?

—Cinco —dijo Donovan, mientras se miraba las uñas—. Quería decíroslo, pero no dejabais de gritar.

—¡Papá! ¿Podemos ir a dormir a Tricklebank House?

—Sí, sí, podéis iros todas excepto el bebé, que necesita la leche de su madre. Tal vez con una gota de brandy recupere el buen humor.

La pequeña ya se había ido a gatas y tomó un libro que había sobre un taburete.

—Muy bien, entonces venid, pequeños monstruos. Necesitáis los camisones y las batas.

Las niñas se pusieron a gritar de alegría y salieron corriendo de la habitación.

Donovan recogió al bebé con un brazo y las siguió.

—Las traeré al amanecer.

—No hay prisa. Tómate todo el tiempo que necesites —le dijo Beck.

Después de su marcha, se hizo un silencio atronador. William miró a su amigo.

—Creo que me dijiste que viniera a las siete y media.

—¿De verdad? Ah, lo siento. Al resto le dije que viniera a las ocho y media —dijo Beck, con una sonrisa—. ¿Vamos a mi despacho a tomar un poco de brandy para calmar los nervios?

—Por favor.

En el despacho de Beck, William apartó una muñeca sin cabeza, un perrito de peluche y un zapato para poder sentarse en una butaca cercana a la chimenea. Beck le dio una copa de brandy se sentó en la otra butaca despés de quitar una enagua, una capota y la cabeza de la muñeca. William sonrió.

—Cómo ha cambiado tu vida, viejo amigo.

—¿Verdad? —preguntó Beck, con un suspiro de cansancio—. Nunca pensé que este tipo de vida fuera para mí, y se lo dije a Blythe con firmeza. Un hijo y nada más. Pero descubrí que me gustan los bebés tanto como hacerlos. Y ayuda tener una mujer como la mía. Es la roca de esta familia. Bueno, Douglas, ¿y tú? ¿Nunca has pensado en la vida doméstica? Creo que ya es hora. ¿No hay nadie que te haya llamado la atención?

William observó a su amigo. Le dio un sorbo a su brandy y dejó la copa en una mesita.

—Nos conocemos desde hace mucho tiempo, Beck. Si tienes algo que decir, por favor, hazlo.

Beck sonrió con astucia.

—Blythe dice que soy muy malo para guardar un secreto. Que se habla de tu... interés en la princesa heredera de Wesloria.

—¿Y?

—Que también se habla de una mujer escocesa a la que has dejado embarazada.

William pensó en negar ambos rumores, pero ya no tenía las fuerzas necesarias para negar sus sentimientos.

—Lo sé.

—Dios mío... ¿y es cierto?

—No —dijo William—. ¿Tan mala es la opinión que tienes sobre mí?

—Yo no pienso mal de ti, William. En absoluto. Entonces, ¿de qué se trata el rumor?

—De un chantaje —respondió él, encogiéndose de hombros—. Yo intenté ayudar a la chica.

Le contó a Beck la historia de lo que le había ocurrido con Althea y de cómo su padre había ido a chantajear al duque.

—Dios Santo... ¿Y qué hizo tu padre?

—Le pagó.

Beck se estremeció.

—Lo peor que podía haber hecho —dijo William—. Hoy he recibido una carta del duque en la que me informa de que el señor Simpson volvió a Hamilton Palace en busca de más dinero. Mi padre se negó a dárselo, y el individuo empezó a extender el rumor de que yo soy el padre del niño y que he dejado abandonada a su hija.

—Vaya —dijo Beck—. Esto es un dilema. Ya no puedes permitirte el lujo de que manchen más tu reputación.

William estaba de acuerdo.

—Sobre todo, teniendo en cuenta la posición en la que estás.

—¿En qué posición estoy?

—Voy a tener que pensar muy bien en todo esto —dijo Beck, distraídamente.

—¿De qué estás hablando?

De repente, se abrió la puerta del despacho con tanta fuerza, que a Beck se le derramó un poco de brandy en el pantalón.

—¡Buenas noches, lord Douglas!

Lady Iddesleigh entró en la habitación. Parecía que su embarazo llegó hasta ellos un minuto antes que su persona.

—¡Estamos muy contentos de que haya venido esta noche! —exclamó—. Qué maravilla, la cena que vamos a celebrar. No le importará que le robe un instante a mi marido, ¿verdad? Nuestro mayordomo Garrett y yo tenemos una pequeña disputa sobre dónde vamos a sentar a todo el mundo. Él y yo nunca estamos de acuerdo en estas cosas, ¿a que no, querido? No nos ponemos de acuerdo en dónde sentar a las princesas.

—¿A las princesas? —preguntó William, poniéndose en pie.

—Ah... ¿no te lo mencioné? —preguntó Beck, que

también se levantó—. Las princesas también van a venir a cenar esta noche. Y lord y lady Aleksander.

—¿Hay algo más que deba saber? —preguntó William, mientras su mujer se lo llevaba del despacho.

Como era de esperar, Beck no respondió.

William se puso muy nervioso cuando el mayordomo anunció que habían llegado los invitados y todos fueron al salón principal para tomar una copa de vino. Los primeros en llegar fueron lord y lady Aleksander y, después, las princesas. Sin embargo, en cuanto vio a Justine, su nerviosismo se calmó.

Ella estaba tan majestuosa... Llevaba un vestido de volantes con un estampado de flores rojo oscuro y una insignia real con un lazo en el pecho. Se había puesto unos pendientes de rubíes y llevaba la pulsera de oro que le había regalado su padre. Llevaba el pelo a la espalda, cubierto de encaje y lazos rojos. Y el mechón blanco de su cabello resaltaba como si se lo hubieran pintado. Él pensó que nadie podría verla sin sentirse maravillado. Su belleza era evidente, y se sentía más atraído por ella cada vez que la veía. Dios Santo, estaba locamente enamorado...

Le hizo una reverencia.

—Su Alteza Real —dijo.

—Lord Douglas. No sabía si iba a verlo esta noche —respondió ella, sonriendo con deleite.

—La vida está llena de sorpresas, ¿verdad?

—¿Y yo? —preguntó la princesa Amelia.

—Su Alteza Real, me alegro de ver que ha vuelto junto a su hermana —dijo William.

—He estado en el campo. El viaje me ha dejado agotada —dijo ella. Alargó la mano para pedir una copa de vino, y uno de los sirvientes se la entregó.

—¿Me permite que le presente a mi marido, lord Aleksander? —preguntó lady Aleksander, y se lo presentó a William.

Lord Aleksander tenía una expresión afable, alegre, y unos ojos verdes que demostraban interés. A William le cayó bien a primera vista.

Todo el mundo tomó vino y charló. William no podía quitarle los ojos de encima a Justine, que estaba sentada serenamente al borde de su butaca, con las manos en el regazo, sonriendo y riéndose amablemente de la historia que estaba contando Beck. Al parecer, una de sus hijas había atascado la fuente del jardín al tirar allí su abrigo.

Ojalá pudiera estar a solas con ella, aunque solo fuera un momento. Quería decirle hola en privado y preguntarle qué tal estaba. Por desgracia, no tuvo esa oportunidad, porque el señor Henry Thompson, el pretendiente americano, llegó al poco tiempo.

El mayordomo lo anunció como si estuviera anunciando al presidente de los Estados Unidos, y el señor Thompson entró en el salón con una seguridad en sí mismo que ni siquiera William poseía. Se detuvo con una de sus largas piernas estirada y una mano en la cadera. Era alto, fuerte y rubio, y tenía la piel bronceada por el sol.

—¿Es aquí la fiesta? —preguntó, con una sonrisa.

—Señor Thompson —dijo Beck, adelantándose—. Bienvenido a mi casa. Le presento a mi esposa, lady Iddesleigh.

—Es un placer conocerla, lady Iddesleigh. Y enhorabuena por el nuevo miembro de la familia —dijo, y se inclinó sobre su vientre.

Justine y su hermana se miraron.

—Lord y lady Aleksander, a quienes creo que ya conoce —prosiguió Beck, haciendo una ronda por la habitación.

Sí se conocían, y los tres se saludaron amablemente.

—El marqués de Hamilton y Clydesdale —dijo Beck.

El señor Henry Thompson se volvió hacia William y lo miró. Entrecerró los ojos ligeramente. Después, asintió.

—Me gustan los hombres de buen tamaño. Uno sabe que son capaces de trabajar con ahínco.

William no supo qué decir.

—Sí.

—¿Tiene usted un poco de acento?

—Soy escocés.

—Ah, pues ahora me cae incluso mejor. He conocido a unos cuantos escoceses. Son muy duros.

—Sí, somos un grupo muy resistente —dijo William.

—Resistentes —repitió el señor Thompson, y se echó a reír.

—Y, si me lo permite —dijo Beck, para llamar su atención—, quisiera presentarle a Su Alteza Real, la princesa Justine, y a Su Alteza Real, la princesa Amelia. Altezas, permítanme que les presente al señor Henry Thompson, de América.

Él hizo una reverencia.

—Bueno, ¿y cuál es cuál?

El americano era impetuoso, de eso no había duda. William pensó que lady Aleksander podía, al menos, habérselo descrito a todos antes de que llegara.

—Su Alteza Real, la princesa Justine —dijo Beck, y señaló a Justine—. Y Su Alteza Real, la princesa Amelia.

William tuvo la impresión de que el hombre miraba unos segundos de más a la princesa Amelia, pero rápidamente dijo que era un honor conocerlas y que nunca había estado en presencia de tantas princesas. Después se giró y comenzó a admirar la habitación.

—Bonito sitio —le dijo a Beck—. Me recuerda un poco a la casa de mi padre, a orillas del lago Michigan. Las salas de esta casa son más grandes, y el mobiliario es un poco más nuevo, pero, más o menos, igual.

Por una vez, Beck se quedó mudo. Incluso lady Aleksander se sorprendió. En realidad, ella se echó a reír.

William miró a Justine, quien enarcó una ceja. Ella sabía lo que estaba pensando sin necesidad de que dijera una palabra: como mínimo, sentía escepticismo. Por otro lado, la princesa Amelia estaba encantada con aquel hombre tan extraño.

El mayordomo le ofreció una copa de vino a Thompson, pero él la rechazó.

—No tendrá un poco de whisky por ahí, ¿verdad?

—Sí, por supuesto —respondió lady Iddesleigh, y le hizo una seña a Garrett.

Cuando Garrett volvió con el licor, el señor Thompson tomó el vaso de la bandeja y le dio un sorbo.

—Esto sí que es una bebida de hombres —dijo, mirando a los demás caballeros, que tenían su copa de vino en la mano. Les sonrió y se giró hacia las princesas—. Me he dado cuenta de que las dos tienen un mechón de pelo blanco —comentó, señalando su propio cabello—. ¿A qué se debe? ¿Es algo de la realeza? —preguntó, riéndose, como si acabara de contar un chiste.

Nadie más se rio. Todos se quedaron mirándolo con asombro y desconcierto.

—Es un rasgo familiar —dijo la princesa Amelia—. Lo hemos heredado de mi padre, y mi padre lo heredó de su madre.

—Interesante.

—Creo que deberíamos ir entrando al comedor —dijo, de repente, lady Iddesleigh.

—Sí, vamos —respondió Beck, con alivio.

Una vez comenzada la cena, cuyo primer plato era una sopa, Beck le preguntó al señor Thompson cuál era el motivo por el que estaba en Londres.

El señor Thompson, que utilizó la cuchara y no los dedos para tomar la sopa, empezó a contar una historia breve sobre sí mismo. Su familia había levantado la fundición de acero más importante de la región de los Grandes Lagos, y él había ido a Europa a hacer negocios lucrativos.

No había nada más grosero que mencionar que quería hacer tratos estando en la casa de un conde inglés. Lord Aleksander estaba fascinado con el americano. William miró a lady Aleksander y frunció el ceño. De veras... Ella se encogió de hombros.

Cuando retiraron la sopa y sirvieron el pescado, William observó al señor Thompson y vio que tomaba el tenedor con la mano derecha y el cuchillo con la izquierda, al revés que el resto de los comensales. La princesa Amelia le hizo preguntas sobre América. ¿Cómo era? ¿Había mucha gente? ¿Hacía mucho frío?

El señor Thompson se cambiaba los cubiertos de mano dependiendo de si estaba comiendo o cortando. Comentó que los paisajes eran bellísimos, mucho más bonitos que en Inglaterra, pero que en Michigan hacía un frío del demonio.

—En Wesloria debe de hacer frío, ¿eh? Insoportable.

—Sí, hace mucho frío. Yo prefiero el tiempo de Inglaterra —respondió Amelia.

William volvió a mirar a Justine. Ella, disimuladamente, elevó los ojos hacia el cielo.

Beck cambió de tema y abordó la política americana, sobre la cual había leído mucho. Sin embargo, todos acabaron desistiendo de tomar parte en la conversación, porque al señor Thompson le gustaba tener la palabra.

Después de cenar, volvieron al salón. Si el señor Thompson tenía deseos de entablar conversación con Justine, no lo demostró. Parecía que solo quería hablar de sí mismo. Ni siquiera dejó de hacerlo cuando lady Iddesleigh se sentó al piano y empezó a tocar. El americano elevó la voz para que lord Aleksander oyera sus palabras por encima de la música. Aquel hombre era un grosero, y tan inadecuado para Justine, que William tuvo ganas de darle un puñetazo a la pared.

Después de un rato, Beck declaró que hacía demasiado calor en el salón, y les pidió a los sirvientes que abrieran las puertas de la terraza. El grupo comenzó a salir a tomar el aire. Los primeros fueron lord y lady Aleksander, que, obviamente, estaban escapándose. El señor Thompson, que había encontrado un amigo en lord Aleksander, los persiguió. La princesa Amelia, que estaba interesada en el señor Thompson, fue tras él. Y, mientras Beck le ofrecía el brazo a su esposa, William vio a Justine dirigiéndose en dirección contraria, hacia el pasillo.

Miró al resto de los invitados, que se paseaban por el jardín, y siguió a Justine. Se detuvo justo antes de salir por la puerta y tomó una sola rosa de un jarrón de flores.

Capítulo 33

El vestíbulo principal de los Iddesleigh tenía dos ventanales. Justine se detuvo en uno de ellos y se apretó el vientre con las manos. No podía respirar. Durante aquella noche, a medida que iba concienciándose sobre cuál era su situación, su respiración se hizo más costosa. Tenía la piel pegajosa y notaba un cosquilleo en el cuero cabelludo. Quería soltarse el pelo y aflojarse las cintas del corsé.

El señor Thompson era el peor de todos. Un tipo satisfecho de sí mismo, un fanfarrón sin modales. Y, después, allí estaba William, sentado al otro extremo de la mesa, tan perfecto en todos los sentidos, pero tan lejos...

¿Qué iba a ser de ella? ¿Tendría que casarse con alguien que la haría añorar a otra persona todos los días? ¡Qué vida más solitaria y triste! ¿Iba a ser aquel su reinado? ¿Por qué tenía que haber nacido en aquella familia? ¿Por qué no podía haber nacido en un entorno más sencillo?

Oyó un ruido y se dio la vuelta, pensando que iba a encontrarse con el señor Thompson. Pero, por suerte, era William.

Tenía una sola rosa en la mano.

Ella sonrió sin poder evitarlo.

—La has tomado del jarrón de las rosas.

—Sí. Quería traerte algo, y esto era lo único que estaba disponible. ¿Qué haces aquí? Tu pretendiente está en la terraza.

—Mi pretendiente —dijo ella, con un resoplido.

Estaba escondiéndose de aquel supuesto pretendiente. Estaba haciendo todo lo que se suponía que no iba a hacer, y lo estaba haciendo por William.

—¿Me preguntas qué estoy haciendo aquí, William? Me estoy enamorando, eso es lo que estoy haciendo.

Él se quedó consternado. Bajó la mano con la rosa.

—¿Del señor Thompson?

—¡No! ¡De ti!

La expresión de William pasó del horror al asombro y el tormento.

—Dios, Justine... Yo...

—¡Pero no puedo enamorarme de ti, William! Eres pobre, y he oído un rumor angustioso.

La rosa cayó al suelo.

—No soy pobre, por el amor de Dios. Ni por asomo. Pero eso no importa. ¿Dónde lo has oído?

—Entonces, ¿es cierto?

—No, cariño. Nada de lo que hayas oído sobre mí es cierto. Pero ese es el principal problema con los rumores, ¿no? No puedo demostrártelo, solo puedo darte mi palabra. La muchacha está embarazada, quizá ya haya tenido a su hijo, pero la criatura no es mía. Yo intenté ayudarla a que escapara con su amante para que pudieran casarse, pero su amante, sea quien sea, no es aceptable para su padre. Él la atrapó y la encerró bajo siete llaves, e intentó extorsionar a mi padre. Esa es la verdad, lo juro por mi honor.

Justine quería creerlo, nunca había deseado nada con más fervor en su vida. Sin embargo, recordó las palabras de su padre, que reverberaron por su cabeza: «Nunca te fíes de nadie».

¿Era tan tonta como decía su propia madre? ¿Acaso estaba creyéndose otra vez las mentiras de un hombre? Pero... William era diferente a los demás hombres que había conocido. No podía creer que abandonara a una mujer y, mucho menos, a su hijo. ¿Por qué iba a mentirle sobre eso si le había dicho todo lo demás?

—¿Y cómo sé que no me estás mintiendo?

—No lo sabes, niña. Tienes que confiar en mí, pero, además, tienes que confiar en tu instinto. No te estoy mintiendo ahora porque no te mentiría en general. Y no te estoy mintiendo ahora porque yo también me he enamorado de ti.

La tomó de la mano y la atrajo hacia sí, y la miró fijamente con sus ojos grises.

—Lo daría todo por ti, y no estoy dispuesto a arriesgarlo todo por una mentira. No puedo evitar que se haya dicho eso de mí, pero no es cierto. Yo nunca trataría a una mujer de un modo tan abominable. Y siempre he sido fiel al legado de mi familia, tal y como tú haces con los tuyos. Se pueden decir muchas cosas de mí, pero no que no cumpla con mi palabra.

William se detuvo y respiró profundamente antes de continuar.

—Pero hay mucho más que eso. Preferiría morir antes de que tú creyeras que soy el tipo de hombre que abandona a una mujer de ese modo. Si el niño fuera mío, me casaría con ella por una cuestión de conciencia.

Al terminar, le apretó la mano a Justine como si temiera que ella fuese a soltarse.

Justine lo creyó.

De ella también habían dicho falsedades, y no había podido hacer nada al respecto. Sabía que era posible que otro hombre hubiese intentado aprovecharse de él. Las personas intentaban utilizar a los demás si tenían algo que ganar.

—Te creo, William. De veras.

Él exhaló un suspiro de alivio y miró hacia abajo.

—Gracias —dijo—. No sabes cuánto significa eso para mí. Que hayas oído algo tan horrible me da miedo. Pero, que lo creas...

—Pero no importa lo que yo crea —dijo ella, con desesperación—. En estas circunstancias, mis padres no van a aceptar nunca que yo tenga relación alguna contigo. Tengo que estar por encima de cualquier tipo de rumor. Tengo que ser impecable en todo lo que hago, o perderé la confianza de la gente. Ya sabes cuál es mi carga, William. Te doy mi palabra de que preferiría cederle el trono a Amelia. Deseo...

—¡Ahí están los dos! —exclamó Lila, entusiasmada, acercándose.

William cerró los ojos con una expresión de angustia.

—Su Alteza Real, el señor Thompson la está buscando.

William se giró y se hizo a un lado, y Justine vio al señor Thompson avanzar hacia ellos con una sonrisa de complicidad, mirándolos a los dos.

—Vaya, vaya. ¿Qué se está cociendo aquí?

Justine elevó la barbilla. Ya había tenido suficiente. Del señor Thompson y de todo el asunto del emparejamiento.

—Señor Thompson, voy a ser reina muy pronto, y no es aceptable que se cuestionen los actos de una reina.

Él se echó a reír. Al ver que ella no lo hacía, se le borró la sonrisa.

—¿Lo dice en serio?

—Totalmente.

—Señor Thompson, ¿podría hablar un momento con usted? —preguntó Lila, rápidamente, y se puso delante de él, señalándole la puerta del despacho.

El señor Thompson no la estaba mirando a ella, sino a Justine, y con una expresión que daba a entender que quería responderle de un modo desafiante. Sin embargo, reaccionó al notar una suave presión en el brazo, y Lila consiguió llevárselo.

William sonrió.

—Le has dado un golpe con la corona en la garganta.

—Algunas veces es necesario.

En aquel momento sonó una campanilla en el interior del despacho y, unos segundos más tarde, Beck pasó por delante de ellos hacia allí. En cuanto entró, Lila salió y se dirigió hacia ellos.

—Bueno, parece que ustedes han precipitado el final de la situación, ¿no? Por favor, si no les importa, vuelvan al salón.

—Solo estábamos manteniendo una conversación en privado —dijo Justine.

—Sí, todos nos hemos dado cuenta. Pero, por favor, vuelvan ahora al salón —respondió Lila, y miró hacia la puerta del despacho.

—Sí, vamos —dijo William, y le puso la mano en la espalda a Justine para guiarla hacia el salón.

Lord Aleksander, lady Iddesleigh y Amelia estaban allí, mirando ansiosamente hacia la puerta.

—¿Qué ha pasado? —preguntó Amelia.

—Pues... no lo sé —dijo Justine.

Se oían voces masculinas desde el vestíbulo, y se oyó también el ruido de una puerta al abrirse y cerrarse. Y, después, Beck entró en el salón.

—Bueno, pues ya está hecho.

—¿Qué es lo que está hecho? —le preguntó su esposa.

—El señor Thompson se ha marchado.

—¿Se ha marchado? —preguntó Amelia, en tono de protesta—. Pero ¿por qué?

—Tenía que ir a hablar del acero con otras personas, o algo por el estilo —dijo Lila, que se acercó por detrás de Beck.

Justine y William se miraron.

Ella se dio cuenta de que, si alguna vez iba a defender lo que quería de verdad, aquel era el momento. Se echó a temblar, pero se giró hacia Lila.

—Quería que yo hablara con sinceridad, ¿verdad, milady? Pues ahora estoy preparada.

Lila sonrió lentamente.

—Y yo estoy deseando oír lo que tenga que decir, Su Alteza Real.

Justine volvió a mirar a William. Él estaba a un lado, con cara de incertidumbre, pero asintió para darle ánimos. Ella respiró profundamente y se fijó en que Amelia estaba sentada al borde de la silla, como si pensara que iba a tener que sostenerla si se desmayaba.

—Me enviaron a Inglaterra por un motivo —dijo, y, para su sorpresa, su voz sonó fuerte y clara—. Bueno, en realidad, por dos motivos. El primero fue que se olvidara un escándalo que yo protagonicé. El segundo era encontrar un marido adecuado para acompañarme en mi reinado. Una princesa no puede ser reina sin un hombre cerca, como dice el dicho.

—A mí no me convence esa idea —dijo lady Aleksander.

—A mí tampoco, pero cuando todos los ministros de tu país son hombres, algunas veces no se puede hacer casi nada.

Todas las mujeres presentes asintieron.

—Durante estos dos últimos años, mi padre se ha ido debilitando, y yo cada vez estoy más cerca de ocupar el trono... Siempre me han dicho lo que puedo o no puedo hacer, decir y ser. Pero, en este caso, no voy a permitirlo. Voy a decidirlo yo. Después de todo, es mi vida.

Todo el mundo la escuchaba atentamente, como si fuera a abdicar. Amelia estaba consternada.

—Justine —le dijo, suavemente—. Por favor, no sé qué es lo que estás a punto de hacer, pero no lo hagas, por favor.

Justine la ignoró y miró a William.

—Lo quiero.

Se hizo el silencio. Justine se preguntó si alguien la había oído. William no se había movido, nadie decía nada. Entonces, lady Iddesleigh murmuró:

—Oh.

—¿Qué? —gimió Amelia—. ¿Lo quieres a él? —preguntó, señalando a William.

—No demuestra demasiada confianza en mí, pero lo entiendo —dijo él.

—Sí, Amelia. Lo quiero. Además, confío en él. Es la única persona que me ha dicho la verdad. Es la única persona que me ve a mí.

Todos miraron a William. Él intentó sonreír. Se encogió de hombros, alzó las manos, y dijo:

—Sí, yo también la quiero, con todo mi corazón. Sería todo mucho más fácil si no la quisiera, pero la quiero, y daría todo lo que tengo y lo que soy por ella.

—Esto es tan romántico —dijo lady Iddesleigh, y suspiró. Se recostó en el respaldo de la silla y se acarició el vientre.

—¿Qué dices? —preguntó Amelia—. ¿Quieres casarte con él?

Justine respiró profundamente.

—No puedo.

Amelia los miró a todos con desconcierto.

—¿Alguien podría explicarme lo que está ocurriendo?

—O, más bien, él no puede —prosiguió Justine—. Hay un problema con una joven que ha dicho que...

—Disculpa, querida, pero ha sido su padre quien lo ha dicho.

—Sí, es cierto. Su padre ha acusado a William de dejarla embarazada.

Amelia dio un jadeo y se quedó mirando fijamente a William.

—Oh, no. Entonces, ¿es verdad? Esto es... terrible, Jussie. ¿Qué vas a hacer?

—Él no lo hizo, Amelia. Es inocente. Incluso tú me dijiste que no creías que el rumor fuera cierto.

—Sí, pero no puedes creerlo a él...

—Por supuesto que él no lo hizo —dijo Beck, y se puso de pie para acercarse a Justine—. Douglas es un granuja, pero un granuja honorable. Si dice que no lo hizo, no lo hizo.

Todos volvieron a mirar a William.

Él se puso una mano sobre el corazón.

—Por la vida de mis futuros hijos, no soy culpable. Si lo fuera, habría hecho lo honorable.

—El problema es que tenemos que convencer al resto del mundo —dijo Beck, mirando a los demás—. Es decir... Todos estamos de acuerdo en que estos jovenzuelos se merecen ser felices, ¿no? Que levante la mano el que esté a favor.

Él fue el primero en hacerlo.

Su esposa alzó el brazo con entusiasmo, y lo mismo hicieron lord y lady Aleksander. Y Justine y William.

Amelia miró a su hermana.

—¿De verdad? —preguntó, mientras levantaba el brazo lentamente—. Yo creía que lo odiabas.

—Al principio, sí, pero luego, no —dijo Justine.

—¿Me odiabas? —preguntó William.

—Te lo explico después —dijo ella—. Lord Iddesleigh, estamos de acuerdo. ¿Qué estaba diciendo?

—Eh... sí. En mi opinión, lo que necesitamos es que el padre del bebé reconozca la verdad.

—Me parece que eso será un problema —dijo William—. No creo que el padre sepa que es padre.

—¡Pero eso es indignante! —gritó lady Iddesleigh.

—Creo que el señor Simpson tiene a su hija encerrada porque el padre del bebé no estaba a la altura de sus expectativas.

—Quizá haya algún modo de sacar a la luz la mentira del señor Simpson —dijo lord Aleksander.

Lila dio un jadeo.

—Sí, por supuesto. Tienes toda la razón, querido.

—Pero ¿cómo? —preguntó lady Iddesleigh.

—Si alguien dijera que es el padre del niño, el señor Simpson tendría que probar su acusación —sugirió Lila—. Tendría que demostrar que el padre es lord Douglas.

—Pero... ¿no volvería a acusarlo? —preguntó lady Iddesleigh.

—Quizá, pero, si otro hombre jura que es el padre, ¿quién creerá al señor Simpson?

—Sobre todo, si el otro hombre es alguien de quien el señor Simpson no puede obtener nada —dijo lord Aleksander.

—Como el padre —añadió Lila.

—¡No lo entiendo! —exclamó Amelia.

—No sé qué les parece esto —dijo Lila—: Encontramos a un hombre en mala situación económica que se declare padre del niño. El señor Simpson tendrá dos opciones: o aceptarlo, o declarar que no es cierto y demostrar que no lo es. Lo cual, por supuesto, no puede hacer.

—Y, mientras, ¡podemos descubrir la verdadera identidad del padre para que se responsabilice de su hijo! Douglas le ayudará a reclamarlo —exclamó Beck, con entusiasmo.

—¡Sí! —gritó Lila—. Él salvará a la pobre chica y a su hijo, la reunirá con su amante y dejará al descubierto al señor Simpson, y ¡será un héroe!

—Un momento, un momento —dijo William,

alzando una mano—. Agradezco la idea y el entusiasmo, pero me parece un poco descabellado. ¿No podríamos preguntarle al señor Simpson quién es el padre y avisarlo?

—No —respondió Lila—. El señor Simpson dirá que usted está intentando lavarse las manos. Para exponerlo, debemos encontrar al padre del niño nosotros mismos.

Justine se dio cuenta de que todo el mundo la estaba mirando a la espera de que diera su visto bueno.

—Pero ¿quién va a hacerse pasar por el padre? —preguntó.

—De eso me encargo yo —dijo Lila.

—¿Y qué pasa con el verdadero padre? —insistió Justine.

—Lo encontraremos —dijo Lila.

—¿Cómo? Todo esto me parece un poco fantástico.

Lila se puso en pie, se acercó a ella y tomó sus manos.

—Señora, esto es algo que yo hago muy bien. No voy a permitir que un miserable padre escocés estropee un amor por el que he tenido que trabajar tanto.

—¿Disculpe?

—Y no voy a permitir que Robuchard designe a uno de sus socios para que sea su marido.

—¡Oh! —exclamó Amelia—. ¡Robuchard, no!

Justine clavó la mirada en Lila. Anhelaba con todas sus fuerzas que, verdaderamente, pudiera conseguir algo así.

—Desde el principio —dijo la dama— le prometí que encontraría para usted alguien que necesitara y mereciera. Nunca dije que fuese fácil.

—Debería hacerle caso a mi esposa, Su Alteza Real —dijo lord Aleksander—. No se equivoca nunca.

Lila sonrió.

—¿Ve lo bueno que puede ser un marido?

Sin embargo, William se acercó a ella y le puso la mano en el brazo.

—No la presione, lady Aleksander. No sé si vamos a poder encontrar al padre de la criatura. No sé si esto funcionará —dijo. Se acercó a Justine y le puso un brazo sobre los hombros—. Tú tienes que pensar en tu país, en tu trono.

—Pero... ¿cómo voy a pensar en todo eso si no tengo a mi lado alguien en quien pueda confiar, a quien pueda querer? ¿Cómo voy a ser reina sin alguien que me quiera? Yo te quiero a ti. Quiero que estés conmigo. Te necesito a mi lado.

Él le tomó la mano y se la llevó a los labios.

—Te quiero. Te quiero tanto que voy a apartarme. No voy a permitir que el escándalo te manche.

Ella se estremeció.

—Esta es nuestra única oportunidad. En esta ocasión, te pido que tú confíes en mí. Yo creo en Lila.

Él suspiró.

—Entonces, que Dios nos ayude.

Justine se giró hacia los demás. Ya no temblaba.

—Muy bien. No tenemos mucho tiempo. Mi madre está intentando que Amelia y yo volvamos a St. Edys cuanto antes.

—Pues empecemos ya —dijo Lila.

—Esto es muy emocionante —añadió lady Iddesleigh.

—Creo que estoy mareada —dijo Amelia.

—¿Por qué estas cosas siempre suceden en mi casa? —preguntó Beck, sin dirigirse a nadie en particular.

Justine miró a William. Él intentó sonreír para darle ánimos.

Y ella intentó devolverle la sonrisa.

Capítulo 34

Lila le dijo a Valentin que necesitaba cincuenta libras.

—¿Por qué?

Él estaba tumbado en la cama, con las piernas cruzadas a la altura de los tobillos y el brazo a modo de almohada.

—Para un actor, que tiene que adquirir el traje adecuado para el papel.

Valentin frunció el ceño.

—¿Qué actor?

—Es un amigo del niñero de lord Iddesleigh, el señor Donovan.

—Ah.

Lila movió una mano y le explicó que había tenido una larga conversación con el conde de Iddesleigh y que el señor Donovan, que estaba presente, había dado el nombre de un conocido suyo, de quien pensaba que podía representar muy bien el papel de padre frenético, y de manera muy convincente. Lord Douglas le pagaría unos buenos honorarios por el trabajo, pero ella se había dado cuenta de que el actor necesitaba un buen vestuario para su estancia en Escocia.

Valentin escuchó atentamente, se levantó de la cama y fue hacia una de sus bolsas, de la que sacó cincuenta libras.

—Eres la más lista de todos, querida... Pero ¿estás segura de que este plan funcionará?

—No —dijo ella, con sinceridad—. Más bien, pienso que va a fracasar, pero es mi única oportunidad. Y, si no consigo que funcione, me temo que Robuchard se ocupará de que no vuelva a tener ningún trabajo en Europa. Y, además... detesto perder.

Valentin la tomó de la cintura.

—Cuéntame el plan otra vez.

—El actor irá al pueblo de Hamilton en busca de la señorita Althea Simpson. Dirá que es su amante, anunciará que se ha enterado de que ella ha dado a luz un niño, su hijo. Cuando llegue a oídos del señor Simpson, él lo negará todo. Es obvio que está intentando sacar provecho del error de su hija.

—Puede que su hija también lo niegue todo. ¿Por qué iba a decir ella que aquel extraño es su amante?

—Eso es lo difícil. La muchacha no lo negará si nosotros conseguimos ponernos en contacto con ella antes de que suceda. Cuando el señor Simpson la obligue a decir que ese desconocido no es el padre de su hijo, esperamos estar allí presentes con el verdadero padre. A él no lo negará. Después de todo, ella estaba intentando llegar a él cuando su padre la secuestró.

—¿Y cómo propones que encontremos al verdadero padre de la criatura?

Lila aún no lo sabía.

—Necesitamos que ella nos diga quién es. Si lo conseguimos, lord Douglas podrá casarse con la princesa. Es decir, si hay manera de convencer a Robuchard.

Valentin le acarició el cuello con la nariz a su esposa.

—Mi querida Lila... ¿Te das cuenta de que esto parece una obra de teatro mal escrita para un teatro de tercera?

Ella se echó a reír.

—Sabía que lo entenderías.

—Lo entiendo tan bien que voy a ir contigo. No quiero que te metas en un buen lío.

—Tenía la esperanza de que lo dijeras —respondió ella, y lo besó—. Nos vamos por la mañana.

A la mañana siguiente, William llegó a Prescott Hall y se reunió con lord y lady Aleksander. Ewan lo había acompañado, afortunadamente, porque él estaba tan nervioso que había estado a punto de salir de casa sin su equipaje.

Nunca había estado tan ansioso. Era como si toda su vida se hubiese dirigido hacia aquel momento y todo fuera tan débil como un castillo de naipes.

—Milord —le dijo lady Aleksander—, ¿le importaría entrar un momento?

Cuando él entró en el vestíbulo, vio a Justine con Dodi en brazos y con su delantal de jardinera. Llevaba el pelo suelto por la espalda. Estaba tan bella que él se quedó mirándola fijamente, admirándola, por si era la última vez que...

—Cinco minutos —le dijo lady Aleksander—. No voy a poder controlarlos más tiempo.

Los Bardaline estaban en la calle, revoloteando en medio de los preparativos, muy contentos de ver que se marchaban de Prescott Hall. Por supuesto, no estaban al tanto de lo que iba a ocurrir.

Lady Aleksander salió nuevamente del vestíbulo, y William acompañó a Justine a una habitación para poder estar a solas. Ella dejó a Dodi en el suelo y corrió a sus brazos. Posó la cabeza en su pecho.

—¡No va a salir bien! ¿Cómo hemos aceptado algo así?

—Justine, cariño. Ten fe. Reza. Es nuestra única esperanza.

—¿Y si el plan fracasa? Entonces, vuelve a mi lado,

Douglas. Tienes que hacerlo. Sin ti, estaría perdida. No puedo ser reina sin ti.

Él la besó con suavidad.

—No me necesitas para ser reina. Pero, de todos modos, volveré a tu lado. Si es necesario vendré andando. Ten fe —dijo, y volvió a besarla.

A ella se le cayó una lágrima.

—Esto es una locura.

—Sí, pero piensa en la historia que tendremos para contarles a nuestros hijos.

La tomó entre sus brazos y volvió a besarla. Intentó transmitirle toda la esperanza que pudo, hacerle una promesa silenciosa de que encontraría la forma de conseguirlo. Estaba dispuesto a morir por ella.

Por fin, la soltó, le acarició la mejilla y se fue.

Cuando se marchó, Justine empezó a pasearse con angustia por la habitación. Dodi seguía cada uno de sus pasos. Al final, se sentó en el sofá y se agachó para contener las náuseas. Apenas podía respirar; tenía la sensación de que todo iba a salir mal, de que aquella era la última vez que veía a William.

Nadie conseguía separar un escándalo de su apellido, y ella lo sabía muy bien. Iban a obligarla a casarse con un hombre a quien no soportaría, y pasaría el resto de su vida pensando en William. Siempre.

—¿Jussie? ¿Qué haces? —le preguntó Amelia, que había entrado sin que ella se diera cuenta

—Estoy intentando no echarme a llorar.

—Oh, querida —le dijo su hermana, y la abrazó—. Estás verdaderamente enamorada de él.

Sí, lo estaba.

Amelia siguió abrazándolas a Dodi y a ella hasta que Justine pudo respirar de nuevo.

Capítulo 35

El señor Paul Bartholomew fue aprendiéndose su papel durante el viaje de doce horas a Glasgow. William los había metido a todos en un tren, en un vagón de primera clase, que el señor Bartholomew había inspeccionado cuidadosamente. Había declarado que, a pesar de ser pequeño y tener unos asientos muy duros, era adecuado para su ensayo.

Pasó la primera hora acribillando a William a preguntas sobre la señorita Althea Simpson. Cuánto medía, de qué color tenía el pelo y los ojos, si era tímida o si sabía llevar la voz cantante. Cómo era el sonido de su risa y cuál era el tamaño de sus pies.

William intentó explicarle que, en realidad, no la conocía, que la había visto pocas veces en su vida. Le dio al señor Bartholomew toda la información que pudo.

El señor Bartholomew le preguntó si ya había tenido al niño, y William le dijo que no estaba seguro. Se había encontrado con ella en Navidad, y ahora estaban en verano. Era muy posible que ya hubiera dado a luz.

Entonces, el señor Bartholomew comenzó a ensayar. Había elegido el momento de entrar en el pueblo para ir a la taberna más grande que hubiera y empezar a preguntar por su amor perdido. Se situó a la entrada del vagón y comenzó a caminar por entre los asientos como si estuviera en el establecimiento, preguntándole a los presentes si podían darle la dirección de la mujer con la que iba a casarse, la señorita Althea Simpson.

A William le pareció una entrada demasiado teatral, pero eso no fue nada comparado con lo que llegó después.

El señor Bartholomew representó todos los papeles.

—¿Quién lo pregunta? —dijo, imitando perfectamente el acento escocés, como si fuera el propietario de la taberna.

—Yo, el padre de su hijo, el amor de su vida. ¿Cómo iba a saber que nuestros amores habían dado fruto? ¿Cómo iba a saber que me necesitaba? No me avisó de nada... ¡Desapareció como por arte de magia!

En aquel momento, hizo una pausa y los miró.

—Por supuesto, aprenderé las palabras exactas del guion.

Lord Aleksander se interesó y se irguió en su asiento.

—¿Quién es usted? —le preguntó, haciéndose pasar por uno de los parroquianos.

—Robert Barstow, a su servicio —dijo él, con una pequeña reverencia.

—¿Y quién es Robert Barstow? —preguntó William.

—Un personaje de ficción, obviamente. No quiero que me persiga todo el pueblo por mentiroso cuando hayamos terminado la representación.

Carraspeó y alzó la barbilla.

—Robert Barstow, a su servicio. ¿Dónde está? ¿Dónde está mi amor? ¿Quién podría reprimirse, teniendo un corazón que ama y, en ese corazón, el coraje necesario para proclamar ese amor?

Lord Aleksander sonrió.

—Shakespeare, ¿eh? Un buen detalle, señor Bartholomew.

—Gracias.

Lady Aleksander también intervino.

—No vamos a decírselo, señor. ¿Cómo sabemos si usted nos dice la verdad? ¿Cómo sabemos que no quiere hacerle daño a esa pobre muchacha?

El señor Bartholomew lo pensó detenidamente.

—¿Qué daño iba a hacerle? Lo que quiero es cuidar de ella y de mi hijo, y amarla toda mi vida. Si no me lo dicen, me quedaré en esta mesa hasta que me traigan a Althea Simpson. Con su pelo dorado, su risa delicada, sus pies grandes y sus manos, como las de un hombre...

En aquel punto, hizo una pausa.

—Necesito que entiendan que la conozco —les explicó, y retomó su papel—. No cejaré hasta que la tenga a mi lado. ¿Cómo es posible que haya mantenido esto en secreto? ¿Cómo ha podido ocultarme a mi hijo? —preguntó, amargamente, dándose golpes en el corazón—. ¿Acaso no entiende que la amo? ¿Cómo ha podido matarme de esta manera?

Lady Aleksander miró a su marido.

—Todo esto hará que la gente empiece a hablar, ¿no crees?

—Si no lo matan primero —murmuró Ewan.

William estaba de acuerdo. Todo le parecía más y más ridículo a cada minuto que pasaba, y ya no tenía esperanzas.

—¿Cómo vamos a encontrar al verdadero padre —preguntó.

—Por medio de Molly McGuire —dijo Ewan.

—¿Disculpa?

—Es la moza de la cocina. Va al mercado todos los días. Ella le pasará un mensaje a la moza de la cocina de Simpson House.

Todo el mundo se quedó mirando a Ewan.

—Eso es perfecto —dijo lady Aleksander—. Milord, debería escribirle una carta a la señorita Simpson y decirle lo que vamos a hacer.

—¿De verdad es perfecto? —gruñó William, y señaló al señor Bartholomew—. Todo esto me parece absurdo.

—He dicho que iba a trabajar en el texto —dijo el señor Bartholomew, claramente ofendido.

—Debe tener fe, milord —le dijo lady Aleksander—. Sin fe nunca sucede nada.

Bien, pues eso era un problema, porque a William se le estaba escapando la fe por todo el vagón.

Cuando, después de un viaje que se hizo eterno, llegaron a Glasgow, William alquiló dos carruajes. El primero, para hacer el corto trayecto hasta el pueblo de Hamilton, donde el señor Bartholomew representaría su papel, con suerte, mejorado. El segundo carruaje era para trasladarse hasta Hamilton Palace, puesto que los Aleksander iban a ser invitados del duque durante un par de noches.

Por el camino, William pensó en contarle a la pareja algunas cosas sobre su familia, pero se dio cuenta de que no había manera de preparar adecuadamente a nadie para encontrarse un palacio en obras perpetuas, con sobreabundancia de antigüedades y otras ideas descabelladas.

Llegaron al palacio justo después que su hermana, lady Fraser, y sus dos hijos.

—¡William! ¡No te esperábamos!

Susan lo abrazó y lo estrechó con fuerza.

—Gracias a Dios que has venido. Mamá ha comprado más alfombras en Bélgica.

—Voy a hablar con ella —dijo él.

Le presentó a su hermana a los Aleksander y, juntos, entraron en el palacio, con los niños correteando a su alrededor y llamando a gritos a su abuelo.

Los duques se quedaron muy sorprendidos al ver a

su hijo y se le acercaron rápidamente, su madre, preocupada por lo largo que llevaba el pelo y su padre, preocupado por el hecho de que no estuviera en Londres haciendo lo que tenía que hacer. Y ¿por qué no había enviado a un mensajero para ponerles sobre aviso?

—¿De qué diablos se trata? —preguntó su padre, cuando terminaron las presentaciones.

William miró a su familia y, repentinamente, pensó en que no había mejor momento que aquel para hacer su anuncio.

—Excelencia —le dijo a su padre, con una reverencia.

El duque abrió unos ojos como platos y miró a su mujer.

—Debe de ser un asunto serio, ¿eh?

—Papá —dijo William—. Tengo algo muy importante que decir. Yo... Estoy enamorado. Sí, me he enamorado. Ya está.

Esperaba que le respondieran de algún modo, pero los duques y su hermana se quedaron tan anonadados que no pronunciaron palabra. Susan miró a sus padres. Sus padres la miraron a ella.

—¿De quién? —preguntó Susan.

—Ese es el problema. Me he enamorado de Su Alteza Real, la princesa Justine Ivanosen.

El silencio continuó durante unos segundos. Después, Susan estalló en carcajadas.

—¡Oh, Dios mío! ¡No nos tomes el pelo, William!

William miró fijamente a su hermana, y ella se puso seria.

—No... no será verdad... —dijo.

—Pues sí —respondió él.

—Y la princesa Justine le corresponde —dijo lady Aleksander—. Es un amor verdadero. Pero tenemos el problema del horrible rumor que corre sobre lord

Douglas, que podría apartarlo de la princesa. Como podrán imaginar, la princesa debe casarse con alguien de reputación impecable. Hemos ideado un plan para arreglar la situación, pero necesitamos su ayuda.

—¿Mi hijo está enamorado? —preguntó la duquesa, como si fuera un sueño hecho realidad—. He rezado mucho por que llegara este momento. Pero, le pido disculpas, señora, la reputación de mi hijo no necesita ningún arreglo.

—Mamá —dijo Susan, mirando a su madre de manera elocuente.

—Me refiero a que no mucho arreglo —se corrigió la duquesa.

—Si me permiten explicárselo... —dijo lady Aleksander.

Dio un paso adelante y comenzó a hablar. Cuando terminó, la familia permaneció en silencio, mirando al suelo.

—Su plan es irrisorio, milady —dijo, por fin, el padre de William—. Pero es cierto que no tenemos más dinero para pagar al señor Simpson a cambio de su silencio.

Susan se encogió de hombros.

—Por lo menos, es tan razonable como el hecho de acusarte a ti de ser el padre de su nieto. Yo conozco a Althea de toda la vida y, si tú te le acercaras, se moriría de miedo.

—¿Cómo dices? —preguntó William.

—Bueno, a mí no se me ocurre otra cosa que podamos hacer —dijo la madre de William—. Will, cariño, ¿estás seguro de que quieres casarte con una princesa? Es decir, que...

—Mamá, sí estoy seguro. Sean cuales sean las consideraciones, estoy seguro.

—Bueno, pues, entonces, supongo que debemos intentar llevar a cabo este plan.

—Necesitamos hacerle llegar un mensaje a la señorita Simpson.

William asintió.

—Ewan nos dijo que Molly puede llevarle una nota a la moza de la cocina de los Simpson.

William le indicó a uno de los sirvientes que fuera a buscar a la muchacha. Aunque Molly estaba temblando porque no sabía qué podía ocurrir para que los duques requirieran su presencia, lady Aleksander sonrió para darle ánimos y, en un tono amable, la convenció de que no había ningún problema y de que, en realidad, la familia la necesitaba desesperadamente.

Molly miró a todo el mundo con los ojos abiertos como platos.

—Sí. ¿Crees que podrías llevarle un mensaje muy importante a la moza de la cocina de los Simpson?

—Sí, es mi prima Janie.

Por supuesto. Si William se hubiera parado a pensar un momento, se habría dado cuenta de que allí todos eran parientes unos de otros.

—Pues bien, milord, creo que debería escribir la carta —le dijo lady Aleksander.

—Sí —dijo su padre, y le pidió a un sirviente que subiera una botella de whisky de la bodega para celebrar la ocasión.

Mientras los demás bebían una copa, él se concentró en escribirle la carta a la señorita Simpson, diciéndole que estaba intentando ayudarla pero que, para conseguirlo, necesitaba saber el nombre del padre de su hijo. Por su parte, el duque les contó a sus invitados la historia, ya clásica, de cómo había llegado a la conclusión de que era descendiente de los reyes escoceses.

Cuando William terminó la carta, se la entregó a Molly. Molly se la metió en el bolsillo de la capa y se marchó para entregarla.

Durante el resto de la noche, él casi no pudo sentarse. No dejaba de ir hasta la ventana para ver si la muchacha regresaba. Se imaginó que todo había salido mal, que Molly había perdido la carta, o que la señorita Simpson ya no estaba en Hamilton, o que su padre había interceptado el mensaje y sabía ya lo que se proponían. Se imaginó que el señor Bartholomew iba a fracasar y que lo echarían del pueblo a patadas.

Se imaginó que ya no volvería a ver a Justine, y sintió un dolor lacerante en el corazón.

Aquella noche, Molly no volvió a Hamilton Palace. William no pudo dormir.

A la mañana siguiente, Ewan fue al pueblo para presenciar la actuación del señor Bartholomew e informarles, a su vuelta, de cómo había ido todo. William siguió paseándose mientras esperaba el regreso de Molly McGuire. Envió a un sirviente en su busca, pero él no la encontró por el camino.

Molly volvió, por fin, aquella tarde, caminando por la carretera. William salió corriendo a recibirla.

—¿Dónde has estado, muchacha?

—¡Le pido perdón, milord! —exclamó la chica, y se echó a temblar—. Pero se hizo muy tarde, y mi prima se empeñó en que me quedara a dormir. Y la cocinera me había dado el día libre hoy. Tenía algunas cosas que hacer en el pueblo.

William respiró profundamente para no responder mal a la muchacha. Quizá no le habían dado a entender que era algo muy urgente.

Oyó que alguien se acercaba a su espalda, y se giró. Lady Aleksander caminaba ansiosamente hacia ellos. Parecía que él no era el único que había pasado la noche sin dormir.

—Hola, Molly... ¿Le diste la carta a tu prima? —preguntó la dama.

—No, milady.

—¿No? —preguntó William, con el corazón en la garganta.

—No —repitió Molly, suavemente—. La señorita Simpson bajó de su habitación con su niño. Es precioso.

—¡Es niño! —exclamó lady Aleksander.

—Sí, señorita. Es un bebé muy pelirrojo y...

—Molly —dijo William, tratando de mantener la calma—. ¿Qué dijo la señorita Simpson?

—Abrió la carta y la leyó, la dobló y se la metió en el bolsillo. Y dijo: «Dile al señor marqués que el hombre que busca es Graeme Ross».

—¡Graeme Ross!

William no había oído a su hermana, que también había salido al camino de la entrada, seguida por uno de sus sobrinos.

—Entonces, ¿lo conoces, Susan?

—¡Sí, Will! Y tú también. Es el dueño de la granja que hay bajando el río, ¿no te acuerdas? Íbamos a comprar manzanas allí cuando éramos pequeños.

De repente, William se acordó. Una granja modesta, una buena granja.

—Es un hombre bueno y trabajador —prosiguió su hermana—, pero, claro, no será suficiente para el señor Simpson. Él quiere que Althea se case con alguien de estatus superior, siempre lo ha querido. Siempre estaba mandando a la pobre chica a fiestas y bailes a las mejores casas, aunque ella no conociera a nadie.

Molly estaba mirando a Susan con los ojos abiertos como platos, escuchándolo todo. William pensó que deberían continuar aquella conversación en privado.

—Gracias, Molly. Puedes marcharte.

Lady Aleksander, su hermana y él entraron por la puerta principal y fueron al comedor, donde los duques llevaban desayunando, relajadamente, unas dos horas.

—¿Y bien? —preguntó su padre—. ¿Ha vuelto ya esa muchacha?

—Sí. Nos ha traído un nombre. Graeme Ross. Y la señorita Simpson ha tenido un niño.

—¡Ah, Ross! Es un buen hombre, y honesto. Muy trabajador, como su padre. Será un buen padre, estoy seguro. Se pondrá contento de haber tenido un niño y se portará bien con la señorita Simpson.

Se oyeron voces en el vestíbulo y, un momento después, entró el mayordomo seguido por Ewan, que estaba desarreglado, como si hubiera tenido que salir corriendo del pueblo.

—¡Ewan! ¿Qué ha ocurrido? —exclamó William—. ¿Estás bien?

—Sí, milord. Pero ha habido un altercado en el pueblo...

—¿Qué ha ocurrido?

Ewan alzó un dedo y se puso la mano en la espalda mientras hacía un gesto de dolor. Todos se quedaron esperando, mirándolo fijamente.

—El señor Bartholomew resultó ser un buen actor —dijo él—. Me convenció hasta a mí.

—Ewan, ¿qué ha pasado? —le preguntó Susan.

—Dijo que... que había ido a buscar a la mujer y a su hijo, todo eso. Mucho mejor que en el tren, hay que reconocerlo.

—¿Y? —preguntó William.

—Bueno, el hermano del señor Simpson estaba presente en el bar, tomándose una pinta. O más de una, porque se tambaleaba un poco.

—¿Y qué?

—Dijo que ese tipo era un mentiroso, milord. Entonces, los hermanos McFee, ya los conoce, que son del tamaño de los mojones de las lindes de la vieja Bessie, quisieron echarlo. Pero, después, la señora Palley preguntó por qué iba a decir eso si no fuera cierto, porque se buscaría problemas, y que deberían preguntarle a la chica si era cierto.

—Oh, Dios mío —dijo la madre de William—. No suena bien, ¿verdad? ¿A alguien le parece que suena bien?

—No, milady —prosiguió Ewan, secándose la frente—. De hecho, hubo un debate muy acalorado. Se decidió que la única manera de resolverlo era llamar al señor Simpson.

—¿Y la señorita Simpson? ¿Por qué no la llamaron a ella? —preguntó lady Aleksander.

—No, milady, el señor Simpson es quien habla en nombre de la familia, y querían escucharlo a él. Entonces, decidieron agarrar al señor Bartholomew para que no pudiera irse hasta que llegara el señor Simpson.

—Will, no hay tiempo —dijo Susan—. Cuando llegues con el carruaje a casa del señor Ross, el señor Simpson ya habrá ido y vuelto a su casa desde la taberna, y Dios sabe lo que le habrán hecho a tu amigo.

A William le daba vueltas la cabeza. En realidad, todo daba vueltas y se había escapado de su control. No entendía cómo era posible que se hubieran convencido a sí mismos de que aquello podía salir bien.

Decidieron que él iría a caballo a la granja de los Ross. Mientras, su padre, Susan y los Aleksander irían a la taberna para proteger al señor Bartholomew.

Media hora después, William llegó a la granja, saltó del caballo y fue corriendo hacia la casa. Llamó a la puerta, pero no respondió nadie. Se asomó a una ventana, pero parecía que la casa estaba vacía.

Después de buscar en el granero y volver a llamar a la puerta, comenzó a caminar hacia su caballo, y sintió una gran alegría al ver que el señor Ross se acercaba, con una caña de pescar al hombro, desde el río.

—¡Señor Ross! —gritó, moviendo el brazo para llamar su atención.

Al verlo, el señor Ross se detuvo.

—¿Milord?

—Gracias a Dios que está aquí. Por un momento, pensé que todo se había perdido —dijo William, y se echó a reír como un loco.

El señor Ross lo miró con cautela.

—Ah, claro, no sabe por qué he venido. Quisiera ser más delicado, pero no hay tiempo. He venido a hablarle de la señorita Althea Simpson.

El señor Ross palideció.

—No conozco a la señorita Althea Simpson.

—Le pido perdón, señor Ross, pero hay una cosa que debe saber. Tal vez ya la sepa, pero no quiere admitirlo.

—No sé nada.

—La señorita Simpson... ha tenido un niño. Pelirrojo.

El señor Ross se puso muy tenso. Su mirada se volvió dura.

—He oído el rumor.

William se quedó callado. Lo entendió todo: el señor Ross había oído el rumor sobre él.

—El niño no es mío, si es lo que piensa. Usted es el padre. ¡El niño es pelirrojo! —exclamó, señalando la cabellera roja del señor Ross.

Sin embargo, el señor Ross dio un resoplido y comenzó a caminar hacia su casa.

—¿Dónde va? —le preguntó William—. Tiene que creerme. El niño es suyo. Nunca hubo otro hombre, aparte de usted. Y menos, yo.

El señor Ross se detuvo y lo miró fijamente a los ojos.

—Si fuera mío, ella se habría reunido conmigo, como convinimos. Pero la última vez que la vieron, estaba con usted, milord.

—No, es un malentendido. Yo intenté ayudarla para que pudiera reunirse con su amante. Por lo menos, créame.

—¿Cree que no lo entiendo? Usted la dejó embarazada y no quiere al niño. Quiere cargarme a mí con su metedura de pata —dijo el granjero, y continuó andando.

—No, no —respondió William, frenéticamente—. Yo le alquilé un caballo y pagué una habitación en la posada para que pudiera pasar la noche. Le expliqué cómo se llegaba al lugar en el que habían quedado para reunirse —dijo, tratando de recordar—. «Vaya por la carretera del viejo fuerte y, en el cruce, a la derecha».

El señor Ross se detuvo.

—Yo la acompañé a su habitación para que nadie la molestara. Después, la dejé allí y me marché, y pensé que ella saldría al amanecer. Pero, por desgracia, no sé cómo, su padre la encontró antes de que eso sucediera.

El señor Ross hizo un gesto negativo.

William estaba desesperado. Se había echado a temblar, y estaba sudando.

—Por favor, señor Ross. Créame. Entiendo que sufriera un golpe en su amor propio y, además, ha oído decir cosas. Pero le prometo por mi honor que no son ciertas, aunque el rumor haya sido como una daga atravesándole el corazón. De veras, he venido a ayudarle, a darle la oportunidad de que la situación se arregle. Todavía puede casarse con la mujer a la que ama. Y tener a su hijo.

El señor Ross miró a William.

—El problema es que, si no viene conmigo ahora, la perderá para siempre. ¿Podrá soportarlo? ¿Podrá levantarse por las mañanas sabiendo que no ha hecho lo suficiente por conseguirla?

El señor Ross no se movió. Siguió mirando con dureza a William.

Él bajó la cabeza con resignación.

—Bien. Supongo que esto es todo.

Le había quedado claro que Graeme Ross no lo creía. Debería haber ido Susan, pero había ido él, y el señor Ross creía que era el hombre que había destruido su amor. Lo único que había conseguido era empeorar la situación.

Sintió que la vida se alejaba flotando de él, y casi sintió serenidad, a pesar de su desesperación.

Capítulo 36

El telegrama de la reina Agnes llegó con un contingente de seis soldados de Wesloria.

—¿Qué dice? —preguntó Amelia, con la voz muy aguda a causa del nerviosismo.

Justine leyó el mensaje mientras acariciaba a Dodi, que estaba en su regazo.

—Nos ordena que volvamos a casa. Dice que debemos zarpar el viernes, como muy tarde.

—¡Oh! —exclamó lady Bardaline, dando palmaditas—. Qué noticia tan maravillosa. Creo que es lo mejor, Su Alteza Real. La reina Victoria se marcha a Francia, y lady Aleksander... Bueno, quizá ella no está tan bien relacionada como pensaron sus padres. Pero no debe preocuparse —dijo la dama, sonriendo con astucia.

—Váyase —respondió Justine, después de mirar a su dama de honor con incredulidad.

Lady Bardaline se rio nerviosa.

—Márchese de mi habitación, señora.

Amelia abrió unos ojos como platos. Miró a Justine y, después, a la dama.

Lady Bardaline se levantó despacio de su asiento y se dirigió a la puerta. Incluso se dio la vuelta, como si quisiera hablar, pero, finalmente, miró a las dos hermanas con un gesto agrio y salió.

Seviana se acercó a la puerta y la cerró.

—Gracias, Sevie —le dijo Justine, y le tendió a Dodi—. ¿Te importaría llevarla a dar un paseo?

Amelia miró a Justine con asombro. Esperó a que Seviana se hubiera llevado a la perrita y gritó:

—¡Por fin! ¡Has estado magnífica! Yo no soporto a esa mujer. Pero no te preocupes por ella. ¿Qué vamos a hacer, Jussie? No vamos a subir a ese barco. Vamos a pedirle a lady Holland que nos ayude.

Justine cabeceó.

—¿No has visto la caballería que ha enviado mamá? Cariño, ellos han venido para cerciorarse de que embarcamos.

—Pero... yo no quiero marcharme. Me gusta estar aquí. ¿Y qué pasa con Douglas?

Sí, ¿qué ocurría con William? Justine había estado esperando un mensaje suyo desde hacía cuatro días y, ahora, si ese mensaje no llegaba antes de dos días más, su vida habría terminado. Sería una reina sin corazón. Una reina de luto.

William no volvió aquel día, por mucho que ella mirara por la ventana con el anhelo de verlo llegar. Estaba furiosa consigo misma por no haberle preguntado a qué dirección podía hacerle llegar una carta.

Al día siguiente, Amelia y ella se vieron obligadas a hacer el equipaje. Un lacayo fue a informarlas de que tenían visita.

—Lord Iddesleigh, señora.

Justine y Amelia se miraron pensando lo mismo: les llevaba noticias. Bajaron corriendo las escaleras y entraron al salón de las visitas.

Él estaba sonriendo, pero su expresión se convirtió en pánico al verlas llegar tan ansiosas.

—Lord Iddesleigh, muchas gracias por venir —le dijo Justine, sin aliento—. ¿Se sabe algo?

—Su Alteza Real —dijo él, mientras hacía una

reverencia—. Por desgracia, no. Tenía la esperanza de que ustedes pudieran contarme algo.

Justine se quedó consternada. De repente, su propio cuerpo le pareció muy pesado.

—No, no sabemos absolutamente nada.

—Ah.

Amelia se dejó caer en el sofá.

—No es justo —murmuró.

—Han fracasado, ¿no? —le preguntó Justine al conde—. Si hubieran tenido éxito, ya lo sabríamos.

—¡Querida! ¡No digas eso! —le rogó Amelia.

—Le aconsejo que no pierda la esperanza, señora. Es mejor no asumir lo peor mientras no haya pruebas. Piense cosas positivas —dijo lord Iddesleigh, y sonrió.

Ella también sonrió, pero con tristeza.

—Me temo que es demasiado tarde para eso.

Lord Iddesleigh suspiró.

—He venido a despedirme de ustedes. Mi esposa desea pasar sus últimos días de embarazo en el campo, en nuestra casa solariega. Por desgracia, hay momentos en la vida de un conde en los que debe ocuparse de los asuntos del condado y, al mismo tiempo, hacer feliz a su esposa —explicó, y arrugó la nariz—. Aunque no entiendo por qué quiere ir allí, porque no es más que un castillo viejo medio en ruinas.

—Gracias por su hospitalidad, milord —dijo Justine—. Zarpamos hacia Wesloria el viernes.

—Oh —dijo Iddesleigh, y frunció el ceño—. ¿Tan pronto? Todos vamos a lamentar verlas partir. Les deseo lo mejor a usted y a su hermana.

También era demasiado tarde para eso. Lo mejor había llegado y se había ido.

Después de la despedida de lord Iddesleigh, Amelia reanudó la tarea en silencio. Parecía que entendía que ella no quisiera hablar. Justine no logró recuperarse hasta varias horas después, aquella tarde. Una vez, su padre le había dicho que las decepciones eran como las olas, que lo llevaban a uno a lo más bajo, pero que, después, había una cresta, y que ella siempre debía mirar hacia delante con la cabeza alta.

No tenía elección. Sería coronada muy pronto, y siempre tendría que procurar el bien de Wesloria por delante de su bienestar personal. Aquel era el precio que ponía el diablo a cambio de una vida de privilegios.

Antes de volver a Wesloria tenían mucho que hacer. Ella metería en uno de sus baúles el amor que sentía por William y lo guardaría en un rincón de su corazón. Sin embargo, no tenía tiempo para pasar el luto por su pérdida.

Estaba atardeciendo, y ella había rehusado el té y había pedido a los sirvientes que no prepararan la cena. Cumpliría con su deber, pero no iba a obligarse a comer, porque se le había quitado por completo el apetito. Estaba embebida en sus pensamientos, envolviendo sus libros cuidadosamente, cuando oyó un alboroto en el piso de abajo.

Se le aceleró el corazón. Se levantó con lentitud y fue a la ventana, temerosa de llevarse otra decepción. Sin embargo, vio acercarse un carruaje polvoriento con el emblema de la casa ducal de los Hamilton. Bajo su mirada, lady Aleksander bajó de él.

—¿Quién es? —preguntó Amelia, y se acercó a la ventana para colocarse junto a su hermana.

Justine contuvo la respiración. El siguiente en bajar del carruaje fue lord Aleksander, junto a un hombre a quien ella no conocía y que se giró para mirar al interior del coche.

Una pierna larga, calzada con una bota, apareció en la escalerilla. Después, la otra.

—Oh, Dios mío —dijo Justine, y se agarró de la mano de su hermana.

—Es él, Jussie —murmuró Amelia—. Es él de verdad.

Justine salió de la habitación y bajó corriendo las escaleras, agarrándose la falda del vestido. Estuvo a punto de chocar con lord Bardaline, que salía en aquel momento del despacho.

—¿Qué ocurre?

Ella lo dejó atrás y salió por la puerta, y se lanzó a los brazos de William, quien la estrechó con fuerza y le besó la mejilla y el cuello.

Entonces, todo el mundo empezó a hablar a la vez.

—¿Por qué has tardado tanto? —le preguntó Justine.

—Porque tuvimos que hacer un viaje inesperado a Gretna Green.

—¿Dónde?

William se echó a reír. Tenía una expresión relajada y sus ojos brillaban con el sol del atardecer.

—Vamos dentro y te lo explico todo.

—Espera, William... ¿ha terminado todo?

—Sí. Ha terminado todo, querida.

En el salón principal de la casa, mientras el lacayo servía vino y whisky, Justine se enteró de que el plan, por muy absurdo que le hubiera parecido, había funcionado de verdad. Se sintió tan feliz que se rio más alto que nadie.

—Pero ¿cómo? —preguntó.

—Fue increíble —dijo lord Aleksander—. Mi esposa ha hecho una especie de milagro. Además de que lord Douglas ha conseguido acabar con el rumor, ha terminado convirtiéndose en el héroe de la historia. Creí que todo el pueblo de Hamilton iba a tomarlo a hombros y llevarlo por las calles.

—¡Cuéntenos, cuéntenos! —exclamó Amelia, botando en su asiento.

—Si me lo permiten —dijo el señor Bartholomew.

—Por favor —dijo Lila.

El señor Bartholomew se colocó en el centro de la habitación, extendió los brazos y comenzó a contar lo que había ocurrido en la taberna. Representó los diferentes personajes y se detuvo a explicarle a su público quién era quién. Hizo una pausa para crear un escenario dramático para la llegada del señor Simpson a la taberna, explicando que tenía la cara tan roja que parecía que se había quemado y que le acusó a él, en el papel de Robert Barstow, de ser un mentiroso y un estafador y, además, de pretender extorsionar al duque de Hamilton por los pecados de su hijo, el marqués.

—En ese momento, todo estuvo a punto de desmoronarse —dijo Lila—. El padre de Douglas, el duque de Hamilton, dijo que eso era lo que había hecho el señor Simpson. Al principio, el señor Simpson lo negó, pero después dijo que se le debía ese dinero puesto que el marqués era el padre de su nieto. Y, entonces, ¿quién llegó como un caballero para salvar al pueblo, sino el propio marqués, en compañía del señor Ross?

Lady Aleksander se echó a reír y miró a William.

—¡Creía que no iba a llegar nunca!

—Yo también. No habíamos caído en que el señor Ross también podía haber oído el rumor, y en que pensaba que yo era culpable de las acusaciones. ¿Por qué iba a creer lo contrario? Lo último que supo de la señorita Simpson era que ella se reuniría con él. La muchacha no llegó a la cita, y fue vista conmigo. ¿Qué iba a pensar el hombre?

—Y ¿cómo lo convenció? —preguntó Amelia.

—No lo sé. No me avergüenzo al decir que le rogué, traté de engatusarlo, que estuve a punto de darle un puñetazo —dijo William, y se echó a reír—. Y, entonces, le pregunté si sería capaz de vivir sabiendo que no había hecho todo lo posible por conseguir a la mujer a la que amaba.

Miró a Justine y sonrió.

—Porque, si fuera yo el que estaba en su lugar, no lo soportaría.

—Ejem —dijo el señor Bartholomew, que no quería ceder el escenario.

—Por favor, continúe —le dijo William.

El señor Bartholomew reanudó su actuación en el momento en que William le dijo a la multitud que se había congregado en la taberna que lo único que había hecho era tratar de ayudar a la señorita Simpson para que pudiera llegar junto al hombre al que amaba. Y, entonces, llegó Susan, su hermana, acompañada por la señorita Simpson y su hijo recién nacido, Graeme.

—Le puso el nombre del padre, por supuesto —dijo Lila, con una enorme sonrisa—. En cuanto el señor Ross los vio a ella y a su hijo, estuvo a punto de caer de rodillas. Allí mismo, le pidió que se casara con él.

—Le ruego me disculpe, ya iba a contarlo yo —dijo el señor Bartholomew.

—Oh. Por favor, continúe.

—Ella dijo que sí. Su padre quiso intervenir, pero la gente se lo impidió —explicó el señor Bartholomew, y representó la pelea subsiguiente para dar final a su obra.

Entonces, el señor Simpson demostró quién era en realidad, al prohibir a su hija y a su nieto que volvieran a su casa familiar. Para todos los demás, quedó claro que el señor Ross y la señorita Simpson estaban muy enamorados y que el señor Simpson les había hecho sufrir con su avaricia y su egoísmo.

—El señor Simpson no tuvo ninguna oportunidad —dijo William—. Allí estábamos, con dos personas enamoradas que necesitaban casarse por su hijo. Los llevamos a toda prisa a Gretna Green para que se celebrara la boda. Althea Simpson no tendrá que volver a casa de su padre.

—Pero... ¿el escándalo ha quedado aclarado y terminado? ¿Ha acabado de verdad? —preguntó Justine.

—Oh, no —dijo Lila—. La historia corre de boca en boca. Seguro que ya ha llegado a Londres. Pero el escándalo ha dado un giro y el marqués ha quedado como un verdadero santo, me atrevo a decir que por primera vez en su vida.

William se echó a reír.

—De eso no hay duda.

—Lo alaban por la bondad que demostró al ayudar a la señorita Simpson, cuando, fácilmente, podría haber ignorado su situación —prosiguió Lila—. Lo aplauden por haber urdido el plan para engañar al señor Simpson antes de que pudiera sobornar de nuevo al duque y encontrar al padre de la criatura. Y por haberlo reunido con la mujer a la que quiere. Ahora ya nadie dirá una palabra en contra de lord Douglas.

—Dios mío, es un milagro —dijo Amelia.

—¡Y su actuación, señor Bartholomew! Esto no podría haber sucedido sin usted —dijo Lila.

El caballero sonrió con orgullo.

—Me gustaría que se mencionara en los periódicos de Londres, si es posible.

—Creo que podré arreglarlo —dijo Lila.

—Por favor, me gustaría tenerlo totalmente claro —dijo Justine, antes de que alguien empezara a servir copas de champán—. ¿Ya no hay escándalo que valga alrededor del marqués?

—Exacto.

Entonces, era cierto. A Justine se le aceleró el corazón. Se le humedecieron las palmas de las manos. Recordó su visita al Castillo de Astasia, cuando había subido a las almenas de una torre y había mirado el valle que se extendía bajo sus pies. Allí había sentido toda la fuerza de sus ancestros y de su destino. Y volvía a sentirla, como si tirara de ella. Estaba a punto de hacer algo terriblemente atrevido, pero era su futuro, y estaba bien.

Se puso en pie y miró a William.

—¿Podrías levantarte? —le pidió, con la voz ligeramente quebrada.

Amelia se alarmó. Bien, ella también se sentía alarmada, temblaba por dentro, pero se dominó.

Tal vez, aquel fuera el momento más importante de su vida.

No dejó de mirar a William, que tenía una sonrisa en los labios. Él se puso en pie e hizo una reverencia.

—Creo que no es necesario que me arme caballero, Su Alteza Real.

Lord Aleksander se echó a reír.

Justine tragó saliva. Su dichoso nerviosismo estaba a punto de ahogarla, pero no iba a permitirlo. Aunque se tambaleaba un poco, posó una rodilla en el suelo. A su espalda hubo exclamaciones de sorpresa, pero ella mantuvo la mirada fija en William.

—Lord William Douglas, marqués de Hamilton y... y...

—Clydesdale —dijo él.

—Clydesdale —repitió Justine—, ¿me haría el honor de casarse conmigo, de ser mi marido, mi príncipe consorte, mi compañero, mi amor?

Lady Bardaline, que hasta aquel momento había guardado silencio, gritó:

—Su Alteza Real, ¡no puede!

—Señora, por favor —le dijo Amelia—. ¡No estropee el momento!

—Nunca se permitirá algo así —protestó lady Bardaline—. ¡Su madre no lo permitirá!

—Tranquila, señora. Ya le he enviado un telegrama al primer ministro Robuchard informándole de que el emparejamiento está concluido —dijo Lila.

—¿Qué dice? ¿Qué ha hecho? —gritó lady Bardaline.

—¡Disculpe! —dijo Justine, en voz alta.

Todo el mundo guardó silencio.

—Estoy en mitad de un asunto importante, y su señoría todavía no me ha respondido.

William se echó a reír. Él también se puso de rodillas, y le tomó ambas manos.

—Sí, señora, me casaré con usted. Justine, te querré, te adoraré, te protegeré, te aconsejaré, te defenderé y, por encima de todo, te serviré como un súbdito debe servir a su reina. Es decir, si Wesloria me concede la nacionalidad.

—Su Alteza Real —dijo lord Bardaline, suavemente, tratando de abordar el asunto con más calma que su esposa—. Estoy seguro de que comprende que el rey debe aprobar este matrimonio.

—Sí, lo entiendo —dijo Justine, sonriendo a William—. Lo aprobará.

William también sonrió. Se puso en pie y tiró de ella para que se levantara. Y, entonces, la abrazó y le dio un beso en los labios.

Detrás de Justine, en la habitación se hizo el caos. Amelia estaba llorando, alguien prorrumpió en vítores y los Bardaline empezaron a gritarle a Lila.

A Justine no le importó. Estaba llena de amor, gratitud y reverencia por lo que pudiera depararle el futuro. Se sentía más orgullosa y segura que nunca. Había decidido por sí misma, como siguiente soberana de Wesloria, y tenía la certeza de que era la mejor decisión que podía haber tomado.

De repente, el futuro que tenía ante sí era brillante.

Se sentía como una reina.

Era una reina.

El viaje a Wesloria se pospuso cinco días para que el marqués tuviera tiempo de preparar el equipaje.

Hubo una andanada de telegramas de ida y vuelta entre Londres y St. Edys, y todavía quedaban muchas cosas por negociar, pero la princesa tenía razón: el sincero mensaje que le había enviado a su padre había funcionado. Por muchas objeciones que hubieran puesto Robuchard y la reina Agnes, el rey Maksim seguía siendo el rey, y aprobaba la felicidad de su hija.

Lila vio llegar a Prescott Hall los carruajes que iban a trasladar a William, a Justine, a Amelia y a Dodi, y todo su equipaje, al puerto.

—Están tan enamorados... —dijo, con melancolía.

Valentin se estaba poniendo su abrigo largo.

—¿Vienes?

—Sí —dijo ella.

Acababa de darle los toques finales al telegrama que le iba a enviar a Robuchard. En él, le explicaba que la princesa Amelia necesitaba algo de tiempo para madurar, eso era todo.

Valentin se inclinó hacia ella, que estaba en el escritorio, y le besó la coronilla.

—¿Sabes quién más está enamorado?

Lila sonrió.

—Yo sí —dijo.

Selló el mensaje y se puso de pie para abrazar a su marido.

Epílogo

Un mes más tarde

Justine y William estaban en la cama, abrazados, disfrutando después de hacer el amor. Ella miró el dosel bordado. Se sentía como en un sueño, y estaba totalmente saciada.

—¿Por qué nadie te explica nunca lo maravilloso que es el sexo?

William se echó a reír y le besó un hombro.

—No se supone que tenga que gustarte, querida. Se supone que tienes que aguantarlo porque es tu deber.

—Pues me encanta.

—Sí, eres una pequeña insaciable.

—Sí, es verdad, y les doy las gracias a todos los santos por tener un marido también insaciable.

Ella bajó los dedos por su pecho, hacia su entrepierna, y más abajo.

—¿Qué haces?

—No tenemos que levantarnos hasta dentro de una hora.

—Tus sirvientes van a echar la puerta abajo si no sales pronto.

Ella soltó una risita.

—Déjalos.

Lo besó en la boca y en el pecho, y siguió descendiendo.

William le había enseñado lo que era el placer, cómo proporcionarlo y cómo recibirlo. Ella pensaba a menudo lo que le había dicho la reina Victoria sobre la compatibilidad en el lecho conyugal. Era el mejor consejo de cuantos le había dado la soberana inglesa. William y ella estaban totalmente enamorados y lo confirmaban casi cada día en aquella cama.

Para William, la transición había sido más fácil de lo que ella imaginaba. Le había encantado Wesloria, porque, según le había dicho, ella era Wesloria. Había hecho amistades incipientes, claro que sí, porque era un hombre afable. Y, naturalmente, le daba consejos, incluso cuando ella no quería escucharlos.

Al regresar a Wesloria, encontró a su padre gravemente enfermo. Aquel verano había empeorado mucho, y los médicos de la familia le informaron de que le quedaba aproximadamente un mes de vida. A causa del estado del monarca, su boda con William había sido un asunto privado. Y, al final de aquella semana, el rey Maksim tenía previsto abdicar en su heredera. La coronación se celebraría inmediatamente, y William tendría que jurarle lealtad y ser investido príncipe consorte. Seviana le había hecho un collar precioso a Dodi para conmemorar la ocasión.

Todo había sido muy rápido y terrible. Pero Justine estaba en paz. Sabía que había tomado la decisión correcta; no se imaginaba ser reina sin tener a William a su lado.

Más tarde, cuando, por fin, salieron de su habitación privada, Seviana se estremeció al ver cómo tenía el pelo e, inmediatamente, empezó a peinarla. Aquella tarde iba a inaugurar la nueva biblioteca de la ciudad y no tenía tiempo que perder, debido a su reticencia a abandonar el lecho y a su marido. Los invitados se sentaron y Justine fue conducida al estrado para dar su discurso. Tenía la respiración un poco entrecortada y sentía un cosquilleo en el cuero cabelludo, pero respiró profundamente, se puso los anteojos y se volvió ligeramente hacia su madre, que estaba a su derecha y que miró al cielo con resignación. Después, se volvió hacia William, que ocupaba el espacio a su izquierda. Él sonrió y le hizo un guiño sutil.

Y, después, miró al mar de gente que se había congregado allí. Aquello siempre sería lo más difícil para ella, pero se sentía más segura que nunca porque podía apoyarse en la fuerza de William y, en aquella fuerza, había descubierto una parte de sí misma que desconocía. Era asombroso: solo había hecho falta que alguien creyera en ella, y ella había podido concederse el permiso para creer en sí misma.

Sonrió al público.

—*Ledia et harrad* —dijo, con claridad—. *Bon mowen*.